有名すぎて尾行ができない

クイーム・マクドネル

JN090115

平凡すぎる顔が原因で命を狙われたポールは、8か月後の今も人生の危機に直面している。恋人のブリジット、元警官のバニーと探偵事務所を始めるつもりが、ブリジットとは喧嘩中、バニーは失踪中。そこへ謎の美女が依頼に訪れる。彼女は裁判中の不動産開発詐欺事件の被告3人組のひとりの愛人で、その男の浮気調査をしてほしいと言う。ポールは依頼を引き受けたが、相手を尾行しては見失っているうちに、別の被告人が殺され、またも殺人事件に巻きこまれ……。奇妙な依頼との関連は？　バニーの行方は？　大好評のノンストップ・ミステリ第2弾！

登場人物

ポール（ポーリー）・マルクローン……探偵事務所を始めようとしている青年
ブリジット・コンロイ……看護師
バニー（バーナード）・マガリー……退職した部長刑事
フィル・ネリス……ポールの幼なじみ
リン・ネリス……フィルの養母
パディ・ネリス……フィルの養父。元押し入り強盗。故人
ドナハー・ウィルソン……刑事
スーザン・バーンズ……警視。国家犯罪捜査局《NBCI》局長
ジェローム・ハーティガン……
クレイグ・ブレイク……
パスカル・マロニー……
（以上三名）不動産開発業者。スカイラーク三《スリー》人組
赤いドレスの女……ハーティガンの尾行を依頼した女
ルーク・マリンズ……ブリジットの病院の医師
ゲリー……ラジオDJ

ジョニー・カニング……〈セント・ジュードス〉の
アシスタントコーチ
ダニエル・フランクス……神父。箱舟《アーク》の中心人物
サイモン・シンハ……救急救命科の医師
ジョン・ベイラー……県議会議員
マイケル・シャープ……警察副長官
ダンカン・マクロクリン……ブリジットの元フィアンセ
コーツィー……マロニーの運転手
タラ・フリン……パブ〈オヘイガンズ〉の
アシスタント・バーマネージャー
メイヴィス・チェンバーズ……〈セント・ジュードス〉関係者

有名すぎて尾行ができない

クイーム・マクドネル
青木悦子訳

創元推理文庫

THE DAY THAT NEVER COMES

by

Caimh McDonnell

This edition is published by TOKYO SOGENSHA Co., Ltd.
Japanese translation rights arranged with McFori Ink Ltd.
c/o Johnson & Alcock Ltd., London
through Tuttle-Mori Agency, Inc., Tokyo

有名すぎて尾行ができない

OBEDIENTIA CIVIUM URBIS FELICITAS

“市民の恭順が幸福な街をつくる”

——ダブリン市の公式な標語

プロローグ

二〇一六年七月七日　木曜日

ウィルソン刑事は長く深く息をして、体がふらつかないようにしようとした。脳がそのにおいを分析にかかる前から、胃が肉体として反応してしまい、こわばった上唇《うわくちびる》はこれっぽっちも精霊《ジーニー》を壜《びん》に戻そうとしなかった。たっぷりのアイルランド式朝食は、本人の好むと好まざるとに関係なく、解放されて野に帰ろうとしている。顔をそむけて右手で口を押さえたときには、すでに舌はけいれんを起こしかけ、危険なほどの勢いで唾液《だえき》が口にたまっていた。こうなると、起ころうとしていることの〝何が〟は決定されており、肝心なのは〝どこで〟だった。彼は決然としてはいるものの、落ち着いた歩調をよそおい、入ってきた経路で部屋を出ていこうとした。あたかも何か大事な電話に応対しにいくかのように。

遺体は――その残骸《ざんがい》は――広々としたオープンプランのラウンジに座らされていた。この家は、かつてはピカピカした紙の雑誌に六ページの見開きで特集されたこともあったが、それは持ち主が、そういう発行物をつくったり、そこに掲載されたり、それを読み捨てたりするエリート層にとっての恥さらしになる前のことだった。その特集の大部分は、部屋全体を威圧している大理石の暖炉で占められていた。とんでもないほど金をかけ、トスカーナのあるヴィラからまるごとそっくり運ばれてきたものだ。その持ち主は、本人自身、不動産開発業者なのだが、自宅をそっくりイタリアに移すより安いだろうとジョークを飛ばしていた。ジョークとしてはたいして面白くなかったが、それでも彼のジョークに人々が笑ってくれるような富を所有していたのだった。彼はいま、その暖炉の前にある椅子に縛りつけられ、顔はゆがんでぞっとするようなデスマスクになり、ある角度からは笑っているようにもみえた。ほかの証拠すべてがその可能性をきっぱり排除していたとしても。

その朝の新聞の見出しは、二十人のバス運転手が宝くじに当たったというものだった。楽しい話だ。あしたはそうはいかないだろう。

ウィルソンはよそおえるかぎりのさりげないスピードで部屋を出ようとして、入ってきた鑑識のオタクの肩にぶつかり、ピンボールのように壁にあたってしまった。左手をあげてうわのそらで謝罪し、しゃべる危険は冒さずにそのまま歩きつづけた。屋内はだめだ。屋内ではいけない。新鮮な空気のあるところまで行かなければ。人目につかないところを見つけろ。フェニックス・パークのあの事件から八か月、そして彼が〝ゲロ吐き〟というあだ名を最後に聞いてから三週間がたっていた。本当にあれは二度と口にされなくなってほしい。そうなれるか、あるいは警察でのキャリアの残りすべてをそのあだ名につきまとわれるか、これからの三十秒でほぼ確実に決まるだろう。

ウィルソンに言わせるなら、動揺したのは彼ひとりではなかった。遺体を発見した気の毒な掃除婦はほぼ錯乱《さくらん》状態だった。指令部はすぐさまパトカーと、動転している人間を助ける訓練を積んだ者を乗せた救急車を送った。その掃除婦には、メンタルヘルス法のもとでの隔離が必要と思われたのだ。彼女の悲鳴から聞きとれたのは、何度も何度も繰り返された〝シャタン〟なる言葉だけだった。それが意味のある手がかりを与えてくれるのではと期待され、通訳者があとで連れてこられたのだが、掃除婦の九九九通報を聞くと、それはポーランド語の〝サタン〟だと説明した。

ウィルソンは正面玄関を出るとき、州検死官のドクター・デニーズ・デヴェインとすれ違った。緊急用件だとして、もっと平凡な〝シートベルトなんかするやつはアホ〟解剖から呼び出されてきたのだった。十七年あまりにわたって、死はドクターの日々の仕事であり、もしきのう彼女に尋ねたら、自分は医学的距離をたもって死を検分できるようになったと答えただろう。それでも、この次の日の深夜、被害者に加えられた身体的虐待の長いリストを列挙しながら、オフィスでほかに誰もいないことに気づくと、彼女はブラインドを閉じ、来客用の椅子に座って、人類の基本をなす暴力性に声のない涙を流すだろう。これほどまでのことをされて当然の人間などいない、たとえこの男でも。ドクターはすれ違ったウィルソンに心配げな目を向けたが、それは彼女がもともと必要に迫られて冷淡な性格になってはいるものの、死者だけでなく、生きている人間の傷にも気がつくだけの経験は積んでいたからだった。

ウィルソンははっきり目立つ鑑識のバンが左手の芝生に停まっているのを見つけて、すぐさま決めた。あれこそ、この騒ぎの中で隠れる最大のチャンスだ。彼の注意を惹こうとヒッキー部長刑事が呼んでいる声を無視し、ウィルソンはまっすぐそこへ向かった。ゴールのテープに倒れこむスプリンターよろしく、最後の数フィートを突進し、ぎりぎりセーフでバンの陰に入った。胃の中身が前へ噴き出した。間に合った。

と思ったのに。

スーザン・バーンズ警視は人に強い印象を残す方法というものをたしかに心得ていた。はっとするほど美人で、四十二という年でも――これほど高い地位に達するにはかなり若いが――逆らいがたい権威の空気をまとっていた。そのことと、リムリックにおける犯罪組織暴力への対処での驚異的な成功率、およびマスコミがあやまたずに必ずそれを見つけてくれることがあいまって、国家犯罪捜査局《NBCI》のトップという職務にまで彼女を押し上げた。その地位をつかんでからいまのところまだ一日半だが。バーンズの刺すようなブルーの目は、相手に体の三インチ奥、おそらく魂のある場所まで見通していると思わせて、落ち着かなくさせる種類のものだった。背も高く、ボート漕ぎのすらりとした体形をしている。こうした女はしばしば、男たちを気まずくさせないよう、ハイヒールをはくのを避けるものだ。しかし彼女はまさにそのためにハイヒールをはいた。それだけでなく、よくあることかもしれないが、靴に目がなかったのだ。それ以外は厳しく自制心のある人物なのに、唯一、靴はがまんできなかった。その最後の事実は、ドナハー・ウィルソン刑事、もしくは〝ゲロ吐き〟にとくに関係があった。というのは、彼はいまや死ぬまでその名で知られることが決まったからだ。二日前、スーザン・バーンズ警視は新たな職務に就くにあたって、自分へのご褒美にルブタンを一足買った。二秒前、ウィルソン刑事はその靴に吐いたのだった。

そのときの彼女の顔をウィルソンは一生忘れないだろう。とはいえ、それは真夜中にべとつく冷や汗をかいて目をさまさせるような記憶ではなかった。そうではない。そっちのほうは別の顔だ――想像を絶する苦悶《くもん》に凍りついたまま、まぶたのなくなった目で、馬鹿馬鹿しいほど金のかかったトスカーナ製の暖炉の上の壁に殴り書きされた言葉を見つめている顔。さまざまな検査でのちにわかったことだが、それは被害者自身の血で、ほぼ確実に本人が見ているあいだに書かれたものだった。

その言葉は簡潔だった。

〝今日は決して来るはずのない日だ〟

1

その前の月曜日——二〇一六年七月四日

ポールはオフィスのドアを乱暴に閉めた、というか少なくともそうしようとした。曲がった蝶番《ちょうつがい》のせいで、ドアがすりきれたカーペットにつっかえてしまったのだ。やむなくハンドルをつかんでドアを持ち上げ、それから肩で正しい位置に戻して、ともかく閉めた。やっとロックがかちりというと、ポールはドアの下側を蹴《け》った。おかげで足の親指が痛くなり、乱暴にドアを閉めて得られたはずの満足感はまったくなかった。

ひどい気分だった。人生最悪の一か月の仕上げとなりつつある、ひどい一週間の最後に来た悲惨な朝だ。八か月前は何人もの人間に殺されそうになった。ポールはそうしてもらわなかったのはとんでもない間違いだったのではないかと思いはじめていた。

彼は民間警備局《PSA》との面談から帰ってきたところで、面談は屈辱以外の何ものでもなかった。ミスター・ブラッドショー、すなわちいまだに皮肉の意図なしに蝶ネクタイをつけているこの星最後の人間は、想像しうるもっとも高飛車な態度を身につけていた。「ではいまの話はこういうことですかな、ミスター・マルクローン、あなたは二人のパートナーと私立探偵事務所を開きたいと思っている、なのにその二人のうちのひとりとはひと月以上も口をきいておらず、もうひとりはいまどこにいるのかわからないと?」ポールは〝正直は最善の策〟的アプローチでいったのだ、自分の率直さが評価されるものと思って。大間違いだった。最後に自分が何かについて正しかったのはいつだったかも思い出せなかった。

ゆうべはブリジットに千回めの電話をかけようとした。彼女の携帯からはおかしな音がした。彼の番号をブロックしているのは九十五パーセント確実だった。〝あの出来事〟から四十二日間、ずっと口をきいてくれないのだ。とはいっても、わめきちらし、ポールが神の創り出した青き地球上で最低のろくでなしであるとする立場を直接表明したことは何度かあったが。ポールも彼女の評価にまったく同意しているという事実が、いまや二人が共有するたったひとつのものだった。まあそれと、あの出来事以前のもっと幸せな日々に、PSAに提出した申請書に二人の名前が両方載っているという事実が。

バニーはまた話が別だった。ポールはこの三日間で十五回くらいメッセージを残していたが、どういうかたちにせよ、そのどれにも応答してきていない。最後にポールが彼と会ったのは、PSAとの面談の重要性をバニーに叩きこもうとして、えらく苦労したときだった。彼ら三人のうちで、退職した部長刑事バニー・マガリーだけが、私立探偵の免許取得に必要な資格である、類似職での五年の経験を持っていた。誰もが思いえがく警察官というものではなかったかもしれないし、上司たちはやっと彼を説得して早期退職を受け入れさせたときにはパレードをしたかもしれないが、バニー・マガリーがお巡りだったこと、それも彼独特の超絶に強硬なやり方で、すこぶる腕ききのお巡りだったことは誰も否定できなかった。

ポールは、バニーがあんなにも自分をかたちづくっていた仕事を失って葛藤しているのだろうと、ぼんやり気がついていたが、彼は彼のみじめさにひたっておのれを責めることに忙しかったので、他人のみじめさに気持ちを向ける余裕がなかった。だいいち、自分たちはべたべたくっつき合うような関係ではない。八か月前のそのまた前は、十五年間口をきいていなかったのだ、あの〝みんなが僕を殺そうとしている〟状況にバニーが介入することを決めるまでは。ポールがそのことに感じた感謝がどれほど残っていたにせよ、バニーがこの朝あらわれず、ポールが葬式用のスーツで、阿呆みたいにPSAの待合室に座っているあいだに蒸発してしまった。

ポールが最後にそのスーツを着たのはほんの二か月あまり前、ブリジットの祖母が亡くなり、彼女に付き添ってリートリムまで葬儀に行ったときだった。彼女はみんなにポールを恋人だと紹介してくれた。うれしかった。誰かの恋人になったのははじめてだった。その翌週、ついにフィデルマ大おばの家の使用権を失い、ブリジットの家にころがりこんだ。人生は上々だった。その朝PSAのホワイエに座っているとき、ポールはスーツの内ポケットにソーセージロールが入っているのを見つけた。葬儀のビュッフェでダブリンへの帰り道のためにこっそり入れ、すぐにきれいさっぱり忘れてしまったに違いない。むしょうに食品安全基準に反抗したい衝動がわき、彼はそれを食べ、それからひとりホワイエに座っていた。壊れたハートとはげしい胃痛をかかえて。

ポールがとりわけひどい気分で〈ＭＣＭ探偵事務所〉のオフィスに入ってきたのは、そういうわけだった。事務所は中華料理店〈オリエンタル・パレス〉の上にあり、オフィスは広さが足りないぶん、みすぼらしさで埋め合わせをしていた。ポールはそこを〝みんなの〟オフィスと思っていたが、バニーはほとんど姿をみせていないし、ブリジットはここへ来たことすらなかった。ポールは想像の中で、ここへ入居するときには彼女を抱っこしてドアから入ったら楽しいだろうと考えていた。そう思ったことが、いまはドアをあけるたびに顔を平手打ちしてきた。

ブリジットに追い出されて以来、ポールはここに寝泊りしていた。ほかの場所の家賃を払う余裕はなかった。すっからかんだった。この事務所はブリジットの壮大な思いつきで、全員の問題をすべて解決するはずだった――ポールが無職なこと、バニーが生きがいを失っていること、彼女自身がこれ以上おまるを交換したくなかったこと。看護師業にはもう魅力がなくなっていた。それに、ポールはほかに寝泊りする場所を探したくなかった。自分にはそんな値打ちはないし、そんなことが起きるともっともな理由もなかったけれど、ブリジットがまた彼を受け入れてくれるかもしれないという、はかない希望を抱いていたのだった。

だからといって、彼がそこにひとりぼっちというわけではなかった。ここ二週間というもの、連れがいた――マギーだ。オフィスに入っていくと、彼女はポールのデスクのむこうのポールの椅子に座って、あの何を考えているかわからない茶色の目でおだやかにこちらを見ていた。室内の唯一の家具は三つのデスクで、それぞれのデスクのむこうに椅子がひとつ置かれていた。

マギーはその椅子にしか座らないが、それはその椅子がポールのだと知っているからだった。彼女はポールとの関係において、常に自分の優位を主張しようとしていた。一緒に外に出ると、マギーは彼をあちこちひきずっていき、あきらかに彼の行こうとするところへは絶対に行かない。しょっちゅうにらめっこに引きこもうとする。なかでも、マギーはひとりで置いていかれるのが大嫌いだった。ポールのデスクの真ん中にウンコをしたのだ。彼女は自分にできるもっとも直接的な手段で、それをはっきりさせていた。

「勘弁してくれ!」ポールは言った。

二週間前の真夜中、目をさますとバニーがそばに立って、ポールの携帯をいじっていた。

「何をしてるんだ?」

「目覚ましをセットしてやってる」バニーは答えた。「起きたらその犬を散歩に連れていけ」

「何——うわ!」

ポールが振り向くとマギーの顔が数インチのところにあり、酒場の用心棒がする目つきの犬版をこちらに向けていた。「こいつはいったい何だよ?」

「可愛いケツ見せマザー・テレサさまだ、ポーリーよ、おまえはいまや探偵だろうが。脚が四本、ぱたぱたするしっぽ——手がかりを考え合わせろ。こいつは犬だ、正確にはジャーマンシェパードだな」

「そいつがここで何をやってるんだ?」

「おまえにもらってきてやった」

「でも――犬の世話なんてどうするんだ？　あんたは気づいてるか知らないけど、僕は自分の面倒だってろくにみられてないんだぞ」

「まさにな。おまえときたら、ひがな一日ここにひとりぼっちで、まるで乱交パーティーに出た宦官だ、健康的じゃないぞ。ちっとばかし仲間がいればおおいに役に立つ。この犬も前は警察にいたんだ。そうとも、こいつなら事務所の売りになる」

バニーが自分の行動に言い訳しようとした時点で疑うべきだったのだ。バニーは自分の行動に言い訳したりしない。あの怠《なま》け者の目玉と、かたときも離さないムートンのコートと、人生のすべての問題は適切なクソ野郎の耳の穴あたりをぶん殴れば解決する、という根本的な信念に加えて、自分の行動に決して言い訳しないことは、バニー・マガリーの明確な特徴のひとつだった。

ポールはマギーを撫《な》でようとかがみこんで、警告のうなりを返された。

「ああ、こいつはさわられるのが苦手でな」

そしてそう言うと、バニーはウィスキーのにおいのげっぷをして、ポールに携帯をほうって返し、オフィスに彼らを残して出ていった。ポールはじっとマギーを見た。マギーもじっとポールを見た。そのときから、彼らの関係は終わることのない意志の戦いになった。その戦いがいまや終わった。マギーは核という選択肢をとったのだ。

「わかった、もういい！　もう今度こそ終わりだ！」ポールはデスクの上に驚くほどきちんと積まれて進呈された、不快な排泄物を指さして言った。「僕のソックスを食べたら終わりだと言ったはずだぞ、だけどこれは、まさにここにあるこれは――これは――絶対的に断固として終わりだ。バニーが何て言おうと知ったことじゃない、ここから出ていけ、このイカれビッチ――」

ポールは礼儀正しくドアをノックする音に邪魔をされた。彼もマギーも無言でオフィスのドアを見つめた、自分たちの耳が信じられずに。ポールはあわてて頭の中で選択肢を点検した。いまのはミセス・ウー、下のレストラン〈オリエンタル・パレス〉のオーナーかもしれない、でも彼女は礼儀正しくノックをするタイプじゃないぞ。どどっと入ってきて、叫び、またどっと出ていくタイプだ。もちろんバニーってこともありうる、だが彼は生まれてこのかた何かを礼儀正しくノックしたことなど一度もない。ブリジット――ブリジットなんじゃないか？　そう思ってポールの心臓は走りだしたが、そうしているあいだでさえ、厳しい現実の声が頭の奥からあざ笑った。ああ、おまえが酔っ払ってバカをやらかした夜に裏切ったあの女なら、丁重にドアをノックして、戻ってきてくれないかしらと尋ねるだろうねえ。飾り結びしたリボンとシャンパンのボトル以外は裸かもしれないよ。ばーか。

そんな思いが重なって、誰かがオフィスのドアをノックするなんて夢物語だと片づけようとしたとき、またしても誰かがドアをノックした。今度はそれに続いて「ハロー？」もあった。やわらかくてハスキーな、女の声だった。ポールとマギーは顔を見合わせ、それからドアを見て、それからマギーがデスクに残していた堆積物《たいせきぶつ》を見た。

「ええと、ちょっとお待ちください」ポールは閉じたドアのほうへ言った。

マギーはデスクの下に消えた。自分はここにいないほうがいいこと、ミセス・ウーやほかの誰かに見つかったら、追い出されるかもしれないことを察しているようだった。ポールはこの犬が自分よりずっと賢いのではないかとひそかな疑念を持った。それでもあの汚い抗議物の件には対処しなければならない。マギーを散歩に連れていくときに使う袋は、アノラックのポケットに入れてあり、階段の下、ハスキーな女の声のずっとむこう側にある。これをデスクの上に放置したまま、オフィス用の珍しい置物で通すのは実際的ではなさそうだ。かぶせてしまえるようなものも見当たらない――となると捨てるしか選択肢はなかった。ポールは歩いていき、骨折りの末に窓をあけた。窓枠の古い木材はたわんでいて、彼が無理やり押し上げると小さく抗議の音をたてた。

「入ってもよろしい?」ドアのむこうからさっきの声が言った。

「ちょっと待ってください」ポールは答え、何か――何でもいいから――あのウンコをA地点から、このオフィス内ではないどこかの地点へ移動させるのに使えるものはないかと、室内を見まわした。「いま電話を終えるところですから」

「そうね」声は言った。「あなたのソックスを食べた女性との」

「そのう……ええ」ポールの目は室内で唯一の本に向いた。レイモンド・チャンドラーの有名な探偵、フィリップ・マーロウものの短編集だった。ブリジットがプレゼントに買ってきてくれたのだ。彼女はそれを、私立探偵になる技術のポール用トレーニングマニュアルと呼んでいた。ポールはまだ読み終えていなかったが、フィリップ・マーロウが自分のオフィスのどこからであれ、犬のウンコを捨てなければならなかったことなど絶対にないのはたしかだった。そうとも、マーロウに起きるのは、すらりとした脚のブロンドたちがすべるように入ってきて、殺人の汚名を晴らしてほしいと頼んでくるなんてことばかりだ。ポールは本をとり、それからまた置いた。犬のウンコすくいとして使うにはしのびない。そのかわりに、紙くずかごのところへ行って、気弱になっていたときに買った男性誌を拾い出した。〈オリエンタル・パレス〉のメニュー表を一枚使い、じきにウンコを雑誌にのせることができた。それがひとかたまりになって動く程度の硬さがあるとわかってほっとした。マギーが食事で食物繊維をじゅうぶんとっているのはあきらかだった——ポールのソックスで摂取したのかもしれない。

「まだ電話中なんですか?」声がきいた。

「ええ」ポールは言い、通常は爆発物処理班のメンバーにしか見られないくらいゆっくりと慎重に部屋を歩いていった。

「もうお話はしていないようですけど」

「聞いているんですよ。彼女は話すことがいろいろあって」

「なぜあなたのソックスを食べるかについて?」

「ええ、つまり……どう考えても、あれは比喩《ひゆ》でしょう」

「どう考えてもね」

ポールはあけた窓まで行った。見おろすと〈オリエンタル・パレス〉の裏の狭い駐車場で、店の配達用自転車が停まっていた。配達係が二人、仕事前に煙草《たばこ》をプカプカやっているところだった。ポールがブツを投下したら、トラブルを招くことになるだろう。

「まだだいぶかかります？」

「いえ」

ポールは体を後ろへ引き、雑誌で自分にできる最高のフォアハンドのサーブリターンをやった。犬のウンコが遠くへ飛んでいくのを安堵して見ていると、ウンコは塀を越え、そのむこうの自動車修理場がたくさんある横丁へ落ちていった。

「どこの馬鹿がクソをまき散らしやがるんだ⁉」

ポールはすばやく部屋の中へ引っこみ、雑誌とメニューをゴミ箱へ捨てた。オフィスを見まわす。クソみたいな見てくれだが、少なくとも本物はもうなくなった。

「いま行きます」

ドアのところへ行って、すっとあけた。少なくとも、例の曲がった蝶番がなければ、そうしていたはずだった。実際には、ドアは三つの段階を経て開き、その三つめの段階には、ポール自身がそこに顔をぶつけるというのも含まれていた。彼は額《ひたい》をさすってドアのむこうを見た。むこう側に立っていたのはすらりとした脚のブロンドだった。驚いたのと面白がっているのとのあいだのどこかに位置する薄笑いが、ふっくらした真っ赤な唇に浮かんでいた。

「お邪魔するわね」女は言い、彼の前を通ってオフィスに入った。

ポールはとことん現代的な感覚を持った、とことん現代的な男だった。しかし、狭いオフィスなので、目をやるところはかぎられている。彼女が横を通りすぎるとき、いやでもいくつかの関連する事実に気づかざるをえなかった。彼女の着ている真っ赤なドレスは、〝想像の余地がほとんどない〟という感じで体にぴったり張りついていたが、そのドレスが、出くわした異性愛者の男全員の想像力をその後何週間もほぼ独占するためにデザインされているのは絶対たしかだと思った。ポールはそんな時代遅れの考えはやめろと自分に警告した。あれは、もちろん、レズビアンにだって同じ効果のはずだ。それどころか、かねてからその特別クラブのフルタイム会員になってみようかと思っていた、少なからぬ女たちを後押しするかもしれない。それは、人の生き方を劇的に変えかねないタイプのドレスだった。

ポールはドアを閉めるべく悪戦苦闘しながら、自分を立て直そうとした。「どうぞお座りください」ドアを肩で押してなんとかはめこんだ。振り返ると、彼女はもう座っていた。彼のデスクと向かい合ったデスクを前に座っており、完璧な形をした膝《ひざ》から存在しないほこりをいらだたしげにはらっている。ポールはそわそわとオフィスを見まわした。

「散らかっていて申し訳ない。うちの掃除婦さんが遅刻していまして」

彼女はまわりに目をやった。「永久にという意味で？」

ポールは答えるかわりに笑って自分のデスクのむこうに座った。下から聞こえてくるやんわりとした警告のうなりは聞き流した。そこにマギーがいるのを忘れていた。彼は椅子に座ったままさりげなく体を引き、マギーと自分の急所のあいだにできるだけ距離を置こうとした。

「それで、ミス……」ポールの残した空白を、女は埋めなかった。「どういったご用件でしょう？」

「あなた方を雇いたいの」

「本気ですか？」言ってしまったとたん、その申し出にこんなに驚いた声を出すんじゃなかったと思った。何はさておき、この事務所を長く続けていくには、依頼人が必要なのだ。

「ええ。あなた方は〝ラプンツェル〟の人たちでしょう？」

たしかにそうだった。その事件のおかげで、ブリジット、バニー、ポールは思いがけずチームとなって、一緒に仕事をすることになったのだ。しかしポールにしてみれば、三人が事件を解決したのは、彼が生き延びようとした結果、たまたまそうなったようなものだった。

「それはたしかにわれわれですね」

女は身を乗り出してわずかに声を低めた。「きいてもいいかしら、あなたのお仲間は本当に上司を窓から投げ落としたの？」

ポールはひきつった笑みを浮かべた。「あの事件については、マスコミがとんでもなくいろいろなことを書きましたから」たしかにそうだったが、その一件は違った。バニーは実際に、この国の警察で上から二番めの人物をバルコニーから落としたのだ。バニーの弁護のために言っておくと、そいつは汚職に手を染めていた。警察があんなにも熱心にバニーに別のキャリア選択を勧めた、数ある理由のひとつでもある。その一件でいろいろなことが好転したかもしれないが、労使関係の点では危険な前例ができてしまった。

「おことわりしておかなければならないんですが、厳密にはうちはまだ私立探偵免許をとっていないので、厳密にはいかなる事件も引き受けることはできないんです」

なぜポールがこんなことを言ったのか？　バニーがあらわれないことのもうひとつの問題は、免許取得の金も彼が払うはずだったことだ。ポールは八日以内に三千ユーロを工面しなければならない、さもないとPSAは自動的に彼らの免許申請を却下し、〈MCM探偵事務所〉は始まりもしないうちに公式に終わってしまう。ポールはデスクのむこうを見た。これはPSAによるひっかけだろうか？　彼はその考えを打ち消した。あそこのコーヒーはわかし直しの味がした。あのドレスを買えるような予算はないだろう。

赤いドレスの女は椅子にもたれてほほえんだ。「法律的なことは心配してないわ。この国ではたくさんのことが法律的には違法だもの」あとになってポールは、彼女にははっきりわかる訛《なま》りがなかったと気がついた。彼女の猫が喉を鳴らすようなハスキーヴォイスは、自然界には存在しない。一流の女性科学者チームが、男はみんな馬鹿だという事実を利用するべく開発した声のような気がした。

「ところで、同僚の方たちはどちらに？」

「ミスター・マガリーは現在連絡がとれません」バニーのことをそんなふうに言うのは妙な気分だった。彼はバニーとか、マガリー部長刑事とか、それ以外のもっとずっと好意に欠ける、ありとあらゆるあだ名で呼ばれる。ただし〝ミスター〟だけはない。

「それじゃミス……コンロイだったかしら？」

「僕が酔っ払って一夜の浮気をしてしまったもんですから、人生がめちゃくちゃになって、彼女との仲も壊れたんです。この事務所に関する彼女の立場は、いまのところ宙に浮いてますね」

彼がそう言ったあと、部屋はしんと静まりかえった。ポールは自分がいまの話を誰かに言いたくてたまらないのをぼんやり気づいてはいた。ただしそれをいま、まったく初対面の人間に、相手が当惑するほどぶちまけてしまうまで、どれほどそうしたかったかはまったくわかっていなかった。良心がまだまだ彼を罰しおえていないのはあきらかだった。

「なるほど」女はほとんどまごつくこともなく言った。「まあ、そちらのほうは幸運を祈るわ。依頼についてあなたから尋ねるものだと思うんだけど」

「どんな依頼でしょうか？」

「ジェローム・ハーティガンという男を尾行してもらいたいの」

ポールは笑ってしまった。「いま中央刑事裁判所に来ているスカイラーク三人組《スリー》の開発業者と同じ名前じゃないですか」

女は彼を見返した。彼女は笑っていなかった。

「からかってるんですか？」

女はハンドバッグをあけてむぞうさに札束をデスクに置いた。「千ユーロ出すから、それで冗談じゃないとわかるでしょう」

「でも――」

「彼は浮気をしているの」

「え」ポールはようやく話の流れがつかめてきた。「ではあなたは不貞をはたらかれたんですね？」

「違うわ。わたしが不貞をはたらいているの。彼の浮気相手がわたし」

ポールはぽかんと口をあけてすぐまた閉じた。

「いまは訴訟の手続き中だけれど、ジェロームはとてもお金持ちなの。わたしは時間と……〝労力〟と言っておきましょうか——それをずいぶんつぎこんで、そのいくらかを得られる立場を確保してきた。ところがその予定にちょっと問題が起きたの。彼がわたしを裏切って、奥さんと寝るようになったんじゃないかと心配なのよ」

今度はポールも口をあけたままにしておいた。

女は目の前のデスクに置かれた場所からフィリップ・マーロウ本をとり、持ち上げてみせた。

「レイモンド・チャンドラーがよくわかっていたようにね、ミスター・マルクローン、この世は食うか食われるか《ドッグ・イート・ドッグ》よ。犬《ドッグ》といえば、この会話ではわたしのほうが尋ねる役のようなんだけれど——あなたの脚のあいだにいるのは犬かしら、それとも……」

ポールは下を向いた。マギーは退屈になったようで、頭を突き出していた。ポールが後ろへ下がると、マギーは音もなくデスクの下から出てきた。そして誰もいない椅子に飛び乗ると、座っておだやかに客を見た。女はマギーを見返し、はじめてこの状況で主導権を握っているのが自分かどうかわからなくなった様子だった。

「あなたの犬は嚙む?」

「僕の犬じゃないんです」

「心強いわね」

「それじゃ……」

「ジェローム・ハーティガンを一週間尾行して、彼が奥さんか、ほかの女と会ったかどうか教えてちょうだい」

「あなたが彼と浮気しているから？」

「ええ」女はまったく陽気さのない笑みを浮かべた。「わたしのことはどうぞ好きに考えて。でも思い出したわよ、ミス・コンロイはどこにいるんだったかしらねえ？」

「参りました」

「わたしは聡明な女なのよ、ミスター・マルクローン。どんなふうに世の中の勝負が仕組まれているかに気づいて、二十代のはじめを化学工学の勉強についやすより、ちょっとした生物学を自分の有利になるよう利用したほうがいいと思ったの。この世界は男社会だもの——わたしは配られた手札で勝負しているだけ」女は両腕を広げてから自分をさし、自分の札が強いことを示した。「敵がそれ以上の手札を手に入れたのか調べてほしいだけ」

彼女は立ち上がって、デスクからさっきの丸めた札束をとった。

「いま千ユーロ、何か証拠を見つけてくれたらあと四千ユーロ」

「でも彼が浮気をしていなかったら？」

「そのときは一週間のお仕事に千ユーロ払うわ、そう悪くないでしょう。こうすれば、あなたが本当に全力をつくしてくれるとわかるもの」

「あんまり人を信用してないんですね？」

「ええ、いろいろな人に会ってきたから。さて、この仕事をしたいの、したくないの？」

ポールは深く息を吸った。まるで選択肢があるかのように。「したいです」

「よかった。一週間後、午後八時にここで会って、報告を聞くわ。犬はリードにつないでおいてね」

女は彼に金をほうってよこし、ドアへ歩きだした。ハンドルをつかみ、ドアを蹴ってあけるのをひといきにさらりとやってのけた。あとでポールはひと晩じゅうそのやり方をまねしてみて、だめだったのだが。

「待って！」ポールは言った。

女が肩ごしに振り返った。

「まだお名前をきいていませんよ」

女はほほえんだ。「ええ。教えてないもの」

2

「俺が言いたいのは」フィル・ネリスは言った。「カーチェイスなんかするわけにはいかないってことだよ」

ポールは深呼吸して頭の中で五つ数えた。腹を立てないようにしているのだ。何はともあれフィルは頼みをきいてくれている。このドライブを始めたときは十まで数えたのだが、フィルにもっと腹の立つことを言わせる時間をやりすぎただけだった。

四……五。「心配いらないよ、フィル。言ったとおり、カーチェイスなんかすることにはならないから。ある人間を尾行するだけなんだ。それだけだよ」

「リンおばさんに田舎をドライブしにいくんだって言っちゃったんだよ、それにおばさんが自分の車のこととなるとどうなるか知ってるだろ」

ポールはひそかに疑念を抱いたのだが、フィルが二、三時間でも家の外へ出てくれるなら、リンおばさんは車で店に突っこむ強盗にだって行かせたのではないだろうか。現在、フィルたちの関係はあまりうまくいっていない。フィル・ネリスはポールのいちばん古い友達だった、しかしそれだけでは何も説明したことにならない。二人はリンと彼女の亡き夫がフィルを引き取るまで、一緒に児童養護施設にいた。フィルは本当は彼女の甥《おい》ではなくはとこだったが、それは単に法律上のことだった。現実に、リンの〝甥〟はもう三十歳近いというのに、彼女の家の客用寝室に住んでいる。世間で〝よいことをすると必ず罰を受ける〟というのは何なのだろう？

ポールは駐車スペースを見つけた。「あった！」

フィルは平均時速十四マイルをさらに落としてゆっくり車を走らせ、そのスペースに疑わしげな目を向けた。そして頭を振った。「狭すぎ」

そこは彼らが快適におさまるだけの広さがあった、たとえトレーラーハウスを牽引《けんいん》していたとしてもで、しかも牽引してはいない。もう二十分も、文句なしの駐車スペースを探してフェニックス・パークを行ったり来たりしているのだ。当然、後ろの車がクラクションを鳴らした。

ポールはバックシートからのうなり声を耳にした。振り返ってマギーを見ると、彼女は窓から頭を出し、クラクションを鳴らした人間のほうを見ていた。

「そのワン公は何をやってんだ?」フィルが言った。

「大丈夫だよ。おまえはスペースを見つけることだけ心配してろ」

「こっちは何でおまえがそいつを連れてきたのかも知らないんだぞ」

「なぜかというとだな」ポールは言った。「マギーは事務所にひとりで置いていかれることについての気持ちをはっきり示したからだ」

「おい、もしマギーがこの車に何かしたら――」

「落ち着けって。マギーは何もしやしない」それが真っ赤な嘘でないとする自信はゼロだった。

マギーは事務所を出てからずっと頭を窓から出していたが、よくある〝人生を楽しんでいる犬〟ふうではなかった。そのかわり、通りすぎる人々を見つめ、ふつうなら最厳重警備の刑務所棟に来た新参の囚人からしか向けられない、鋼鉄のような視線をくれていた。まるで世間に対して自分の優位を確立するために、いちばん手ごわそうなのを叩きのめしてやろうと探しているかのようだった。おかげで少なくとも自転車乗りがひとり、ある信号のところで、はいていたスパンデックスのパンツをだめにしそうになった。

計画はまったく単純だった。ポールはきのう、〝依頼人〟が事務所を出ていってすぐに気づいたのだが、どうやって他人を尾行すればいいのか、まったく知らなかった。もっと重要なことに、そもそもどうやってその相手を見つけ、次にどうやって彼らを尾行すればいいのかも、まったくわからなかった。しかしそこで気がついた、彼のターゲット、ジェローム・ハーティガンは一日じゅう中央刑事裁判所にいるはずだと。新聞はその話でほぼ埋めつくされていた。ポールはそこから彼を尾行すればいいだけだった。むずかしくなりようがないだろう？　自転車だとかなりむずかしいだろうな、と彼は思った。そこでフィルにこの日一日、五十ユーロ、質問なしで運転手をやってくれと頼んだのだ。秘密厳守がそれほど重要なわけではなく、とにかくフィルの質問に答えるという試練を受けたくない一心だった。

フィルは奇妙に厳しく理屈のとおったとんちんかんなところがあった。たとえば、彼はリンおばさんが車のミラーを動かされるのが大嫌いなのを知っていた。それに対するフィルの解決法は、何も動かさず、そのかわり、五フィート二インチの小柄な女性用に調節された運転席に自分自身を押しこもうとすることだった。フィルは六フィートをはるかに超えていて、その体のほとんどは非実用的なまでに長い手足でできていた。いま彼の両膝は頭の高さとほぼ同じになっており、何度もうっかりフロントガラスワイパーのスイッチを入れていた。

ダブリン動物園へ行く学童たちの一団を降ろしていたバスが、発車の合図を出した。さすがのフィルも、そこなら車を入れることができた。

「おっと、ストップ、ストップ」彼らが入っていくなり、ウェイターが言った。「犬はだめだよ。表示があっただろう」

ポールは足を止めてマギーを見おろした。「表示には〝盲導犬はのぞく〟とあるよ。こいつは盲導犬なんだ」

「へええ、それじゃあんたたち二人のどっちかが目が見えないんだね？」

「どっちも見えるよ」ポールは答えた。「でも表示に盲導犬は歓迎とあるじゃないか。一緒にいるのが盲人じゃなきゃだめとは書いてないだろ」

「何だって？」怒りまじりの混乱の表情がウェイターの丸々とした顔に広がった。「しかし……しかし盲人についていない盲導犬はただの犬だろう」

「へえ、本当に？」フィルが言った。「それじゃどうして盲導犬は歓迎しますなんて表示を出してるんだよ。おたくの定義によれば、その表示を読めっこない人間と一緒にいない盲導犬は盲導犬じゃない、っていうならさ？　単純に〝犬お断り〟って表示にしときゃいいじゃないか」

ポールは不本意ながら感心してフィルを見た。ウェイターはネリス家式の理屈に遭遇したばかりの人間に共通する、憤慨《ふんがい》の表情をしている。「ギネスのグラスを二つと、水のグラスをひとつ頼むよ」ウェイターがビールのコースターの裏に反論を書き出せるようになる前に、ポールは自分たちの優位をじゅうぶん利用しようとして言った。

飲み物代を払い、グラスを窓わきのテーブルに運んだ。フィルはそこに座り、落ち着かない様子でマギーを見ていた。マギーはあはあと息をしながら楽しげに彼を見上げていた。どうやらフィルが気に入ったようで、珍しいことだった。ポールはよくよく知っていたが、すぐにフィルを好きになる人間はいない。彼はだんだんと好きになっていくものなのだ。サドマゾセックスとか、ジャズみたいに。

二人の席からは、フェニックス・パークのゲートからすぐ先にある、中央刑事裁判所の正面がすばらしくよく見えた。裁判所はケーキの焼き型のような形をした真新しい建物だった。ピカピカ光る金属と大量のガラス。窓拭き人の夢が現実になっていた。

「おまえは酒をやめたと思ってたけど？」フィルがきいた。

「やめたよ」ポールは答えた。〝あの出来事〟から一滴も飲んでいない――自分の失敗は酒のせいもあると思っているからであり、また、これが自分を罰する方法のひとつだからでもあった。

「それじゃなんで……」ポールがまわりを見まわしてから、ビールのグラスの片方をこっそりテーブルの下に置くと、フィルは顔をひきつらせた。「ちょっと待てよ……」

「言っておくが、マギーに一杯飲ませておくほうが誰にとってもいいんだよ」ポールは前にたった一度だけ、パブにマギーと行ったときにそう悟ったのだ。おかげで事務所のそばにある四つのパブから出入り禁止にされてしまった。噂が広まるのは速かった。

テーブルの下から勢いよくぴちゃぴちゃなめる音が聞こえてくると、フィルは頭を振った。

「衛生的じゃないぞ」

「マギーにビールをやらなかったときにどうなったか、おまえも見ておくべきだったな」ポールは答えた。「あれこそまさに非衛生的だった」ポールははじめ、マギーがトム・ハンクス主演の名作映画『ターナー&フーチ／すてきな相棒』の犬、フーチみたいなものだろうと思っていた。いまは『トレインスポッティング』のベグビー（『トレインスポッティング』はスコットランドを舞台にヘロイン依存症の若者たちをえがいた映画で、ベグビーはそれに登場する非常に暴力的な人物）のほうにずっと近いという事実を受け入れつつあった。

フィルは自分のビールをとって、そのむこうからわけしり顔の目をした。「それで、ブリジットとはどうなってるんだ？」

「ああ、最高だよ、きいてくれてありがとう。つまりさ、彼女は僕と話そうとかしてくれないんだ。でもこのあいだは実際に電話に出てくれて、僕を罵倒《ばとう》する言葉のチョイスもだいぶ熱が入ってきた」

フィルはビールをひと口飲み、悲しげに頭を振った。「あー、若者の恋は順調にいかないもんだよなあ」

ポールは身がまえた、次に何が来るのかわかっていたからだ。

「俺、ダ・シンとそのことを話してたんだよ」フィルは言った。「そしたら彼女、おまえのほうから何かすっげえロマンティックな意思表示をしてみるべきだって言ってた」

四……五……。

「彼女が？」ポールは皮肉っぽく聞こえないように自制心を総動員して言った。ダ・シンというのはフィルの想像上の元恋人で、いまは想像上のフィアンセだった。彼らは九か月前、何かのオンラインゲームで遊んでいて〝めぐりあい〟、それからそれへとなったのだ、少なくともフィルからみたところでは。ポールのみたところでは、それからそれは何にもなりえない、二人が実際に同じ部屋に入るまでは。彼らはいまや〝婚約〟してほぼ二か月になる。そもそもポールの問題が起きたのはフィルのバチェラーパーティーで、ポールも出席していた。実のところ、バチェラーパーティーというのはふつう、結婚の日が決まったときにやるものだが、それをいうなら、バチェラーパーティーというのはふつう、女性フィアンセが詐欺師だとそれほどはっきりしていないときにやるものだ。いわゆるそのバチェラーパーティーには、実際、彼ら二人しかいなかったし、もともとはフィルのリンおばさんの提案だった。当然ながら彼女は、フィルが自分のだまされやすさをまったく別の大陸を含む規模にまで広げたことに震え上がっていた。ポールは彼を説得してやめさせることになっていた。それはどうみてもうまくいっていなかった。

「ああ」フィルは答えた。「ダ・シンはそういうことに詳しいんだ」

フィルの挑むような表情を、ポールはよく知っていた。まるで、彼女の存在を疑えるものなら疑ってみろと言っているような。見ていると胸が痛んだ。

フィルと彼女はスカイプとかそういうもので話したことはなかった。中国政府がダ・シンの出身地方では禁止しているからだ。彼女の父親は反体制派の詩人、ゆえに一家は自宅軟禁中。とても裕福なのだが、資産が一時的に凍結されているので、フィルが彼らの航空チケットを買ってやらなければならないというわけだった。要するにフィルは、ナイジェリアの王子をお助けするために、一時的に王子の口座に自分が入金するのを許可していただく、というやつのロマンティック版をやっているのだ。フィルにブレーキを踏むよう納得させるのは、苦痛なほどじりじりと車が衝突していくのを見ながら何もできないのと似ていた。ポールは話題を変えることにした。

「それで」フィルがまたしても怒っていなくなってしまうのだけは避けたかった。「なんでバニーはこの一件でおまえを手伝ってないんだよ?」

「ああ、あの酔っ払いのバカ野郎は地球上から消えたよ。もう何日も電話に出ないんだ」

「大丈夫だと思うか?」

「大丈夫にきまってるだろ。バニーだぞ。酔っ払ってどこかの排水溝にはまって、いい気分でいるんだろうよ。面倒な仕事は全部僕に押しつけて」ポールはバニーのそういう行動には慣れっこになっていた。ここ二か月、バニーはあらわれたり消えたりしていたのだ、みたところは不規則に。あるときなど、三週間前だが、バニーの携帯にかけると、ダイヤルトーンが国外にいることを示した。ポールはいまでも彼がどこに行っていたのか知らなかった。尋ねてみたときには、バニーはただ日焼けを上乗せしてきたと答えただけだった。

ポールは窓の外に目をやった。「あっちはずいぶん報道陣が集まってるな」通りむこうの裁判所の階段をさした。何人ものカメラマンと二組の撮影隊がばらばらに座り、退屈そうにしている。

「ああ」フィルは答えた。「それで、おまえが尾行することになってるのはどいつなんだ?」

ポールは声をひそめた。「スカイラーク三人組《スリー》のひとりだよ」この話はしたくなかったのだが、残された選択肢がフィルとの恋愛事情くらべだとしたら、また元のもくあみだ。

「それってバンドか何かか?」フィルがきいた。

フィルが最新の時事問題を知らないからといって驚くほうが間違いなのかもしれないが、ポールは驚いた。スカイラーク裁判はあらゆる場所を、すべての新聞の一面とすべての報道の見出しを独占していた。それを目に入れずにいるのは不可能だろうと思っていたのだ。

　スカイラークはこの国の歴史上最大の開発プロジェクトだった。アイルランドの開発業者という混みあった天空における三つの大きな星、パスカル・マロニー、クレイグ・ブレイク、ジェローム・ハーティガンが手を組んだのだ。以前は古いゲティガンの印刷工場と倉庫だった茶色の広い敷地が生まれ変わることになっていた。三人組《スリー・アミーゴス》はあちこちのトークショーに出て、冗談を飛ばして笑いどおしだった。「ああ、とんでもないですよ、われわれをドリームチームなんて呼ぶ必要はありません。みんな個人的な競争心は横へ置いて、この国のためにできることをしようとしているだけなんですから」ロックスターさながらの不動産開発業者たち。非常に広いハイスペックな二寝室もしくは三寝室のアパートメントが五百二十四、これから家庭を作ろうとしている住宅購入初心者にはうってつけ。そのほかにも、高齢者むけの最高の支援付き住宅を百八十六そなえた引退者村《リタイアメント・ヴィレッジ》。最高級クラスの贅沢《ぜいたく》なアパートメントも八十八。もちろんシネコン、スーパーマーケット、レストラン、その他もろもろも。そこはもっとも重要なものになるはずだった——ケルトの虎（一九九五年〜二〇〇七年のアイルランドの急速な経済成長）の王冠にはめこまれた宝石に。セレブたちは列をなしてその高級な部屋に手付け金を払い、まだ未完成だった庶民むけのアパートメントの第一期分譲ぶんが売り出されたときには、殴り合いが——本物の殴り合いまでが起きた。

そのあと経済の底が抜けた。しかしスカイラークは順調だった。みんなが多額の金を前払いで払ったのだから、ここが倒れるわけないだろう？　投資家たちは安心させられ、銀行ローンが再調整され、政治家たちが〝健全な判断が打ち勝つ〟よう介入した。そして、幸運な購入者たちの最初の一団がスカイラーク1に入居しはじめると、不動産に少なからぬ欠陥が発見された。〝初期の不具合〟と広報担当者は言い、例の三人組はこの頃には少々カメラ嫌いになっていた。でも何も心配はありません、すべて把握しています。もちろんですとも、ディズニーランドだって初日は何もうまくいきませんよ！　もうひとつ両者に共通していたのは、将来においてネズミが大きな役割を演じるところだった。

火事は最終的に、配線の密閉が不十分で、そこをネズミにかじられたのが原因ということがわかった。死者が出なかったのは奇跡だった。まったくの幸運で、消防士がその出火元のアパートメントの隣に住んでおり、彼女が火を食い止めているあいだに建物の住民が避難できたのだ。はじめはアパートメントのオーナーたちが火災報知機の電源を切っていたことを非難されたが、防火検査員たちが調査を始めると、この複合住宅全体で正しく設置された火災報知機は半分にも満たないと判明した。〝開発業者にやさしい〟政治家たちが導入した、かなり便利な自己保証システムのもとでは、誰も他社の仕事をダブルチェックしなかったのだ。スカイラーク1は安全ではないとされ、住人はすべて退去しなければならなかった。さまざまな質問が下院でなされた。さまざまな調査が、さらにまた調査が、それから少々の議論が、やがてたくさんの議論がおこなわれた。配線に加えて、〝最先端技術の〟絶縁体が、スウェーデンではじゅうぶん根拠のある理由で禁止されていることがわかった。お次は六か月後、誰かが地盤沈下に気づいた。建物は修理するより建て直したほうが安いと判断された。誰もが自分以外の全員を非難したが、三人組はすべての関係者にこう請《う》け合った。全員が約束された夢の家を受け取るまで、われわれが手を休めることはありません。

彼らは火曜日の午前中に発表された声明の中でそう言った。水曜のランチタイムにはもう破産を申請していた。三人組はすでにそれぞれ個別に、もっとずっと規則のゆるいイギリスで破産を申請しようとしていたのだが、この時点で、当局はこの一件を把握していた。いっぽう、広大なスカイラーク複合施設《コンプレックス》は建設なかばのまま放置された。すでに限度を超えて崩れはじめたモニュメント。高速道路からいまも見えるその巨大な広告板はこう書きかえられた。〝ここに住んだら、もうおしまい〟。

驚いたことに、ことここに至るまで、実際に法的な行動を起こした者はひとりもいなかった。建築上の規約がいくつか守られていなかったものの、罰金付きの軽い叱責《しっせき》だけだった。本当のお楽しみが始まったのは、破産管財人たちが加わってからだった。スカイラークの複数の口座のど真ん中に巨大なブラックホールが見つかったのはそのときだった――一億四千八百万ユーロだ、だいたいの報道によれば。三人組は震え上がり、投資家たちも震え上がり、銀行も震え上がり、政府も震え上がった。スカイラークの財務責任者は協力することなく、犬の散歩中に橋から身を投げてしまった。その犬も、噂によれば、震え上がったらしい。

人々は答えを要求し、政治家たちはこの開発事業から距離を置こうとやっきになり――いずれ大惨事になるのは前からわかっていた、と突然言いだして——誰かほかの人間に答えさせることにばかに熱心になった。公訴局長官は正式に、三人組を詐欺のかどで刑事訴追すると発表した。やっと、とアイルランド国民は言った。誰かがわれわれを苦しめた代償を払ってくれる。四……五……「そうじゃない、フィル」ポールは言った。「スカイラーク三人組《スリー》はバンドじゃないよ。ニュースを読まないのか？」

「読むさ」フィルは傷ついた顔をして答えた。「でもたいてい新疆《しんきょう》地方のニュースに絞ってたんだ、指導者が替わればもしかしたら——」

「なるほど」ポールは聞き流して言った。「何かおかしいな」

「まあ、弾圧が——」

「そっちじゃない」ポールは言った。「こっちだ！」彼は窓の外の、カメラマンや撮影隊が突然狂ったように動きだしたところを指さした。「調べたんだ。今日、裁判は午後四時までかかるって予想だった。まだ始まって四十五分しかたってないじゃないか。くそっ、車に乗らなきゃ」

フィルはぎょっとした。「でもまだ飲み終わってないぞ」

「出るんだ！　早く！」

「わかったよ！　落ち着けって」

フィルはドアを出るまでに自分の座っていた椅子を倒し、別のテーブルにぶつかった。

「行き先をちゃんと見ろよ、のっぽのしょんべん野郎！」ウェイターが言った。たぶんゴールデン・サーヴィス賞には立候補していないのだろう。ポールはマギーのリードをつかんでドアへ向かった。さいわい、マギーはビールを飲み終えていた。

「何が始まったんだ？」

カメラマンは乱暴にポールを押しのけて質問を無視した。制服警官たちはいまや群衆を押しとどめるために、手遅れながら立ち入り禁止線を張ろうとしていた。そのあいだにもジャーナリストやカメラマンがどんどんあらわれてくるようだった。アイルランド放送協会《RTÉ》のバンが一台停まって、かなりいらだった顔をした、よくアイルランド語でニュースをやっている何とかという女を降ろした。あらゆる報道陣だけでなく、市民も周囲に集まりはじめていた。ダブリンでは、群衆ほど群衆を集めるものはない。

スーツの若者二人組がポールの質問に肩をすくめた。「さあね、でも何かには違いないだろ、なあ？」

ポールは場所を確保しようと押し合う群衆のあいだを進みつづけ、マギーがその後ろからジグザグにすばしこくついてきた。彼らが押し分けていく人々は携帯をかまえ、これから何が起こるのかは知らないが、ＹｏｕＴｕｂｅでバズるかもしれない場合にそなえてそのネタをつかもうとしていた。

やがてポールは混沌の中で空間と静寂の奇妙なエアポケットにはまり、立ち止まった。後ろを振り返る。その男の名前はデシー・オコンネルだった。彼の写真はあるとき、ありとあらゆる新聞に載った。トークショーにも出て、自分のことを話していた。世界に向けて、自分の愛した女のことを話していた。彼は七十代だった。人が彼と会ったとき、その日焼けした顔の皺《しわ》や眉間《みけん》のすじの中で目につくのは、老人の緑の目の生き生きとした明るさだった。まるでモノクロ写真の中に、思いがけなくさっと色が浮かんだようだった。彼は両手に額入りの妻の遺影を持ち、妻はもっと幸せだった日々から世界にほほえみ返していた。

夫婦は貯金のすべてをスカイラークに沈めてしまったのだ。将来は最新設備の引退者村で、安全に面倒をみてもらえるという約束で。夫はリューマチで体が不自由だった、というか、ポールはそうだったという気がした。たしかに、胸のところで写真を持っているぎこちなさにそれがみてとれた。妻は多発性硬化症をわずらっていた。スカイラークが崩壊したとき、彼女も崩壊した。

ポールはデシー・オコンネルがテレビで文章を読み上げるのを見たことがあった。妻がどれほど彼を残していくことを悲しみ、それでいながら、将来に恐れを抱いていたか。どれほど重荷になるのをいやがったか。夫ひとりだけだったらじゅうぶんなお金が残っているのではないか。オコンネルは読み上げながら静かに泣いていた。それから司会者がほとんどささやくような声で尋ねた、なぜ毎日奥様の遺影を持って裁判所の前に立っているのですか？　思い出すためです、と彼は答えた。見ているポールの心を打ったのは怒りではなかった。オコンネルはまったく怒りを抱えていないようにみえた。どうにもならないことはわかっています、と彼は言った。正義はおこなわれないでしょうから。わたしは毎日妻を思い出さなければならないだけです、そしてわたしが思い出すなら、みなさんにも同じようになってほしいんです。ポールは彼と目が合ったとき、奥さんの名前を思い出せたらと思った。

「いい犬を連れてるね」老人は言い、しゃがんでマギーの頭を撫でた。それからまた立ち上がり、痛みに少し顔をゆがめた。「この裁判は審理無効だ」彼は感情を出さずに言った。「お茶とサンドイッチを持ってきてくれる女の人が出てきて教えてくれた」

「え」ポールは言った。

「あの人たちはわたしに手を貸してはいけないんだが、そうしてくれるんだ。とても親切なんだよ。わたしを二度、こっそり中に入れてトイレも使わせてくれた。人はそれぞれのやり方でとても親切なものなんだ、たいていは」

ポールはうなずいた。

「これ以上そうしてくれる必要はなくなるだろう。もう終わった」オコンネルは地面に目を落とした、まるでいまの考えがはじめて湧いてきたかのように。この先の人生が、いま前に開けた長く何もない道で、もうくたびれ果ててこれ以上歩けないかのように。

「審理無効なら、もう一度最初からやるんでしょう?」ポールはきいた。

デシー・オコンネルはやわらかくユーモアのかけらもない声で笑った。「おや、何のために? あの人たちの話では、陪審員のひとりがスカイラークで全財産を失った人物の親戚だとわかったらしいよ。そりゃあ、そういう誰かと知り合いでない人間を十二人見つけるのはたいへんだろうね」

彼はここ数か月、彼の定位置だったことを示す折りたたみの椅子と、ゴルフ用の傘と毛布のあるところを顎《あご》でさした。それは正面入口の左手のはずれ、手すりの先にあった。「はじめの二週間はもっといたんだ」彼は言った。「抗議団体とかが、という意味だよ。二人の子どもを連れた感じのいい一家や、そのほかの人もたくさんね、でもみんなだんだんいなくなった。たいていの人には生活があって、それをやっていかなければならないんだ、たぶん」

そのとき、カメラのフラッシュと叫び声の問いかけがどっと起きて、それ以上の会話は押し流されてしまった。ハーティガン、ブレイク、マロニーが、弁護士やスーツ姿のがっしりした人物二人にかこまれて、階段の上に姿をあらわしていた。クレイグ・ブレイクは上等な仕立てのチャコール色のスーツを着ていた。顔は丸くて顎がなく、ちょっと上をむいた鼻が血統と近親婚の両方をほのめかしていた。表情は嫌悪感をあらわし、まるでこの状況のすべてがはなはだ迷惑で、もっと大事なことから気を散らされているかのようだった。ハーティガンはその反対に、ブレイクとだいたい同年輩だが、のみで彫ったような顔だちと生まれながらの品のよさをそなえていた。着ているのは白いシャツにネクタイなしの黒いスーツという組み合わせで、ポールは彼がどの写真でもその格好だったことに気がついた。髪は後ろへとかして、少しだけ崩してあり、額のV字形っぽいはえぎわが、男にありがちなハゲとの闘いではいっさい金を使っていないことを示唆していた——その闘いに自分は勝利していると。その二人とは対照的に、マロニーは髪はぼさぼさでいらだっており、いささか大きすぎてみえるスーツ姿で、取り返しのつかないほどはげた頭頂に太陽の光が反射していた。小さな目は丸い縁《ふち》なし眼鏡から心配そうにのぞき、両手はそわそわと握り合わされていた。ポールは『デンジャーマウス』（イギリスのテレビアニメで、自称世界最高のスパイのネズミが主人公）のペンフォールド（デンジャーマウスの相棒のハムスターで、臆病でやさしい性格）を連想したが、ただし可愛らしさはなかった。マロニーは、大きな少年たちが誰かの昼食代を盗んでいるときに後ろに立ち、彼らを声援するタイプにみえた。

ハーティガンが自信たっぷりに階段を降りてきて、沈黙を求めて両手を上げた。それからさらに数秒置いて、押し合いへしあいしているジャーナリストたちがマイクやデジタルレコーダーをさしだすにまかせた。

「集まってくださってありがとう。今回の政治的意図をもった見せしめ裁判がようやく終わって、仲間たちとわたしはおおいに安堵しています。現実に正義をもたらしてくださったグリーン判事に、われわれから感謝を申し上げたい。みなさんと同じように、かつてスカイラークであった夢がいかなるものになってしまったかについては、われわれもひどく失望しています。正義が、本当の正義が、関係者全員に提供されるまで、われわれの心が安らぐことはありません。しかし安易なスケープゴートを求めることが答えではないのです。かつてない規模の不況の巻き添えをくった人間に罰を与えようとしたところで、誰の助けにもなりません。この国は冒険をする人々によって築かれ、未来の世代に危険な前例を残す人々を罰してきました。安心してください、われわれはここで起こったことの真相を突き止めるよう引きつづき力をつくし、状況を正していけるよう、われわれにできるあらゆる手をつくします。いつもご支援いただきありがとう」

そう言うと、ハーティガンは背中を向けて階段を戻っていき、取り巻きも一列になって続いていって、その後ろを叫び声の質問の弾幕と少々の野次が追った。ガラスのドアが彼らの後ろで閉まったとき、ポールには彼がマロニーの肩に楽しげに腕をまわすのが見えた。ブレイクは弁護士の誰かと話していて、大声で笑いだした。

ポールは振り返って歩きだした。早くフィルと車を見つけなければ。足早に遠ざかりながら後ろに目をやると、デシー・オコンネルは人だかりの中でひっそりと立ち、ポールが名前を思い出せない妻の遺影を無言で高くかかげていた。

3

ブリジットは長々と煙草を吸い、木々を見やった。きっとあとであの木々が恋しくなるだろう。病院の敷地には必ずこういうすてきな木々がある。それがおだやかな夏の風に揺れているのを見ると、とても気持ちが安らいだ。

本当は看護師仕事が好きだったわけじゃない、と心の中でつぶやいた。積極的に嫌いだったわけでもないけれど。単に食べていくための手段のはずだった。看護師の訓練を受ければ、とよく言われたものだ。そうすれば世界を見にいけると。尻を拭いてもらわなきゃならない人間はいつだっているんだから――それは訓練中にたがいに言い合った、半分冗談のセールストークだった。むろん看護師の仕事はそれだけではないし、ある程度までは彼女もそういう面を楽しんでいた。誰かが回復するのを、もしくは少なくとも彼らが手放した生活についてましな気持ちになるのを助けることを。それは無意味ではなかった。そう、仕事を憎んではいなかった、ただずっと自分の人生にはもっとやることがあるはずだと感じていただけだった。今度こそそれをやらなければならない、じきにクビになりそうなのだから。

非常用ドアがバンと開いて、ドクター・ルーク・マリンズが出てきた。鷹《たか》のような鼻が、似合わないのに本人の好んでいる派手なベストと組み合わさったせいで、四十そこそこの年齢より老けてみえた。心地よくスーツにおさまるには常に十ポンドほど体重がありすぎるようにみえ、まるで、やりたい仕事のためというより、自分のなりたい体に合わせた服を着ているようだった。無愛想な態度のせいで看護スタッフのあいだではあまり人気のないドクターだったが、ブリジットはそれほど嫌いではなかった。彼は徹頭徹尾事務的だが、誰にでも同じように接し、看護師にと同様、ほかの医者にも厳しい叱責をした。

この非公式な喫煙エリアは、実際には建物と建物のあいだにあるただの浅いアルコーヴで、ふだんは看護スタッフだけの生息場所だった。人は医療のプロが自分の横で喫煙しているとわかると、偽善者ぶって批判的になるものなので、看護スタッフは公式に許可されたエリアを避けているのだ。

ドクター・マリンズは、何をしに出てきたか忘れてしまったように、ぎこちなくあたりを見まわした。

「ご心配なく」ブリジットは言った。「わたしはじきに消えますから」半分吸った煙草を持ち上げてみせた。「先生が死刑囚と親しくしちゃいけないのはわかってます」

「落ち着いて」彼は言った。「わたしはここにいないんだ。煙草も吸わない」

ブリジットは二秒ほどまじまじ彼を見てから、やっと相手のほのめかしを理解した。持っていた十本入りの箱をあけ、手を伸ばした。すすめないでおこうかという考えもちらっと頭をよぎったのだが、それは意地が悪いように思えた。いずれにしても、彼女がここにいるのはマリンズのせいではない。

ドクター・マリンズは煙草をとり、かがみこんで彼女のさしだしたライターを両手でかこった。ぎこちなくすぱすぱ吸って火をつける。ブリジットは彼がたまにしか吸わないのだろう、それは心臓の専門医としてはたぶんいいことだと思った。二人は並んで立ち、芝生へ目をやった。

「それで」と彼は言った。「不幸なロマンスだったのかい？」

ブリジットは横目で彼を見た。「おあいにくさま、もう一回経験ずみです」

ドクター・マリンズはうなずいた。「だと思った」

「実をいうと二回です、先生がそう言ったから思い出しました。それがどうかしたんですか？」

「ただどうなのかなと思っていただけだよ」

ブリジットは彼の落ち着いた顔を見て、自分がかっとなるのを感じた。「へえ、本当に？　理性のない女の異常な行動を説明しようとしてるんですか、わたしたちは？」

ドクター・マリンズはなだめるように両手を上げた。「落ち着いてくれ、コンロイ看護師、わたしは敵じゃない。あの部屋で座ったまま三時間も嘘を聞かされていたんだ、だから興味があっただけだよ」

「なるほど」ブリジットは答え、向き直って終わりかけの煙草を排水溝のほうへ捨てた。「それじゃもうわかったでしょう」

「それにいちおう言わせてもらうと」マリンズは言った。「面白かった」

ブリジットはわずかにぎょっとして、間を置いた。「どうも。先生がそんなことを考慮に入れるとは思いませんけど？」

「入れないよ。悲しいかな、われわれがここに来たのは、きみの行動が、きわめて愉快なものではないとしても、ひどい不品行といっていいのか判断するためだ」

「わたしはそういうめぐりあわせなんですよ」ブリジットは言った。

「きみの行動は、運の悪いことに、非常に愚かしくもあった」

ブリジットは体ごと彼のほうを向いた。「先生はそこに突っ立って、わたしの煙草を吸いながら、わたしを愚かしいと言うんですか？　本気で？」

マリンズはぴくりともせず中空を見つめたままだった。

「そのとおりだ」彼は言った。「ドクター・リンチはＡクラスのクソ野郎で、そのことはわれわれのどちらも知っている。きみが実際はいい看護師であることも、われわれのどちらも知っている」

「いい看護師なんて山ほどいますよ」

「違うな。役に立つ看護師はたくさんいる、だがわたしは〝いい〟という言葉を軽々には使わない。勘違いしないでくれ、いい医者だって多くはいないんだ、リンチは最悪かもしれないが」

「ふるまいが最悪なのはたしかですね」ブリジットは付け加えた。

ドクター・リンチ、もしくは通常呼ばれているようにスケベ《レッチ》は、まさにそれだった――聴診器を持った色ぼけオヤジ。もし彼が本当に癒《いや》しの手を持っていたなら、いまごろ公営医療サーヴィスの看護師たちの半分はほぼ不死身の尻を手に入れているだろう。むろん彼は用心深く、非常に用心していた。どうすれば職場で厳密な意味でのセクシャルハラスメントにならないか、もしくは少なくともつかまらずにすむかのセミナーに出ていたかのように。

ドクター・マリンズはぎこちなく煙草を吸った。「ここに問題がある。彼の側から見たことのしだいはクソだ、しかしきみのも同様なんだ、そしてそういうシナリオの場合は……」

「みんなきまってドクターに味方する」とブリジットはしめくくった。

ドクター・マリンズはうなずいた。

「みんなって」ブリジットは言った。「委員会のあなたとほかの二人ってことですけど、それが現在わたしの運命を手に握っているんでしょう」

「そうだ。きみがついさっき何度も嘘をついた委員会がね」

「ついてません――」

「おいおい、コンロイ看護師。あそこでは言いたいことを言えばいい、でもここではおたがい馬鹿のふりはやめようじゃないか」

ドクター・マリンズは半分吸った煙草を排水溝に捨てて、ようやくブリジットに向き合った。

「わたしはことのしだいがこうだったと思っている。ドクター・リンチは、いまのようなお上品なやつであるからして、若い看護師の誰かに言い寄っていたのは間違いないだろう、彼独特のいちゃつきながらおどす手を使って」

ドクター・マリンズはブリジットが口を開く前に手を振ってさえぎった。「そうだ、彼がきみに言い寄っていたという話は信じていないし、それはきみに魅力がないだのなんだのという理由ではない、だが率直に言おう——きみは、リンチのような捕食者が追いかけそうな、若くてうぶな〝森で迷った雌鹿《めじか》〟ではまったくない、違うか？　彼みたいな阿呆だって、それくらいのことはわかるだろう」

ブリジットは肩をすくめたが黙っていた。

「そこで」ドクター・マリンズは続けた。「スケベくん《レッチ》は若い看護師のひとりにいつもの下品な魔法を使おうとしていた。きみは死の苦しみにあっても彼女の名前は言わないだろうね。当然ながら彼女はこの件で動揺している。もちろんきみは先輩スタッフに報告することもできた——」

「それがいつも効くことは証明ずみですからねえ」ブリジットは口をはさんだ。

「しかしきみはしなかった」マリンズは続けた。「なぜなら、たぶん彼女が騒ぎを起こしたがらなかったたし、率直にいこう、きみが腹を立てていたからだ」

「職場でのセクハラに?」

「そうだ、それから広い意味での世間、とくに男たちに。ドクター・スケベはX看護師から第三検査室で会いましょうという手紙を受け取ったときには、自分の幸運が信じられなかっただろうな。どうやらスタッフたちは記念として、すでにひそかにあの部屋の名前をリンチ・スイートと変えたらしいが」ドクター・マリンズは引きつった笑みを浮かべた。「かいつまんで言うと、彼がやってきたのはさかりのついたケチな卑劣漢だからだ。しかも全部服を脱ぐほどの馬鹿だ。いそいそと指示にしたがったせいか、あるいは単に天才的に愚かなのか」マリンズは長い間を置いた。「本当なのかね? そこの楽しい情報の切れっぱしもくれないのか?」

ブリジットは動かずにいた。

「ともあれ、彼はアレをあらわにしていた。きみが飛びこんだときには——ところで、あの手錠はどこから調達したんだね?」

「警察はしょっちゅう容疑者を救急救命室に連れてくるんです」ブリジットは答えた。「引き出しいっぱいありますよ」

「なるほど。知ってよかったよ。そういうわけでドクター・スケベは十時間後、手錠でベッドにつながれ、口に養生テープを貼られたうえ、〝このチンコには妻がいます〟と矢印つきで胸に書かれたメッセージ以外は素っ裸のところを発見された。さて……わたしはどれくらい事実に近いかな?」

ブリジットはあいまいに肩をすくめた。あのアイディアは『ドラゴン・タトゥーの女』のかなり忘れがたいシーンから拝借したものだった。悲しいかな、本物のタトゥー道具は手に入らなかったのだ。

「きみは真実を話せない」ドクター・マリンズは続けた。「なぜなら同僚をかばっているからで、それはつまり、着替えのさいちゅうにきみに理由もなく襲われたという彼の言い分――そしてわたしはあのずんぐりしたチビ野郎がそんな言い訳をしたことが信じられないが――〝ジョギングに行こうとして〟ってやつには、通用する程度の信憑性はあるということだ。とりわけ、リンチ一族がアイルランドの医療界において、何代もさかのぼれる長く輝かしい歴史を持つことを考えれば」

「一族のほかの人たちも彼と同類なら」ブリジットは付け加えた。「ペストより多くの人間を殺すことになるでしょうね」

「たしかに。とはいえ、彼には力のある友人が何人もいる。そのうち二人はあの委員会のメンバーだ」

「ずいぶんとフェアにみえますね」ブリジットは言った。

ドクター・マリンズはズボンのポケットに両手を突っこんで、用心深く壁にもたれた。そして値踏みするような目でブリジットを見た。「いや、フェアではないね。だがひとつ問題がある――きみはまったくどうでもいいと思っているんじゃないか?」

ブリジットは陽気さのかけらもない笑い声をあげた。「今度は精神医学にも手を広げているんですね、ドク?」

「わたしですら、きみがいつもミステリ小説を持ち歩いていることに気がつくところからして、コンロイ看護師、きみは〝警官で死ぬ〟という言葉になじみがあるんじゃないか？」

ブリジットは肩をすくめた。「人が自殺をするかわりに、わざと警官に自分を撃たせることでしょう」

「そして今回の懲罰委員会がきみにとっての、〝撃つ気満々の警官〟なんじゃないか？」

ブリジットは自分の足に目を落として黙っていた。

「たしかきみはここをやめて——よりによって——私立探偵事務所を起業するんじゃなかったか？」

ブリジットは彼の言い方が気に入らなかった。彼女の兄たちが言ったときとそっくりだ。それが馬鹿げた考えで、そんなことを考えた彼女は愚かな小娘だ、みたいな。

「ええ、でももうやめました、さっき言った不幸なロマンスのおかげで」

「あぁあ、なるほど」ドクター・マリンズは言った。「どれくらいひどい話なのかな？」

「彼はバチェラーパーティーでわたしを裏切って……」

「おお、なんと品のない」

「……そしてそのあと、その写真を送りつけてきたんです」

ブリジットはその話はしたくなかったのだが、なぜかマリンズにショックを与えて、その気取った、先はわかっているんだよという雰囲気から引っぱり出してやりたくなったのだ。

「それはまた驚いたな」彼は言った。「彼氏はどうしてそんなことをしたんだ？」

「わたしが知るわけないでしょう。酒とカトリックの罪悪感が一緒になったのか、あるいはただ単にひどい人なのか。どっちでもいいんじゃありません？」

「そうだな。きみたち二人は婚約していたのか？」

「いいえ、それはその前の王子様です。そいつもわたしを裏切ったんですけど」

ブリジットは顔をそむけて新しい煙草に火をつけた。涙がつんと目を刺すのを感じていやになる。ここじゃだめ、いま、この人の前じゃだめよ。

正直に言うと、最初のときのことはもうそれほど胸が痛くならない。少なくともダンカン、すなわち問題の王子様が、バニーの言う去年の〝ちょっとした騒ぎ〟のさいちゅうに、たまたま彼女のスマホを持つことになってしまったあとは。そのおかげでダンカンはブリジットたちを狙った暗殺者の弾丸に殺されかけ、彼の絶え間なくさまようイチモツは、そのときお相手をしていた女によって一時的にダメージをこうむったのだ。その尻軽女がとがった歯を持っていたのはカルマじゃないとでも？

「悪くとらないでほしいんですけど」ブリジットは言った。「男なんてみんなケツの穴」

「きみに納得させてもらうまでもないよ」

マリンズの口調に、ブリジットは動きを止めた。彼を見ると、きまり悪げな笑みがスケートのようにさっとその顔をすべっていった。

「おっとすまない、きみのゲイ探知機は壊れているのかな？　公正を期すために言うと、わたしは目立たないようにしていてね。きみの化粧を直すことも、きみの家をきれいにすることや、舞踏会のダンスを教えてあげることはできない。そういう人間じゃないんだよ。それでも、わたしはペニスが好きなんだ」

そのときの緊張のせいだったのか、あるいは驚いただけだったのか。いずれにしても、ブリジットは大きく鼻を鳴らしたせいで、つけたばかりの煙草を吐き捨ててしまった。煙草が下の排水溝でかすかにジッと音をたてると同時に、彼女は噴き出した。

ブリジットはポケットからティッシュを出して、目の端を拭いた。

「ああ、いまみたいなのがほしかったんです」

「女性からそう言われたのははじめてだな」

ブリジットはふざけて彼を押そうかと一瞬だけ思ったが、彼を見てやめておくことにした。相手はやはりドクター・マリンズだったし、いつもの態度にある石のような圧迫感が戻ってきはじめたからだった。

「これが何か慰《なぐさ》めになるのならだが」彼は言った。「わたしの最後の王子様は、この国が国民投票によってゲイの結婚を合法とした日に、わたしと別れたよ」

「ひどい！」

「そうなんだ。彼は長期間きまった相手と付き合うことから逃れる方法として、ホモ嫌いの法改正拒否をあてにしていたらしい」

「ワォ」

「だから偽善者のクソ人間市場がきみたち異性愛者の独占とは思わないでくれ」マリンズは腕

時計を見た。「しかし、われわれはかなり要点をそれてしまったようだ。きみが相手にするのはまずい――とはいえ報《むく》いを受けるに値しないわけでもない――バカに対するあだ討ちとして、自分のキャリアを捨てようとしているという要点を。きみはその過程で同僚を巻きこみたくないようだが、〝ジョークがすべってしまって〟で弁明しようとは考えなかったのか？」

「それが弁明になりますか？」ブリジットはきいた。

「なるかもしれない。三人の医学生の都市伝説を聞いたことはあるかい？　大学の慈善仮装行列がおこなわれる週に、外科解剖用に割り当てられた死体を車椅子で連れ出した連中なんだが。死体におめかしさせて、はしご酒に連れていったんだ」

ブリジットはうなずいた。「ありますよ、その話ならみんな聞いてます」

「わたしのお気に入りのバージョンは、三人が彼を市の中央にあるパブに連れていったというやつだ。彼にビールをやって――」

「そうしたら」ブリジットは続けた。「女性が店に入ってきて悲鳴をあげた。ビールを飲みに出てきたら、死んだ夫と出くわしたものだから」

「実際には甥とおじだったんだが、そうだ、その話だよ」

「妻と夫のほうがいいですよ」ブリジットは言った。「ドラマ的な見地からすると」

「たしかに」ドクター・マリンズは言った。「この話のオチが、学生たちが大学から追い出されれた、または実際に逮捕されたとはなっていないことに気づかなかったかね？　医学界はすべった悪ふざけを許すことについては長い歴史があるんだ」

「ええ」ブリジットは言った。「でもそれが適用されるのは医師か、未来の医師にだけですよ。先生こそ気づいてないんですか――その手の話には看護師なんてひとりもいないことに？」

ドクター・マリンズはそのことを考えながら顎をさすった。「ううむ、それは思いつかなかったな。ところで、ドクター・リンチの辛抱づよい奥さんに会ったことはあるか？」

ブリジットは唐突に話題を変えられて、疑わしげな目をマリンズに向けた。「いいえ、なぜです？」

「彼女はわたしの妹の結婚式でブライズメイドだったんだ。すてきな娘さんでね、ただし男の趣味はとことん最低だった。きみと同じだな、考えてみると。彼女は子どもが二人いて、もうすぐ三人めが生まれる」

「そして最低の夫がいる」

「彼女はついに状況を改善しようとしているところなんだ。周知の事実ではないが、彼女は離婚訴訟を起こしたばかりで、今回のあさましい事件で堪忍袋の緒が切れた」

ブリジットはもじもじと足を動かした。「ええと、わたし……それは……」

「ああ」マリンズは言った。「誰もきみを責めてやしない。だがこういうことだ、彼女は個人的な恥を表ざたにされてみんなの笑いものになる必要はなかった。きみにも想像がつくように、彼女はいま現在、最良の状況にあるわけではない。今回の手続きがこれ以上長引けば、マスコミの注意を惹くのは避けられないだろう。われわれがここでささやかなおしゃべりをしているのはそういうわけなんだ」

突然、ブリジットは自分が馬鹿に思えてきた。間違った相手に間違ったことを言ってしまったように。またしても口が災いのもとになった。

「きみに必要なのは」ドクター・マリンズは続けた。「休暇だよ。九か月ないしは一年とか？　そうしたら戻ってくればいい、その気があればまだ看護師に復帰できる」

「そしてスケベのリンチ《レッチー》もまだ――」

「ああ、それは措置がとられるだろう。安心したまえ。きみが間違いなく望んでいる公開鞭打《むちう》ちとはいかないね、この世界は完璧じゃないんだ」

ブリジットは疑惑の目で彼を見た。「ご提案のようにわたしがすすんでしばらく姿を消すとしても、先生の処刑委員会の残りの人たちは賛成しっこないですよ。この三時間のことをおぼえていらっしゃるか知りませんけど、あそこではうまくいかなかったでしょう」

「ああ、まったくいかなかったな。しかしわたしは委員会に、選択の余地はないと言うつもりだよ。きみがある非常に破滅的かつ外聞の悪い情報を握っていて、われわれは全員のために取引きせざるをえない、とね」

「それでその情報というのは？」

ドクター・マリンズは答えなかった。そのかわり、下を向いてベストを引っぱって位置を直してから、非常用ドアを半分引きあけた。

「ドクター・マリンズ？」ブリジットはもう一度きいた。

「きみ、すなわちコンロイ看護師は、さっきの愉快な都市伝説に出てくる三人の医学生のひとりが、リンチという名前だと知っているんだよ」

ブリジットはドクター・マリンズの平然とした顔を見つめた。彼なら最高のポーカープレイヤーになるだろう。「まさか《シット・ザ・ベッド》（ベッドにクソしろの意）」

マリンズは非難の表情で鼻に皺を寄せた。「きみはゆたかな語彙《ごい》の持ち主だな」

「待って」ブリジットは言った。「どうすればわたしがそれを証明できるんです？」

「きみは写真を持っているんだ」彼は言い、上着の内ポケットを叩いた。

ブリジットが手を突き出すと、ドクター・マリンズは噴き出した。

「いやいや。本当に渡すつもりはない」

「どうしてですか？」

「コンロイ看護師、がっかりだよ。きみは探偵になるんじゃないのか？」

彼はドアを大きく引きあけて中へ足を踏み入れた。ブリジットはあわてて追いかけ、彼の腕に手を置いて引き止めた。

「先生もそのひとりだったんですね？」

ドクター・マリンズはまたさっきの引きつった笑みを浮かべた。「コンロイ看護師、きみが何を言っているのかさっぱりわからんな」

そう言うと、彼はさっと体をまわして足早に廊下を歩いていった。

4

ゲリー：電話してくれた人、放送されてるよ。
リスナー：やあ、ゲリー、俺は恥さらしだと思うね、こんなクソみたいな――
ゲリー：悪いね、電話してくれた人、あんたは切られちまった。頼むよ、みんな、スカイラークの件が感情的になる問題なのはわかってるが、言葉に気をつけてくれよな。自分がラジオで生放送されてるってことをおぼえておいてくれ。この理由だけで七秒も遅れた。さて、二番にセアラがつながってるようだ。ハロー、セアラ……
セアラ：ハロー？　わたし、放送されてるの？
ゲリー：そうだよ、セアラ、きみは生放送中だ。
セアラ：アデルの新しい曲が聴きたいの、お願い。
ゲリー：この番組でリクエストは募集してないんだよ。さて、スカイラークについてきみの意見は？
セアラ：スカイラーク？　ああ、あのバ――
ゲリー：で、彼女も切られちゃったよ。もう一度――頼むから――言葉遣いには気をつけてくれよな！　それじゃ一曲聴こうか。ええと……マジで？　わかった、まったくの偶然だけど、アデルの新曲だ。

ポールは前の晩十時頃、ホース警察署のシニード・ゲラフティ巡査部長から電話を受けた。そのとき彼は、その日だいたい十五回めの散歩をマギーにさせているところだった。巡査部長は状況を説明してくれ、そのあとポールは次の朝ホースで彼女に会うことに同意した。フィルが車に戻ってきたときにそのことは言わなかった。またあれこれ質問してくるだろうから。フィルはいつだって質問をしてくるのだ。ポールはどう考えればいいかわからなかったので、次の朝まではその件についていっさい考えないことにしたのだった。

その日のしばらく前、何よりも幸運のおかげで、ポールたちは、ハーティガンが中央刑事裁判所の建物の裏手から、お抱え運転手つきのダークグリーンのロールスロイス《ローラー》に乗って出てくるのを見つけることができた。自分が横領と詐欺で訴えられている裁判にそういう車でやってくるところが、ハーティガンの考え方についてなにごとかを語っていた。典型的なダブリンの交通とは、たとえ火曜日でも、フィルがその車を視界にとらえつづけるのはむずかしくないことを意味する。彼らはずっとローラーをつけて、海岸近くのシーポイントにあるバンガローまで行き、そこでハーティガンは車を降りた。そこを〝バンガロー〟と呼ぶのは適切とはいえない。それは大きく広がり、かるく二百万ユーロの値打ちはある家だった。背の高い茂みのおかげで道路からはほとんど見えず、裏の長い芝生は海のそばまで延びていた。そこからほんの数マイルのところで育ったにもかかわらず、ポールはよそ者になった気がした。彼の出身地の誰かがここらの家に入るとしたら、家の掃除をするか《クリーニング・イット・アップ》、中身をそっくり盗んでいくか《クリーニング・イット・アウト》だ。

私道には銀色のメルセデスが一台停まっていて、ポールから窓ごしに見えるかぎりでは、ハーティガン以外に家には誰もいなかった。少なくとも、ポールがさりげなく歩いてそばを通ったときには、目に入った人物はあの男本人だけで、表側の部屋のごちゃごちゃと派手な大理石の暖炉によりかかって、電話を耳にあてていた。ポールも長いこと観察できたわけではない。いつまでも犬が糞《ふん》をしているかのようにみせていては、いずれ自分と犬のどちらかが変だと思われるにきまっている。

ポールは車に戻ると、フィルが自分から行動を起こしているのを見て不安になった。自分のスマホでジェローム・ハーティガンをググり、彼に関するあらゆることを読んでいたのだ。

「ここに書いてあるぜ、彼の奇妙な妻《ストレンジ》はドーキーにある別の、やっぱりどでかい家に住んでるって」

「〝不仲の《エストレンジド》〟だよ」と、ポールは頭の中でひそかに訂正した。彼は夫妻が元のさやに戻ることを心から願った。そこに四千ユーロがかかっているのだ。

ポールたちは〈ケイシーズ〉というパブの駐車場に車を停めていて、そこはハーティガンの家がある袋小路《カル・ドウ・サック》の突き当たりから百ヤードほど離れていた。はじめはハーティガンの家の真向かいに停めていたのだが、じきに気がついた——いろいろな映画に思いこまされたこととは別に——停めっぱなしの車に男が二人というのはかなり目立つのだと。正直なところ、鋭い目つきのジャーマンシェパードもたぶん助けにはなっていなかった。二人めのご近所さんに険悪な目を向けられたあと、ポールは誰かが資産価値の低下を恐れて警察を呼ぶ前に移動したほうがいいと考えた。

袋小路には五、六軒の家しかなく、したがって記録をつけておくほどの出入りはなかった。新しい車が道路を走っていくたびに、ポールたちは交代でマギーを連れてそばを散歩した。ハーティガンはありがたいことに家から出ず、唯一の訪問者は七時半頃に来た出前配達の男で、ハーティガンはセックスしようともしなかった。そのあとはのんびりとテレビで『ベンジャミン・バトン　数奇な人生』（二〇〇八年のアメリカ映画）を見るのが見えた。ポールもその映画を見たことがあった。彼はつまらないと思ったが、パブの駐車場でじっとしている退屈さに比べれば雲泥の差だった。フィルはインターネットで読んだ九・一一の陰謀論をポールに話して、時間をつぶしていた。ポールはフィルを殺せる方法をひそかにあれこれ考えながら時間をつぶした。

真夜中になる頃には、二人ともうんざりして今夜は切り上げることにした。このあとハーティガンがセックスのための電話をかけたり受けたりしても、誰にも知らん顔で通せるだろう。まあな、とポールは思った。あいつは今日、もっと大きなことでも知らん顔で通せたわけだし。

次の朝七時半に迎えにくるようフィルを説得するためには、一日八十ユーロまで報酬を上げなければならなかった。二人の幸運は続き、翌朝ハーティガンの家に行ったときには、ちょうど彼が銀のメルセデスのトランクにゴルフクラブを積みこんでいるのが見えた。自分で運転するハーティガンを尾行するのは、運転手付きのローラーよりもだいぶ厄介になりそうだった。

彼は乱暴で強引なドライバーで、そこそこ長くクラクションを鳴らせば、朝のラッシュアワーがふっと消えると思っているらしかった。幸運と、クラクションの音についていく組み合わせのおかげで、ポールたちはどうにか〈マラハイド・ゴルフクラブ〉まで彼を尾行していった。十五分間、クラブの駐車場で座っていたが、それだけいれば、ハーティガンが男と一緒に一番のティーグラウンドにあらわれるのを目にするにはじゅうぶんだった。ポールはその男がきのう裁判所の階段で、ハーティガンと一緒にいた弁護士タイプのひとりだと気づいた。彼らは二人とも大きな葉巻をくわえていた。ポールはゴルフには詳しくなかったが、時間がかかることは知っており、こちらには都合がよかった。ハーティガンがバンカーでのひそかなお楽しみを計画していたのでないかぎり、こちらは数時間ひまになる。彼はフィルに、ホースで片づけなければならない用事があると話した。

午前九時半の約束のためにそこに着いたときには、午前九時四十五分になっていた。渋滞がひどかったが、それでもフィルがマギーにうんちをさせるのに二十分も停まると言い張らなければ間に合っただろう。ポールは、大のおとながそんな言葉を使うもんじゃないと思ったが、口にはしないでおいた。

二人はホース・ヘッドへつづく急で狭い道路をのぼった。着いたときには、ゲラフティ巡査部長はすでに駐車場にいて、待たされたことなどまったく気にしていないようにみえた。小柄な女で、容赦なくツンツン立てた赤い髪と、なみはずれて筋肉のついた体格をしていた。ポールは彼女が何かスポーツにはまっているのか、あるいは単に誰かを思いきり蹴りたくてたまらないのだろうと考えた。

「おいおい」駐車場に近づき、パトカーのむこう側に停まっている車を見て、フィルが言った。

「あれはバニーのか?」

「ああ」

「一九八〇年のポルシェ928S」二人は声を揃えて言った。どちらも大の車マニアというわけではない。単純に、〈セント・ジュードス・ハーリングクラブ〉（ハーリングはアイルランド式ホッケー）でバニー・マガリーの教えを受けた子どもは全員、その車の名前と型をそらで言えるというだけのことだった。バニーはその車の三フィート以内には絶対近づいてはいけないことを厳しく理解させたうえで、子どもたちみんなにそれを見せびらかし、おおいに喜んでいた。噂では、その車はもとはあるギャングの持ち物で、警察とのカーチェイスで事実上全損になり、そのカーチェイスにバニーも関係していたらしい。ポールは自分がその噂を信じているのかどうかわからなかった。バニーは話を盛る癖《くせ》があるからだ。一度など、自分は切り裂きジャックの正体を突き止めたが、スコットランドヤードに電話してもイギリス人どもが馬鹿すぎて話を聞かなかったと言ったこともあった。

　ポールが信じているのは、その車をスクラップにするつもりだった保険会社から、バニーが車を買い取り、それから愛情をこめて修理したことだった。それはつまり、ダブリンにあるすべての修理工場が、修理を引き受けるまでしつこく悩まされたという意味だった、しかも間違いなく非常に〝警察にやさしい〟料金で。ともあれ、ポルシェを持つのはバニーの生涯の野心であり、彼はそれをなしとげた。ポール自身はそれほどの魅力を感じたことはない。単なる車だ。たしかにかなりほかとは違う車だし、マットブラックの塗装に赤い革シートもついているが。〝ポルシェ〟という名前の響きは、実際の車の姿よりずっと印象的だ。この車はいわゆる〝クラシックの〟ポルシェではなかった。たとえるなら、長い髪ともみあげのある、六〇年代の昔ふうなゲーリックフットボールプレイヤーだった。ハーフタイムにビールと煙草をやるタイプ。当時はカッコよかったかもしれないが、そのなめらかな、アスリートのような昔ながらの形を別にすれば、ひどく流行遅れにみえた。それでもバニーはこの車を愛していた。本人はしばしば見るにたえない格好をしていても、車のほうは汚れひとつすらついていなかった。誰もが知っていたが、この車に何か危害が加えられたら、あるいは——神もお許しにならないだろうが——誰かがとんでもなく愚かでこの車を盗みでもしたら、判決は死よりも悪い運命——バニー・マガリーにかたときも休まずつけまわされることになるだろう。

ポールは車を降りてゲラフティ巡査部長のところへ歩いていった。フィルがついてこなければもっとよかったのだが、ついてくるなと言う適当な理由を思いつけなかった。

「ミスター・マルクローン?」

「ええ。ゲラフティ巡査部長ですね。遅れてすみませんでした」

ポールは手をさしだし、二人は握手をした。

「全然かまいませんよ」彼女はまったくそうではないことをはっきりさせる口調で言った。強い北部訛りがある。「これがミスター・マガリーの車であることを確認できますか?」

ポールはうなずいた。「いつからここにあったんです？」

「最初に気づいたのは土曜日の朝でした。ふつうなら、クランプをつけて動かせなくするんですけど……」ゲラフティ巡査部長は何かにいらだっているようだった。

「けど？」ポールはきいてみた。

「ふつうならクランプをつけて動かせなくするんですけど、どうやら、この車はどうしてかそうされないようなんです」ゲラフティ巡査部長はそう言いながら、渋い表情を保つのに失敗していた。「クランプ業者はどこもこの車にさわろうとしないんです。押収されるようにやってみたんですが、それもできないとわかったんですよ」

「ああ、なるほど」ポールは言った。「バニーは自分の車にちょっとうるさいですからね」

「どうして法を免除されるのか理解できません」

「ダブリンに赴任して長いんですか？」ポールはできるだけさりげなくきいてみた。彼女の表情はその質問が気に入らないことを語っていた。

「六か月前にドニゴールから異動してきました」

「ああ、なるほど」ポールはもう一度言った。「まあ、彼が車をここに置いていったのにはたぶんそれだけの理由があったんでしょう」

「ええ」ゲラフティ巡査部長は言い、ノートとペンを出した。「最後にミスター・マガリーを実際に見たのはいつでした？」

「前の火曜日です」

「それ以降は彼と話をしましたか？」

「いいえ、ずっと連絡をとろうとしているんですが」ポールは答えた。「でも電話に出ないんです」

「わかりました。最近の彼のふるまいに変わったことはありましたか？」ゲラフティ巡査部長はきいた。ポールは彼女の目がさっと左へ飛び、フィルがくすくす笑っている方向をにらむのを見た。

「いつもと変わったことはありません、ええ」

「彼はよく感情的に爆発すると思いますか？」

フィルはこれを聞いて本当に噴き出した。

「フィル、黙ってろ！」ポールは言った。

「ごめん、ごめん」とフィルは言った。「だけどいまのはケッサクだよ。〝バニーはよく爆発するんですか？〟なんてさ。リンおばさんに話すのを楽しみにしてろよ」

「これは真面目な話ですよ」ゲラフティ巡査部長は言った。「はっきりさせる必要があるんです、もしかしたらミスター・マガリーが……」

彼女はそのあと言葉を宙ぶらりんにした。ポールはその話がどこへ向かうのかわかっていたが、自分では言いたくなかった。

「何？」フィルが言った。微妙なほのめかしというものについては、アシカが天体物理学を知っている程度にしか知らないのだ。

ゲラフティ巡査部長は声を低めた。「……もしかしたら……自分自身を傷つけているかもしれません。大声で言いたくはありませんが、この上の断崖には、残念ながら、みずから命を絶つことを選ぶ人たちがよく行く場所があるんです」

「はあ?」フィルが言った。声からユーモアが消えている。「自殺!? あんたおかしいんじゃね? バニーが?」

ポールが振り向くと、フィルの顔には混乱が浮かんでいた。「いいからここは僕にまかせてくれ」

「いいともさ、ポール、その人にそんなのはでたらめだって言ってやれよ。気を悪くしないでくれよ、お巡りさん。でもそうなんだ。でたらめだよ」

「そちらの方はどなたです?」ゲラフティ巡査部長が言った。この状況に関するフィルの評価を面白く思っていないのはあきらかだった。

ポールはなだめるように両手を突き出した。「すみません、巡査部長。こいつはすぐ黙りますから。これは大きな誤解ですよ。バニーは何日かどこかへ行ってるだけなんでしょう……〝飲んでどんちゃん騒ぎをして〟とか、とポールは心の中で付け加え、「……でもきっとじきにあらわれますよ。パニックになる必要はありません」

「そうですか」彼女は答えた。「あなたの言うとおりだといいんですが。ところで、この車の保険に登録されているドライバーはあなたですね?」

「いいえ、まさか」ポールは答えた。

ゲラフティ巡査部長は手帳をめくった。「ポール・マルクローンというのはあなたでしょう?」

ポールはうなずいた。

「でしたら、この車の保険に登録されているのはあなたです」

ポールとフィルは驚きの視線をかわした。彼らの知るかぎり、バニーがこの車に座ることだけでも許した人間はこれまで二人しかいない。ポールに運転を許すなど、わけがわからなかった。

「ええと」ポールは言い、「なるほど、まあ……バニーは必ずじきにこれをとりに戻ってきますよ」

「いますぐどかしてもらいたいんです。これ以上ここに停めておくことはできません」

「ごもっともです」ポールは答えた。「でも僕はキーを持っていないんですよ、というか――」

巡査部長が鍵束を持ち上げたので、ポールはしゃべるのをやめた。「ごめんなさい、言いませんでしたっけ? この車が見つかったときにはロックがかかっていなかったんです、キーもイグニションに差したままで」

ポールは鍵束を見つめ、それから車を、次に思わず、崖につづく道を見てしまった。

「さて」ゲラフティ巡査部長は続けた。「彼はこれまでにも所在不明になったことがありますか?」

5

十六年前
二〇〇〇年二月四日金曜日

タラ・フリンはパブのドアが激しくガタガタ鳴ったので顔を上げた。今日の風向きからすると、今朝ナイトスタンドに足の親指をぶつけたのがいちばんいいことになりそうだった。きのうは掃除人を産休に入らせた。ラリンカがまだ働いていること、気がつかないふり、〝手持ちの現金〟を考えあわせ、タラが効率的にやったのは、もう仕事にこないよう彼女に二百ポンドを渡すことだった。タラはパブ〈オヘイガンズ〉のアシスタント・バーマネージャーだったが、それがすてきに聞こえたのも、店にはほかに二人しか従業員がおらず、彼らもまたアシスタント・バーマネージャーだとわかるまでだった。〈オヘイガンズ〉では全員が責任者で、指図を受ける人間はいない。文字どおり同じ立場なのだ。ディッキーはチーフ・アシスタント・バーマネージャーで、リカードはヘッド・アシスタント・バーマネージャーなのだから。自分たちの誰が実際の責任者なのかも、みんなはっきり知らなかった。ミセス・フィオニュアラ・オヘイガン、すなわち亡きマーティン・オヘイガンの妻は、人事部門という分野の天才だった。彼女は、肩書きを与えれば、相手は与えられなかった場合には思いもよらないことまでやってくれると考えていた。タラは自分が一時間も熱心に店を拭いていたモップに目を落とした。あのイカレた婆さんの言うとおりらしい。

タラは社会学の学位から華々しく燃えつきたあと、ほんの二か月前にここで働きはじめたばかりだった。ラリンカに産休を与える権限はなかったが、大きなお腹をした女が床にモップをかけるのをこれ以上黙って見ていられるような良心も持っていなかった。あの気の毒な娘が破水して、それでもモップがけを終えてから、行儀よくバスに乗って病院へ行くところが思い浮かんだのだ。そんなわけでいま、タラはほかのすべての担当であるのと同様、無給の掃除人でもあった。それはどうでもよかった。ここで働いているのはオーストラリアに行く金がたまるまでのことだから。

またドアがさらに激しく鳴り、外にいるモンゴル略奪団のかぎられた忍耐心が薄れはじめたようだった。

「ちょっと待って」タラは言い、エプロンをはずしてバケツを隅に押しやり、モップをその横に立てかけた。外にいるのが誰かはわかっていた。タラが彼女に電話したのだ。だからといって、彼女が来るのが怖くないわけではない。ドアへ歩いていくと、すりガラスのむこうにあの不吉な姿が見えた。五フィートぴったり、沸騰《ふっとう》する怒りとショッキングピンクのビニールコートにつつまれている。

「何だってこう長くかかってんのよ?」むこう側から声がした。

「ちょっと待って」タラは繰り返し、ドアの上と下のかんぬきをはずした。

ドアをあけきらないうちに、メイヴィス・チェンバーズが入ってきた。六十代後半で、おそらく仕事は引退ずみ、人生のあらかたをムーア・ストリートで屋台の魚屋をいとなんできて、そのあいだに十人の子どもを生み、三人の夫を殺していた。タラの知るかぎり本当の殺人ではないが、三人のうち二人は最後には死を歓迎したのではないかと彼女は思っていた。メイヴィスはタラがこれまで出会ったなかで、文句なくもっともおっかない人物だった。目がひりひりするほど香水をつけているのだが、たぶん週に六日間魚にかこまれていたときからの習慣だろう。

メイヴィスは煙草の手前半分を一気に吸いこみ、それからその煙を吐きながら耳ざわりな声で言った。「あいつはどこ?」

「もう大丈夫ですから、ちょっと落ち着いて。いまは眠ってます。少し興奮してたんですけど」

それはそうとう控えめな言い方だった。バニーを見つけたときには、少なく見積もっても何日間か酔っ払って暴れていたらしい。ここの男二人がドックのそばで彼を見つけたのだが、ぐでんぐでんに酔って、通りすぎる船にわめいていた。バニーは泥酔していたものの、それでもどうにかしてディッキーに迷惑料として一ポンド金貨を渡した。彼らがバニーをここへ運んできたのは、この店の貯蔵室か留置場かの選択で、刑事に留置場はばつが悪かろうと思われたからだった。バニーはそんなことなど気にしなかっただろう。警官たちなどメイヴィスに比べたら楽な相手だ。彼女は一週間以上もバニーを探していたのだった。

顔にチョコレートをつけた二人の少年が祖母の後ろからドアを入ってきて、まわりには何の注意もはらわずにパンチごっこを続けた。

「そこ気をつけて、坊やたち」タラは言った。「床が濡れてるから」ここは市の中央部の真ん中なのに、とタラは思った。どうしてこの人たちは靴が泥まみれなの？

「あんたたち！　おとなしくしな」メイヴィスが甲高《かんだか》い声で言ったが、これといった反応はなかった。

「うちのジョアンナの子どもたちなんだ」メイヴィスは打ち明けた。「あの子は裁判所に行く日でね」

「そうですか」

「それはそうと、あの役立たずはどこにいる？」

「彼のところに案内しますよ、オーケイ。ただ……ひどいことになってるはずです。やさしくしてあげてください」

「やさしく？　あたしはただ彼と話をするだけだよ」

タラは客を貯蔵室へ連れていった。

「それにさわるんじゃないよ、あんたたち！」孫のどちらも目に見える範囲にいないのに、メイヴィスは怒鳴った。タラは首を伸ばしてみたが、彼らがどこにいるのかわからなかった。

貯蔵室のドアをあけると、そこのにおいが本物の波のように二人を襲った。消毒剤にまじって酒、体臭、それに考えたくないほかのいろいろなもの。タラは鼻をつまみ、あいているほうの手で明かりをつけた。壊れた家具と保管棚のあいだに、バニー・マガリーが寝そべっていた。ベッドとはいえない古ぼけた詰め物入りの椅子に、ぶかっこうに手足を広げている。かけてやったいつものムートンのコートは蹴とばされていた。バニーはぼろぼろになったしみだらけのシャツと、片方だけの靴下、それにつつしみを守るのにほとんど役に立っていないパンツという姿で寝そべっていた。彼は裸電球のぎらぎらする光に邪魔をされてうめき、腕で目をおおった。

「なんてざまだよ！」メイヴィスが叫び、顔の表情が一変した。

「バニー？」タラがそっと声をかけた。

彼はむにゃむにゃと何か言った。

「バニー？」さっきより厳しい声で繰り返した。

彼は寝返りをうっておならをした。

タラはため息をついてじりじりと前へ進みはじめた。「バニー、目をさまして、さあ起きて」

メイヴィスが後ろからいなくなったことに気づいたのは、彼女がさっきのモップ用バケツを運んできて、中身をバニーのあおむけになった体にまともにぶちまけたあとだった。

「何をしやがる！」

バニーは目をさました、その状態をそう言えるのならば。がばっと体を起こすなり、両手で頭を押さえ、ぎゅっと目をつぶる。

「何……どこ……どいつ……あぁちくしょうめ」

「あたしに汚い口をきくんじゃないよ、このコーク（アイルランド南西部の県、または県都）者《もん》が！」

メイヴィスはその年にしては驚くべき勢いでバニーのところへ歩いていき、ハンドバッグで彼の頭を叩きはじめた。

バニーは哀れな声をあげ、両手を持ち上げてわが身を守ろうとお粗末な努力をした。

「メイヴィス！　やさしくってば！」タラは年配の女を後ろへ引っぱったが、その前にバニーは激しい打撃を三発食らった。

「やさしくだって⁉　これからこの呑み助のろくでなしを殺してやるんだよ、できないかどうか見てな」

バニーは口に手をあて、それからゆっくり目をあけておずおずとあたりを見まわした。

「俺は……ここは地獄か？」

「地獄だって！　地獄だともさ‼」メイヴィスは隅の壊れたクイズゲーム機に向かって言った。なぜなのかタラにはわからなかったが。「あたしがあんたを片づける頃には、地獄に行ってたらよかったと思うだろうよ。この恥さらし！」

「ここは〈オヘイガンズ〉よ、バニー」

「俺はいったいここで何をしてるんだ？」

「俺は何をしてるんだ、だとさ！」

タラはメイヴィスがまたしてもバニーに突進しようとするので、つかんでいる手の力を倍にした。

「メイヴィス！　彼に襲いかかっても何の助けにもならないでしょう」

「こいつを助けるなんてもう手遅れだよ」

「吐きそうだ」

　タラはメイヴィスが放りすてたところからバケツを蹴って、彼のところまで床をすべらせた。

「うちの床ではやめてよ」ただでさえ掃除しなければならないところはじゅうぶんすぎるほどあるのだ。

　バニーは用心深くバケツをとって腹のところにかかえた。

「情けないやつだね。あのざまをごらんよ！」

「あんたにゃ関係ないだろう？」バニーが言い返した。

「だったら教えてあげようか？」メイヴィスは言った。「あんたは〈セント・ジュードス〉をおぼえてるかい、あんたがつくったハーリングチームをさ？　あたしたちがさんざんあんたを手伝ってやったチームを？　あの子たちのジャージを洗ったり、資金を集めたり……」

　バニーはうなずいた。「もちろんおぼえて――」

「じゃあチームはなくなったよ、そうだろ？　なくなっちゃったんだよ！　あの罰あたりな開発業者どもの罰あたりなフラットのせいでさ。あんたは議会がフィールドを売り払うのを止めてくれるはずだったんじゃないの？　何とかしてくれるはずだったじゃない！」

「そのつもりだよ。投票は木曜日までおこなわれない」

　タラがわずかに手の力をゆるめていなかったとしても、今度ばかりはメイヴィスを止められていたかはわからなかった。メイヴィスは飛び出していって、またバニーの頭に打撃を降らせはじめた。

「いったい何だよ⁉」

「今日は金曜日だよ、この酔っ払いの最低野郎。**金曜日‼**」

タラはメイヴィスを強く抱きかかえ、彼女の両手を体の横で押さえつけた。しかしこの年金生活者はすぐさまかわりにバニーを蹴りはじめた。

バニーは目を見ひらき、傷だらけの途方に暮れた表情で二人を見上げ、その怠け者の左目は絶望の様子に拍車をかけるばかりだった。「俺は……いったい……そのことは何とかするよ」

タラは腕の中のメイヴィスがまた力を抜くのを感じた。彼女の怒りは絶望に変わりつつあった。「それじゃどうやってやるつもりなのよ？　あたしたちはゆうべ、あんたを待ってたのに。あんたがあらわれるってずっと信じてた。あんたが何とかしてくれるって。なのによくも……」

彼女の声は途中で消えた。

バニーは床を見つめていた。

「俺は……すまなかった」彼はささやくように、冷たいコンクリートの床にむかって言った。

「あんたのことなんか信じるんじゃなかった」メイヴィスは言った。「あれだけいろいろあったんだから。あの子たちみんな、これからどうなるの？　これまでずっとやってきて。あんたはあの子たちに自分を信じさせて、なのにあんたは……こんなのひどいわよ」

タラがメイヴィスから手を離すと、年上の女は服をまっすぐに直しはじめた。

「俺が必ず……」バニーが言った。

「あんたが何をするって？」メイヴィスはきいた。

タラはこんなにみじめな様子の男を見たことがなかった。正直言って、バニーのことはそれほど長く知っているわけではない。だが〈オヘイガンズ〉で働いていたこの二か月、彼は常に店にいた。目立つし、大きいし、ずうずうしいし、野暮ったいし――でもちょっと怖い、目にイカレた感じのする魅力があった。いまはそのすべてがない。心の底から途方に暮れた様子で、何もないところを見つめていた。

メイヴィスが話しはじめたとき、その声はささやきに近かった。「投票はね、あたしたちの味方はほとんどいなかった。約束してくれた人たちですら。それから……みんなあたしたちを裏切った」

「弁護士を雇ったら？」タラは言ってみた。

「それでどうなるのさ？」メイヴィスは答えた。「むこうには二十人もついてて、こっちはひとり雇う金もないのに」

「何人差で負けたの？」

メイヴィスはタラを見たが、その顔をいくつかの表情がよぎった。

「負けてないよ」

それを聞いたバニーは顔を上げ、うるんだ目が希望でいっぱいになった。

メイヴィスはしゃべりながらハンドバッグをのぞきこみ、いまや二組の目が自分にひたと据えられていることなど気づかないふりをした。「たまたま、投票が完了する前に市議会の火災報知機が鳴ってね。全員、建物から出なきゃならなかったんだ」

「あなたが報知機を鳴らしたの？」

「いや」メイヴィスは言った。「本当に火が出たんだ。ところでさ、誰か……」彼女はわざとバニーを見てから続けた。「この件が片づいたら、うちのジャネットのところのダレンに、マッチで遊ぶのをちゃんと怖がるようにさせてくれないとね。あの子ったら、ああいう何ていったっけ……混乱したシグナルを送られちゃってさ」

「ああ、メイヴィス」バニーが言った。「あんたにキスしたいよ」

バニーは立ち上がろうとした。

「そんな下水溝みたいな口で、あたしに近づくんじゃないよ、バニー・マガリー。あたしがしたのは、避けられないことを先延ばししただけ。あいつらはひとり残らず、あたしたちの反対に投票しようとしてたし、それに振り替え投票日の月曜の晩にはそうするだろうよ、必ず」

「それは俺が何とかする」

タラは外のバーカウンターの中で何かがぶつかる音を耳にした。

「子どもたち！」メイヴィスが咆哮《ほうこう》した。タラとバニーは顔をしかめた、ただしそれぞれ別の理由で。「あんたには三日あるよ、バニー。主《しゅ》はその時間内に死からよみがえられた。奇跡を起こすとか何とかしてあたしを助けてちょうだい、でないとあんたは主と逆の道を行くことになるからね」

バニーはそれを聞いて、相手をとまどわせるような笑みで顔を輝かせた。

「大丈夫さ。タラ、かわい子ちゃん、俺のズボンをとってくれないか?」

「ええと……」タラは答えた。「ここへ来たときにははいてなかったのよ、バニー」

「なるほど。それじゃ誰かほかのやつのズボンをとってきてくれないか?」

6

アイスクリーム二パック：チャンキー・モンキーとクッキー・ドー――済
ボトルワイン二本：一本は赤、一本はロゼ――済
大きなレンガサイズのチョコレートバー二個――済
ドーナッツ一箱――済
ウォッカ一本、馬鹿っぽいフレーバーのやつどれでも――済
酔っ払ってかけないように携帯を食器棚にしまう――済
スウェットパンツ――済
ソー・ドクターズ（アイルランドのロックバンド）のTシャツ、二サイズ上のもの――済
『ドント・テル・ザ・ブライド』（イギリスのリアリティテレビシリーズ）の録画六話ぶん――済
カレー一人前を注文、猛烈に辛いやつ――済

ああ、リストって好き——大好き！　正しい悲しみパーティーをするコツは、とブリジットは思った。計画することだ。自分の人生をめちゃくちゃにしたあと、ただ行き当たりばったりにみじめさを見せびらかすわけにはいかない。事前に周到に考えておかなければだめなのだ。そう、彼女は職もなく、男もなく、将来もない——でも考えないことにする方法はよく知っていた。そのことを誇りにしていた。

あの懲罰委員会から出てくるとすぐにリストを作った。まあ、実をいうと、宝くじにあたった人間のたがはずれた喜びっぷりで、数人の女にさよならを言い、駐車場にあったスケべ《レッチ》のＢＭＷに鍵で傷をつけ、それから家へ帰るバスの中でちょっと泣いた。でもそのあとで、リストを作ったのだ。いま、四時間たってそれを見ても、やはり心底誇らしかった。なんてバッチリなリスト。

すべて計画どおりに進んでいた。もう赤ワインのボトル、アイスクリームのひとパックと、『ドント・テル・ザ・ブライド』を見ているときに投げつけるためにとってあるひとつ以外、ドーナッツを全部たいらげてしまった。ブリジットはその番組を見ながらさんざん叫んでいた。番組は彼女の目的にはうってつけだった。男たちが未来の妻たちの希望をことごとく無視して結婚式のプランをたて、しかも式のテーマをＦ１とかゾンビとかレゲエにするのを見るのは、彼らが酸素の無駄遣いであることを思い出させてくれて最高だった。たしかに、番組がもう終わっていて、自分がかなり長いこと〝そんなやつ振っちまえ！〟と叫んでいたのは『パノラマ】（BBCの調査ドキュメンタリーシリーズ）の刑務所改革スペシャルだと気づいたときには、ちょっと凹んだけれど。公正を期すために言うと、刑務所改革は結婚式のテーマには変だが、最悪というわけでもなかった。

ブリジットはげっぷをし、それでチョコレートバーのひとつもどこかの時点で食べてしまったに違いないことに、簡単に気がつけた。ロゼのボトルももう半分まで飲んでいる。べろべろに酔っ払い、ハイカロリーの忘却を求めて最高にすてきな時を過ごしていた。第二段階――当然ながら吐くことになり、そのあとでカレーが配達されてくる――はスケジュールどおりに進んでいた。こういう状況でルーキーがやる失敗は、まずカレーを先に食べてしまい、それから今夜の〝チョコレートによる死〟にはまりこむことだ。

「だめ、だめ、だめ」彼女は言い、そこで自分は誰とも話していないと気がついた。いいかい、とテレビに映った男はブライズメイドたちにこう言ったばかりだった。きみたちは自分のドレスを買わなきゃいけないよ、だって僕はペイントボール用のアリーナを借りたんだから。

「サイテー男!」彼女は叫んだ。

これが〝コンロイ方式〟だった。カレーは吐いた（一回め）あとに食べること、なぜならアイスクリームは吐いたあともまあまあの後味だけれど、再循環されたタンドーリチキンはすっぱさが残って、いい感じのほろ酔いをぶちこわしにしかねないからだ。これは信頼していた相手に何度も裏切られてきた利点で、世界が滅亡したあともベストをつくす方法が本当に身についた。

ドアベルが鳴った。カレーが早く来た、あるいは遅く来たのか、あるいは……時計は役に立たないほどぼんやりしていた。

ブリジットはどうにか立ち上がった。時間ぴったり――ちょっと早いか――でもオーケイ。カレーを受け取って、あの感じのいい男に支払いをして、それから大きな白い電話でヒューイとおしゃべりしよう（〝便器に吐く〟の意味）。立ち上がったせいで、ブリジットはそろそろその時間だと気がついた。重力が狂うのをやめるまで、しばらく壁にしがみついていた。

オーケイ、よし。これだって前もって考えに入れてたわよ、わたしは酔っ払いの天才なんだから。三十ユーロはドアの横に置いてある。料理はそれよりだいぶ安いはずだけれど、チップをはずんでやるつもりだったのだ。どうせ自分はあのおびえた配達人に、酔っ払って下ネタを言うにきまっているのだから。それはいい、でも今回は――ああいう話し方はしないつもりだった。あれは前回、本当に最悪だった。オーケイ、いいわ。これくらいできる。ブリジットはおっぱいの位置を直し、そのとき何かおかしな感触がした。しこりのようなものを見つけて恐怖の一瞬があったが、すぐに、どういうわけかチョコレートのかたまりがブラの中に入っていたのを見つけた喜びに変わった。彼女はふんと笑い、それから自分の体を下へ向かってぱたぱた叩いて調べた。

ベルがまた鳴った。

「いま行くわよ、こんちくしょう！」オーケイ、さあ落ち着いて。あの配達人は何も間違ったことはしてやしない。まあ、彼が男であるからには、ほとんど確実に……でも彼女に対してではない。

ブリジットは思った以上のスピードで前へ進んでしまい、コート掛けにちょっと倒れこんだ。体勢を立て直し、金をとってドアをあけた。

廊下に立っていたのはポールだった。

「やだ《ジーザス》!」ブリジットは悲鳴をあげ、彼に金を投げつけてバタンとドアを閉じた。いまはもうなくなった仕事にいく早朝の通勤列車で、ブリジットは何度も、次にこの浮気者のろくでなしを見かけたら何をするか、細部まで工夫を凝らして計画していた。わたしは、

1、十六ポンド(約七キログラム)やせる

2、すごくきれいになる、そして

3、おかしなくらいたくましいけれど、とっても繊細な獣みたいな男の腕に抱えられている。とくに気弱な朝には、ラグビーの〈レンスター〉チームの写真をじっくり見て、三人まで候補を絞っていた。

その状況のどこであれ、彼女は無駄に主《しゅ》の名前を使ったり、ポールに金を投げつけたり、ドアをバタンと閉めたりしていなかった。今夜のためのプランにはしばらくのあいだ別のバージョンがあって、そんなことが起こるのも含まれていたのだが、じきに彼女は賢明にもリストから〝男性ストリッパーを注文する〟を消していた。品はなくさずにおくつもりだった、少なく

ともほかの誰かに知られる範囲では。

危険を冒してちらっと横目で鏡を見てみたが、あわててまた床に目を戻した。恐れていたとおりのひどさだ。彼女の頭は無駄に別のリストを作りはじめた。赤ワインのついた口——済。当然ながら顔についたアイスクリーム——済。Tシャツについたドーナッツの粉とチョコレートのしみ——済。髪がぼさぼさ——済。それから……ああもう、リストなんて大っ嫌い！

ブリジットはそっとドアに頭をぶつけはじめた。

待って——いまのは想像だったんじゃない？　酔っ払いはしょっちゅういろいろなものの幻覚を見るものよ。いま起きたのはきっとそういうこと。

「ブリジット、大丈夫かい？」聞きなれた声がドアのむこうから言った。

ああ、最低中の最低、最低、最低。

「ええ」ブリジットは感じてもいない自信のありったけで答えた。「わたしは大丈夫よ、だからあなたなんていらないの、この……この……バカちん！　さっさと消えて！」

「帰るわけにはいかないんだ」ポールがドアごしに言った。

ブリジットはまわりを見まわした。やだ、まさかわたし……。

違う。ここは絶対に彼女のアパートメントだった。恐怖の一瞬、ブリジットは自分が彼に会いにいってしまったのかと思った。そんなことになっていたらみじめだっただろう。

「あなたと……そのチンコ《ブリック》は……このバカちん《ブリック》……帰って《ブリック・オフ》」がんばるのよ、とブリジットは思った。そんなのよりもっとましな悪態を知ってるでしょうが。それを思い出して！

「バニーが行方不明《ミッシング》なんだ」とポールは言った。

「何が恋しい《ミッシング》って?」

「違うよ、行方不明。行方がわからないとか、誰も彼を見つけられないとかの」

「隠れんぼみたいな?」

「姿を消してしまったんだ」

「それで?」ブリジットは言ったが、内心思っていた。なんであなたが探さないのよ、ポール? ああそうね、あなたはどうやったら探偵になれるのかさっぱりわからないんだものね。おっと、いまのは口に出して言ってやるべきだった。いいせりふになったのに。

「それで」ポールは答えた。「どうやって彼を見つけたらいいのかわからないんだ。どうやったら探偵になれるのかさっぱりわからなくて」

ああもう!

「助けてほしいんだ」彼は続けた。「ねえ、一緒にいまの話ができるようにドアをあけてもらえないか?」

「だめ!」ブリジットはどんと足を踏み鳴らして強調した。「もう絶対に、このドアであろうが何だろうが、あなたにあけてあげたりするもんですか、この……バカちん《プリック》!」真面目な話だが――ブリジットは悪態なら何百と知っていた。兄が三人もいるのだ。「これから友達とパーティーをするの、それからそのあと、男の人がカレーを配達しにきて、それで……それで、彼とセックスするんだから!」

「オーケイ」ポールが答えた。「実はその配達人はきみの食事を持ってここに来ているんだ。僕のすぐ隣に立っている」

「わかった、いいわ。その人にじきにそっちに行くって言って」

「ええと……いなくなっちゃったよ」

「その人じゃないわ」ブリジットは言った。「別の人。〈レンスター〉のラグビー選手なの」

「それでその人がカレーを配達してるのかい？」

「うるさいわね！」ブリジットは言った。「いいから黙ってて！　わたしの心をめちゃくちゃにしておきながら、ふらっとやってきて馬鹿みたいな気持ちにさせないでよ。あなたが来てなくたってじゅうぶん馬鹿みたいな気持ちになってるんだから、この……この……ええと……バ《ブリ》カ《ツク》と同じような言葉って何だっけ？」

「ろくでなし？」とポールは言った。

「ありがとう」ブリジットは答えた。「ろくでなし！」

「それは自分でも全部わかっているよ、ブリジット、だから謝る、本当にすまなかったと思っている、言葉にできないくらい……でもバニーが行方不明で、どうやって彼を見つければいいのかわからないんだ。警察は知らん顔だし、怖いんだよ、わかるかい？　何をすればいいのか見当もつかないんだ。きみは僕よりずっと頭がいい、だからきみならこの件の重大さがわかるだろう」

「そのとおりね」ブリジットはこぶしでドアを叩きながら答えた。「わたしは……最高の探偵だもの、たぶん……そうかも。これまでは全然そうなるチャンスがなかった。でもなれたはず！」

「だから頼むよ」ポールが言った。「バニーを探すのを助けてくれ」

「いやよ！」彼女は答えた。酔っていても、自分の声がどんなに変な響きなのかわかった。「あなたが何かするのを助けるんじゃない。わたしがバニーを見つけるの。あなたは……いいから黙って！」

ブリジットは閉じたドアにうなずいた。はじまりは最悪だったかもしれないが、調子は戻りつつあった。「それはわたしがやる。わたしが。ひとりで」

「オーケイ」ポールが言った。

「あなたは……」ブリジットは言った。「あなたなんか全然必要じゃないから！　全然！　でも、紙に書いていってちょうだい……わかるでしょ、それから郵便受けに入れていって。細かいことや何かを」

「きみんちに郵便受けはないよ」

「馬鹿にする気？」

「違うよ、ブリジット。ごめん、ブリジット」

「紙に書いて、そうしたらあしたとりかかるから」

「オーケイ」

「それじゃもう消えて、この……この……」

「ろくでなし？」ポールが言った。

「そう。それ！」

「オーケイ」

ブリジットはそこを動かず、外の廊下から聞こえてくる静かなサラサラという音にじっと耳をすましていた。それからたたんだＡ４の紙がドアの下から入れられるのを見つめた。それからポールが外の廊下を動かなかったので、さらに二分間耳をすましていた。やがて彼が階段を降りて、建物の玄関ドアから出ていくのが聞こえた。

そこでようやく吐きにいった。

7

「こら、ねぼすけ！」

ポールはハーリングスティックにあばらを突かれる不快な感覚で目をさました。まばたきしながらまぶたを開くと完璧に澄みわたった青空がちらりと見え、それからバニー・マガリーの球根のような顔が視界にぬっと入りこんできて、ほかのものを全部おおい隠した。激烈な怒りに関する彼の高い基準にてらしても、バニーは怒っているようだった。

「バニーなのか？」ポールは言った。

「まったく、名探偵の推理力は果てしないな。そうとも、このやせっ尻の不潔野郎、パパのお帰りだぞ。なのにいったい全体このざまは何だ?」

バニーが後ろへさがり、ポールはあたりを見まわした。彼はどこかのビーチにいて、まわりは申し分ない夏の昼間だった。よくある昔ふうのデッキチェアに座っており、それは単に基本の骨組みに長い布がかかっているだけのものだった。腰をささえてくれるものは何もない。バニー・マガリーは彼の目の前に立って片手にハーリングスティックを持っており、そのことは別に驚くものでもないが、体にぴったりした赤いドレスを着ているのには驚いた。バニーには似合わなかった。生地が体にぴったりつくようになっているのに、バニーの場合にはまるで生地が必死にそうしているようにみえるのだ。彼のビール腹はあきらかにウエストラインの上にせりだしている。一回でもくしゃみをしたら、着ているものが全部びりびりに破ける〝超人ハルク〟になりそうだった。赤い色は彼の顔とも合っていなかった。〈セント・ジュードス〉のアンダー12ハーリングチームにいた者は誰でも、生存上の問題として、バニー・マガリーの顔色の見本チャートをおぼえこんでいる。彼の顔はいま、〝命が惜しかったら逃げろ〟の深い紅色だった。

「ええと」ポールは言った。「これは夢だと思うんだけど」

バニーは両手を上げておおげさに不満をあらわした。「もちろん夢だとも、このシャンディ(レモネードで割ったビール)好きのちびちび飲み、俺が好きこのんでこんなものを着てると思ってるのか?」

「それは……」ポールは左側へ目をやった。彼のミステリアスな、名前のない依頼人——彼が

〝赤いドレスのレディ〟と言わないようにしているあの女――がそこに座ってカクテルを飲んでおり、ことのなりゆきには興味なさそうだった。あのときと同じドレスを着ている。〝赤いドレスの悪魔〟。その言葉は、半分だけおぼえている歌のように彼の頭に刻みこまれていた。

「ほら」ポールは言った。「それは彼女を思い出させるためのものなんだよ」

「なるほど」バニーは答えた。「俺はルーカン卿（イギリスの伯爵。一九七四年に失踪した）をやって、おまえはどこかの廉価版キム・ベイシンガー（ブロンドでセクシーなアメリカの女優）かぶれと一発やろうとしてるわけか」

ポールは立ち上がろうとしたが、できないことに気がついた。

「違うよ、それはただの……僕は……」

「おっと――ぴいぴい泣くのはやめろ。少なくともおまえは、自分のケツと肘《ひじ》の区別がつく人間に俺を探させるところまでやった」

ポールはまた左側へ目をやった。今度はブリジットが依頼人と並んで、そっくり同じデッキチェアにそっくり同じドレスで座っていた。ポールは彼女を見ると、恥と後悔の氷のようなボルトに胸をつらぬかれた。彼女がすてきにみえていないのではなく、自分の潜在意識がそのイメージに少々フォトショップをかけて、まさしく受けるべき痛みを最大にしているんじゃないかと思ったのだ。ブリジットは依頼人の女を見下すように横目で見てから、手に持った携帯を見つめた。ポールは彼女が何を見ているのか、ディスプレーを見るまでもなくわかった。あの何枚もの写真をまたフリックしていっているのだ。彼女は前へスワイプするたび、純然たる憎しみの視線を送ってきて、ポールにはそれがみぞおちにパンチを食らったように感じられた。

バニーがスティックでブリジットをさした。「それはむろん、彼女には一時的におまえとおまえのさまよえるペニスに対する怒りを忘れようとする気がある、としての話だが」

「ブリジット」ポールは言った。「本当にごめん。どうすれば……おぼえていないんだ。僕は……」

「いいかげんにしろ」バニーが大声で叫んだ。「消えちまったのは俺だぞ。なのにおまえときたら〝僕が僕が僕が、わーんわーんわーん〟――大人になれ、いいか」

「わかったよ」ポールは答えた。「僕に何をしてほしいんだ、バニー?」

バニーは声を低めた。「おまえは精神の旅に出ろ。あらゆる物質的な過剰を捨てて、宇宙とひとつになるんだ。そのときはじめて自分の霊的ガイドを見つけられる、悟りへの道を示してくれる動物を」

「ほんとに?」

バニーは爆笑した。「ああ――俺はあのバスタブで死んだ男、ジム・モリッション（アメリカのロックバンド、ドアーズのヴォーカリストのジム・モリソンのこと）のマスかき野郎のことを考えてるんだ。おまえに必要なのは、現実を直視することだ」

いまの物言いのほうがバニーらしかった。「でもどうやったらあんたを見つけられるのか見当もつかないよ」

「馬鹿言え。だからそこでミス・リートリム（リートリムはブリジットの出身地）が必要なんじゃないか。彼女を引っぱりこんだことが、いまのところおまえが唯一まともにやりとげたことだ。彼女にやってもらうんだ。むこうはしっかり準備ができるまでおまえを仲間にしちゃくれないだろうが。彼女、そこのところははっきりさせてたよな」

「それじゃ、そのあいだ僕は何をすればいい？」

「おまえの本業だよ。依頼人が来たし、事務所をたちあげるのにいそいで金がいるし、あの事務所は惚れた女を取り戻して、まっとうな生活になりそうなものを手に入れる計画のキモなんだろうが。俺はずっと何て言ってた？　おまえがハーリングをやってた頃に」

「審判が見てなきゃ、なかったことになる？」

「違う」

「ぶん殴ったあとは、うまくいくよう願え？」

「違う！」

ポールがバニーを見上げると、彼はむっつりとこちらを見おろし、不吉なほど見おぼえのある、ぎゅっと閉じたかたちに唇《くちびる》を結んでいた。まるでありったけの力を振りしぼって、いつもの下卑《げび》た毒舌の波を押しとどめているかのように。ポールの心理には、もしバニーに最初の二回で間違った答えをしてしまったら、あとは黙っていろということが根深くしみこんでいた。三度めの正直は存在しない。

バニーはゆっくりとわざとらしく言った。「大事なのはチームワークだ」

「あんたがそんなことを言うのは文字どおり聞いたことないけど」

バニーがスティックを振りおろそうとしたので、ポールはうわっと両腕を上げた。

「これはおまえの夢だ、このちょこまか走りのバカ。俺と同じようにわかってるだろ、これはみんなおまえの潜在意識が状況を整理しようとしてるだけなんだってことはな。だからうだうだするのはやめろ。それで、この探偵ごっこはどんな具合だ？」

「最悪」ポールは答えた。自分に嘘をついてもしかたない。

水曜の午前中にホースへ行ったあと、ポールは〈マラハイド・ゴルフクラブ〉へ戻り、ハーティガンがラウンドを終えるのを待った。いまやバニーの車が手に入り、そのことには明らかな理由で不安になったが、さまざまな、しかし同じくらい明らかな理由で助かりもした。おかげでフィルにおばさんの車を返させることができた。おばさんは美容院に行きたがっていたのだ。それもまた、たぶんフィリップ・マーロウにはなかったことだろう。

ポールはフロントシートに低く座り、ハーティガンが十八番グリーンで対戦相手と握手をしてから、クラブハウスへ戻るのを見ていた。ボディランゲージからしてハーティガンが勝ったと思ったが、ジェローム・ハーティガンが常に勝者の雰囲気をまとっている人間だったからかもしれない。シャワーに十五分かかるとみて、ポールはマギーを駐車場まわりの短い散歩に連れ出す時間はじゅうぶんあると考えた。そもそも犬をバニーの車に乗せるだけでも落ち着かなかった。マギーがここをトイレ代わりに使う可能性にいたっては、恐ろしすぎて考えられない。ポールとマギーは足を止め、十番ホールでどこかのゴルファーがティーショットを打つのをながめた。あっぱれなことに、ポールはそれがどんなにまずいアイディアだったか、クラブがダウンスイングにかかったときに気づいた。マギーがすぐさまゴルフボールを追って走りだしたのだ。ポールはリードを離してしまった。離さなかったら、腕がきれいにちょんぎれていたかもしれない。追いかけたが、もう少しでつかまえられると思うたびに、誰かがマギーの視線に入ってきてショットを打ち、またしてもマギーがよだれをたらした熱線追尾ミサイルのごとく飛び出していく。ある男はマギーに向けてクラブを投げるという失敗をしでかし、なぜそれがまずい考えだったのか永久に思い出すしるしをつけられないよう、木に登らなければならなくなった。ある老婦人はもっと賢い選択をしてポールを非難した。彼女は二つのホールにわたってゴルフカートで彼を追いかけた。ポールが彼女をまけたのは、相手が十四番のバンカーにはまったからだった。マギーをつかまえて車に戻したときには、ポールはくたびれ果て、服はよれよれ、あざもいくつかできていた。しかもあるものを見失っていた。ハーティガンの銀のメルセデスが消えていた。

ほかの選択肢がなかったので、ポールはハーティガンの家へ引き返した。彼のいる気配はなかった。ポールはパブ〈ケイシーズ〉の駐車場に車を停め、怒り心頭でそこに座っていたが、マギーのほうはバックシートで満足そうにうとうとしていた。ポールはマギーを起こそうと二度ほど大きく咳払いをしたが、効果はなかった。ついてやろうかとも考えたが、やめておいた。ハーティガンは四時間後にあらわれた。四時間もの〝アレする〟ゴールデンタイム。ポールは苦々しい気持ちで、ハーティガンがそれだけの時間に何回セックスできたかを計算した。六回という結論になった。ハーティガンが超人的な回復力を持ち、前戯にはほとんど興味がないと考えて。その時点で、ポールはフィルに電話をかけ、張りこみの引継ぎを頼んでいた。それからバニーの状況に関して、自分に思いつくかぎりで唯一のまともと思えることをやりにいった。ブリジットに助けを求めにいったのだ。

彼がいないあいだに、ハーティガンはまた出かけていた。フィルは彼を尾行してキャッスルノックまで行っていた。彼は〝熱い追跡〟のさなかにポールに電話してきたが、フィルが制限速度より少なくとも十マイル遅くしておきたがることを考えると、その追跡も実際は、よく言ってもなまぬるいものだっただろう。二人は〈マイヨス〉というパブで合流したのだが、ちょうどそのときになって、フィルはダブリンにある銀のメルセデスはハーティガンの車だけではないと気づきはじめた。尾行のどこかで、間違った車をつけてしまったのだ。その車には中年の女が乗っており、ブロンドの髪に完璧に八〇年代ふうのパーマをかけ、二列後ろの誰かが映画を見にきたのをだいなしにするほど大柄だった。それから徹底的かつ率直な意見交換があり、そのさなかにポールはフィルをくびにして、マギーは誰も考えたがらない理由で近くの鉢植えと擬似セックスをした。要するに、水曜日は完全な上首尾とは言いがたかった。

「つまり」バニーは言った。「おまえは自分が何をしているかわかってない」

「そのとおりみたいだよ」

「手始めにネリスのやつを呼び戻せ」

「でもあいつときたら――」ポールは反論した。

「おまえだって同じだろう、だが少なくともあのひょろひょろのやせっぽちは、おまえのためなら弾を受けてくれる」

「それでそのあとは？」

「考えろ」バニーは言った。「これは誰かが全部答えをくれるような嘘っぱちの夢じゃない。おまえは昔からずるがしこいチビだったじゃないか、途中でタマをなくしちまったのか？」

「いや、違うよ、僕は――」

「記憶が正しければ、おまえは卑劣な詐欺師として前途洋々だったぞ、別の方向に進む前は。おまえ、今度のことについてそっくり思い違いをしてるんじゃないか？　ところで、あの犬が俺の車でクソしやがったら、永遠におまえにとり憑《つ》いてやるからな」

ポールは一瞬、目を下げ、ずっと避けていた、言葉では言えないことを言う方法を見つけようとした。

「バニー、あんたは……」そのあとは宙ぶらりんにした。

「俺が知るわけないだろ？　俺はおまえの頭ん中にいるだけなんだ、忘れたのか？　それじゃ事実を吟味《ぎんみ》してみよう。俺は姿を消した、何日も誰も俺を見てない。俺の愛車は海岸近くで見つかり、その場所はトムやディックやハリエットがみんな、あの世へ身を投げるところときてる。俺もこのひと月はずっと気分が落ちこんでた、おまえは気がつかないようにしてたがな、このへそにらみのやせっぽち」

ポールは何も言わずにうなずいた。当然のことながら、そうした事実はすべて、彼がとっくに知ってはいるが、呑みこみがたいものだった。

「その反面」バニーは唐突に明るくなった口調で言った。「俺は自分が自殺するタイプとはまったく思わん」

それからバニーはかがみこんでポールの顔の横をなめた。

ポールがぎょっとして目をさますと、マギーの舌が左耳をなめていた。「もう、離れろよ、このイカレ雌犬《めすいぬ》」

頬のよだれをいらいらとぬぐうと、現実が戻ってきた。彼らは例の袋小路にあるハーティガンの家のすぐ手前に車を停めていた。ゆうべ、ポールはリスクを冒してもっと近づいてみることにしたのだ。うるさいご近所なんぞクソ食らえ。自分ひとりになったからには、またしてもターゲットを見失うリスクを冒すわけにはいかないと判断したのだった。

あたりを見まわすと、世界は彼が目を離したあいだに、灰色の湿った朝へと重々しく変わっていた。ダッシュボードの時計は八時〇七分だと告げている。ポールは右腕を伸ばして、運転席のシートを元のように起こすレバーを手探りした。まさにそのとき、二日前にハーティガンを裁判所から家に運んだあの目立つグリーンのロールスロイスが、そばを通りすぎて袋小路から出ていった。ポールは間抜けにも、車のフロント側を道路の先とは逆にして停めていたので、Uターンしなければならなかった。

「ああもう――」

木曜日は始まったばかりだというのに、彼はまたしてもへまをしでかしていた。

8

ゲリー：さて戻ってきたよ。きみがいまこの番組を聴きはじめたところなら、俺たちはスカイラーク三人組《スリー》の審理無効の影響について話し合ってるところなんだ。あらたな裁判はあるんだろうか？　そうするだけの価値があると思うかい？　クロニーのミックとつながったぞ、ミック——放送にのったよ。

ミック：やあ、ゲリー、いいことを教えようか？　俺も何の意味があるのかわからないよ。つまり、ああいう連中みたいな人間はさ、正当な裁きを受けることなんて絶対にない。俺たちはこういうことで本当に責任のある人間を刑務所には送れないんだ。

ゲリー：きみはそう言うがな、ミック、アイルランドでは銀行家を二人、元政府大臣をひとり、汚職の罪で投獄したんだぜ。そこはイギリスやアメリカがこれまでやったことをうわまわってる。

ミック：まあ、そのことがこの国をぴったり要約してるんじゃないか？　この国では悪党までお粗末だ、ってな！

ブリジットはもう一回ドアベルを鳴らした。反応はなかった、これまでの五回と同じように。

正面の窓の閉じられたブラインドの細い隙間からのぞいてみようとしたが、何も見えなかった。タイヤがキーッという音がしたので振り返ると、スクーターに乗った大きな男がゆっくり舗道を通りすぎていくところで、疑わしげにこちらを見ていた。ブリジットは自分のいちばん魅力的と思う笑顔を向けた。男は舗道を走っていくあいだずっと彼女に目を向けていたが、やがてスピードをあげて角を曲がった。

ブリジットはずきずきする頭に手をやってため息をついた。実を言うと、二日酔いは予定していたほどひどくなかった。ゆうべポールが帰ったあと、努力はしたものの、悲しみパーティーモードに戻れなかったのだ。そのかわり、考えるのはとうてい無理なのに考えずにはいられないという、あの役にも立たない酔い加減のままベッドに入った。何時間も寝返りを繰り返し、あったことを頭の中で何度も何度も最初から最後まで思い返してから、ようやく眠ったのだが、眠ってもとぎれとぎれの夢でまたそれを全部やり直しただけだった。

その朝目をさますと、前の晩のことを考えないために、〝バニーの問題〟に突入した。あいにくと、それはポールとメッセージをやりとりするということだった。彼の番号のブロックを解除してすぐに。彼のメモには、前の火曜日に会って以降バニーから連絡がないこと、彼の車が土曜日にホースで放棄されたらしい状態で発見されたこと、バニーが何をしていたのかさっぱりわからないことが書かれていた。ブリジットは、私立探偵の免許をとるために記入した書類にあるバニーの住所をメッセージで送るよう頼み、ポールはすぐそうしてくれた。どこから手をつけなければならないし、ブリジットに思いつける場所はそこだけだったのだ。

それにちょっぴり後ろめたさも感じていた。金曜の夜、バニーが電話をくれたのに、出なかったのだ。彼は酔っ払ったヴォイスメールを残し、ぐでんぐでんのようだったが、楽しげだった。もちろん、それがバニーの困ったところで、彼の気分はロシアンルーレットに少々似ていた。「元気かい、リートリムのかわいこちゃん。こちらはバニー。あんたらのトラブルはすべて片づいた。あいつはいいやつだよ。電話をくれれば、バーナードおじさんが全部説明してやる。片足の伝染病患者の集会にいるさかった犬よりハッピーになるぜ」

ブリジットは酔っ払いのざれごととして聞き流した。それがはじめてではなかったからだ。彼はその数週間前にも電話をよこし、酔った声で彼流の激励演説とおぼしきものをしていった。それは気恥ずかしくなるほど不器用な、〝そうとも、ちょっとおしゃべりすればうまくいく〟的な考えにもとづいたものだった。バニー・マガリーからのそれ以上の恋愛アドバイスほどいらないものはない。そしていまや彼は姿を消し、ブリジットは行方不明の人間を見つける方法を知っているかのように、彼の家の外に立っているのだった。

ブリジットがいま目の前にしているのは、カブラにある各階二部屋の二階建て、長屋式住宅《テラスハウス》の真ん中の家だった。誰もいないようだ。正直に言うと、誰かがいたら驚くほどがっかりする——成功だとしても——調査になっただろう。ブリジットは自分がバニー・マガリーについてごくわずかなことしか知らないと気がついた。結婚はしていないし、彼女の知るかぎりではしたこともないが、それすらたしかではなかった。バニーは暴力と、ほぼ意味のわからない悪態の酔っ払ったつむじ風さながらに彼女の人生に登場し、ブリジットもその騒々しさの裏に何があるのかなど、本気で考えたことはなかったのだ。

ポケットから携帯を出してフィル・ネリスにかけた。彼に出会ったのはバニーに出会ったのと同じ日だったが、フィルのことはとてもよく知っていた。彼は個人情報をもらす名人だった。たとえば、彼女はフィルがパディ・ネリスという男の甥《おい》で、パディがかつてダブリン最高の泥棒だったらしいことも知っていた。よくないこととは思いつつ、ブリジットはフィルが身につけているかもしれない技術を利用させてもらいたかった。

「もしもし？」

「ハイ、フィル、ブリジットよ。ちょっと手を貸してもらえたらと思ってるんだけど？」

「もちろんいいよ。どうしたんだ？」

こうなると、実際に次の言葉を言うのはちょっとひどいような気がした。ああ、でも毒を食らわば……

「あなたにある家に侵入してほしいの」

「何だって？」憤慨《ふんがい》しているのがはっきり伝わってきた。

「ただし本当に侵入するわけじゃないのよ。ある人が無事かどうかたしかめたいの。いわば……人道主義的な任務よ」

「マザー・テレサとかそういうのみたいな？」

「ええ、そんな感じの。実際には違法ですらないんだから」そこはよく言っても不確かな推測、悪く言えばまったくの嘘だった。

「ドアベルは鳴らしてみた？」

「ええ」

「わかった。それで誰の家なんだい？」

「ええと……バニーの」

叫び声と、それにつづいて携帯が落ちるゴトンという音が聞こえた。

「頭がおかしいのか？」その質問ははるか遠くから携帯にむかって叫んでいるように聞こえた。

「フィル。話を聞いて、フィル。大丈夫なのよ。わたしはバニーと仕事をしているし、これは犯罪じゃないんだから」

「バニー・マガリーの家に侵入するだって？　あんたの言うとおりだよ、そいつは犯罪じゃなくて自殺行為だ」

「フィル、携帯を拾ってちょうだい。フィル？」

携帯が拾われ、すぐに落とされ、それからまた拾い上げられる音がした。

「何て言った？」

「こう言ったの、携帯を拾ってって」

「ああ、なるほど」

「彼はトラブルにあっているかもしれないのよ、フィル」

「バニーがトラブルにあってるとしたら、トラブルのほうが気の毒だね」

「お願いよ、フィル？」

「そこで待ってろ」フィルはいらだった口調で言った。「すぐかけ直す」

そこで電話が切れた。ブリジットが携帯を見ていると、ビデオ通話がフィルからかかってきた。こんなことに何の意味があるんだろう？

「もしもし？」

「フィルだよ」彼が携帯を持っている角度のせいで、ブリジットは彼の長い鼻の穴という胸躍る光景を見ることになった。

「ええ、フィル、見ればわかるわ」

「その家を見せてくれ」

「ええ？」

「俺の助けがほしいのか、そうじゃないのか？」

ブリジットはあたりを見まわしてから後ろへ下がり、携帯を動かした。

「なるほど、うん、うん、うん」とフィルは言った。「その家には四つ、弱点になりそうなところがあるよ」

ブリジットは携帯を元どおりにむけなおして、ささやき声で言った。「ワォ、ほんとに？」

「うん。正面のドア、上の階の窓二つ、それから下の階の窓」

「ああ」彼はレンガでないところをすべて正確に特定していた。ブリジットは彼に電話したのは名案だったのかどうかと考えはじめていた。

「その植木鉢が見えるだろ？」

玄関ドアの横に大きな白いプラスチックの植木鉢があり、汚れてへこみ、中身はとっくに枯れていた。

「ええ」

「その下を見てみな」

本気？　ブリジットは携帯を耳にあてたまま肩で押さえ、植木鉢を動かした。

「あら……」地面に鍵束があった。ブリジットは当然ながらばつが悪くなった。「いまどき植木鉢の下に鍵を置いとく人なんている？」

「バニーだよ、だって彼んとこに泥棒に入ろうなんて頭のおかしいやつはいないだろうし」

「助けてくれてありがとう、フィル」

「俺はここにはいなかったんだよ」

「ええと……実際にここにはいなかったでしょ」

「そのとおり。ネリス、通信終了」そして映像が消えた。

ブリジットは手の中の鍵束を見た。探偵としてのキャリアにとってさいさきのよいスタートとは言いがたい。

中に入ったあとで、警報装置があるかもしれないと思った。しつこくビービー鳴る音がしないことからすると、たぶんないのだろう。植木鉢の下に鍵を置いておくくらい家の防犯に無関心なら、高性能の警報システムは設置するまい。ブリジットは床にあった四通の郵便物を拾って、すでに二通置かれていたサイドテーブルに置いた。招かれもしないのに他人の家のホールにいると、さまざまな感情がブリジットの中を走り抜けた。彼女は不安で、びくつきながらも、間違いなくわくわくしていた。他人のプライヴェートな空間に入ることには、後ろめたい興奮がある。だからある種の雑誌があんなによく売れるのだろう。

一階をまわってみた。建築現場の巨大なゴミ箱で寝ているような印象を与える男にしては、意外にも、どこもとてもきちんと片づいていた。ちょっと空気がよどんでいるが。正面の部屋は壁をぶち抜いてキッチンとつながっていた。そこでは大型のワイドスクリーンテレビが周囲を圧していた。その前にはかなりおんぼろの肘掛け椅子と、揃いの緑の生地を張ったほぼ使われていないソファ。壁紙はブリジットより年をとっていそうだった。ビデオテープでいっぱいの棚が壁の一面をまるごとひとつ占領している。ブリジットはビデオテープなどもう何年も目にしていなかった。バニーはハーリングの試合の幅広いコレクションを持っているようで、横に書かれた年から判断すると、八〇年代以降のオール・アイルランドの決勝がすべて含まれていた。写真はなく、はっきり個人的な記念品とわかるものもない。冷蔵庫にはトマトソースのボトルが二つと、ブラウンソースのボトルがひとつだけ。料理道具はひとつも出されておらず、三つのタッパーが電子レンジの横にきちんと積んである。この家はほとんど人が暮らしていない感じがした。

上の階に行ってみた。右手はバスルームで、やはり意外なほど片づいていた。バニーは掃除人を雇っているのだろうか？　キャビネットをざっと見ても、とくに目を惹くものはなかった。高血圧用とわかる薬が少し。別に意外ではない。バニーの顔はいいときでも危険なほど赤いのだ。一本きりの歯ブラシが洗面台のホルダーにあり、さわってみると乾いていた。ふつうのシャンプーとシャワージェル。まるでここには人がひとり住んでいるものの、どこかへ引っ越すところか、または引っ越していたとしても、日用品を持っていけないほどあわててそうしたかのようだった。

隣の部屋へ入った。あきらかに客用の部屋だった。シングルベッドが壁の横に置かれ、さまざまなハーリング用具が高く積み重なっていた。次はここを調べてみるべきなのだろうか？ブリジットがバニーについて知っているわずかなことのひとつが、彼が設立した少年ハーリングチームへの無条件の没頭ぶりだった。反対側の壁もそれを強調しており、チームの写真で占められていた。〈セント・ジュードス〉のアンダー12チームがすべて、二十年ぶんほどさかのぼってあった。そのひとつの共通項がバニーで、どの写真でも左側に立ち、堂々とチームを統率している様子で、かたや明るい目をした若い子たちが何世代にもわたって、カメラにむかって生意気そうににっこり笑っている。不本意ながら、ブリジットは自分の知っているチームに見入った——二〇〇〇年のチームだ。後列で、フィル・ネリスがほかの子たちを見おろすように立ち、わずかにカメラの左を見ている。そして前列には何かわからないものにかすかに顔をしかめた、ティーンエイジャーになる前のポール。喪失感、痛み、怒りがブリジットの心の弦を引っぱり、彼女は顔をそむけた。

正面側の寝室には古い木製のタンスがあり、予想どおり男物の服でいっぱいで、ここに住んでいるのはバニーだけだという印象を裏づけた。きちんとプレスされたスーツひと組の隣に、もっと仕事むきのスーツが、さまざまなくたびれ・破れ加減で並んでいた。オーバーも二枚あり、それはつまり、バニーは実際には、あの湿っぽいにおいのする、永遠に彼をくるんでいるかのようなムートンのコート以外にも選択肢があるということだった。

ベッド横のキャビネットの上には額に入った写真が一枚あり、いちばんいい場所だというのに壁に向けてあった。まるで大切であると同時に痛ましいもののように。その写真では、いまよりずっと若い姿のバニーが、はっとするほど美しい黒人の女に腕をまわしていた。彼は別人のようだった。ブリジットは彼が笑っているのをまともに見たのははじめてだと気がついた。そのうえ、これまで考えたこともなかったが、きちんと見てみると、バニーは魅力のない男ではなかった。あのふらふらしている目と、たがのはずれた陽気さを気にしなければ。

ドレッシングテーブルの上にはまた別の写真があった。こっちはブリジットにもわかった。彼女とバニーとポールが河岸地区《ザ・キーズ》のはずれのタパス・レストランにいるところで、自分たちの私立探偵事務所を始めることに合意した夜だ。〈MCM探偵事務所〉。彼女の野望と夢が現実になる。料理が運ばれる前に、話はすべてまとまっていた。自分自身の目に浮かんでいる喜びが、まるで写真から光線を発したように、ブリジットを熱く刺した。彼女はそれを三枚プリントした、ひとりに一枚ずつ。あれはこれまでの人生でもっとも幸せな時間のひとつだった。ポールが彼女の片側にいて、バニーはその反対側にいて。そんな時間を持てたときにウェイターに写真を撮ってもらえてラッキーだった。バニーはバニーなので、タパスは食事じゃない、食事の予告編を集めたみたいなもんだと大声で不満を口にした。そのあと酔っ払ってフラメンコを踊り、どこかの子どもの誕生日パーティーに少しだけまじって、デザートがあらわれる前に消えた。ブリジットは何週間も前に自分のぶんの写真を、ポールの浮気者顔が写っているほかのものの全部と一緒に焼いてしまっていた。彼女は写真をテーブルに戻し、出ていこうとしてそこで立ち止まった。バニーは行方不明なのだ。現在の彼の写真が必要になるだろう。もう一度は見ずに、写真をコートのポケットに入れた。

　家の中を全部見おわると、下へ降りていって郵便物を見てみた。どれも請求書のようだった。手にとって、前から見ていってまた後ろから見た。なんだかやりすぎのように思える。他人の郵便物に手を出すなんて。厳密にいうと反逆罪か何かじゃないの？　それはイギリスだけかも。みんなが郵便物に手を出すことと白鳥が、ビッグ・リジー・ウィンザー（エリザベス二世のこと）の二大関心事らしいし。ああ、女王も、気にする人間もどうでもいい。ブリジットがこれをやるなら、とことんやるのよ。彼女は封をあけはじめた。

　バニーは電気に金を払いすぎていた。アフリカに金を寄付していたが、問題は解決しておらず、先方はもっと金を必要としているらしかった。彼の銀行は金を貸したがっていた。たぶんこれまでの実績から、アフリカよりも彼のほうが安全な賭け先とみているのだろう。ほかにも誰かが彼に新しいクレジットカードを与えたがり、ゲーリック体育協会《GAA》は二つの集会をおこなうことになっていて、ブリジットが察するに、彼らは内心ではバニーに出席してほしくないようだった。彼なら議事進行上ものすごい問題を引き起こし、議題など横へぶっ飛ばしかねないことに大金を賭けてもいい。

ブリジットは最後の手紙を開封すると、喜びにこぶしを突き上げた。それはバニーの携帯電話料金請求書で、なんとすべての明細が記されていた。バニーがオンライン明細にしてくれというお願いに抵抗してくれて助かった。彼はオンラインでやるタイプには思えない。それに携帯電話がどういう仕組みなのかもまったくわかっておらず、ぎょっとするような料金を課されていた。とはいえ、いまやブリジットは彼が前の金曜までにかけた電話と、送ったメッセージすべてのリストを手に入れたのだ。勝利の気分はリストの最後にある記載事項によって減退した。バニーが地上から消える前に最後に電話をかけた相手はブリジットだった。

9

二〇〇〇年二月四日金曜日——午後

市議会議員ジェームズ・ケネディはマッサージ台にうつぶせで体を伸ばし、イヤフォンを耳に入れて、下に敷いてある厚いベージュのカーペットが見える穴に顔をおさめた。これを始めてもう何か月にもなる。ゴルフクラブの仲間がすすめてきたのだ。これで人生が変わった。ストレス解消にこれ以上いいものはない。ともかくその男はそう言っていた。ケネディは疑っていた。はじめは奇妙に感じた。そこに横になって知らない人間に体をさわられ、油まみれにされ、パン生地みたいにこねくりまわされるなんて。しかしすぐに慣れた。イヤフォンは天才的な思いつきだった。これがあれば、店でかかるニューエイジのポロンポロンいう音楽を聴いたり、音節が多すぎる名前のムキムキ男とおしゃべりしなければという気持ちにならなくてすむ。ケネディはおしゃべりというものが耐えがたいと気づいていた。誰かが言うことなどどうでもよかったし、片方が裸で、もう片方にそこにいるよう金を払っているときの他愛ないおしゃべりなぞ最悪だった。

いまでは、毎週金曜日の午後には必ずこれをやっていた。これは彼が、哀れな選挙区民たちの相談相手をして、午前中を過ごしたご褒美だった。その三時間はひと月にも感じられた。猫がいなくなった、請求書に関する泣き言、ゴミ――が収集されない、収集される時間が早すぎる、遅すぎる、ゴミ箱をおろす音がうるさすぎる。それにああ、スピード防止帯《スピードバンプ》。いつだってスピードバンプのことだ。彼にわかったかぎりでは、ダブリンのどこであれ、平らな道路をつくるのは壮大な間違いだった。つまりこういうことだ――すべての幼児が生き延びられるわけじゃない。彼が若かりし頃は、車の列に飛び出せば、貴重な教訓が身についた――もしくはその人間自身が、街のほかの子どもたちにとって貴重な教訓になったものだった。行動における自然淘汰だ。こんにちでは、人々はただもう子どもたちを真綿にくるみたがり、そのせいで役立たずで不満ばかりいう世代ができている。むろん、そんなことは口にできない。ケネディはダブリン市議会での現在の議席よりもっと大きな獲物を狙っており、人々に本当のことを言ってもそこにはたどりつけない。おじのブレンダン、人々に尊敬されているあの政界の古参兵はいずれ死ぬか、下院から引退する。そうしたら彼がそのトップリーグへステップアップできる――知名度、堅実な多数派、副大臣の職――そうとも、頼むよ。

ケネディは後ろのドアが開く音を耳にすると、ミニディスクプレイヤーの再生ボタンを押した。ザ・コアーズ（アイルランドのフォークロックバンド）が耳に広がった。彼は音楽にかぶせて言った。「肩のまわりがすごくこわばってるんだ、だからそこに集中してくれ……でも強くはやるなよ」

そう言うと、目を閉じて心をさまよわせた。

背中に手が置かれるのを感じた。おや、今回の女は本格的にマニキュアか何かしたほうがいいんじゃないか。大きな農夫みたいな手をしてるようだぞ。

次の瞬間、背中の下のほうにどすんと重みがかかって、肺から一気に空気が抜けた。両手を振りまわしてもがくと、太いズボンの脚が台の両側にある感触がした。誰かが彼にまたがっている――男だ。ケネディは振り向こうとしたが、大きな分厚い手で、顔を入れる穴に頭を押し戻された。息が、息ができない！　必死になって肺に空気を送ろうとしているあいだに、一本の手が彼のイヤフォンをはずした。

「こんにちは、市会議員」と、その声は言った。男、コーク出身、それに声の持ち主が心の底から楽しんでいるような響きだった。

「いったい――」空気が少なすぎ、ケネディはあえいだ。

「さあさあ、落ち着けって、ジミー。二週間も乳を吸われてない牝牛《めうし》より硬くなってるじゃないか」

それが目下いちばん――文字どおり――のしかかっている懸念ではなかったが、ケネディはジミーと呼ばれることが大嫌いだった。「わたしから降りろ！」彼は助けを求めて叫ぶべく、大きく息を吸おうとした。

男が体重をずらすのがわかり、どうにか吸いこんだわずかな空気はまたしても肺から出ていってしまった。それからさっきの声が、酒とタマネギのにおいをぷんぷんさせて、ぎょっとするほど耳のそばでささやいた。「お話の時間だ、ジミー・ボーイ、だからリラックスしな。昔、昔、警察本部がありました……そしてその警察本部には、存在しない部屋があって、そこにはないはずのファイリングキャビネットがあり、一度も起こらなかった出来事がいっぱい入っていましたとさ」

ケネディの後ろでかさかさと音が聞こえ、それから視界にしわくちゃの紙が一枚あらわれた。はっきりとは見えなかったが、警察の紋章と彼自身の名前は見てとれた。

「たとえば一九九七年だ、ジミー、その頃あんたはやんちゃな若造だった。駐車中の車に衝突して、アルコール検知器に息を吐くと、要するに、呼気が可燃性だってくらいの高いスコアを出した。なのに面白いよな――その事件はそっくり消えちまった、だろう？　カーペットの下に掃きこまれたんだ」

ケネディの頭は話に追いつこうとし、アドレナリンがほとばしり出ていた。いったいこれは何なんだ？

「それでだな、俺はそのカーペットの下を見てみたんだ。あんたと、バーク市会議員、ウォルシュとウェストの両市会議員たち。それどころか、こっちはあんたらが酔っ払ってディンキー（イギリスのミニカー）・ダービーとかいうやつを開催した証拠も握ってる。話変わって、マーシュ市会議員だが、彼女は去年、まったくのしらふなのに、自分のBMWでM50号線のスピード記録を破ろうとしてるな。あんたに公正を期すために言うと、あんたと連中がそんなにもいそいで自分の車で家に帰ろうとした理由はわかるよ、マンロー市会議員が二年前、タクシー運転手と口論になったあとだからな。むかつく話だったよ、あれは。全部が立ち消えになった。あんたも知ってるクロンターフ出のやつも自分のトラブルを抱えてな、娘がちょっとばかり商売っ気がありすぎて、大学の友達連中にA類麻薬を少々配っちまったのよ。俺の言いたいのはな、そうとも——人間はみんな失敗をするってことさ、なあ?」

　ケネディは何も言わなかった。自分のイヤフォンからかすかな音が聞こえ、ザ・コアーズがいずれにしてもあなたのことなど好きじゃなかったと弁解していた。

「たとえばだな」声は続けた。「けんかっ早いスラムの若者たちが使える唯一のフィールドを、あんたの開発業者のお友達らにリボンをつけて進呈してやることに投票するとかな。さいわい、あんたにはその失敗を修正するチャンスができた。もしあんたが——それにいま名前のあがったあんたのお仲間六人全員が——劇的な心変わりをすれば、起こらなかったことはそのままになる。そうでなければ……」

　ケネディは男の体重が動くのを感じ、もう一度息ができるようになった。「そんなことをしても無駄だ」

背中にかかった体重が重みを増し、またしても空気が体の中から絞り出された。

「ただ……われわれなしでも、彼らは票を手に入れてるんだ。われわれは大海の一滴にすぎない、議会には六十三人のメンバーがいるんだから。彼らは白雪姫《スノー・ホワイト》を味方につけてるんだ。彼は絶対に——」

「ああ、神の恵みあれ。その議員の心配は俺にまかせとけ。あんたらはただ自分の良心に従って投票することを心配してりゃいい。そうすりゃああいう不運なできごとはみんなカーペットの下に掃き戻される、わかったか?」

重みが動いて、背中から完全に離れたが、大きな手は動かず、ケネディの頭を押さえつけていた。

声がまた右耳のところで聞こえた。

「おたがいに理解できたな?」

ケネディはうなずこうとしたができなかった。「ああ。ああ。おたがいに理解できた」

「おぉ、すばらしいな。あんたのことは知らんが、こんなふうに民主主義が実行されるのを見ると、三角法より硬くなっちまうぜ、いやマジで。この一件がハッピーエンドになるといいな」声はケネディの耳にさらに近づき、あまりに近いので相手の唇がかすったような気さえした。「ハッピーエンドといえばな、俺はそろそろ出ていくつもりだ。だからあんたはそのままそのすてきなカーペットをにらんでろよ、もし動くのが見えたら、ここに戻ってきて一生忘れないようなハッピーエンドを味わわせてやる」

ケネディは動かなかった。

長いあいだ動かないままでいた。

やがて、女の手が背中に触れるのを感じた。そこでようやく悲鳴をあげた。

10

二〇一六年七月七日木曜日

「人を尾行する方法を書いた本はありますか?」

カウンターのむこうの女は、ポールが彼女の手に大便をしたうえ、拍手してくれと言ったかのような顔をした。彼女は顔にピアスを二つつけ、赤く染めた髪は三人の美容師が彼女の頭の上でとことん戦ったあげく、みじめな膠着《こうちゃく》状態になったかのようにみえた。

「そんなこと知りたい人なんている?」女は言った。

「ええと、僕が」ポールは答えた。そんなことはいわずもがなだと思ったのだが。

「モーリーンがあなたをよこしたの? 彼女、あたしがハラスメントをしたって非難して、それであたしの職場に人をよこしたわけ? まったくあの女らしいわね!」

「いや、違う、僕は――」

女は高いスツールに座ったまま前へ乗り出し、木製のカウンターを指で突いた。

「モーリーンに言っといて、あたしにも彼女がやってるように、アフリカ文化における女性の形の表現の展覧会に行く権利はあるんだ、って。あたしの責任じゃないわよ、彼女とあの……人が、あそこにいたのは」

「なるほど。僕は誰によこされたんでもないよ、本当に。ただ人を尾行する方法が書かれた本が必要なだけなんだ」

「ほんとに?」女は疑わしげにポールを見た。

「ここは書店だろう?」

女はポールの言ったことが正しいのか確認するかのように、周囲を見まわした。ポールも周囲を見まわした。自分が実際に入ってきたのは本でいっぱいの四階建ての建物で、その本が購入可能であることをダブルチェックするだけのために。この店員の攻撃的レベルは、ポールが間違ってデリカテッセンに入っていたのだとしたら、まあ無理もないものだった。たぶん彼女はここで働いているのではないんだろう。ふらっと入ってきて、持っていたマンガを読むのにレジのむこうの椅子がちょうどいいと思っただけなのかもしれない。

「何かあったかい、リアンニー?」

その問いかけは、大きなディスプレーウィンドーでダン・ブラウンの本の山を、食肉処理場で働くヴェジタリアンの熱心さで並べなおしている、長身で眼鏡をかけた男から発せられた。彼の表情には露骨な〝今度は何だ?〟的な含みがあった。リアンニーはあわてて手を振って打ち消した。「ううん、大丈夫よ、ジェラルド。こちらの紳士のお手伝いをしているだけ」彼女は声を低めた。「こっちへ来て」

彼女はポールの先に立ってコーナーを曲がり、子ども用のセクションへ行った。

「それじゃ本当にモーリーンのことで来たんじゃないのね？」

「きみの元カノのことは何も知らないよ」

「ちょっと、どうしてモーリーンがあたしの元カノだってわかったの？」

「私立探偵なんだ」ポールはちょっと得意になって答えた。

「なのに人を尾行する方法を知らないわけ？」

「初日なんでね」

本当は違った。今日で三日めなのだが、彼はこの二日間、今日こそは新しいスタートなんだ、今度こそうまくやるぞと自分に言い聞かせてきた。公正を期すために言うと、この日の朝はこれまでよりちょっとだけましだった、最悪の始まりをして以降は。

ポールはあのグリーンのロールスロイスが目の前を走りすぎて袋小路を出ていったあと、追いつくことができず、またしてもハーティガンを見失ってしまった。車を停め、プライドを飲みこんでフィルに電話をかけた。少々の嘆願と一日百ユーロまで昇給する約束ののち、ポールは事務所の給与台帳に載っているなかで二番めに使えない探偵に戻った。こうしたことのすべてが、〝赤いドレスの悪魔〟からもらったはじめの千ユーロをじわじわ浸食しているのはわかっていたが、ハーティガンの何かが、彼が火遊び好きの卑劣漢であることに賭けるのは冒す価値のあるリスクだ、と確信させていた。そして、夢の中で潜在意識から受けたアドバイスにしたがい、ポールは自分が得意な手を使いはじめた。とりわけ、彼は昔から〝ソーシャル・エンジニアリング〟に才能があった。それは嘘をつくのがうまい人間が発明し、そのことを性格的な欠点ではなくひとつの技能のように聞こえさせる言葉だった。彼はググってみて、ダブリンで運転手つきの車を提供する六つの会社の電話番号を見つけた。ざっと見てみると、人目につくグリーンのロールスロイスを所有しているのは一社だけだった。

「ハロー、〈プレステージ・カーズ〉でございます。どういったご用件でしょう？」電話のむこうの女は、ワーキングクラスの人間が電話の応答に使うときだけ存在する、しゃれた声でしゃべった。

「おたくの運転手に殺されそうになったぞ！」

「すみません、いま何て？」

「グリーンのロールスロイスだ。そいつがネース（アイルランドのキルデア州の町）の二車線道路を狂ったみたいに飛ばしてる。俺は警察に行くところだ。ドライブレコーダーもつけてる。訴えてやるぞ、本当にやらないかどうかみてろ！」

「すみません、あの……トニーはたいへん優秀な運転手でございます、きっと何か――」

「優秀な運転手だ？　優秀な運転手だって⁉　こいつは炎上するぞ、お嬢ちゃん、俺はツイッターで七十八人もフォロワーがいるんだ！」

「ですが彼は……しばらくお待ちいただけますか？」

ポールはそこに座って何か有名なクラシック音楽に耳を傾けた。アフターシェーヴローションの広告か、ビールの広告で使っていたやつだ。どちらなのかは思い出せなかった。女が戻ってくると、その声には間違いなく、自分が正しいことを立証してやろうという気配があった。

「お客様、お調べしましたところ、トニーは現在スティーヴンズ・グリーンに駐車しております、ですからお客様の――」

　ポールは電話を切ってすぐさま車を出した。二十分後、スティーヴンズ・グリーンの南側に違法駐車しているロールスロイス《ローラー》を見つけた。ハーティガンはいなかったものの、少なくとも手がかりは得た。はっきりとは言いきれないが、運転手付きの車は一日単位で雇うものだろう。ハーティガンが市の中央部に車を停める苦労を考えていなかったのはあきらかだった。ポールは同情できる気がした。ローラーを視野に入れておくのにほかの選択肢がなかったので、彼は二つある身障者用の無料駐車スペースのひとつに、ハザードランプをつけたままでポルシェを停めていた。〝マギーは盲導犬なんです〟の言い訳がこの状況で通用するかどうかは疑問だった。四十五分後、フィルが合流してきた。たまたまその朝一番にバスで街に出てきていたのだ。フィルは未来の花嫁を中国から呼び寄せる金をつくるため、古い『２０００ＡＤ』（イギリスのマンガ週刊誌）のコレクションを売ろうとしていた。ポールはどちらのほうが悲しいのかわからなかった――フィルが自分のいちばん価値ある所有物を手放すほど詐欺にはめられきっていることか、それとも提示された価格からして、そのマンガ本はほかの誰よりも自分にとってずっと価値があるとわかって、フィルが落ちこんでいることか。

「おまえ、誰かバスの運転手に知り合いはいないよな?」フィルがきいた。

「いない」ポールは答えた。「なんでだ?」

「その幸運なやつら二十人がゆうべ宝くじに当たったんだってさ。そいつらなら俺に何シリング か貸してくれるんじゃないかな」

さいわい、ローラーが走りだしたので、ポールはフィルに分別を持たせようとする絶望的な試みや、そのあとに続くであろう口論をせずにすんだ。スティーヴンズ・グリーンのややこしい反時計まわりの一方通行システムをぐるりとまわり、どうにか尾行していくと、ハーティガンがあらわれた。いくつもショッピングバッグを持って、スティーヴンズ・グリーン・ショッピング・センターからすぐ北にいる。彼がバッグを車に入れただけで、グラフトン・ストリートを歩きだしたときには不意を突かれてしまった。ポールは車のドアをあけて、抗議しているフィルやクラクションを鳴らす車をあとに残し、尾行するために通りのむこうへ走った。

なんとかハーティガンのあとをつけてグラフトン・ストリートを進み、左へ曲がってウィックロー・ストリートへ、その先のエクスチェカー・ストリートへ入ってから、また左へ曲がってドルーリー・ストリートへ出た。幸運なことに、街には人が多く出ていて、気づかれずにいるのは簡単だった。ターゲットを見失っていないのをたしかめていればいい。ある時点で、ポールはウィンドーに映った自分を見て、馬鹿みたいに興奮していることに気がついた。落ち着いて目立たないようにしなければだめだ、さもないとすべてを吹っ飛ばしかねない。ハーティガンは高そうな仕立て屋へ入っていった。ポールはさっとその前を通りすぎただけで、ターゲットに対し綿密ではあっても、通常とは違う股下《またした》採寸をしそうな人間はいないと確認できた。そこでようやく、フィルから何度もかかってきていた電話に出た。この六分間で十五回めだった。ポールはフィルをなだめ、その朝フィルがバニーの車の保険の登録ドライバーに加えられたと請《う》け合い（そんなわけがない）、どこでもいいからローラーを見張れる場所に駐車するよう指示した。

三十分後、ハーティガンはドーソン・ストリートへ歩いていって、早めのランチをとった。レストランはかなりしゃれていて、店名が出ていなかった。ドアの上におかしな記号があるだけだった。何か深い意味があるに違いなかったが、ポールには、誰かがPの文字をはりつけにしようとしているようにみえた。彼はさっと店に入って予約をすることについて尋ね、それでハーティガンが六十代の男と座っているのを見るだけの時間がかせげた。疎遠になっている妻か、さらにいえばほかの誰かがフェラチオをしてくれていたら理想的だったのだが、ポールの運が上向いてきたとはいえ、そこまでは上向いていなかった。給仕長はポールを一瞥《いちべつ》すると、ただいまは予約を受け付けておりませんと言い、その口調は地獄が凍ったときにでもまた来るんだなと暗に告げていた。

怪しい様子で外をうろつくかわりに、ポールはさっとその道を歩いて書店〈ホッジズ・フィギス〉まで行くことにしたのだった。しゃれたランチが長くかかっても、それを利用して仕事の実地トレーニングに役立つ何らかのマニュアルを見つけられるだろう。この広さの書店なら、何かしらあるはずだ、と。

リアンニーは三階の階段の上で立ち止まり、ポールを振り返った。

「むこうにメンタルヘルスのセクションがあるわ。失恋に対処するのにとってもいい本がいくつもある」

「今度こそはっきり言うけど」ポールは言った。「僕は私立探偵なんだ。尾行する相手とロマンティックな関係になっているわけじゃない。彼とは知り合ってもいないんだから」

「あら」彼女は言った。「相手は男の人なのね。ならいいわ」

ポールはジェフリー・ダーマー（アメリカで十七人を殺害した連続殺人犯）が男だけを狙っていたことを指摘したくなったが、そんなことをしても役に立つとは思えなかった。リアンニーは戦史もののセクションへ彼を連れていき、棚を指さした。

「一般的なスパイ活動についてはそこに何冊かあるわ、アメリカ国家安全保障局《NSA》、ビッグデータ、そういうものについてもたくさんある。〝ハウツー〟タイプの本もそこに少しあるわよ、そっちが役に立つかもね。でもちょっと助言しておくわ……もし相手の人が到着したときにあなたがすでにそこにいるなら、法的にはストーキングにならないの」

リアンニーはそう言ったあと鼻をとんとんと叩いた（〝秘密厳守〟を示す動作）。ポールは、もし自分の人生がクソになってしまったのかどうかはっきりした指標がほしかったら、ストーキングの法的定義をチェックする必要を最近感じたか、自問してみることだなと思った。

「残念だけど、僕はその男を尾行しているんだ。彼がどこへ行くのか、誰に会うのかさっぱりわからない。そこが問題なんだ」

リアンニーは不満げな顔をした。たぶん彼女のアドバイスをただ受け取ってそのまま先に進めばよかったのだろう。こちらは忙しいのだ。

「その気の毒な人を尾行しているときには、ああいう長いレンズのカメラを持っていってるの？　その人のプライヴァシーを侵害して？」

「え」ポールは言った。それは考えていなかった。「この近くにカメラを売っているところはある？」携帯を使ってもいいのだが、それでは限界がある。プラス、彼は携帯でどうやってズームすればいいのか、わかったためしがなかった。

「あなたってむかつく」リアンニーは言った。

「よく言われるよ」

そのときポケットで携帯が振動した。フィルからだとわかってもまったく意外ではなかった。応答すると、リアンニーは書店で働くのと、図書館で働くのと、大きな違いはないのよという顔をした。

「ヘイ、フィル」

「こっちに戻ってきたほうがいいぞ」

「でもあいつはまだランチをとっているんだろ」ポールは答えた。「いいか、ただ車を動かし続けて――」

「違う、違う」フィルはさえぎった。「わかってないな。殺人事件があったんだよ」

11

ブリジットはちびちび飲んでいたダイエットコークの容器から目を上げた。プラスチックがリノリウムにぶつかる音、それにつづくくぐもった悪態に、考えていたことから引き戻されて。〈ラスト・ドロップ〉のバーテンダーは自分が落としたものを拾おうとかがみこんだ。ブリジットの席からは彼の尻の割れ目が障害物なしでながめられたが、彼女が見たいかどうかは関係なく、それに誰も見たがっていなかった。彼は二百ポンド（約九十キログラム）も過剰な体重を運んでいた、少なくともカウンターによりかかっていないときは。それにもとは白かったシャツにフードメニューのサンプルをあれこれつけておくことで、メニューの宣伝をするという奇抜な手段をとっていた。ブリジットが二十分前にこのパブに入ってきたときには、もうランチは出せないと無愛想に言ってきた。彼女に見てとれることからすると、ランチがもう食べられないというのは、客が食べようとしないたくさんの理由のひとつにすぎなかった。カーペットはハエ取り紙のような感触で、それは何匹もハエがいることを考えると皮肉だった。ラウンジバーにいるほかの客は、〈スクラブル〉（アルファベットのついたコマを使って単語をつくるゲーム）をやっている二人の年寄り女だけだった。ひとりは大きな帽子をかぶって笑みを浮かべ、もうひとりは縁《ふち》のぶあつい眼鏡をかけ、集中して顔をしかめていた。

バーテンダーが立ち上がると、ブリジットの目に彼の探していたテレビリモコンが映った。彼はむこう側の壁にかけてあるテレビにそれを向けた。帽子の年寄りのほうが彼をにらんだ。バーテンダーはスクリーンのほうへ頭を傾けた。「ニュース速報だ」

消音が解除され、テレビが生き返ってちょうど、シボーン・オシナード、というか、アイルランド語でニュースを伝えるセクシーな赤毛としてのほうが一般に知られている人物の声が流れた。

「……二人の娘と元妻が残されました。これから現場にいる当局のレポーター、ジェームズ・マーシャルと生中継でつなぎます」

画面が変わって、年を経た樫《かし》の木々と完璧に手入れされた生垣という緑の多い通りに立っているレポーターが映った。金がかかっていると叫んでいるたぐいの緑だ。背後にいる二人の警官は堂々とした正面ゲートを警備しているいっぽうで、自分たちが全国放送で生中継されていることを意識しないよう努力していた。手前のレポーターはとっておきの真面目な〝ニュースをお伝えします〟顔をしていたが、目に躍《おど》る興奮のせいでだいなしだった。

「ありがとう、シボーン。現時点で正確な詳細はあまりあきらかになっていませんが、これまでにわかったことをお知らせします。著名な不動産開発業者のクレイグ・ブレイク、いわゆる〝スカイラーク三人《スリー》組〟のひとりが――彼に対する詐欺罪での訴追はわずか二日前に中央刑事裁判所で、論議を呼びつつも審理無効となっていますが――ここブラックロックの自宅で死亡しているのを発見されました。匿名《とくめい》の警察幹部すじに確認したところでは、殺人事件捜査が開始され、この異例の事態を考慮して、捜査は国家犯罪捜査局《NBCI》の主導下に入りました」

スクリーン分割。シボーンがせいいっぱい鋼鉄の目をした真面目なニュース顔になる。

「それではその状況について何かほかにわかっていることはありますか？」

「そうですね」ジェームズは言い、「現場は〝身の毛もよだつ〟と表現されていると聞いています。それに拷問がおこなわれていたかもしれないと考えられています。のちほど夕刻に、捜査チームが新たな記者会見をおこなうもようです」

画面がひとつに戻ってスタジオのシボーンへ。

「それではこの事件に関する最新情報は入りしだいお伝えします。繰り返しますと――」

そこでバーテンダーがもう一度シボーンを無音にした。

「あのクズ男には当然のむくいよ」

カウンターにいたほかの三人は帽子の女のほうを向いた。

「ジャニーンったら！」彼女の友達がぎょっとして叫んだ。

「いいじゃないの、キャロル、あの三人のろくでなしどもが引き起こした不幸ときたら。あいつらには吊るし首だって上等すぎるわよ」

「だけどそんな言葉を使わなくてもいいでしょう！」

女は無音になった画面いっぱいに映っているブレイクの写真に、まったく反省の色なく指を振った。「あいつみたいな汚いやつらのためにこそ、そういう言葉が発明されたんでしょうが」

バーテンダーは賛成してうなずき、それからまた指で耳の穴をほじりだした。

ブリジットは自分の携帯を見た。時刻は午後三時二十五分。まだ五分早い。携帯はバッテリーの残量が七パーセントまで減っていた。このあとは家に帰らなければならないだろう。いつもこいつを充電するのを忘れてしまうのだ。

その日の午後はずっと、知らない人々に電話することについやした。自分とポールの番号を除外すると、バニーの携帯電話料金請求書には、彼が電話かメッセージを送った二十四の知らない番号が残った。意外なほどたくさんの人が応答してくれた。携帯電話番号のひとつはもう使われていないらしく、それ自体が妙だった。バニーはわずか八日前にその番号と四分十三秒の会話をしているのだ。ピザ屋、カレー屋、電力供給会社もあり、ブリジットはその全部を〝一般管理費〟に仕分けした。

携帯へかけたうちの九つがヴォイスメールにまわされた。またそのうちの五つはよくある機械的なコンピューター応答メッセージで、妙な感じがした。いまどき自分の名前すら応答メッセージにのせない人がいる？

残りの四つのうち、ひとつはサリー・チェンバーズという女で、中年で中央ダブリンの出らしい口調だった。二つめは女で名前は名乗らなかったが、息遣いの聞こえるセクシーな子猫ちゃん的メッセージで、通話者に伝言を残してくださいと言っていた。三つめも名前は言わなかったが、どこか妙に聞きおぼえのある、北部出身の年配の男の声だった。彼は通話者に礼儀正しく、名前と番号と短いメッセージを残してください、そうすればできるだけ早く折り返します。神の祝福がありますよう、と告げていた。それを聞きながら、ブリジットは父親に電話しようと頭の中にメモをした。

最後のヴォイスメールはジョニー・カニングという男のもので、ブリジットがいま待っている相手だった。電話の雰囲気ではたぶん二十代後半という感じだった。いまのところ、折り返してきてくれたのは彼ひとりだった。二人の会話は、ブリジットがバニーとはどういうお知り合いですかときいたときには冷たい始まり方をした。あとで彼が〈セント・ジュードス〉のコーチで、バニーの補佐をしていたと打ち明けたことを考えると、それは奇妙に思えた。子どものハーリングチームを支援するのは賛否の分かれるものではまったくない。たとえその子どもたちがダブリンで最悪の連中とか、おそらくそれをはるかに超えるものと考えられていても。それでも、はじめは警戒心があったものの、カニングは喜んでブリジットと会い、質問に答えようと言ってくれた。彼女が電話した全員の中で、彼はバニーが消えてしまったことをいちばん心配しているらしい人物でもあった。カニングは今夜はシフトが入っているが、午後なら時間をあけられると言った。

ほかの人々の――実際に電話に出てくれた人々の――答えは、ひかえめに言っても多種多様だった。

番号のうち六つは〈セント・ジュードス〉でプレーしている子どもたちの親だった。彼らからブリジットがききだせたのは、バニーが日曜の試合に来なかったこと、そして、そう、それはふつうではないことだけだった。彼らが最後にバニーから連絡を受けたのはその前の週で、請求書と一致していた。バニーは彼らに新しいクラブハウスのための資金調達に協力してもらおうとしていたのだった。彼が夕方に電話攻勢をしていたのはあきらかだった。それを知ってブリジットは少し後ろめたさを感じた。古いクラブハウスが焼けおちた夜のことをおぼえていたのだ。彼女とポールはバニーが灰の中に座って、べろんべろんに酔っ払っているのを見つけた。

また別の番号はドーキーにいる賭け屋のもので、バニーが誰だかまったく知らないと答えた。このひと月で五回も請求書に名前が載っているのに。ブリジットがそのことを指摘すると、顧客に関する守秘義務が自分らの仕事の大事なところなのだと言って電話を切った。バニーの悪《あく》癖《へき》が酒だけでなかったのはあきらかだった。

応答してくれたほかの人々のうち二人は女で、どちらも名前は言おうとせず、バニー・マガリーもバーナード・マガリーも知らないと答えた。彼女たちも一刻も早く電話を切りたがった。非協力的なカテゴリーの中のある番号は、強いベルファスト訛《なま》りと吃音のある男で、あきらかにバニーを知っていた。彼がバニーなんかと知り合わなきゃよかったと思っているのを、冒《ぼう》瀆《とく》語《ご》たっぷりに説明したことで、それが非常にはっきりした。ブリジットはどうにか口をはさもうとしたが、彼もまた、息とののしり言葉の尽きたところで電話を切った。

そうして最後のひとつが残った。ブリジットはそれを思い出して赤くなった。その通話は気まずいもので、そのせいでほかの人々の何人かについても疑わしく思えてきた。バニー・マガリーは、どうやら、自分の悪癖を酒とギャンブルに限定してはいなかったらしい。

男がバーに入ってきて、ブリジットは携帯から顔を上げた。むこうがこちらを見たので、彼女はおずおずと手を振ってみせた。この人がジョニー・カニングなんてこと、ないわよね？ 彼がラウンジを歩いてくるあいだ、ブリジットは自分がここへ会いにきた相手について組み立てていた心の中のイメージを、あわてて破りすてていた。ひかえめに言っても、カニングは彼女が予想していた人物とは違った。それどころか、バニーも彼も結婚できる年齢以上で、体力のなくなる年齢以下の白人アイルランド男性という事実を考慮しても、彼はバニー・マガリーのはるか対極だった。〝雑誌に出てくるような男たち〟のことを歌った、忘れかけていた歌の一節が、ブリジットの頭の中をひらひらと飛んでいった。ジョニー・カニングはまさにそのとおりの人物だった。その魅惑においてまったく非アイルランド的な笑みは、完璧な目鼻だちとなめらかな肌の中、きっちりととのえられた砂色がかった茶色の髪の下にあった。

こんな男が〈ラスト・ドロップ〉みたいなしけた店に入ってくるはずがない。こんな男が歩いてきてここで立ち止まるわけがない。それではほかの男たちにアンフェアだ——それにある意味では、女たちにとっても。〝あなた方もこんな人が手に入れられたかもしれませんねえ、ご婦人方〟。しみひとつない注文仕立てのカジュアルなジャケットを、よく鍛《きた》えられて、趣味のいいシャツとスラックスのコンボにつつまれた体に着ていた。靴はあまりに完璧に磨かれているので、自分の顔が映るのが見えそうだったし、もし自分に彼の顔がついていたら、そりゃあ磨くだけの値打ちはあるというものだ。ブリジットが思っていたより年もたぶん少しいっていて、おそらく三十代半ばだったが、〝手入れが行き届いている〟こともその点は隠せていなかった。彼は歩き、しゃべる芸術品だった。

ブリジットは自意識過剰になって髪をさわり、頬が赤くなるのを感じた。突然、六時間前の二日酔いだった自分が憎らしくなった。そいつは何でもいいから手近にある服を着ることが、妥当な行動方針だと考えたのだ。しっかりしなさい、お嬢ちゃん、これはブラインドデートじゃないのよ——あんたは仕事でここに来たんでしょ。

「ブリジット、かな?」

「それであなたはジョニーね」

二人は握手をし、彼はブリジットのむかいのスツールに座った。

「そのとおり。ここで会ってくれてありがとう。便利なものだから……」

「ここを選ぶだけの理由があるんだろうと思ってたわ」

ジョニーは彼女のジョークがわかったしるしに笑った。「やっと会えてうれしいよ。きみの話はさんざん聞いていたんだ」

ブリジットは疑わしげに彼を見た。「本当?」

「ああ、そうだよ、バニーは年じゅうきみたちのことを話してる。謝るよ、さっきしゃべっていたときは途中まで事情がわからなかったんだ。彼と仕事をしていると言われたときには、うっかりきみが警官だと勘違いしてしまって」

「ああ、なるほど」

「警察とは何の問題もないけどね、わかるだろう。俺はナイトクラブを経営していて、清廉潔白な店の、法を守る経営者なんだ。警察のおおいなる友だよ。ここには何の問題もありません、判事閣下」彼は降参したふりをして両手を上げた。「あとで仕事をするのはそこでなの？」

「あら」ブリジットは言った。「あとで仕事をするのはそこでなの？」

「いや、違うよ」ジョニーは言い、少し恥ずかしそうな顔になった。「週にひと晩、ヘルプライン（悩みや相談を受ける慈善団体の電話サーヴィス）でボランティアをしてるんだ。たいしたことじゃない」

もう、やめてよ！　ブリジットはうわべだけほほえんでうなずいた。こうなると彼が鼻につきはじめた。こんなに完璧な人間がいるはずない。

「ナイトクラブは何ていうお店？」彼女はきいた。

「〈ザ・フィン〉だよ、リーソン・ストリートのはずれの。知っているかい？」

「評判は」ブリジットはクラブまわりがそれほど好きではなかったが、その名前は知っていた。金持ちと有名人がパーティーをしにいく店だ。飲み物は彼女の車の値打ちより高い。

「噂を信じないでくれ、うちは本当にそれほどおっかない店じゃない」彼はチャーミングな笑みをブリジットにむけた。「金持ちの間抜けたちもくつろぐ必要があるんだよ」

ブリジットは彼を嫌いになるのがむずかしいことに気づきはじめた。尊大にみえてもおかしくないのに、なぜかそうならない。ちょうどそこでバーテンダーが彼の横にあらわれて、ジョニーが注文していない炭酸水を置いた。それが入っているグラスはこの店じゅうでいちばん清潔なものだった。ライムのスライスまで入っていた。

「ありがとう、ローリー」ジョニーはそう言ってから、ブリジットをさした。「おかわりはいる？」

「いいえ。大丈夫よ、ありがとう」

バーテンダーは腹をかいてから無言で離れていった。

ブリジットはいったいどういうことなのとききたくなったが、そのチャンスはなかった。ジョニーは水をひと口飲み、それからその顔が心配という絵になった。「それで、バニーはどうなってるんだい？」

「そうね」ブリジットは答えた。「それを突き止めようとしているところなの。最後に彼から誰かに連絡があったのは金曜日の夜遅くだった」ブリジットの携帯に未応答のまま映っているバニーの番号の記憶が、招きもしないのにまたしても彼女の心に浮かんだ。

「なるほど」ジョニーは言った。「最後にバニーから俺のところに連絡があったのは前の水曜だ。土曜に何度も連絡してみたし、彼が日曜にあらわれなかったときからほとんど二時間おきにもした。二回人をやって、玄関をノックさせることまでした」

「彼は試合には必ず来るの？」ブリジットはきいた。

「ほとんど。あのチームは彼にとっての全世界なんだ、きみも知っているように」

「あなたもあのチームでプレーして大人になったの？」

ジョニーは顔をしかめた。「まさか、違う。俺はチームスポーツは好きじゃないし、だいいち、ナヴァン（アイルランド東部ミーズ県の町）の出身なんだ」彼は最後の言葉にミーズ訛りをかぶせた。ブリジットはぎょっとした。

「ワオ、すごくうまく隠しているのね」

「まあ、あまり帰らないし。全然。一度も。いずれにしても」

「待って」ブリジットは言った。「チームスポーツ嫌いのナヴァンの少年が、どうして〈セント・ジュードス〉のアシスタントコーチになったの?」

今度はジョニーが照れた顔をする番だった。「ずいぶんとたいそうな肩書きだな。俺はバスを運転したり、道具を洗ったり、バニーが子どもたちを怖がらせすぎないよう止めたり、そんなのをやってるだけだよ。いわゆる下働き。バニーが頼んでくる、俺はやる」

「彼はあなたが人に見られたら困る写真か何かを持ってるの?」ブリジットの笑みは、相手から同じものが返ってこないと気づくと、顔から消えた。

「違う、ただ……」ジョニーは居心地が悪そうに座りなおした。ブリジットはあわてて話題を変えようとしたが、彼はブリジットの心配げな表情を手を振って打ち消した。「俺は人生のどん底にいたときバニーと出会ったんだ。ほかの誰も助けてくれなかったときに、彼が助けてくれた。せめて俺にできるのは日曜の朝、四時間しか寝ていなくても、ベッドからみじめな体をひきずりだして、できるところで彼の手伝いをするくらいだ。率直に話そうじゃないか。彼は友達に大きすぎる負担をかけたりしないだろう?」

ブリジットはうなずいた。「そのことを話して。さっき彼の敵のリストをつくろうとしていたの」

ジョニーは小さく噴き出した。「ああ、そりゃあたいへんだ」

「彼とはよくおしゃべりした?」

「たぶん。つまりイエスだ、したよ。試合の行き帰りのドライブやそういうことがたくさんあったし、二人ともどのラジオ局にするかで一致したためしがないんだ」ジョニーは悲しげに笑った。

「彼は最近どんな様子だった?」

ジョニーはまたひと口水を飲んでそれを考えた。「順調、だったと思う。つまり、警察から追い出されたことにはおおいに腹を立ててたよ、それは間違いない。でもきみたちと仕事をするのを楽しみにしていた」

「本当?」ブリジットは心の底から驚いた。バニーをそのアイディアに賛成させたのはやりすぎだったとすら、ずっと思っていたのだ。

「ああ、そうだよ」ジョニーは言い、がらりと口調を変えて、ぎょっとするくらいなめらかにバニーのコーク訛りをまねしはじめた。「あぁ、彼女はキュートなあばずれだよ、あのリートリムの可愛いこちゃんはな、そいつはたしかだ。肉屋の犬みてえに頭が切れる」

「うわ」

「彼が〝あばずれ〟と言ったのは肯定的なニュアンスでだよ」

ブリジットは苦笑した。「それを聞いてうれしいわ」

「でも彼はきみを高く評価していたよ。つまり、それがわかるにはバニー語を流暢《りゅうちょう》に話せないとだめだけど、俺はその腕前にかけちゃ世界に名高い達人だから」ジョニーはグラスからライムのスライスをとりだして、縁で搾《しぼ》った。「きみたちのチームが始まる機会も持たないうちに解散してしまって、彼はすごくがっかりしていた」

ブリジットは咳きこみ、それからいらだたしげに身じろぎした。「ええと、わかるでしょ。〝許して忘れる〟なんてできないこともあるのよ」

「よりによって俺に言うのかい」ジョニーは両手を広げた。「きみの目の前にいるのは、まさに二度めのチャンスを求める見本みたいな男なんだよ」

ブリジットには、ポテトチップスを食べたからといってジョニーをベッドから蹴《け》り出す人間がいるとは思えなかった。というか、さらに言えば、たとえ孤児院を焼きはらったとしても。

「あなたはそんなに悪いことなんてしていないでしょう――」

「いや」ジョニーがさえぎった。「もっとずっと悪いことをさんざんやった」

ブリジットが彼の目をのぞきこむと、誠実さがこちらを見返してきた。「考えてもみてくれ、バニー・マガリーと友達になれてラッキーだなんてやつは、どれだけ人生で失敗してきたのか？ってさ。俺はハーリングのことは何も知らないかもしれないが、聖ユダ《セント・ジュード》、ダメ人間たちの守護聖人のことは別だよ」ジョニーはシャツの下から聖ユダのメダルを出した。「週三回のミーティング、ヘルプライン、毎週月曜の夜はハーリング用具を洗ってすごす。するべき償《つぐな》いはありったけ引き受けてきた」ジョニーはメダルをシャツの下に戻した。「いずれにしても、悪かったね……きみが来たのは俺に説教や詮索をするためじゃなかった。バニーのことはこれからどうしようか？」

「あなたは知っているかしら、彼が……わからないけど、最近何かに取り組んでいたかどうか？」

「そうだな」ジョニーは答えた。「知ってのとおり、何週間か前にフランスへ行っていたね」

「そうなの？」

「えっ、ああ、そうなんだ。すまない。てっきり彼が話していたかと思っていた。俺が知っているのは、彼が何日かむこうにいたってことだけだ。何の用だったのかは知らない」

「そうだったの」

ブリジットは携帯のロックを解除してメモした。遅まきながら、メモをとらなければという考えが浮かんできたのだ。探偵ならそういうことをするものだろう。

「俺が尋ねると」ジョニーは言った。「彼は旅はよかった、すべて解決したと言っていた――どういう意味であれ」

「オーケイ。ほかには？」

ジョニーは頬をふくらませた。「すぐには何も浮かばないな。つまり、彼は年じゅう誰かのために何かを解決していたし、人は内緒話が好きなものだが、彼はそういうことはほとんど話さなかった。長年のあいだに数えきれないくらいのことがあったけど、とくに頭に浮かぶものはないな。きみは知っているだろうが、ええと……はっきり言おうか、クローク・パークからアビバ・スタジアムのあいだで、女に手をあげる男がいたら、バニーはいわゆる〝極端な敵対感情〟というようなものでその状況に対処することを、自分の個人的な使命とみなしているんだ」

ブリジットはうなずいたが、そのことはこれまで知らなかった。自分が見つけようとしている男のことを、実際はほとんど何も知らないのだという思いが湧いてきた。

メモを見て、このパブを出た五分後に思いつくであろう質問を考え出そうとした。「ほかに話をきいたほうがいい人に心当たりはある？」

「彼は〈オヘイガンズ〉でしょっちゅう飲んでいるよ。俺ならあそこできいてみる」

「オーケイ」ブリジットは答え、いまのをメモした。「それで、そのお店はどこにあるの？」

「バゴット・ストリート」

それもメモして、そこで思い出した。

「そうだ」手をおろしてハンドバッグからあの携帯電話料金請求書を出した。「彼のいちばん最近の電話料金請求書をあたっているの。それでいくつかの番号が誰のか特定するのを手伝ってもらえないかと思ったんだけど」

「やってみるよ」

ブリジットは請求書に書きこんでおいたメモを見た。「サリー・チェンバーズっていう女性を知っている？」

「知っている」ジョニーは答えた。「彼女の息子のダレンはうちのフルバックだ。あらわれたときには、だが」

「オーケイ。彼女の番号は何度も載っているの。てっきり二人が付き合っているとかそういうことかと」

ジョニーは薄くひげの伸びた顎《あご》をかいた。「まさか、バニー・マガリーがデートだって。俺の頭に納得させるには、朝までかかりそうな話だな。しかし、いや、違うな――いずれにしてもサリーは違う。家を賭けてもいいよ。その電話は息子のダレンのやつが出てこられないことについての話だったんじゃないかな。わかっておいてもらいたいんだが、うちはハーリングチームというより、前途ある若いトラブルメーカーたちのための調停組織なんだ。そうは言っても、俺の知るかぎりでは、家庭に問題はない。つまり、俺の聞いたかぎりでは父親は関係していない」

「わかったわ。オーケイ。最後のひとつ。もうひとつのことだけど……」もう、とブリジットは思った、さっさと言いなさい。これは調査なんだから。調査。「女性の話に戻るわね。ここにある番号全部にかけてみたの、そうしたらそのうちひとつが……エスコートサーヴィスだったのよ」

ジョニーの完璧に手入れされた両眉《りょうまゆ》が一緒に顔から飛び出そうとした。「まさかあああ」

「何も彼が――」

「いや、ありえない」ジョニーは言った。

二人のうちどちらのほうが気まずがっているかは判別しがたかった。ブリジットは自分のダイエットコークを落ち着かなくずるずる飲み、がんばって話を前に進めたが、そうしながらも彼とは目を合わせなかった。「あなたはわかるかしら、もし彼が……?」

彼女はぎこちない沈黙に満ちた空気に、それを宙ぶらりんにしておいた。後ろで、バーテンダーがやかましく洟《はな》をかんだ。

「きみが何をきいているのかわからないよ」ジョニーは言った。

「わたしもなの」とブリジット。

「俺が思うに、つまり、彼は孤独だったかもしれない。たぶんそうなんだろう、考えてみれば。俺たちは一度も……バニーがそういう話をしたことはないよ」ジョニーは椅子に座ったまま少しもじもじした。「腹を割って言うと、最後に彼と会ったとき、ちょっと口げんかをしてね。何日も彼から返事がなくても、俺にへそを曲げてるだけだと思ったんだ」

「それは何の話だったの?」

「全然たいしたことじゃなかったよ、つまりあとから考えてみれば」ジョニーは肩をすくめた。

「彼が少しばかり飲みすぎじゃないかと思ったんだ。でも彼はそんなことを言われるのがあまり気に食わなかった。俺は少し……まあ、いわゆる十二のステップ（アルコール依存症からの回復プログラム）を終えた人間は、ときどきえらそうな態度になるからな、たぶん」

その話でブリジットは別のことを思いついた。

「これもききたかったの。ホースでバニーの車が見つかったのよ。彼がそこへ行くような理由を知らない?」

ジョニーは首を振った。

「ただね……車は駐車場にあって、その近くにいわゆる自殺の名所があるの」

「えっ」とジョニー。

「まさか思わないわよね、彼が……」

ジョニーは右手で髪をかきやってため息をついた。「わからない。本当にわからないよ」

「わたしが言いたいのは」ブリジットは言った。「あなたからみて彼は自殺するタイプじゃないでしょうってこと」

「要はこういうことだ」ジョニーは言った。「それに一時間後にはヘルプラインをやる人間として言うよ。それなりの状況で、それなりに弱ったときには……誰だってそのタイプになる」

12

ウィルソン刑事は深呼吸をして、ドアをノックした。

「入りなさい」

入った。バーンズ警視はデスクのむこうに座り、ランニングシューズをはいているところだった。ウィルソンは顔を赤らめた。彼のタイミング選びはまったく改善していなかった。ここへ来るのが恐ろしく、びびりまくって二回もオシッコに行き、勇気を出そうとそのブロックを歩いてまわってきた。彼が新しい上司の靴にゲロを吐く自己紹介をしたのは三時間前、クレイグ・ブレイクの手足を切断された死体を見たあとだった。それ以降、ウィルソンは辞職や自殺、それに短いあいだだが、ほかの誰かの靴に吐くことも考えた。そうすればこの件を、チームを団結させる愉快な〝通過儀礼〟に変えられるかもしれないと、一縷《いちる》の望みにすがって。しかしすぐに、自分たちは高度な訓練を受けた法執行官のチームであり、残念ながら大学のラグビーチームではないと思い出したのだった。

「警視、あの……マァム、ちょっとお時間をよろしいですか？」

「今回の殺人のニュースがメディアに出たところなのよ。だからわたしの靴のことなら、もうあなたの謝罪はすんでいる」

ウィルソンは目を下へ向け、当のその靴がゴミ箱に入っていることに気づいた。

「いえ、違います、つまり……ですが、もう一度言わせていただければ……もしよければその靴の代わりを僕に……」

「ええ、靴を買ってもらってもいいわ、そうしたらほかの刑事たちもかわるがわるわたしをディナーに連れていったり、セクシーなランジェリーを買ってくれたりするでしょうね。その話は忘れなさい。さあ、わたしは世間の注目を集めている死体に対処しなきゃならないの。だからほかに言うことがないなら、もしくはわたしのハンドバッグにオシッコしたいなら……」

「そうです」とウィルソンは言い、またしても赤くなり、こう付け加えた。「〝ほかに言うこと〟がある、って意味です。死体について……というか、あの壁にあった言葉です。〝今日は決して来るはずのない日だ〟」

「ええ、わたしもあそこに行ったわ。あれがどうしたの？」

「おぼえがあったんです、だから念のため確認しました」

ウィルソンは腕の下からノートパソコンを出して、デスクのほうを指さした。バーンズはうなずき、ウィルソンはノートパソコンを置いた。

「そういうタイトルのメタリカ（アメリカのヘヴィメタルバンド）の曲があるんです」ウィルソンは言った。

「ちょっと待って、ヘヴィメタルの殺人カルト説をとなえるつもりなの、ウィルソン――」

「まさか、違います、マァム」ウィルソンはさえぎり、ノートパソコンをぐるりとまわして彼女のほうへ向けた。「これはダニエル・フランクス神父が六週間前にしたスピーチです」

「勘弁してよ、もう」バーンズは言った。「カルトのほうにしてほしいわ、頼むから」

フランクス神父が高名か、もしくは実に悪名高いかは、尋ねる相手による。たしかに、誰もが彼が何者かを知っていた。小柄で、耳の上に伸びている荒れた芝生のような髪をのぞけばはげていて、燃えるような緑の目はそう遠くないところで森林火災が起きていることを物語っていた。アーマーの出だが、聖職者としての勤めの大半ではダブリンに派遣されており、天命を見つけたのは三十代だった。最近までは中央ダブリンのおだやかな教区司祭で、世に知られることもなく骨を折って働いていた。しかしそれも、彼が群れを離れて暴れはじめるまでだった。注射針交換所（注射薬物使用者が清潔な未使用の注射針を手に入れられるようにする社会サーヴィス）が予算削減のため閉鎖されると、神父は夕刊紙の記者のところへ行った。ドラッグ使用は犯罪ではないとするべきだ、売春は合法化されるべきだ。国は自分が社会からはずれてしまったと思っている人々に、有罪判決ではなく支援と理解をさしだすべきだ。どれも以前から言われていることだったが、言った男が聖職者だったためにニュースになった。とはいえ、一日かぎりの記事だったが、抜け目ないテレビのプロデューサーがそれを目に留め、政治的なトーク番組に彼を出した。フランクスは副大臣をずたずたに引き裂き、その哀れな男はしまいには泣きだしそうになってしまったほどだった。副大臣がぼうぜんとして何度も何度も繰り返したフレーズ――〝特別調査委員会をもうけます〟――はソーシャルメディアのはやり言葉になった。その元〝未来の首相〟が、自分の夢が全国ネットで煙となっていくのを見ていたいっぽうで、彼を鞭打っていたほうはまだエンジンがかかりはじめたばかりだった。アイルランド社会の核心には偽善があり、それに目を向けるべきだ、とフランクスは言った。企業が祝福されているのに、ふつうの人々は犠牲になっている。柔和な人々は地を受け継ぐ（新約聖書マタイ伝五章五節）かもしれないが、そのときに地はどうなっている？彼は憤懣《ふんまん》を世界に向けて叫び、そしておおぜいの人々が自分たちのリビングルームにそれが反響していることに気づいた。べつだん目新しいメッセージではない。まったく違う。これまでたくさんの言い方で、何度も言われてきたことだ、しかしどういうわけかフランクス神父は自分でも気づかないうちに、言ったタイミングと状況が正しくぶつかる場所に立っていた。誰でもありえたのかもしれないが、そうではなかった――彼だったのだ。

野党はすばやく動いて彼を味方にしようとしたが、自分たちの平手を顎に食らっただけだった。この二十年間のどこかで権力側にいたことがあるのなら、あなたがたも問題の一端だ。しかも、昔の戦友たちがショバ代とりたてや路上でドラッグの売買をしているのに、自分たちは一般市民の味方だなどと主張できたものじゃあるまい。フランクスはひるまず、壁を打ちやぶっていた。

効果的なやり方だった、昔ながらの火と硫黄《いおう》（悪人が地獄で受ける苦しみ）を持ち出すのは。リバティーズ（ダブリン市内ののみの市などがある地区）にある彼の教区教会は、日曜でも三分の一しか埋まらなかったのに、突然、毎朝人々が垂木《たるき》のところまで詰めかけた。教会はほくほくだった。これこそ現代のカトリック教会の新しい顔で、失われた信徒たちとの絆を結びなおしてくれる。フランクスはそのすべてだった。たくさんの人々が家もなく路上で眠っているのに、教会と修道会が何十億ユーロもの価値のある資産を持っているのは罪深いことだ、と説きはじめる直前までは。それから彼は問いかけた、なぜローマ教皇は黄金の宮殿に住み、かたや世界じゅうでこんなにたくさんの人々が飢えているのか。なぜ子どもの命が神聖とされるのは生まれるときまでなのか。教会側は彼を遠くへやって、祈りと沈思の時間を与えようとし、ローマに連れてこようとし、アフリカでの布教に送ろうとし、休暇を与えようとし——あらゆることをしようとした。それでも、マスコミが〝アイルランドの荒くれ司祭〟と名づけた男は動こうとしなかった。それどころか、教会側がフランクスを締め出すと、彼は自分の教会にあらわれて階段から説教をした。大衆は彼に群がり、そうして彼を愛しているにしろ憎んでいるにしろ、フランクスは必見のテレビネタ、登場を待つばかりの見出しとなった。

要するに、スーザン・バーンズ警視にとって、国家犯罪捜査局のトップとして最初の大きな事件にフランクスを関連させるものなど、また別の靴をウィルソンの朝食でいっぱいにされるのと同じ程度の必要性しかなかった。彼女はため息をついた。「続けてちょうだい、それを再生して」

それはフランクスが中央郵便局の外でしたスピーチだった。彼は携帯式のパワーアンプを持ってあらわれ、その噂はソーシャルメディアで野火のように広がった。何千もの人々がそこに集まっていた。警察ははじめこそ彼を黙らせようとしたものの、結局はそのかわりに通りを封鎖した。警察長官はどっちにしろ勝利のない決定をしなければならなかった。違法な集会を許して大臣たちからありとあらゆる小言をもらうか、演説中の司祭を退去させようとしている巡査たちの写真で一面が埋めつくされた、日曜紙の山を起きぬけに目にするか。長官は強圧的な乱暴者たちのリーダーとしておおやけに非難されるより、内々に小言を言われるほうを選んだ。とはいえ、二人の制服警官が人々と一緒になって熱狂的な声援をしているのを撮影されたときには、やむをえず公式に彼らを譴責《けんせき》しなければならなくて困った。

ウィルソンが映像の再生ボタンをクリックした。フランクスは演壇がわりに本物の木箱の上に立っていた。携帯電話の不安定な映像なので、持ち主が大群衆の中で揺さぶられるのに合わせてぐらぐらした。

「彼らは言っている、〝いまは耐乏《たいぼう》の時期だ。われわれ全員がベルトをきつくして空腹をまぎらわせる時期だ〟と」

群衆から不満の声。

「しかし腐敗した企業はどうなった？　品不足に乗じて暴利をむさぼった者たちは？　投資家たちは？　いつになったら安易な手抜きをした者たちや、取引をごまかした者たちは――この国の基礎となるきまりを、法律のうえでも道徳のうえでも平然と無視して、おのれの腹を肥《こ》やした者たちは――いつになったら自分たちのしたことをきちんと説明させられるんだ？」

歓声。

「彼らが公正な負担を支払う日はいつだ？」

歓声。

「この国を屈服させた者たちが立たされ、自分たちの罪に向けられた民衆の怒りに向き合う日はいつだ？」

歓声。

「その日はいつだ？　あなたたちに言おう、友よ。それは決して来るはずのない日なんだ」

ウィルソンはマウスをクリックして映像を止めた。

バーンズ警視は長いこと天井を見上げていた。「すばらしいわ。まさにこの事件に必要なもの。政治」

「動機についてはこれが役に立つかもしれないと思ったのですが」

「そうね」バーンズは言った。「これでフランクス神父に的が絞れる、それに彼の演説を聞いたり、その記事を読んだり、インターネットで見ることができる全員に」

「実際には、フランクス本人ではありえません」ウィルソンは言った。

バーンズは二秒間彼を見てから気がついた。「ああ、もちろんそう――彼はあのアークってやつから出られないんだったわね？」

それは中央郵便局でのスピーチの直後に起きた。またもや警察の不意を突き、フランクスは支持者たちを率いて河岸地区《ザ・キーズ》を行進し、国際金融サーヴィスセンター地区へ入り、共鳴した警備員によってタイミングよくあけられていた無人のストランダー・ビルにそのまま入った。スペインのある銀行のために、アイルランド政府の費用で建てられたものの、完成してからずっと使われず無人のままだったのだ。途中でアイルランドのある銀行へ譲渡されたのだが、やがてそこもまた管財人の管理下に入ったときに戻された。政府は現時点ですでに二度、これのために金を払い、しかも誰も使ったことがなかった。このビルは厄介物で、政府は必死になって売ろうとしていた。フランクスはそこを自分たちのものにすることにした。彼はそこに住みつき、ダブリン最大にして最新のホームレス用シェルターを開いた。近隣の人々はまったく喜ばなかった。金融サーヴィスセンター地区が求めている雰囲気とはとことん合わなかったのだ。政府が論争し、時間を浪費するいっぽうで、フランクスの熱狂的な支持者たちはバリケードを築き、長丁場にそなえて腰を据えた。警察が命令により、食料物資が運ばれてくるのを止めようとすると、人々はバリケードを越えて物資を投げこんだ。これもまたどういう手を打ってもマイナスになる状況だった。警察はすでに悪者にみえるよう仕立てられていたからだ。彼らは七十三歳の老女を逮捕していたが、それは彼女のふうがわりな投球モーションのせいで、ある警官が耳に豆の缶詰を食らったためだった。新聞社のひとつがそれをマンガにした。マンガは面白くなかったが、それを言うなら警官たちのほうは最初から面白くなかった。

「とんでもないことになったわね」バーンズは言った。「わかった、これは上へ持っていかないと。こういう殺人事件がありました。拷問、ショーマンシップ、このメッセージです、って。

このイカレた犯行は犯人がつかまるまで終わらない。あのスカイラークどもの残った二人に、危険があるかもしれないと警告してやらなきゃならないわ、まず始めに」

「イエス、マァム」

「何でもないことかもしれない、でも見つけてくれたからには、あなたは――慎重に――フランクスの線を探りにかかって。彼の周囲に善なる神父の言葉を行動に移しそうな人間がいるかどうか調べて」

「イエス、マァム」

「このことはまだ言わないでおくわ、チームのブリーフィングでも、記者会見でも。この騒ぎはすでにかなりのものになりつつある。クレイグ・ブレイクや彼のお仲間たちは人気者にはほど遠かった。いまの時点で容疑者は四百万人いる。その数をちょっと減らしましょう」

「イエス、マァム」ウィルソンは繰り返し、出ていこうとした。

「ああ、それからウィルソン……よくやったわ」

「ありがとうございます、マァム」彼はやっとかすかな安堵の笑みを浮かべた。

「わたしがそう言ったことを思い出してちょうだい、あなたがそのドアを閉めて、いまのあいだずっとズボンのファスナーがあきっぱなしだったと気がついたときに」

「イエス、マァム」

13

二〇〇〇年二月五日土曜日——朝

市議会議員ヴェロニカ・スマイスは後ろから夫につつかれると、上掛けをいっそうきつく引きよせた。

「望みなしよ、ニール、理由はわかっているでしょう」

「そうじゃない……外に誰かいるようなんだ」

彼女が片目をあけて、閉まっているカーテンを見ると、細い日の光が忍びこみはじめていた。

「朝だもの。外にはたくさんの人がいるでしょうよ」

二人は前の夜、ある会合に出かけて遅くなり、その日は彼が運転する番だった。ヴェロニカは無料のバーを活用し、その後二人は家へ帰る道中でこれまでした言い争いのヒットパレードを再演した。

「庭に誰かいるんだ」ニールはなおも言った。

「あら、じゃあ起きて見てみたら——」

何かとても固いものが窓に強くあたって、ヴェロニカははね起きた。

「何なの⁉」

ニールはよっこらしょとベッドを降りてカーテンへいそぎ、端を引いて外をのぞいた。日光がまわりにあふれる中で、彼は言った。

「あれは……子どもたちだ」

ヴェロニカは枕に頭を戻して、寝返りをうった。

「出ていきなさいって言ってきてよ」

「いや、それが……すごい人数の子どもたちなんだ」

ヴェロニカ・スマイスはあわてて服を着ると、夫のニールと一緒にパティオのドアのところに立ち、信じられない思いで外を見た。二人の広い裏庭は彼女の自慢であり喜びだった。ただし、自分ではそこの作業などいっさいせず、庭師にあれこれと指示を与えた。その庭はその通りでいちばん大きく、二人は多大な労力をはらって、そこが夏には光り輝き、冬には暗い色の歓喜となるよう、多年生植物を完璧に組み合わせた。そこを、いまこの時点で、十二歳までの子どもたち二十人くらいがぶらぶらしたり、ハーリングスティックを振りまわしたり、下手くそにボールを打ち合ったりしていた。彼女の真ん前では、ひとりの少年が、一週間の平均賃金より高くついた百合の植栽からボールを打とうとしていた。

ヴェロニカはドアをあけた。「いったいこれはどういうことなの?」

二十の幼い顔が彼女のほうを振り向いた。

「そのまま続けなさい、子どもたち」

ヴェロニカは声のしたほうを向いた。家の日よけの下のデッキチェアに座っているのは、六十代の、けばけばしいピンクのビニール製レインコートを着た女だった。

ヴェロニカは彼女のほうへずかずか歩いていった。

「あなたがこれの責任者？」

「そのとおりよ、あたしがそう」

「ここは個人の住宅ですよ。あなた方がここに入る権利はありません」

「あら、そう」と、女はこちらが面食《めんく》らうほど落ち着いた様子で、魔法瓶をあけてお茶をそそいだ。「あなたがここで目にしているのはね、〈セント・ジュードス〉ハーリングチームといって、じきに自分たちのフィールドを失うの。あたしたち、お宅には広い庭があるって聞いてね――ところで、すてきな紫陽花《あじさい》ねえ――それで思ったわけ、〝それじゃそこに行って練習しましょうよ〟って」

「そんな……開発計画の許可を含む問題についての苦情はすべて、正規のルートで申し立てればいいんですよ」

「ええ、ええ。そういうのは全部やった、だからそのかわりにいまはこうしてるの」

「あなたには二つ選択肢があります、マダム。あなたもこの子どもたちもうちの敷地からすぐに立ち去るか、わたしが警察を呼ぶか」

女は耳ざわりな音をたててお茶を飲み、それから舌つづみを打った。

「二番めのほうにするわ、あんがとさん」

「わかりました、だったらそれでけっこう」

ヴェロニカはきびすをかえし、鈍《どん》くさく後ろに立っていたニールにぶつかってしまった。

「んもう、ニールったら……」

「ハロー。誰か警官を呼んだかい？」

ヴェロニカが振り返ると、三十代なかばの大柄な男がひとり、横のゲートから乗り出して警察のＩＤカードを持ち上げていた。「マガリー刑事だ。苦情を受けたんだが」

「そうなんですよ」ヴェロニカは言った。「いまそうしようと——」

「あたしが呼んだのよ」年上のほうの女がさえぎった。

「あんたが？」ニールが言った。

「そう。こんな広くて何もない緑のスペースが犯罪的に無駄遣いされているって、苦情を言いたかったの。驚いちゃうでしょ、まったく」

ヴェロニカはマガリー刑事と名乗った男のほうへずんずん歩いていった。「こんなのおかしいでしょう！　この女性とこの子どもたちは」と、まるで彼らが自分の靴の中にいるのをいま見つけたというような口調で言った。「わたし個人の敷地をうろついているんです。だからすぐに出ていかせてもらいたいの」

その警官は不法侵入者を見おろした。

「いまのは本当かい、美人さん？」

「ええ、バニー」女は答えた。

「おとなしく来てくれるか？」

「いやよ」

「それじゃあんたを逮捕しなきゃならない」

「やってみたら」

「あんたに手錠をはめなきゃならなくなるぞ」

女は彼ににっと笑った。「あんな変態っぽいものをつける気はないわ、お巡りさん。少なくとも、子どもたちの前ではね」

女はマガリー刑事がさしだした手をとり、デッキチェアから立ち上がった。

「いったいどうなってるんです？」ヴェロニカは割って入った。マガリー刑事は彼女を無視して、経験を積んだ手際のよさで手錠を出し、女がおとなしくさしだした両の手首にはめた。

「この子どもたちに責任を持っている大人はあんただけかい、マダム？」

「そうよ」女は答えた。

「なるほど」刑事は言ったが、いまはヴェロニカに目を戻していた。「これから児童保護局に連絡しなきゃなりませんね。今日は土曜日だ、それに子ども二人にケアラーがひとりつかなきゃなりませんから、時間がかかりますよ。それから子どもたちを全員家に送りとどけるのに、別々の車が必要になる。かなり厳しい規則があるんですよ——」

カメラのフラッシュが放たれて、彼はさえぎられた。ヴェロニカが目を上げると、二十代の男がフェンスのむこうから身を乗り出していた。「スマイス議員、〈セント・ジュードス〉のクラブが再開発のせいでなくなる状況について、ひとことといただけますか？」

「今度はこっちだ」ニールが言った。「その男も侵入してきてる」

「残念だが違いますな」刑事は言った。「彼は公共の土地にいますから。その年金暮らしの人とこの子どもたち全員がパトカーに乗せられるところがばっちり見えるでしょうね、間違いない」

「まあ、あなた」女が言った。「あたしはこういうことの専門家じゃないけど、そういうのは新聞に載ったら悪くみえるものなんじゃない？」

　ヴェロニカは女とはじめて目と目を合わせた。女のさりげない口調の下に、ヴェロニカは自分も誇りにしている固い意志を聞きつけた。

「アイルランド放送協会《RTÉ》からここまでほんの五分です」マガリー刑事は言った。「連中がバンをよこしても意外じゃありませんね」

「そんな」ニールが言った。「彼の言うとおりだ、ヴェロニカ。こんなことが――」

「黙ってて、ニール」ヴェロニカはさえぎった。深く息を吸い、ゆっくり吐き出した。怒りが全身の細胞を駆けめぐっていたが、本質のところでは、彼女は交渉人だった。政治とは勝てる戦いだけを戦うことだ。

「いまここにあるのは」女は言った。「いわゆるシャッターチャンスってやつよ。〝市議会議員、スラム地区の子どもたちの支持にまわる〟って見出しになったらどんな感じがする？」

女たちはふたたび目と目を見合わせ、魔女の乳首なみのあたたかみしかない笑みがかわされた。

「さあいらっしゃい、子どもたち。こちらのすてきなレディにご挨拶するのよ。あたしたちのフィールドをそのままにしておくのに力を貸してくださるんだから」

14

「法務大臣パドレイグ・オドノヒューは本日の夕方、下院で声明を発表し、次のように述べました――いかなる事情があろうと――暴力的な自警行為は答えにならない。大臣は、国家犯罪《NB》捜査局《CI》には彼が〝凶悪犯罪〟と呼ぶものの真相を突き止めるのに必要な人材能力はすべてそなわっている、とも述べました。ＮＢＣＩのスーザン・バーンズ警視は、初動捜査でミスター・ブレイクの死亡時刻は水曜の晩と特定されたと述べ、情報を持っている市民は誰でも極秘情報ラインに連絡するよううったえています。番号は１８００　６００……」

ポールはかがんでラジオを切った。メディアはその朝にあったクレイグ・ブレイクの遺体のショッキングな発見以来、ほかのことはいっさい報道していないくせに、実際はごくわずかの情報しか伝えていなかった。あの男が死んだこと、誰かが彼を殺したこと、おまけに連中はその件についてどうみても上品すぎるとはいえなかった。報道には、本当は言いたくてたまらない秘密を持った子どものように、くらくらするばかりの興奮を抑えそこねている調子があった――血なまぐさい詳細を話したくてうずうずしているのだ。ポールは確信していたが、少なくともタブロイド紙のどれかが明日の朝刊で秘密をもらし、そのあとで罰に耐えるだろう。発行部数が二倍に増えて、やるだけの値打ちはあるとわかっているのだから。

そういうわけで、全体的に見れば《イン・ザ・ビッグ・ピクチャー》、ブレイク殺しは報道合戦へと進んでいたが、ポールをいちばん悩ませているのは小さい面《リトル・ピクチャー》のほうだった。もう木曜の夕方だ。月曜までにハーティガンが浮気をしている――または実に幸せな結婚生活をしている――証拠を見つけないと、四千ユーロが煙になって消えてしまう。日中はブリジットからの最新状況か、バニーからの何らかの連絡が来ないかと、わびしく携帯をチェックして過ごしたのだが、どちらも来なかった。いっぽうで、いちばん親しい仲間が死んで見つかったというトラウマ的なニュースを聞けば、ハーティガンが慰《なぐさ》めてくれる女の腕へ追いやられるのではないかと期待せずにいられなかった。どんな女でもいいから。

しばらく前、ポールがあのレストランに引き返すと、ちょうどターゲットがいそいで出てくるところが見えた。携帯を耳にあて、ハーティガンは早足でドーソン・ストリートを歩いていって、じきにあの緑のローラーに拾われた。ポールたちは彼を自宅まで尾行していった。実際には尾行しなかったのだが。フィルがスティーヴンズ・グリーンの交通システムを通り抜けたときには、ハーティガンはとっくにいなくなっていたのだ。二人がやったのはハーティガンの家へ戻り、あの袋小路に緑のローラーが停まって、ちょうど彼を降ろしたのを見てほっとした、ということだった。確認のためさっとそばを通り、ハーティガンが実際に家にいるらしいのをたしかめたあと、ポールとフィルはパブ〈ケイシーズ〉の駐車場で部隊を再編成した。その内容とは、ポールが本を速読し、フィルはマギーを遅めの散歩に連れていくことだった。

『私立探偵になる方法』の著者はジェームズ・T・ブランドといい、カバーの折り返しで本物の中折れ帽をかぶっていた。ポールはその写真に心底がっかりしたが、略歴によればブランドはロサンジェルスで三十年以上も私立探偵《PI》をしていた。ポールは彼が、そもそもは映画に出たくてその土地へ行ったのではないか、とひそかな疑いを抱いた。本のカバーにある写真はたしかに、彼がブロードウェイのミュージカルで探偵役のオーディションを受けていたようにみえた。アメリカ人《ヤンキー》にしても、歯を見せすぎ、人生に対する意気ごみがありすぎた。それでも、ポールは彼の本を買った。それにするか、ワンシーズンしか作られなかったテレビドラマとのタイアップ本か、『子ども探偵のための完全ガイド』という児童むけの本のどれかを選ぶしかなかったのだ。ポールは最後のにしようかと真剣に考えたが、地獄から来た書店員リアンニーの威圧的な視線のもとでは、ブランドの本を買わざるをえなかった。その本はまさにブランドによる聖典だった。フィルがマギーと戻ってきたときには、もう五十ページほど読みすすんでいた。

「ここに書いてあるんだ、僕たちはハーティガンを見張るための監視道具を持つべきだって」ポールは言った。「カメラとか双眼鏡とかそういうものを」

「おまえがよければ、パディおじさんのバードウォッチング道具ならあるぜ?」パディ・ネリスは人生で一度も鳥をながめたことなどなかったが、ポールはそれを指摘するつもりはなかった。フィルは亡くなった大好きなおじの話となると、ちょっとおかしくなることがある。とはいえ、パディ・ネリスがしていたような一流の仕事をしたいなら、まずその場所をよく見るための道具が必要だというのはすじが通っていた。そういうわけでフィルは家に行かされ、ポールはあせるあまり、予算からまたもや大枚をはたいて、彼をタクシーに乗せるという散財をせざるを得なかった。

フィルは二時間後、別のタクシーで戻ってきたが、今度は本人が運転していた。

「おい、まさか」ポールは言った。「今度は車泥棒になったなんて言わないでくれよ」

「違うって、バーカ。アブドゥルおじさんがまたうちに来ててさ、リンおばさんがタンスを動かすのを手伝ってたんだ」

ポールはあらんかぎりの努力をして無表情をたもちながらうなずいた。アブドゥルは実際にはフィルのおじではなく、それどころか親戚でもなんでもなかった。しかし、リンおばさんと恋愛関係にあることはきわめてはっきりしていた。彼女はまだ女ざかりだし、アブドゥルはリンはもう喪《も》が明けただろうと思っていた。ポールは以前、アブドゥルが、翌朝早く行かなければならないどこだかの場所にはフィルたちの家のほうが近いからと、二回ほど〝泊まった〟ことがあると耳にはさんでいた。ほかにも、アイロンを借りたり、ボイラーの具合をみたり、煙突の掃除をしにきたりもしていた。何であれ、アブドゥルは実際にはそういうことをしていない。リンが自分たちの関係をフィルに説明したくないのなら、ポールもするつもりなどなかった。とはいえ、陽気な寡婦《メリー・ウイドウ》の甥《おい》っ子が、予告なしに真っ昼間に戻ってきたとなると、フィルがタンス移動における大事な接合を邪魔してしまったのはほぼ確実だった。ポールは自分がダブリンでいちばん鈍《にぶ》い人間を探偵助手に雇ってしまったことを考えないようにした。

「それで」フィルは言った。「アブドゥルが言ってくれたんだ。好きなだけ長く俺のタクシーを借りてっていい、って」大事な接合で間違いなし。「これならおまえが言ってた尾行用の道具にぴったりだろうと思ってさ。つまり、タクシーなんて誰も目に留めないだろ？　平凡な景色にとけこむみたいなもんさ」

こういうところがフィルには驚かされる。理解に苦しむほどの間抜けから、まじりけのない天才の瞬間へと移れるのだ、それもしばしばひと息で。彼の言うとおりだった、もちろん。タクシーはわがもの顔に道路を走り、ほかの人間など存在しないかのように駐車している。文句のつけようがなく完璧だった。バニーのポルシェとは月とスッポンで、あっちは腫れた親指のように目立つが、タクシーが一台増えたところで誰ひとり目もくれないだろう。ブランドの聖典の、車での監視の章の最初に出ていたことだ。目立たない車を使え。言い換えれば、バニーのポルシェの正反対ということだった。

「それで、俺のいないあいだに何かあったか？」フィルが言った。

「たいしてない」ポールは答えた。「きのうハーティガンとゴルフをしていた弁護士が、おまえが行ってすぐあとに入っていった。それからローレルとハーディ（一九二六年に結成されたアメリカのお笑いコンビ）みたいな見た目の二人が、一時間くらい前にあらわれた。僕の人生を賭けてもいいが、あれは警察の刑事たちだな。二人ともそれからずっと中にいるよ」

「ハーティガンがそいつらと一発やるチャンスはあまりなさそうだな」

「おいおい、フィル、おまえの言語センスが加わらないのは、グリーティングカード業界にとってものすごい損失だな。おじさんのバードウォッチング道具は持ってきたのか？」

フィルはタクシーのトランクのところへまわっていき、大きな銀色のケースを持って戻ってきた。パディ・ネリスが――神よ彼の魂を安らかに眠らせたまえ――歴史上もっとも抜かりないバードウォッチャーであったことがあきらかになった。

ケースには二台のカメラが入っていた。うち一台はよくある大きな、堂々としたタイプで、パパラッチ人種が使うような大きなレンズがついていた。交換レンズも三つあったが、二人とも交換の仕方を知らなかったし、壊してしまうのが怖くてやってみようとはしなかった。それに、もうつけられていたレンズでじゅうぶんズームインできたし、通りの先の家にいる誰かが『コロネーション・ストリート』（イギリスの長寿連続テレビドラマ）を見ているのまでわかった。これならうまく仕事ができるだろう。もう一台のカメラはもっと小さく、もっと地味なデジタルカメラで、かなり性能が高そうにみえ、そしてずっと目立たないのはたしかだった。その二台のカメラに加えて、ケースには高倍率の双眼鏡が入っていた。ポールは天国へ感謝の祈りを送ったが、パディ・ネリスのようなベテラン犯罪者がそこにいて、そのメッセージを受け取れるかどうかは、真剣な議論を呼ぶところだろう。

「それで、リンは僕たちがこれを全部使っていいって？」

「ああ。ほしいものは何でも持っていっていいってさ」

リンはタンスを動かしたくてたまらなかったに違いない。

ハーティガンの客の誰かが何かしていないかと、フィルが袋小路の端を見張っているあいだに、ポールはパブへ入って、すばやく野戦式に体を洗った。バニーの車に座っているとき、体がにおいはじめていたのだ。オフィスで寝ていたここ数週間のあいだは、一日置きに道の先の〈ディガー・ドイルズ〉ボクシングジムにさっと入っては、シャワーを浴びていた。体のにおいは尋常でなくなっていた。パブの外に出るとき、ポールはチーズオニオンスナックのパックを四つ買って、金を払う気があるところをみせた。自分がパブの駐車場にいる時間のほうが、パブの中にいるよりずっと多くみえることに、従業員が気づきはじめたのではないかと心配だった。

刑事たちが到着してから二時間近くあと、ポールは彼らが自分たちの目立たない青のボクスホール・アストラで袋小路を出ていくのを目にした。事情聴取はどんな具合にいったのだろう、とポールは思った。〝あなたの知るかぎりで、故人には敵がいましたか？〟〝ええ、誰も彼もです〟

約三十分後、手足のひょろ長い弁護士もようやく帰っていった。

「よし」ポールは言った。「気をつけろ。ハーティガンはひとりきりになった、そして――神様お願いします――愛に飢えている」

「どうかな」フィルが言った。「あいつ、本当にヤろうとするかね？　つまりさ、友達が死んだとかしたばっかりだろ。ちょっと礼儀に反するんじゃないか」

「たしかに。そのいっぽうで、彼は自分の利益のために数えきれない人々をめちゃくちゃにした、ナルシシスティックな怪物でもある。だから……」

「ヤりたがるかもしれない？」

「そのとおり」

　ポールは小さいカメラをポケットに入れて、またマギーにリードをつけた。さいわい、マギーは散歩にかけては無限の許容量があるらしかった。

　ポールはマギーを連れて袋小路を歩いていった。マギーは毎回検分しているのと同じ木を検分し、そのおかげで、ポールはハーティガンの家のある方向をさりげなくながめる時間がたっぷりできた。いくつかの窓に明かりがともり、銀のメルセデスは私道にある、ということは彼がまだ家にいるのは間違いない。緑のローラーはどこにも見えなかった、ということは彼が今夜どこかへ行くとしても、自分で運転していく確率が高い。

　マギーはくんくんにおいをかいでまわるのをやめ、何にであれオシッコをかけるのを拒否した。ポールがきびすを返そうとしたとき、着色ガラスの窓の青いＢＭＷが角を曲がってきて、ハーティガンの家の正面につけた。ポールはマギーを見おろしてささやいた。「そのまま行け、音楽を止めるんじゃない《ドント・ストップ・ザ・ミュージック》」落ち着かない様子で、マギーはまた木の根元を熱心にかぎはじめた。

ポールはポケットに手を入れ、はやる気持ちで小さなカメラを探った。今度こそかもしれない、やっと。頼むから売春婦をいっぱい乗せた車であってくれ。

運転手側のドアがあき、ごま塩髪を短く刈りあげてボクサーの体型をした四十くらいの男が降りてきた。ポールはぼんやりと、裁判所にいたボディガードのひとりだと思い出した。男は足を止めてまっすぐポールを見ると、妙な笑みをみせた。ポールは男に見られて赤くなるのを感じ、マギーを見おろすことでそれを隠した。「さあ、シャルドネ、早くしろ」なぜマギーに嘘の名前をつけたのか、しかもなぜストリッパーたちに人気七位の名前を選んでしまったのか、自分でもまったくわからなかった。男がまだこちらを見ていること、マギーがいまや見返しはじめていることは痛いほどわかっていた。マギーは低いうなり声を発した。

さいわい、ＢＭＷのむこうがわの助手席ドアが開いて場の緊張は破れ、不機嫌で哀れっぽい声が聞こえてきた。

「あぁ、わたしのことなど心配いらないよ、自分の車のドアくらいあけられるんだからな?」

運転手がぐるりと目をまわしたとき、パスカル・マロニーのはげ頭が車の後ろ側からあらわれ、不機嫌なしかめ面がそのあとに続いた。

「わたしはおまえにいったいいくら払っているんだっけな?」

ポールの周辺視野にも、運転手がいらだたしげに顔をしかめたのが見えた。マロニーはポールとマギーに気づくとはっとした、まるで男が犬を散歩させているなど前代未聞の珍事だというように。「おや、こんにちは」彼は表情を直し、偽りの笑みを車のルーフごしにポールに見せた。「可愛い犬ですね」

ポールはもぐもぐと礼を言い、袋小路の奥へ遠ざかろうとした。マギーは抵抗し、ポールはマギーを歩かすためにリードを引っぱらなければならなかった。

運転手がトランクのところへまわってあけた。

「それじゃ来い」マロニーは言い、ハーティガンの私道を歩きだした。

運よく、ポールはすでにリードを引っぱっており、でなければマギーがいきなり歯をむいて飛び出したときに宙に飛ばされていただろう。実のところ、マギーが激しく吠えながら車のほうへ走ったので、ポールの腕は関節からきれいに引きちぎられそうになった。マロニーは少女のような悲鳴をあげて、すぐに私道を逃げていった。反対に、運転手のほうは落ち着いてその場にとどまり、とまどいながらも愉快そうな目で彼らを見ていた。ポールは綱引きに負けて、よろよろと前へ出た。「シャルドネ！　すみません、この子は……いつもはとても人なつっこいんですが」

ありがたいことに、マギーが数分前に検分していた木が彼らとマロニーのあいだにあった。ポールはその木の反対側へ行って、リードを幹に巻きつけることで、マギーの前進を止められた。それでも抑えておくにはありったけの力が必要だったが。車のアラームが一度ビーッと鳴り、そこでポールが振り向くと、マロニーの運転手が黒いブリーフケースを手に私道を歩いていくところだった。ボスのほうはポーチに立って、ハーティガンと合流している。二人とも私道を振り返って、頭のおかしな犬を連れた男を見ていた。ポールはあわてて顔をそむけ、マギーの視界をさえぎるべく、その前へ自分の体を置こうと集中した。「止まれったら、このバカ雌犬《めすいぬ》！」

やがてマギーの吠え声は憤懣まじりの鳴き声になった。ポールが後ろを振り返ると、ポーチにはもう誰もいなかった。いそいでリードをほどいて木から離れ、マギーを道路の端へ引きずっていった。

「この馬鹿……まったく信じられないよ！　もううんざりだ。たしかに言ったよ、僕のデスクにウンコをするなんて、うんざりだってな。でもこれは──これは──これこそうんざりだよ！　おまえのせいで調査がだいなしになっちゃったじゃないか。ハーティガンはもう僕たちを見てしまった。要するに、いったいおまえはどうしたんだ？」

マギーは当然のことながら答えなかった。それどころか行ったりきたりしながらうなりつづけているだけだった。さながらリングに行くのを待っているボクサーのように。

「もうこんなのはたくさんだよ。あしたは犬のシェルターへ行ってもらうぞ。バニーはいないし、ブリジットは口をきいてくれないし、おまえは僕が事態を収拾する唯一のチャンスをだいなしにするにきまってるからな」

マギーは反抗的な目でポールを見ると、片脚を上げて誰かの庭の塀にオシッコをした。

「信じられない！」

ポールは自分が怒りに震えているだけではなく、コートのポケットも震えていることに気がついた。携帯を出して応答した。

「車が行っただろ、見たか？」

「見たよ、フィル。あいつは何ていったっけ――マロニーだ――スカイラーク三人組《スリー》のもうひとりのメンバーだよ。マギーが」ポールは意味もないのに犬のほうを指さした。「あのちびのやつに飛びかかろうとして、こっちの擬装がパーだ」

マギーは座ってツンと中空を見ており、返事をしてそんな話に値打ちをつけてなどやるものかといわんばかりだった。

「うへー、何でそんなことになったんだ？」

「知るもんか、でもこれでもうハーティガンを尾行するのはたいへんだぞ。むこうは僕とマギーを見たし、こっちは信じられないくらい記憶に残ってしまう状態だったんだからな！」

「あーあ。いま連中は何をしてる？」

「さあね。これから通りすがりにちらっと見てくるよ、ここにおいでのマダムが二度と僕に対してゴジラにならないと仮定しての話だけど。五分で車に戻る。油断しないほうがいいぞ。わかったもんじゃないからな、マロニーとハーティガンが死んだ戦友を追悼するために街へ遊びにいくかもしれないし」

ポールは電話を切り、それからマギーのほうへかがみこんだ。「いいか、これから車へ戻る。〝例のところ〟を通りすぎるとき、落ち着いているって信用していいか？」

ポールは顔を上げ、老婦人が自宅の玄関ポーチに立って、あからさまに心配げな様子でこちらを見ているのに気がついた。彼はばつの悪い気持ちで手を振り、いそいで立ち去ろうと歩きだした。

ハーティガンの家の前を通るとき、ポールは足を止めてマギーを引き戻した。正面の窓からハーティガンとマロニーが見えたのだが、彼らはあきらかに言い争っていた。ポールはゲートの支柱の片方の陰にしゃがんだ。ハーティガンは小柄なマロニーに対してそびえるように立ち、相手の顔に憤然と指を突きつけていた。二重ガラスにしてあってよかったに違いない。怒鳴り合いは続いているようだったし、ハーティガンがその大部分をやっていたから。

マロニーが何か言い、するとハーティガンがいきなりマロニーの手からウィスキーのグラスを叩き落とし、彼を突き飛ばした。マロニーは後ろへよろけてカウチに倒れこんだ。ハーティガンがその上に飛びのった。ハーティガンが相手を押さえつけ、両手をビジネスパートナーの喉にはっきりまわしているのを、ポールは言葉もないほど驚いて見つめていた。

「マジか」

マロニーは片脚をやみくもにばたつかせ、背の高いランプを倒してしまった。ポールがどうするべきか考えていると、部屋のドアが開いてマロニーの運転手があらわれた。彼はやんちゃな子ども二人を引き離す親のようにゆったりと落ち着いて、ハーティガンを後ろからがっちり抱きかかえて自分のボスから物理的に引きはがし、そのまま部屋を出ていった。

マロニーは二秒後に立ち上がったが、顔は赤く、みるからにぜいぜい息をしていた。ポールが見ていると、彼は何度か咳きこみながら息を吸い、マントルピースにもたれてきれぎれに呼吸をしてから、クッションをひとつつかむと、怒りにまかせてソファを叩きはじめた。それから、突然周囲のことに意識がまわったように、振り向いて窓の外を見た。ポールはマギーを引っぱって遠ざかり、自分たちが歩きだしたのを見られたかどうか、振り向いてたしかめたい衝動を抑えた。

離れていくときになってやっとポケットにカメラがあるのを思い出し、自分を罵倒《ばとう》した。さっきのことが何を意味するのかはわからなかったが、あきらかに、スカイラーク三《スリー》人組の残りのメンバーたちのあいだはうまくいっていない。車へいそぐあいだに、また別な考えが浮かんだ。ハーティガンは暴力をふるう癇癪《かんしゃく》持ちだ。自分たちは水曜日の夜に彼を見失った、だからクレイグ・ブレイクが殺されたときに彼がどこにいたのかはまったくわかっていない。

15

スーザン・バーンズ警視は新しいオフィスのブラインドをおだやかに閉じ、それでチームの誰からも見られなくなったことを確認してから、壁を蹴った。こうしたのは二つの考えがあってのことだった。ひとつめは、〈ニュー・サイエンティスト〉で読んだ記事に、脳が集中している方向を変えるには、痛みの刺激で気をそらしてやるのがよく、解決できないようにみえていた問題に斬新な視点をもたらす、と書いてあったのだ。神経学者の言葉や、カラー分けされた脳の図や、この仮説の今後の学術的研究の詳細な計画も引用されていた。壁を蹴った二つめの理由は、心の底から何かを蹴とばしたかったからだった。

デスクの上には、それぞれの部署から光の速さで出されてきた緊急報告書が二つのっていた。命令はすでに発せられた。彼女のチームはあらゆる助力を得られるだろう。バーンズはここ二十四時間のかなりの部分を、警視総監、二人の大臣、首相の右腕との電話で無駄にしてしまっており、全員がそれを彼女にはっきり示してくれた。

ひとつめの報告書はドクター・デニーズ・デヴェイン、すなわち州の検死官によるものだった。彼女はその綿密さから伝説的存在になっており、今回の報告書はバーンズがこれまで見てきたなかでいちばん分厚かった。その中でドクターは、クレイグ・ブレイクにおこなわれた人間の尊厳を傷つける行為を、はらわたがねじられるばかりに詳しく列挙していた。そのハイライトの中でも、バーンズの記憶に長すぎるほど残りそうなものは、被害者が上下の唇、両耳、複数の爪、両まぶたをとりのぞかれていたことだった。ほぼ確実に生きているうちに。両足の親指は折られ、性器には電気による傷の証拠があり、左の眼球は刺し貫かれていた。要するに、何者かが大いなる手間をかけて、人間に可能なかぎりの痛みと苦しみをブレイクに与えたのだった。死因は激しいショックと失血による心臓発作と書かれていた。行間を読むに、死がその夜クレイグ・ブレイクに起きたいちばんよいことだった。ドクター・デヴェインは、推測するのを腹立たしいほどいやがることでも有名だったが、今回ばかりはその気にさせられていた。彼女は専門家の見解として、こうした行為をおこなう能力とやり方を身につけている人間が誰にしろ、かなりの医学的知識を備えていると考えていた。デヴェインはまた、もっと形式ばらない深夜の電話で、その報告書の補足をしてきた。「スーザン、いったいどういう心があれば、冷静にその場にいて、生きて呼吸している人間にあんなことができると思う?」

二つめの報告書は鑑識からで、まとめたのはドークス——部署内で最高の腕と広く認められている——そして彼の上司、オブライエン警視がサインをしていた。バーンズは彼らもまた、自分たちの細部まで念入りな仕事ぶりを示すのに熱心で、報告書が暫定的《ざんていてき》なものにすぎないことを強調しているのがわかった。家にあった指紋は、被害者自身のものをのぞけば、ごくわずかだった。彼のポーランド人掃除婦の指紋とともに、いまのところ誰のものかわからない三つの指紋が証拠としてあった。直接そうとは言わないものの、報告書は犯人が〝いかにもやりそうな連中〟でないことをはっきりさせていた。指紋のうち二組は上の階で、第三組はキッチンエリアで、死体とは離れて見つかっていた。鑑識はこれからそれらを調べるが、おそらく電気工事の人間やディナーパーティーの客二名のものとわかるだろう。血しぶきの分析結果も読むのが耐えがたいものだったが、ほとんどは血しぶきのないことについて書かれていた。今回の事件は残虐ではあるが、それが激しい狂乱のなかでおこなわれた証拠はきわめて乏《とぼ》しかった。もっとふつうの警察用語で言うとこうなる。われわれは、冷静に自分のやっていることを楽しんでいた、最悪にイカレてねじまがった悪党を探すことになるだろう、と。

ハリウッドのせいで、こうしたことについて一般市民の認識はゆがめられているが、現実では、組織犯罪はさておき、たいていの殺人は自然に生まれた激情ゆえの無分別な行為だ。そうでない場合も、ほとんどはずさんきわまりなく実行された計画で、現実は犯人がその行為で得られると思っていたものを、それとは違うものにしてしまう。だが今回の事件は違う。これをやった人間が誰であれ、そいつは冷たく落ち着いており、自分のやっていることを正確にわかっていた。犯人はありとあらゆるふうに変形された死骸《しがい》をあとに残していったが、証拠になるものはほとんどなかった。鑑識の意見は現場で複数の刑事たちが発したものとも一致していた。不法侵入を示す証拠はなし。ブレイクは殺人者を知っていたか、もしくは玄関をあけたとたん、顔に銃を突きつけられたのだろう。

バーンズのオフィスのドアが礼儀正しくノックされた。彼女はデスクのむこうに戻って腰をおろした。

「入りなさい」

ドアが開いて、警察広報部長のマーク・ゲティガン警視が頭だけのぞきこんだ。

「スーザン、話があるんだが」

「いいニュース?」

「それはおおいに疑わしい」

バーンズが入るよう手招きすると、彼は入ってきてドアを閉めた。

「プーカというのが何か知っているかい?」

「何かの妖精じゃなかった?」

「アイルランド神話に出てくる精霊だ。幸運と不運の両方を運んでくると考えられている。もちろん、神話にはさまざまなバージョンがあるから、かなりヴァラエティに富んでいるが」

「オーケイ」バーンズはまだ話がみえずに答えた。

ゲティガンは持っていたフォルダーからA4の紙を一枚出し、デスクのむこうから彼女のほうへすべらせた。「これはまだ一時間足らず前にRTÉのニュースデスクが受け取ったメールのコピーだ。正確には午前八時十七分に。〈アイリッシュ・タイムズ〉もこれを受け取ったことを確認している。慣習どおり、鑑識の連中にもあとで知らせるが、追跡不可能な闇サイトのメールアドレスから送られた確率が高い」

「まさか」バーンズは読んでいるものから目も上げずに言った。「これが本物だと信じる理由は何かあるの？　どこかのコンピューターゲーム戦士がママの客用寝室で、ファンタジーの世界に生きているってことはないの？」

「それに添付されていたものがあるんだよ」

ゲティガンは二枚の写真を出してそれもデスクのむこうからすべらせた。一枚はクレイグ・ブレイクが写っており、椅子に縛りつけられていたが、まだ生きていた。バーンズ警視はそれを見て、胃がもんどりうつのをおぼえた。彼女が見ているのは、自分がじきに死ぬとわかっているに違いないが、それでもカメラに笑おうとしている男だった。テンプルモアで指導教官の言ったことが思い浮かんだ――いかなる状況でも、生きつづけたいという人間の欲望を甘く見てはいけない。もう一枚の写真は現場の壁に血で書かれたものだった。〝今日は決して来るはずのない日だ〟

「なんてこと」バーンズ警視は言った。「これ全部、外に出るのを止められる？」

「イエスでありノーだな。一枚めの写真はまともな人間なら発表しないだろう。送った人間もそれはわかっていると思う。単に本物だというために送られたんだ。残りのものに関しては、RTÉも新聞社もさまざまな度合で文句を言うだろうが、協力はしてくれるだろう。だがAP通信と〈フォックス・ニュース〉には、わたしが上へ戻ったら折り返さなければならないし、こうしているあいだにも電話のリストは長くなっているだろうな。これがインターネットニュースに出たら、〈アル・ジャジーラ〉は、ロシア人は……」

バーンズは椅子の背にもたれて天井を見上げた。

「神よわれらをお助けください」

「そうなるだろうな」ゲティガンは言った。「その事態はすぐそこだ。それに対処すべく、今日の午前中にメディアに要点を伝え、われわれにできる手はすべて打つことを強く勧めるよ」

バーンズはうつろな笑い声をあげた。「運がむくといいけど」

ゲティガンは笑みを浮かべ、それは同情と、自分が彼女の立場でないことにおおいに安堵しているのを物語っていた。

「オーケイ、マーク、準備をして声明の草稿を作ってちょうだい。わたしはチームにあらましを伝えて、鑑識と連携する」

「わかった。一時間後に連絡するよ」

彼は身をひるがえしてオフィスから出ていった。

バーンズはうつむいてもう一度メールの全文を読んだ。

関係者各位、

われわれはプーカである。あまりにも長いあいだ、アイルランドの平凡で勤勉な人民は、裕福で特権を持つ少数の人間による罪のせいで苦しめられてきた。ひとつの国が、手のおよばない集団の腐敗行為に屈服させられ、その連中は自分たちのしたことの結果に向き合うことなく逃れるのを許されてきた。彼らは不正に得た富の中で安穏《あんのん》とし、一般市民が苦しむのを見物している。政治家たちはアイルランド人民に正義をもたらしてこなかった。法もアイルランド人民に正義をもたらしてこなかった。われわれはその正義である。クレイグ・ブレイクはその正義を経験する最初のひとりであり、彼が最後ではない。

曇《くも》りなき良心を持つ者はわれわれを恐れることはない。そうでない者たちよ、これがおまえたちへの一度かぎりの警告だ。自分の罪を告白し、償いをせよ。審判の日はすぐそこだ。新しい革命へようこそ。

われわれはプーカである。そして今日は決して来るはずのない日だ。

16

ゲリー：さて戻ってきたよ。電話にはリチャードがつながっている。彼はダブリン大学《UCD》で経済学の博士号を取得しようとしている。それじゃ、リチャード、きみの提案するシステムをもう一度説明してくれるか？

リチャード：ごくシンプルなものだよ、ゲリー――人間の命に値段をつけるんだ。

ゲリー：でもそんなことできないだろう？

リチャード：できるとも、みんな年じゅうやっているじゃないか。公営医療サーヴィスの財政を決めるとき――みんな知っているよ、金を多く出せば出すほど、救える命は増える。保険会社が補償金を払うときや、車の部品に欠陥があったせいで命が失われたとき、彼らは事実上、値段を設定する。さっさと口に出して、提示すればいいじゃないか？　仮に百万ユーロだとしようか。命に値段をつけるなら、百万ユーロだ。

ゲリー：それじゃ、刑務所はなしかい？

リチャード：殺人で？　もちろんあるさ。でも間接的にやってしまったことなら、罰金を払えばいい。だからいわば、あの……まあ、わからないけど、大失敗の住宅開発は人の命を犠牲にする、そういうことだ。ストレス、金銭的な困難、そういうものの影響の積み重ねで、いくつもの命が失われる。判事はそこを見て、数字を出す、そうしたらその罰金を払わなきゃならない。

ゲリー：それじゃあれだけの人の命が失われたことに責任のある人間が、大手を振って逃れてしまうのかい？

リチャード：現に逃れてるじゃないか？　少なくともこの方法なら、公営医療サーヴィスに何ポンドか払えば、ほかの命を多少は救える。

ゲリー：それで、もし罰金を払えなかったら？
リチャード：そのときは……みんなで殺すんだ。

ブリジットは車のエンジンを切ってため息をついた。疲れていた、もうくたくただった。あたりは雨がはげしく降っており、その強さといったら、フロントガラスにあたるとき、やかましくバチャバチャとしぶきを飛ばすほどだった。典型的なアイルランドの天気だ。ようやく夏の暑さが少しやってくると、ひっきりなしの雨と組み合わさって、たがはずれたように雷雨になる。

長く、ほぼ実りのない一日だった。きのうジョニー・カニングと会ったあと、ブリジットは家に帰って、バニー捜索のための総合的な戦略プランのようなものを作った。そして今日は一日じゅう、段階を追ってそれを進めたのだが、すぐさま収穫を得るとはいかなかった。

まずはじめに、シニード・ゲラフティ巡査部長に会いにホースに行った。善良なる巡査部長は最初から用心深くてよそよそしくみえた。ブリジットは、バニー・マガリーが消えていようがいなかろうが、警察は彼といっさい関わりたくないというお達しが出ている印象を受けた。ゲラフティが質問されることに怒っているのか、手助けを許されていないことに怒っているのか、はたまた何かまったく関係ないことに怒っているだけなのかわからなかった。相手の女は不満の種を抱えすぎて、それで店が開けそうになっている波動を発していた。彼女はバニーの車に関する基本的な事実を簡潔に確認してくれたが、それはポールの最初のメモに書いてあり、た。それ以外のことはほとんどなかった。ブリジットは、バニー・マガリーがいまや失踪人として記録されていること、警察は彼が無事に戻ってくるために助力を惜しまないことを保証された。それはすべて、〝電話はしないでください、こちらからかけますので〟的な言い方で伝えられた。

そこから、ブリジットはホース・ヘッド近くの、バニーの車が発見された駐車場へ行ってみた。それから崖への道をのぼった。晴れた金曜の朝で、ときおり元気に散歩する年金生活者か、ジョギングする美人ママを見かける以外は誰もいなかった。じきに観光バスが到着し、この土地にたいして興味も持っていない大陸からの若者たちであふれかえるだろう。

崖の散歩道でいつのまにかひとりになると、ブリジットは目を閉じた。このテクニックは以前に本で読んだものだ。海風を肺いっぱいに吸いこんで唇《くちびる》についた塩を味わうあいだ、遠くでカモメたちが喧嘩をしていた。俺はバニー・マガリー。こぶしがハムなみにでかくて、タマをブーツで蹴《け》っとばすのが好きな、威圧感のある体格をした野生人で、ほとんど何もしていないようにみえる人間だが、いつも最低のハーリングチームと仕事は別だ。愛する仕事。俺が正義をもたらすためなら何でもしてしまうからと、連中に取り上げられた仕事。俺は呑み助で、それに――ブリジットは〈セント・ジュードス〉のクラブハウスの焼け跡で彼を見つけた、あの夜を思い出した――いわゆるメランコリックなアイルランド人の心を持っていて、傷ついた自己内省に陥《おちい》りやすい、とりわけ酔ったときには。そこでブリジットはバニーのベッドのそばにあったあの写真の、いまより若く、幸せそうな彼の顔を、あの美人にまわした腕を、あの写真が壁に向けられていたことも思い出した。客用寝室にあったどのチーム写真でも、彼の目に浮かんでいた誇らしさ。それにジョニー・カニングが、彼の経験からすると、それなりの状況になれば……誰でも自殺するタイプになると言っていたこと。

やがてブリジットは目をあけて、バニー・マガリーが、ほとんど確実に酔っ払って、何歩かさがって助走をつけてから、あの巨大な体をあの世へと投げこみ、下の岩場に叩きつけるところを想像しようとした。そんな場面は浮かばなかった。感情が論理のすじ道に入りこんでいるのはたしかだとわかっていたが、それでもやはり。バニー・マガリーが崖から身を投げるところは想像できない。ほかの誰かを崖から投げ落とすのは、いまは別の問題だ。

ブリジットはそこを離れて、ホースの遊歩道にあったパブ四軒とテイクアウト屋二軒へ行き、それぞれの店で従業員にバニーの写真を見せたが、そのたびに彼を見たことはないと言われた。彼女はパブのうち数軒に自分の携帯番号を残していった、通常の金曜夜シフトの従業員が出勤して、何か思い出したときのために。ありそうもないことだったが、先のことはわからない。バニーにはいろいろ責められる点があるだろうが、人の記憶に残らないというのは入っていないのだ。

そこからブリジットは街へ入り、バニーの携帯電話料金請求書に記載されていた〈セント・ジュードス〉の選手たちの親を何人か訪ねた。そこでは写真が別の種類の助けになることがわかった。バニーが彼女に腕をまわしている写真を見たとたん、親たちは心を開いた。そのことは勉強になったが、それ以外にはたいして役立たなかった。彼らは敬愛と恐れの入り混じった口調でバニーのことを話した。誰もがバニーの助けた誰か、バニーに逆らうという失敗をした誰かのエピソードを持っていた。両方の場合も二人いた。

サリー・チェンバーズをつかまえたのは、彼女がランチ時間に帰宅しているときだった。サリーは公共事業局の管理者として働いていた。常にぎりぎりまで追いつめられている感じがした。四人の息子の母親で、父親は、最後に聞いたところでは、イギリスで刑務所に入っているか、地獄で腐っているかだった。彼女にはどちらでもよかった。サリーは表側の部屋をぱたぱた走りまわり、おもちゃや服やテレビのリモコンを拾いながら、苦笑まじりにいまの話をした。ブリジットは悪いことをしてしまったと思ったが、サリーはお茶を一杯飲んでいくよう言って譲らず、それからまわりで掃除をはじめ、そのあいだじゅうずっと謝りつづけていた。

二人が他愛ない話をしているとき、ブリジットは二階からどすんという音が二度するのを聞きつけた。サリーはその音を聞くと、みるからにがっくりし、年老いた腹立たしげな女の声が階段から響いてくると、顔をしかめた。

「サリー?」

「いま行くわ、おばあちゃん」

「下にいるのは誰だい?」

「ただのお客さまよ。そこにいてちょうだい」

「降りていくよ」

「そんなことしなくていいから」

「おばあちゃんはちょっとむずかしいの」サリーはぐるりと目をまわしたが、すぐに笑顔でそれをごまかそうとした。「おばあちゃんはちょっとむずかしいの」

四人の息子に年寄りの身内ひとり、とブリジットは思った。サリーは何かの賞をもらってもいいんじゃないだろうか。

「でもバニーはとってもよくしてくれてるのよ、うちのダレンにも力になってくれて。あの子はフルバックなの。いい子なんだけど、ちょっと……あのADHDっていうのなの、学校がそう言ってて。しばらくは治療が受けられたんだけど、そのあと予算削減で取りやめになっちゃったのよ。たいした助けになってたわけじゃないんだけどね、正直言うと」

八十にはなっているに違いない老女が入口にあらわれた。青いウィッグをしゃれた角度にかぶり、顔はひどく怒っている。分厚い眼鏡ごしにブリジットをじろじろと見た。「おや、てっきりマガイアのろくでなしかと思ったよ、金をしぼりとろうとしてるのかと」

「おばあちゃん！」サリーは言い、あきらかにその話題を避けたがっていた。

「あんたは誰？」彼女は孫娘を完全に無視してブリジットにきいた。

ブリジットは立ち上がって手をさしだした。「ブリジット・コンロイといいます。バニー・マガリーの友人です」

「あの悪党」老女は吐き捨てた。

「おばあちゃん！」サリーはもう一度言い、今度は怒りがその声にさらに切迫感を加えていた。

「あいつは去年、うちのコーマックを刑務所送りにしたんだ。何にも悪いことなんてしてないのに、あの子は。クソったれファシストのお巡りどもが」

ブリジットが後ずさりして、握られなかった手を引っこめたので、サリーは入口のところへ行った。

「わたしのランチ時間はもうじき終わりなの、おばあちゃん。キッチンに行って、ゆうべのカレーの残りをレンチンしておいてくれる?」

二人の女はにらみ合い、ブリジットは彼女たちが無言の会話をするあいだ、気まずく目をそらしていた。そしてマントルピースの上に置かれたサリーと四人の息子たちの家族写真を見た。四つの笑うエネルギーのかたまりと、誇りと希望と不安でいっぱいの母親の目。

老女がむきを変えてキッチンへの短い廊下を歩きながら、ぶつぶつ何か言っているのが聞こえた。

「さっきのはごめんなさい」サリーがやわらかい声で言った。「おばあちゃんは……そうね、彼女からみれば息子たちはみんな天使なの。おばあちゃんとバニーはすごく仲良しだったのよ、昔は」

サリーはブリジットの横に来て、写真の中のいちばん長身の少年を指さした。「それがコーマックよ、わたしの長男。悪い仲間に入っちゃってね。手をつくしてみたんだけど……」話しながら声が感情で割れた。ブリジットは自分なりに礼儀を守って、サリーが袖で目を拭くあいだも写真を見たままでいた。「バニーがあの子を逮捕したの、でもそのあと裁判に出てあの子の味方になって証言もしてくれた。コーマックはいまマウントジョイに入っている。バニーはあの子に手紙をくれた。次の六月に出所したとき、おまえが希望するならウォーターフォードの電気技師のところで見習いにしてもらうって。何年かここを離れていろって。あの子がまた戻らないように……」サリーはくすんと洟をすすった。「あの子がいないと寂しくなるわ、でも会いにいけるし。それがいちばんいいのよ」

とつぜんさしせまったように、サリーはブリジットの腕をつかんで顔を近づけた。「彼はいい人よ。彼を見つけてね」

ほかの親二人と話をし、みな礼儀正しく心配げだったが何も収穫はなかったので、ブリジットはバゴット・ストリートのパブ〈オヘイガンズ〉へ行った。ジョニー・カニングが、バニーがよく訪れていたと教えてくれた店だ。ブリジットは〝古い仲間〟的なパブだろうと思っていたのだが、〈オヘイガンズ〉は新しくしたばかりの塗装と昔ふうな魅力があり、あきらかに仕事帰りのグループとときどきの観光客をターゲットにしていた。ブリジットはオーナーに会った。タラという感じのいい女で、ブリジットが例の〝バニーの友人〟証明を出すとすっかり協力的になった。

「ええそうよ、この前の金曜の遅くに来たわ。来たのはそれが最後ね」

「それはふつうじゃないことなんですか？」

「そうねえ」タラは言った。「彼は常連だけど、いつも来るわけじゃないの、あたしの言う意味をわかってもらえるなら。一日のどんな時間に来てもおかしくないの、ほんとに。一日に三回見るときもあれば、一週間ごぶさたのこともある。バニーのことは知っているでしょ、いつも何かやることを抱えてる。二週間前には犬を連れてたわね」

「この前の金曜日はどんな様子でした？　落ちこんでいるようにみえました？」

「落ちこんで？　まさか、違うわよ。お祝いしてたんだから！」

これにはブリジットも驚いた。

「本当ですか？」

「ええそう、いいウィスキーを飲んでたもの。あれは特別なときにしか飲まないのに」

「何をお祝いしているのかは言いました？」

「そういうことは言わなかったわねえ、うん。あたしにも一杯おごってくれてね、そのぶんは彼につけなかったわよ、それで二人でさっと乾杯したの。あたしは仕事中はふつう飲まないんだけど、そりゃ、ひとりぼっちでお祝いさせておくわけにはいかないじゃない。待って……そのことを考えてたら、彼が〝悪党をつかまえた〟って言ってたのを思い出したわ、だってあたしが〝あんたはいつもそうしてるじゃないの〟って言ったから。そうよ、そうだった」

「彼、何か詳しいことは言いました？」

タラは何秒か気持ちを集中させて、カウンターを見ていた。「ううん、残念だけど。金曜の夜だったからね、ほら、忙しくて」

「彼が話をしていそうな人はいますか？」

「全然。実際、ここにはそれほど長居しなかったのよ。そんなにいい気分にしてくれたものに、さっと祝杯をあげたかっただけなんじゃないかな」

「それじゃ出ていくときはひとりだったんですか？」

タラは噴き出し、すぐに謝るように手を上げた。「ごめんね、でもバニーがここに来るのは女をひっかけるためじゃないの、もしそうしたらどうなることやら。ええ、真夜中頃にひとりで帰ったわよ。たしかじゃないけど。彼、いつもはフィッツウィリアム・スクエアにあの車を置いておくんだけど、最後にこう言った気がするわ。心配いらない、タクシーで帰るから、って。そのことについてはいつもあたしがうるさく言うから」

「バニーは車を置いていくことは心配してなかったんですか？」

タラは顔をしかめた。「バニーの車に手を出すような馬鹿はいないわよ」

「その車が次の朝ホースで発見されたと言ったらどうです？」

タラはこれといった返事はしなかったが、二人の会話で本当にはじめて不安そうになった。彼女にかぎったことではなかった。ブリジットはその日話をした人々全員に、ある主題が繰り返しあらわれることに気づいていた。みんな直接的には言わないけれど、誰もがバニー・マガリーは不死身だという印象を持っているようなのだ。

ブリジットはタラに協力してくれた礼を言い、何かほかにも思い出したときのために自分の携帯番号を教えておいた。

そしていまブリジットはここにいた。自分の車の中に座り、金曜の夜のラッシュアワーの混沌の中を、家へ帰ろうと奮闘しながら。発見したことはたくさんあったが、どれも役に立ちそうにはない。これからピザを注文し、ワインのボトルをあけて、次はどこへ行くべきかあらためて考えてみるつもりだった。一週間前の夜、バニーが彼女に電話で話そうとしていたことと、誰かが彼と接触があったと確認されたのはそれが最後だったことを思うと胸が痛くなった。

ブリジットは車の窓から外の雨を見たが、やむ気配はなかった。アパートメントのある建物の入口までは、通りを渡って五十ヤードほど戻る。ふつうの夜なら、ここはちょうどいい駐車場所だった。二つむこうの通りに車を置いていかなければならないときもたびたびあるのだ。しかしこういう土砂降りの中では、建物へ入るまでに骨までびしょ濡れになるにはじゅうぶんすぎる距離だった。

準備のためにバッグから鍵を出し、助手席からレインコートをとった。いそいで車から飛び出し、頭にコートをかぶって乾いた場所までダッシュした。左足が道の深いへこみに入って水しぶきをあげ、彼女はあやうく宙を飛んで神を呪うことになりかけながらも、足をガボガボとひきずって建物の入口へいそいだ。土砂降りの中、いま離れてきたばかりの通りの側を、逆の方向に走る人影が見えた。

ブリジットが鍵を手にもたもたやっていると、誰かの手が上腕をつかんできて、彼女はぎょっとして悲鳴をあげた。

ストレスのせいか、びくびくしていたせいか、はたまたおそらくは過剰に強い生存本能のなせるわざかもしれないが、護身術クラスでの三年間がたちまち反応した。ブリジットはぐるっと体をまわして、手のひらの付け根を襲撃者の顔にまともに叩きこんだ。

相手の男は後ろむきに倒れ、いつもいちばんいい駐車スペースを占領しているようにみえる車にあたってはねかえり、それから舗道にどさっと落ちた。

ブリジットが傷ついて憤慨《ふんがい》している顔を見おろすあいだも、男の鼻からしたたる血を雨がすぐさま薄めていく。

「あらやだ」ブリジットは言った。「ほんとにごめんなさい」

ドクター・シンハは彼女を見上げ、その声は状況には不似合いなほど申し訳なさそうだった。

「いいんですよ、コンロイ看護師、すべてわたしのせいですから」

17

二〇〇〇年二月六日日曜日——午前

パディ・ネリスは両脚を伸ばし、サングラスの位置を直して深く息を吸った。暗闇と閉ざされた空間を好むのは、彼が生計をたてている方法からして自然なことだった。見ることは好きだが、見られることは好まない。彼は泥棒で、しかも凄腕の泥棒だった。真っ昼間の公園の真ん中で座っているなど、彼にとってはありえないほど不自然な環境だった。しかし、メリットとしては、日曜の午前中はご婦人方がジョギングに出るのにいい時間らしいことだ。彼は非常に幸せな結婚生活をしている男だったが、見るだけなら悪いことはない。

そもそもパディがここにいるのは、愛する妻リンのせいだった。メイヴィス・チェンバーズは彼女と仲がよく、それで今度はリンが彼にしつこくせがんだのだ。パディは最初からその案が気に入らなかった、たとえ彼らの甥《おい》のフィルのためになるとしても。あの子がのろまでどうしようもないのは間違いないが、夫婦が彼を引き取ってから、パディは彼を愛するようになっていた。あの子はあのハーリングチームが生きがいなのだ、実際には人に認められるような運動能力など皆無であるにもかかわらず。それでも、人間にはできないことがある。パディはノーと言った。頑《がん》として譲らなかった。するとリンがでかい銃を抜いた。彼女はパディが刑務所に入っていたあいだ、彼を待っていたことを持ち出したのだ。どちらも口に出したことはなかったが、人生が盛りのときにパディが留守にしていたことはたがいにわかっていた。リンは自分の子どもをほしがっていたが、パディの行動がもしかしたら、本当にもしかしたらだが、彼女にそれをできなくさせたのだった。リンがこれまでそれを利用したことはなく、今度も遠まわしに言っただけだったが、それでじゅうぶんだった。そしてパディはここに来た。問題の〝ここ〟はブッシー・パークで、ダブリンの南側の緑が多い高級住宅地にあった。来るのはいやだったが、この状況では周囲にまぎれることが何より大事だった。

「パディ」

彼は飛び上がり、バニー・マガリーがどこからともなくあらわれたかのようにベンチの隣に座ると、顔を赤らめた。

「ったく、バニーよ、でかい田舎のケモノにしちゃ、あんたは本当に音もなく動くよな」

「バレエの稽古のおかげさ、パトリック。足が敏捷《びんしょう》なんだ。俺の『白鳥の湖』を見るべきだぞ、レンガみてえなのをちびるだろうよ。あんたはひでえ方向音痴だな、ついでに言うと。ここはパークの南側だぞ、北じゃなくて。ただでさえはるばるここまで引きずってこられたってのに、あんたと隠れんぼをする暇なんかない」

「俺の方向感覚は正常だよ。それに俺たちがここへ来たのは、アイルランド警察《ガルダ・シーハーナ》とおしゃべりしてるところを見られたくないからだ。俺の評判がうなぎのぼりになっちまう」

「まあ、俺も犯罪者のクズとお付き合いしたくてたまらないわけじゃない。だがたしかにな、俺たちはここにいる」

パディはいらだった。「いいかげんにしろ、バニー。これは俺が思いついたんじゃない」

「俺でもない」

「ああ、あんたのたわごとに付き合ってる暇はないんだ、帰らせてもらうぜ」

パディは帰ろうと立ち上がった。

「まあ落ち着けって、パディ、いいか? 俺たちが何でこんなことをしてるのか思い出そうぜ。俺のほうを向くな、こっちは一時間もパークを走りまわったせいで、タマが汗まみれなんだからよ」

パディがバニーを見おろすと、相手は笑顔のつもりらしいものを彼に向けていた。パディは歩きだしながら、そのあてにならない目をしたパペットじみた顔に浮かんでいる表情を想像した。それから、自分が何をしたか妻に話したときの表情を想像した。引き返してもう一度座った。

「残りの話の中では、その汗まみれのタマのことを口にしないでいてくれるとありがたいんだがな」

「やってみよう、だが何かが飛び出しちまうかもしれん」

パディが横を見ると、バニーも彼を見ていた。二人はにやりと笑い合い、それで緊張がほどけた。

「それで」パディは言った。「盗聴マイクをつけてるかきく必要はあるか?」

「俺にはあるのか?」

またもや長い沈黙が降りた。

「なあ」バニーは言った。「俺はこういうのは好きじゃないし、好きなわけがない、だが必要なんだ。あいつらは俺たちのケツの毛をつかまえてる。マイクはないよ、やりたきゃ自分で調べたらいい」

バニーはパディの前に立ち、パディはバニーを上下にながめてから、手を振ってベンチに戻らせた。「デカくて汗まみれのコーク野郎の穴を調べるのはそそられるがな、俺はパスだ」

バニーはもう一度座った。

「それで?」

その言葉はしばらく宙ぶらりんになった。

「俺の取り分の話をしないか？」パディがきいた。

「いいとも」バニーは答えた。「ゼロってのはどうだ？」

「タダで刑務所釈放カードはなしか？」

バニーはもじもじと体を動かした。「それはできない」

パディは鋼鉄のような目でバニーを見てから、にっと笑った。「その点はまだ高い道徳心をお持ちになってるんだな、刑事さんよ、それであんたに何の得があるんだ？」

バニーはベンチにもたれて空を見上げた。「正直言って、救命胴衣にはならないな。いまの状況じゃ」

「なるほど」パディは言った。「そうだろうな。あんたも俺もおたがいのため、こんなことがあったのは忘れるっていうのはどうだい？」

「賛成だな。それで、俺たちは何を忘れるんだ？」

「そうだな。俺はたった一日前に言われた〈フェニックス建築〉の警備厳重なオフィスに侵入してくれ、ってあんたのリクエストを忘れよう」

バニーはそわそわとあたりを見まわした。「何も宣伝する必要はないだろうが」

「そんなことはしないよ。俺はつましい整備工なんだ、バニー、そうじゃないってあんたが言うだけの何を耳にしたか知らんが」

「たとえば――」

「何を期待してたんだよ？　俺があんたに、やつらの金庫に現金で二万ポンドと、手書きだが何かの暗号で書かれた帳簿があったと教えるとかか？」

「そんなようなもんだ」

「じゃあそんなことは言えないな。その暗号が、仮にそれがあったとしても、とてもよくできてるから、あんたの月曜の晩の問題を解決するのに必要な手段みたいなものをくれるとも言えない。つまりだ、いまから三か月かければあんたも二つくらいは解読できるかもしれない。でもたぶん——」

「くそったれ」バニーは言った。「ほかに何かなかったのか？」

パディはバニーを見つめ、バニーはしばらくしたあと、怠《なま》け者の片目が許すかぎり精一杯、ぐるりと目をまわした。「すまんが、あんたが仮定のことをべらべら並べるつもりなら……」

パディは声を低くした。こんなことを望んではいなかった、しかしここでは手を汚さずにすむ者はいないのだ。「ある議員がいてな、あんたはそいつが味方になってくれると思ってる。だがそうじゃない」

「本当か？」バニーは言った。

「そいつは……いずれわかる」

パディは立ち上がった。

「どうやってわかる？」

「あんたの車の助手席の下を見てみな」

「いつ——」

「北と南の違いくらい知ってるんだよ、この馬鹿の田舎おまわり」

パディは帰ろうと立ち上がった。

「待てよ」バニーは言った。「その金はどうしたんだ?」

パディ・ネリスはただウィンクすると、ひとり楽しげに口笛を吹きながら遠ざかっていった。

18

ウィルソン刑事はズボンの脚を引っぱって、気持ち悪く濡れた布地が膝下《ひざした》にはりつかないようにしようとした。近くのパブ〈ハーバー・マスター〉のあたたかくて手招きしているような明かりの中から、カップルが笑いながら出てきたので、男のネクタイが連れの首にしゃれたふうに巻かれているのをじっと見る。きっとこの、まさに聖書に出てくるような雨がやむのを待って、思っていたより長くそこにいたのだろう。ウィルソンは五分前にやっと傘を閉じることができたが、それにもかかわらず、靴も、いちばんいいスーツのズボンの下側も濡れそぼったままだった。幸せなカップルはたがいにしがみつき合って夜の中へ消えていった。どこか別のところで金曜の晩の飲みを続けるのか、それともネクタイ以外のものをたくさん交換しあうのか。ウィルソンはひとりため息をつき、もう一度足を動かした。あとから考えると、警察に入ることに関するたくさんのメリットとデメリットの中でも、セックスにありつけることへの影響を、誰もが犯罪的なまでに低くみなしてきた気がした。金曜の夜に自分はこんなところにいる。若気のいたりをする盛りの年の男が、ブラインドデートをすっぽかされた阿呆みたいに、ズボンをびしょびしょにして突っ立ってるなんて。この世界でもたらされる正義がいかに少ないか、ちゃんとわかってくれるのは警官だけだ。

彼はまたしても腕時計を見た。もう三十六分もここに立っており、そのうちの約三十四分は腹を立てていた。

「ウィルソン」

ウィルソンはその声にびくっとして、すぐさまそんな自分がいやになったが、それはとりわけ、声の持ち主が間違いなくその効果を狙っていたからだった。振り向くとトレンチコートの男とにやにや笑いが目に映った。

「リヴィングストン、ですか？」

ウィルソンの言葉に、ぐるりと回された片目としかめ面が返ってきた。「おっと、そんなやつのことは聞いたことがないな。こっちだ」

リヴィングストンは彼をかすめて通りすぎ、そもそも彼が来るとウィルソンが思っていた方向へ歩きだした。ウィルソンは追いつくために早足にならなければならなかった。

「遅かったじゃありませんか」ウィルソンは言った。

「ああ」リヴィングストンは振り返りもせずに答えた。「雨だったからな」

いまいましいキャスパー《キャスパーズ》ども《》め、とウィルソンは思った。実をいうと、警察内でもっとも秘密裏のその部署と接触したのはこれがはじめてだったが、彼らの評判のほうは耳にしていた。キャスパーズというのは、『出てこいキャスパー』（アメリカのアニメ。かわいい幽霊が主人公）にちなむ、NSUすなわち国家監察部《ナショナル・サーヴェイランス・ユニット》のニックネームだった。その名前は皮肉を意図されたものだった。〝キャスパーズ〟はほかの部署に対する非友好的かつ冷笑的態度で有名だったからだ。ウィルソンの以前の上司、ジミー・スチュアート警部補はかつて彼らをこう表現したことがあった。〝自分たちがシークレット・サーヴィスか何かのように走りまわっているせわしない小物たち。目の見えない者たちの国では、片目の連中が王様なんだ〟

いろいろなものに目を光らせることがNSUの仕事だった。彼らはアイルランド警察の、内密な監視の専門家たちだった。ウィルソンの国家犯罪捜査局《NBCI》チームと同じく、おもにフェニックス・パークの本部で活動しているが、彼らが同じパブで飲むことはまったくない。つまり、もしNSUが有能だとしても、そうなのかどうかはわからないのだ。

クレイグ・ブレイクの拷問され切り刻まれた遺体が発見されてからいまや三十六時間がたち、フランクス神父や彼のいわゆる箱舟《アーク》との、正直言って細いつながりにウィルソン自身が気づいてからは、約三十二時間たっていた。バーンズ警視が指摘したように、何者かがあの〝今日は決して来るはずのない日だ〟を使ってフランクスを引きあいに出したことは、薄弱な状況証拠の中でも最高に薄弱ではあるけれど、それでも何かではあり、無視するわけにはいかなかった。それが問題だった。ブレイク殺しを公式にフランクスと結びつけるのは、燃えさかる炎にナパーム弾を投げこむようなものだろう。アークとスカイラーク三人組《スリー》の裁判はここ二か月以上もメディアを占領しており、彼らを結びつけることは新聞編集者のみだらな夢だった。バーンズ警視は自分の事件捜査を政治がらみのお祭り騒ぎにしたくなかった。それにそう、すでに時間もたってしまっていた。警察は非公式な手段をとらざるをえなかった。

むろん、アークの周囲には公式の、おおやけに知られた警察の作戦が展開していた。フランクスと彼の支持者たちが二か月以上も前に住みついて以来、ビルのまわりには警察の存在があった。はじめ、彼らは公共の秩序を確保するためにそこにいたが、それはすぐさま政治的なものになった。政府は物資の搬入《はんにゅう》を止めようとしたが、市民からの激しい抗議にあったうえ、最高裁にも憲法違反だとして取り消されてしまった。警察はその件で悪人の立場にされてしまい、ずっとそれが気に食わなかった。飢えた人々に運ばれる食料を止めるなど、誰もサインしたがらない。同様に、水と電気を止めることも法廷によって取り消された。ビルの電気料金が、法的にそこを所有している持株会社にとって過大な費用になっているという言い分は、その会社自体が政府の所有であるとはいえ、うまくいきそうにみえたのだが、それも気前のいい匿名《とくめい》の寄贈者があらわれて、その料金を払ってくれるまでのことだった。すべての賭け金は、寄贈者が野党の後援者であることに賭けられた。彼らは行政が止まって政権が瓦解する可能性をみればそれとわかったし、すぐにはそれを終わらせたくなかった。

それから警察にはまた別の作戦があった。NSUの作戦である。半分でも脳味噌のある人間なら誰でも十五秒以上考えれば、NSUがアークを監視していることは見当がついただろうが、知っていることと、認めさせることは別だった。バーンズはやむなく、貸していた恩を回収することにした。ウィルソンと、存在しない作戦を実行しているチームとの非公式な会合こそ、彼が雨の中で待っていたものだった。

　リヴィングストンが角を曲がると、アーク本体が見えてきた。五階建てのビルで、以前は国《I》際《F》金融サービス《S》センター《C》地区にあるほかのピカピカした企業オフィスとそっくりだった。まともな政治家で、ここ五十年間に多少の権力を手にした者は誰でも、自分はＩＦＳＣにかかわっていたと主張しようとしてきた。それはリフィ川の岸にある、企業繁栄のオアシスだった。アイルランドが力強く、進歩的な国であることを示すきらめく光。そこのビルのひとつが、はみだし者の司祭によって巨大なホームレスシェルターと化すなど、首相以下全員、どれほどはらわたが煮えくり返っているかわかろうというものである。それはいまや対処に失敗した経済的崩壊と、景気回復が置き去りにしていった人々をピカピカと光って思い出させるものだった。上げ潮はあらゆる船を浮上させるかもしれないが、船がなければ溺《おぼ》れるしかない。

　アークのビルはいまでは際立ってみえたが、新聞の一面にさんざん登場したからというばかりではない。段ボールや間に合わせのカーテンがたくさんの窓をふさいでいた。バリケードもまわりをかこんでいた。それはいちばん最近の名案だった。政府は電気や水道を遮断するのは割に合わないかもしれないが、これ以上中へ入ろうとする者を止め、出ていく者を留め置くことはできるだろうと気がついた。侵入罪に問われることなく出ていける期限は二日前にすぎていた。出ていった者もいたが、ずっと多くの者がとどまった。

「いまあの中には何人の人間がいるんです、あなた方の考えでは？」

リヴィングストンははじめて振り向いた。「中に入るまで何も言うんじゃない。誰かにきかれたら、きみは〈シモンズ会計監査有限会社〉の人間だ」

　ウィルソンは本当にリヴィングストンを嫌いになりはじめていた。平凡な男二人がアイルランドでいちばん広く報道されているビルのそばを通るのに、その話をしないとは。それでも彼はおとなしく黙っており、リヴィングストンはアークのむかいにある特徴のないビルへカードキーで入り、サインしてウィルソンを入れ、制服を見せる以外にほとんど何もしていない警備員の前を通って、それからエレベーターに乗り、七階へ上がった。

　エレベーターに乗ってからはじめて、ウィルソンはリヴィングストンの口臭がひどいことに気がついた。バーベキュー味のチップス、腐ったミルク、浮浪者の足のにおいがする。おまけに彼はジミー・ヒル（イギリスのテレビタレントで、元サッカー選手）の顎《あご》を持ち、少し斜視でもあった。ウィルソンは金曜の夜にリヴィングストンが外出しないことが、ダブリンのお相手を求める界隈で非常に惜しまれるかは疑わしいと思った。

「銀行がここのスペースを使わせてくれるのは、われわれがドイツの会計監査会社の社員で、ここでは経営拠点の一部を移転できるかの可能性を試しているだけ、というふりをする条件でなんだ。アークに対しておおっぴらに反対しているとみられたい企業なんてないからな。優先事項その一はわれわれの擬装を維持すること」

「わかりました」ウィルソンは答えた。「戦争のことは口にするな。俺も一度やったんだが、うまく逃げたと思う（イギリスのシットコム『フォルティ・タワーズ』に出てくるセリフ）」

リヴィングストンは皮肉な笑みを顔に浮かべたが、本人の魅力をアピールするにはまったく役に立っていなかった。エレベーターのドアが開き、今宵のおしゃべりタイムは終わりになった。

リヴィングストンがカードキーでオープンプランのオフィスに入ると、そこには人がいないようで、反対側にあるオフィスの入口の下から細い光がもれているだけだった。二人はそちらへ歩いていき、リヴィングストンは取っ手に手をかけて足を止め、ウィルソンを見た。「念のためにもう一度言っておくが、きみがこれから見る作戦の存在と性質は、高度な機密扱いとみなされている」

「了解」ウィルソンは言った。

リヴィングストンはドアを開き、二人は広い角部屋オフィスに入った。四十代の女ひとりと、二十代のずんぐりした男がひとりいて、リヴィングストンは彼らを順番にさした。「ブレイディ、トンクス……こちらはNBCIのウィルソン刑事だ。警視は彼の事件捜査にあらゆる助力を提供するよう言っている、それがわれわれの捜査を妨害しないかぎりで」

ウィルソンは手を上げて挨拶した。ブレイディはタイプしているものからろくに目も上げずにうなずき、トンクスは並んだモニターのむこうから熱心に手を振ってきた。

「何か新情報は?」リヴィングストンが言った。

「たいして」トンクスが思いがけなく陽気な声で答えた。「あのポーランド人カップルは五階でまたやってますよ」

「まったく」リヴィングストンは言った。「あいつらはウサギ並みだな」

ウィルソンがトンクスの後ろへまわってみると、彼は自分の前にある三つの大きなコンピュータースクリーンを見ており、それぞれが四つの異なるカメラ映像を映していた。「うちには八個のHECがあるんですよ」トンクスは言った。「外付け隠しカメラ《ヒドウン・エクスターナル・カメラ》ってことですよ、それに近くのビルからも防犯カメラの映像を手に入れられるようになったんです。時間がかかりましたよ。銀行は自分のところのセキュリティシステムに誰かをアクセスさせることとなると、ほんとにおかしくなるんですから。さて、われわれはあのビルを外からがっちりカバーしていますが、連中が板張りしてしまった箇所は別です、そういうのが多いんですけどね。連中が物資の箱を受け取るたびに、その段ボールがまた窓のおおいに使われるんで」

「彼らはなぜそんなことをするんです?」ウィルソンはきいた。

「まあ、こういうオフィスが寝ることを想定して設計されてないってこともあるでしょうね。だから実際問題として、中の人たちはしばらく目を閉じているには光を遮断しなければならないでしょ。それにわれわれが監視していることも知っていますが、むこうはそれが気に入らない」トンクスはまたにっこりした。「まあ、あのポーランド人カップルは別ですね、彼らは積極的に窓を探してるみたいだから。それで適当にガス抜きをしてるみたいです。先週なんか――」

リヴィングストンはブレイディが端末で見せていたものを読んでいたところから目を上げ、わざとらしく咳払いをした。トンクスは〝まずったなあ〟的な顔をした。

「中には何人くらいいるんです?」ウィルソンは尋ねた。

「二百人くらいと考えてます、でも赤外線じゃ判断するのがむずかしくて。こんなにおおぜいがくっついている状況に対処するようには設計されてないんですよ。狙撃手《スナイパー》の考えでは——」そこでぱたっと話をやめてリヴィングストンを見上げた。

「スナイパー?」ウィルソンはきいた。

リヴィングストンはトンクスをにらみつけた。「コードネームだ。中にひとり送りこんであるんだ、もう三週間になる」

「なるほど」ウィルソンは答えた。「そいつには調べられないんですか?」

リヴィングストンはテーブルからストレスボールをとり、オフィスの椅子のひとつをさしてウィルソンに座るよううながした。そしてボールを手から手へほうりながら、ウィルソンがあてがわれた場所を受け入れるのを待った。

「きみが理解しなければならないのはだな、あそこにあるものは」彼は窓の外のアークを指さした。「われわれがこれまで目にしたことがないということだ。非常にばらばらな人々のグループがいるんだ。まずひとつめは、ふつうの、よくいる路上生活者たち。彼らを第一グループと呼ぼうか。宿泊所に入れなければ、たいていの夜を路上で過ごす人々だ。ほとんどは男だが女もいくらかいる。年齢はさまざま、若いやつもかなりいる。そのグループ内には、ありとあらゆる精神上の健康問題や、けちな犯罪での前科、さまざまなかたちのドラッグ依存症——要するに人間存在の不幸なビュッフェだな。われわれは腰を据えて、地元警察と一緒に彼らについて調べた。暴力的な傾向を持つ者もいくらかいるが、ほとんどは単に隙間から落ちてしまった貧しい連中だ。そのうちかなりの者たちが、ドラッグに近づきたくないのでシェルターに行かないタイプでね。いちばん驚くのは、何人かの落ちぶれようだよ。あそこには正真正銘の建築家もいるんだ。彼らの全員がこっちの予想するプロフィールに当てはまるとは限らない。全然だ」

ブレイディがスクリーンから顔を上げて、リヴィングストンの腕を叩いた。

「子どもたちもです」彼女は言った。

「ああそうだった」リヴィングストンは続けた。「子ども連れの家族もいくつかいる。四組、だったかな。どうやらホームレスになったときに、当局に行くと子どもを保護施設へ連れていかれてしまうと恐れて、あそこにたどり着いたらしい。彼らに加えて、第二グループがいる──外国人だ。ほとんどはまともな暮らしを求めてここへやってきたが、それを手に入れるのがむずかしかった人々だ。東ヨーロッパ人、アフリカ人。ここに来てしばらくになる者もいる。ごくにわか景気の頃にやってきて、経済が落ちこむと、彼らにはセーフティネットがなかった。ごく最近ここへ来たらしい者たちもいる。そういう連中がこっちには不安なんだ、ほとんどが何者かわからないからな」

リヴィングストンは遠くから撮ったさまざまな人々の写真を掲示してある、後ろのコルクボードをさした。名前が書いてある者もいたが、多くはただ下にクエスチョンマークがついていた。

「それから」リヴィングストンは続けた。「いつものプロ抗議者タイプがいる。実際には家があるのに、ママとパパを怒らせたいという気持ちがほかのすべてにとってかわる人種。ほとんどはこっちでつかんでいる。彼らはバイパス、水道料金、パイプライン、立ちのきに抗議してきた。とにかく何であれ、そのためにプラカードを掲げてきた。つまらないことをめぐって言い争うのにかなりの時間を使っているが、ほとんどは無害だ。それから四番めのグループがいて……」

リヴィングストンがブレイディのほうを向くと、彼女がフォルダーを渡した。

「こいつらのおかげでこっちはずっと寝ずの番だ」リヴィングストンは写真を一枚出してウィルソンに渡した。写っているのは身長約六フィート二インチ、広い範囲にタトゥーをほどこした、ジムで鍛《きた》えた体つきの、たぶん三十代なかばの男だった。「アンディ・ワッツ、職業戦闘員。バーンズリー生まれだが、イギリス海軍から不名誉除隊になって以来、あちこち渡り歩いていて、軍隊では通信技師だった。最近では環境社会主義者なんぞと自称しているが、要するに争いを求めることに人生をついやしてきたんだ。〝戦闘〟とつく組織ならどこにでも加わろうとしてきた。インターポールはやつの長いファイルを持っている。現在は暴行の容疑でドイツ内で指名手配されているな。卑劣なやつだよ。だが聞いた話だと、そんなに賢くはない」

リヴィングストンはウィルソンに別の写真を渡した。今度のは二十代後半の、ピアスやらタトゥーやらを大量にしたブルネットの女だった。「ベリンダ・ランダーズ、ベルギー人。著名なベルギー人一族の無鉄砲な子孫だ、真面目な話。俺はそんなものが存在することすら知らなかったよ。じいさんは高名な左翼政治家で、母親は〈ユーロヴィジョン〉の上から二番めにいて……」

「あの〝ラ・ラ・ラ〟の曲の」トンクスが割りこんできた。

「そう」リヴィングストンは言い、あきらかにいらだっているのは、いまだにトンクスから人生の喜びを叩き出してやれないかららしかった。「問題はだな、彼女もまたトラブルを求めて出奔し、ワッツと一緒にそれを見つけたことだ。彼氏彼女になって二年たつが、いわゆるオープンな関係ってやつだ。ワッツは癇癪《かんしゃく》持ちで、ベリンダはそれが爆発するのを見物して楽しんでいるようだ。あの二人を合わせたら、ビル一棟ぶんの精神科医に仕事をさせておけるだけの問題がある」

リヴィングストンはまた別の写真をよこした。今度のは長い白髪のやせた男で、たぶん六十代のようだが、その割に鍛えた体格をしていた。「こいつはゲアロイド・ラナガン。アイルランド人で誇り高いが、国際的なやんちゃについては本物のスーパースターだ。オファリー生まれで、若い頃にアイルランド民族解放軍《INLA》に加わり、その後ちょっとした仲間割れをして、自分で活動を始めた。八〇年代にドイツへ行って、赤軍派とつながりを持った。ドイツのテロリストグループで、あのバーダー＝マインホフ団（ドイツの極左過激組織）から派生したやつだ。そのグループは二十年以上も活動していた。誘拐、暗殺、そのたぐい。ラナガンは周辺の人間たちと話しているところを写真に撮られたが、彼を何かに結びつけることはできなかった。そのあと完全に姿を消し、九〇年代になってコロンビアでふたたびあらわれた。コロンビア革命軍《FARC》がコカインを銃に換えるのを手伝っていると思われたが、今度も証拠はなかった。そのあとまた消え、五年間レーダーにかからなかった。インターポールは二〇〇六年にフランスでやつを見つけたが、そこに長くいたとは考えていない。二年前にもアメ公たちの〝旧きよき〟民兵たちとつるんでいるところを撮られている。頭がよくて、道徳的に融通がきくのはあきらかだ。それに」リヴィングストンは窓の外をさして言った。「あそこでかなりの影響力を持っている」

「本当に？」ウィルソンは言った。「フランクス神父は戦闘的なタイプではないという意味ですが」

「ああ、だがそうなんだ。ラナガンは利口なやつだ。あそこでは二つほど事件が起きている、わかるだろう。考えてもみろ。ドラッグの問題や、メンタルヘルス上の厄介ごとを抱えている人間たちを、ふつうの市民たちとひとつところに押しこめれば、いろいろ起きるものだ。喧嘩が二件、盗みが少々、ある男がお手々と仲良しすぎてな。ラナガンはその全部に対処して、その過程で貴重な人材になった。事実上、警備のトップになったわけだ。フランクス神父は大局的な展望があって弁舌なめらかだが、ラナガンとやつの仲間の旅行者たちの正体にはまったく気づいていないだろうな。われわれは通信ラインを開こうとしたんだが、ラナガンが偏執狂どもをたきつけてな、おかげでフランクス神父はわれわれのことも、政府の人間たちもまったく信用していない。つまるところ、ラナガンは重大な有罪判決も受けていないし、これという令状も出ていない。われわれがつかんでいるのはインターポールの考えだけだ」

「驚いたな」ウィルソンは言った。「おっかないやつのようですね」

「おっかないやつだよ」リヴィングストンは言った。「それにわれわれには彼が何をたくらんでいるのかまったくつかめない。そこで群れの中の本物の愉快なジョーカーの登場だ」

リヴィングストンは四枚めの写真をウィルソンに渡し、からになったフォルダーをデスクに置いた。今度の写真は五フィート十インチくらいのがっしりしたスキンヘッドの男のもので、カメラのレンズをまっすぐにらみつけていた。「自分ではアダムと名乗っているが、本名でないことはほぼたしかだ。あらゆる手をつくしてみたが、われわれだけでなく、インターポールも、CIAですら、こいつが何者なのか手がかりひとつ見つけられていない。めったに口をきかないし、報告書もこいつがアイルランド人だろう、スコットランド人だろう、アメリカ人だろう、はてはカナダ人だろうというものまで、内容の合わないのがいろいろある。われわれにわかっているのは、彼が元軍人らしいことだが、どこの軍かはさっぱりわからない。たしかなのは、どこからも身柄の要求は出ていない」

「なるほど」ウィルソンは言った。「それじゃいまの四人がフランクスをとりまいていて、善人の神父は彼らが何者かまったく気づいていないと。彼らは外界とコミュニケーションをしているんですか？」

「ああもちろん、四六時中な。みんな携帯を持っているし、こっちはやつらの番号を絞りこめないから跡を追うこともできない。あの中には何十という電話があって、われわれにその全部を盗聴する許可を出そうという判事はいないんだ」

「ブロックできないんですか？」

「それができればな」とリヴィングストン。

ブレイディがはじめてまともに口を開いたが、一日四十本煙草《たばこ》を吸っているようなハスキーヴォイスだった。「まわりをごらんなさい、刑事さん。あなたがいるのは金融サーヴィス地区の真ん中ですよ。もしモバイルネットワークがダウンしたら、われわれがどんな厄介なことになるかわかります?」

ウィルソンは両手で髪をかきあげた。「ニュースは見ていますよね?」

「プーカか」トンクスが深い、不気味な声で言った。「ええ。愉快な名前ですね」

「まったく」ブレイディが言った。「口を閉じてお茶をいれてきてくれない、マーク?」

トンクスは舌を出して部屋を出ていったが、あきらかにむっとしていた。ウィルソンは自分が帰ったらすぐ、プロとしての態度について話し合いが行われるのだろうと思った。

「ラナガンが背後にいると思いますか?」ウィルソンはきいた。

ブレイディとリヴィングストンは視線をかわした。

「いるとも言えないし、いないとも言えない」リヴィングストンはそう答え、そのわざとらしい言い方は、彼とブレイディがその点では以前に合意していたという印象を与えた。「われわれがきみに言えることはこうだ。ひとつ、俺はもちろん彼ならやりかねないと思っている。二つ、四日前の夜、アダムは非常口からこっそり出ていって、検問を突破することに成功した。いまや、彼が何者かだけでなく、どこにいるのかもわからない」

ウィルソンはもう一度手に持った写真を見た。バーンズ警視がいわゆる静かな生活を送れる日は近くなさそうだ。

19

「本当にすみません」ブリジットは言ったが、これで二十回は言っているとわかっていた。何かを謝罪すればそれについての気持ちは軽くなるはずだが、いまのところそうはなっていなかった。

ドクター・シンハはソファに血がつかないよう、ティータオルの上にうつむいて頭を上げなかった。「本当に、大丈夫ですから。そのことは言わないでください。あなたを驚かすべきではなかったんです」

ブリジットは自分の謝罪がかなりいらつくところまで来ているかもしれないのを感じた。そのことも謝りたくなる衝動をこらえる。

「わたし、本当は暴力的な人間じゃないんですよ」

「もちろんです、コンロイ看護師」ドクター・シンハは皮肉のかけらもなく言い、鼻から血の染みたティッシュの詰め物を少しのあいだだけとり、検分した。

ブリジットは生まれてこのかた、こんなにばつの悪い思いをしたことはないと思ったが、すぐに二日前の夜、玄関に出たらポールがいたときの記憶がよみがえってぞっとした。「ただ……ここ何日かすごくストレスばかりで」

「そうでしょうね。ドクター・リンチの関係したあの出来事のあと、あなたが休暇をとったことは聞きました」

「ええ、まあ、そういう言い方もできますけどね。そのことはご存じないと思っていました」

「コンロイ看護師、あなたは全裸のドクターを八時間もベッドに手錠でつないだんですよ。そういうことは噂になるものです」

「あらやだ」

「恥ずかしがることはありません。あなたはいまやアイルランドの全看護師たちにとって、民間伝承の英雄のようですよ。それに何人かのドクターたちにとっても。ドクター・リンチはわたしのアクセントをまねするんです。それがとても面白いと思っているんですよ」

ブリジットはドクター・シンハと知り合って八か月になるが、友人というわけではなかった。二人がはじめて知り合ったのは、ポールが殺人傾向のある八十代に肩を刺されたあと、ドクターが治療をしてくれたときだったが、その後ポールがしたことから考えると、あれはカルマの先払いだったのかもしれない。それ以来、ブリジットは仕事でたびたびドクター・シンハと顔を合わせた。彼は常に陽気で、礼儀正しく、本当に堅苦しかった。ブリジットが彼について知っているのは、インド出身であること、二年前にこちらへ移ってきたこと、そして看護師たちが彼を有能だと考えていることだけだった。実際にそれを判断できるのは看護師だけなのだから。彼と仕事抜きで会ったことはない。ブリジットは自分のアパートメントで彼が何をしていたのか見当もつかなかった。もし彼に手の突きをお見舞いしていなければ、最初にそれを尋ねただろう。

ドクター・シンハは頭を持ち上げ、そろそろと鼻をさわった。

「出血は止まりましたし、骨も折れていませんね」彼はおそるおそる笑いながら診断を下した。

「本当に――」

ドクター・シンハは手を上げてブリジットを止めた。「その必要はまったくありません、コンロイ看護師」

「オーケイ、じゃあ取引きしましょう。わたしをコンロイ看護師と呼ぶのをやめてくれたら、こちらも謝るのをやめます。もう知り合ってからしばらくたってますし、あなたはいまわたしのアパートメントにいて、わたしはあなたにまともに一発食らわせました。ですからおたがいにファーストネームでいいんじゃないでしょうか。わたしはブリジット」

「わかりました、ブリジット」ドクターは外国人らしく慎重に正しく発音しようとした。「それなら、わたしのことはサイモンと」

「率直に言うけれど、わたしは語学は得意なの、あなたの本名も言えると思う」

ドクターはほほえんでもう一度うなずいた。「それはありがたいのですが、本当にファーストネームはサイモンなんです。わたしの両親はそれほど宗教的ではなくて、父がポール・サイモン（アメリカのポップスデュオ、サイモン&ガーファンクルの一人）の大ファンなんです」

「まあ」とブリジット。

「ばつが悪いなんて思わないでください、ふつうはみんなそう考えますから。わたしの妹のガーファンクルの人生がどんなに困難かは、想像するしかありません」

ブリジットははじめ落ち着かなく笑ったが、やがていまのはジョークだという確信がふくらむにつれて、ちゃんと笑うことができた。

「オーケイ、サイモン、それじゃお茶を一杯いかが？」

「ああ、いや、けっこうです。実を言うと行かなければならなくて。わたしは……今夜ある若い女性と一杯やりにいくんです」

「なるほど」ブリジットは言った。「その新しい情報を聞いたからには、さっきの協定を破ってもう一度謝ってもいいかしら」

「そんなことは。わたしの鼻はすばらしい話の種になるでしょうし、ひと晩で二度も顔にパンチを食らう確率は少ないでしょう」

「たしかに」

「わたしがここに来た理由はですね……あなたがお友達を探していると思ったからです。ミスター・バニー・マガリーという人ですが？」ドクター・シンハがそう言った口調は、自分が正しい言葉を正しい順番で言っていることに絶対の確信があるのだけれど、それが人の名前だとは信じられない、ということを示していた。

「ええ」ブリジットは言った。「そのとおり。どうして知っているの？」

「あなたは彼の友人に電話のメッセージを二つ残したんですよ。その友人があなたに会いたがっているんです」

「わかったわ」ブリジットはそう答えたが、さっぱりわからなかった。「それで、なぜあなたがここに？」

「ああ」ドクター・シンハは言った。「問題はですね、その友人が誰かということなんです」

20

「どういう意味だよ、タイヤがパンクしたって？」フィルがきいた。

ポールはパンクしたタイヤを、それからM50号線を音をたてて走りすぎていく車列を見た。その音に負けずに聞こえるよう、携帯に叫ばなければならなかった。「いまの文章のどの言葉が理解できないんだ、フィル？」

「でも……タイヤがパンクするはずないぞ」

「でもしたんだ」とポール。

「それが何か教えてやるよ——カルマだ」

フィルが〝カルマ〟と言っているのは、ポールの目的地に関係していた。ポールはマギーという問題について、ついにある結論に達したのだ。その問題はいま、バニーの車の後部ウィンドーから頭を突き出し、ポールは自分が困っていることをあいつはおおいに楽しんでいると断言できた。

「自業自得だよ」フィルは言った。「あの犬を殺そうとするなんて」

ポールはため息をついた。彼はラスファーナムにある、ダブリン動物虐待防止協会が所有する動物保護区へ行く途中だった。そこは広々としたオープンなスペースがいくつもあり、たくさんの動物がいて、池まであるのだ。本物の池が。もし選べるものなら、犬なんてどうでもいい、ポール自身が喜んでそこに身を置いただろう。あいにくと、彼はフィルにそこのことを田舎のすてきな農場だと説明するという失敗をしてしまった。

「今度こそはっきり言うが、僕は本当にマギーを田舎のすてきな農場に連れていくつもりなんだ。本物の農場だよ、ガチョウや何かのいる」

「ああ、そうだろうさ」フィルは答えた。「リンおばさんも俺にそう言ったよ、亀のロジャーのことも、インコのヴェロニカのことも、アレチネズミのウィルバー、金魚のジェリ・ハリウエル、ジョーンおばあちゃん……」

どうやら、何かのテレビ番組でその気になったらしく、フィルは二年前におばのかなり広い裏庭を、野菜畑に変えることにした。そのときだった、彼が自分の子ども時代を封じこめている集団墓地を見つけたのは。まあ、ジョーンおばあちゃんは別だろうが。

「いいか、僕たちがむこうに着いたら、証拠として写真を撮る」ポールは言い、そこで腕時計を見て、保護区が閉じる前に到着する見こみは薄いと気がついた。郵便受けから寄付する品物をねじこめるチャリティショップのようなわけにはいかないだろう。

「ハーティガンがどこかへ行ったら、俺はどうすればいいんだ?」フィルがきいた。

「あとをつけろ。そのためにおまえに金を払ってるんだからな」

「そういえば、まだ払ってもらってないぞ、ここ二――」

「声が聞こえにくいな」ポールはさえぎり、フィルが新たな昇給の交渉を始める前に電話を切った。

マギーが彼を見た。彼もマギーを見返した。論理的な説明はできないが、深いレベルでは、こうなったのはマギーがしむけたからだという気がした。

「僕はこれからこのタイヤを直す、そうしたらおまえは……」ポールは指を突き出して強調した。「本当の田舎にある本当の農場へ行くんだ。犬なんかに負かされるつもりはないぞ」

ポールはトランクのほうへまわった。これまであけたことはなく、車が古いのであけるにはいまだに鍵が必要だった。いくらか揺すったり押したりしたあと、トランクはポンと開いた。中身を見おろした。そこにはたったひとつの品物があり、まるでそこがディスプレーケースかのようにおさまっていた。バニーのハーリングスティック。長さ三十七インチのトネリコ製で、端にぐるりと金属の輪がはまっている。バニーはスティックを新しくするたびに名前をつけていたが、ポールはこれは知らなかった。最後のはメイベルだった。ポールがゲリー・ファロン、すなわち彼とバニーとブリジットを殺そうとしたギャングと渡り合ったときに、折ってしまったものだ。ポールはスティックの柄《え》を指で撫でた。一週間、誰もバニーの姿を見ていない、ポールの知るかぎりでは。ポールはまた、バニーがどこかに行くにしても、自分の車やハーリングスティックを置いていくなどありえないことを知っていた。

超大型トラックが咆哮《ほうこう》をあげて通りすぎ、車が激しく揺れた。マギーが返礼に吠えた。

「大丈夫だよ、大丈夫だ」ポールは言い、スティックを戻して、スペアタイヤが入っているとおぼしき場所をおおっているトランクマットを持ち上げた。

思わず二度見した。スペアタイヤの上に拳銃があった。これまでさんざん映画を見てきたので、リボルバーだとわかった。木製の握りと長い鋼鉄の銃身がついている。まるでダーティハリーの持ち物だった。ポールはどぎまぎしながらあたりに目をやった。バニーも警察時代には銃を持っていただろうが、これが合法的なものなのか、ポールは確信がなかった。アイルランドでは銃を所有できない、そうだよな？　たとえ元警官でも。ラプンツェル事件まで、ポールは銃に近寄ったこともなかったし、そのときですら、銃を持っていたのは彼ではなかった。

手を伸ばして銃身にさわってみた。金属が驚くほど冷たかった。それにはめまいがするような魅力があった。持ってみたいと同時に怖くもある。ポールはおそるおそる握りのところを持ってみて、それから、他人から見えないように用心しながら、手の中で重さを感じた。そのとき、持ち上げたときにはじめて、下側に黄色いポストイットのメモが貼りつけられているのに気がついた。そこには〝シモーン〟という名前と、携帯の番号が記されていた。

ポケットで携帯が振動し、ポールはぎょっとして飛び上がり、銃を落としてしまった。

「くそっ！」

銃を拾って、携帯のディスプレーを見てみた。またしてもフィルだったのにはたいして驚かなかった。この頃では電話してくるのは彼しかいない。

「もしもし?」

「もしもし、指令部」電話のむこうの声はフィルだったが、フィルではなかった。おかしな訛《なま》りをつけているようだった。

「なんでそんなしゃべり方をしてるんだ?」

「乗客を乗せたって知らせているだけです」フィルはたしかに訛りをつけていた。下手くそだが、訛りには違いない。

「何をやってるんだ?」

「ええ、そのとおりです、シーポイントにいます」

ポールは目を閉じて五つ数えた。「頼むから、尾行している相手を拾っちゃったとか言うなよ?」

「おおいに了解です、指令部。これからリーソン・ストリートにむかいます」

「おまえってやつは真性のくそ……で、どうしてそんなしゃべり方をしてるんだ?」

ポールはそうきいたそばから答えがわかった。あのタクシーの許可証はアブドゥル〝おじさん〟に交付されているのだ。ポールは彼に会ったことはないが、アブドゥルの訛りがどんなものであれ、フィルがそれのまねをしようとしていることには全財産を賭けてもよかった。ネリス式論理の世界で、フィルはその擬装を続けているのだろう。

「気にするな」ポールは続けた。「できるだけ早くむこうへ行く。ただ……やつとおしゃべりはするなよ」

「問題ないです、指令部。俺が自発的にやりますから」

ポールは背骨を戦慄《せんりつ》が駆け下りるのを感じた。二つの言葉の恐ろしい組み合わせでいえば、〝フィルの自発性〟は〝演じる詩（聴衆の前で演じるために作られた詩）〟と〝素人の外科手術〟とともに上位に入っていた。

「いや、だめだ。絶対にやめ——」

「問題ないです」

「いいからやつを見失うな！」


「やつを見失うなんて信じられないよ」

三十分がすぎていた。

「俺が悪いんじゃない。渋滞につかまっちまったんだ。あいつは〝わたしはここで降りるよ〟って言って、さっさと逃げた。車のドアでサイクリストを思いきり叩きそうになってたよ」

ポールは携帯を使っていないほうの手で額《ひたい》をさすった。ものすごい頭痛がやってくるのがわかる。「どうしてやつを尾行しなかったんだ？」

「だってさ」フィルは言った。「渋滞につかまってたんだよ」

「それじゃやつはどっちの方向へ行った？」

「それが妙なんだよな。あいつはリーソン・ストリートって言ったんだよ、でも逆方向へ行くタクシーに手を振って止めて、また街を出ていくのが見えた」

　頭痛も、強い偏頭痛もどうでもよくなった。

「俺が思うに」フィルは続けた。「あいつは尾《つ》けられないようにしてたんじゃないか」

「そうだな」ポールは答えた。「おまえの言うとおりだと思う。そもそもなんであいつを拾ったんだ？」

「あいつが歩いてきてそのまま乗っちゃったんだよ。こっちはライトをつけてもいなかったのに。でもいいことを教えてやるよ、たっぷりチップをもらえたぜ」

「そりゃいい」ポールは言った。「それじゃ、おまえの支払いからそのぶんを減らしておこう。尾行するはずの相手が逃走するのに車を運転してやったんだからな」

「なあ」フィルは言った。「おまえがそのつもりじゃないのは知ってるけどさ、そういう言い方ってときどきすんごく傷つくよ」

　ポールは十五まで数えた。

「わかった、それじゃM50号線に僕を見つけにきてくれ」ポールはパンクしたタイヤを見おろし、もう一度それを蹴って、さらに足にダメージを加えたい衝動をこらえた。「バニーの車には、スペアのタイヤはあってもジャッキがないってわかったんだ」

　話していると、この一時間で三台めの車がスピードを落としてクラクションを鳴らし、手を振ってきた。こういう連中って何なんだろう？　人類への信頼を失わせるにはじゅうぶんだ。ポールの肩にのった小さな悪魔が、次にゆっくり走ってきて見物して笑うバカには、さっきの銃を振ってやれという恐ろしい提案をしてきた。

「行くけどさ」フィルは言った。「ひとつ条件がある」

ポールはため息をついた。「わかった、いいよ。犬はうちに置く」

マギーが後部ウィンドーのむこうからポールを見た。断言してもいいが、マギーは笑っていた。

21

スーザン・バーンズ警視は椅子の背にもたれて天井を見上げた。疲れているからではなく、これからどんなに疲れるだろうという気持ちからだった。殺人事件捜査に入って四十八時間がたち、手がかりがひとつ見つかるごとにどんどん泥沼に引きこまれていく気がする。今日は弟と家を探しに出かけるはずだった。当然ながら、それは棚上げになった。ここ二日間、食事はすべてデスクでとった。さいわい、通常は訪問してきた高官に使われる、フェニックス・パークの警察本部の裏にあるアパートメントをあてがわれた。木曜の夜にどうにか三時間の睡眠をとっただけで、昨夜はたぶんもっと少ない。これは彼女が思いえがいていた就任後の第一週とはまったく違っていた。

バーンズは庁舎での上級事務官二人との半分公式なブリーフィングから戻ってきたところだ

った。彼女は捜査の進展について最新状況を、というか、進展のないことを伝えた。実際にそう言ったわけではないが。箱舟《アーク》とダニエル・フランクス神父を含む、新しい線かもしれないものが長いあいだ議論された。意外ではないが、グレースーツの男たちはその話にひどく乗り気だった。彼らがビルを閉鎖するため、大衆に対しそれなりの言い訳になる根拠を探していることは、天才でなくてもわかる。しかしいまはそれがない、そしてそこをはっきりさせることがバーンズの仕事だった。彼らはアンディ・ワッツにドイツからいまも有効な令状が出ていると知ったときにも、ひどく色めき立っていた。ついにアークの居住者で、正真正銘の悪人だと大衆にくれてやれる人物をつかんだのだ。なんとドイツでの暴行で手配されている人物であり、しかももしアイルランド経済崩壊後の黄金ルールがひとつあるとしたら、ドイツ人の機嫌をよくしておくためにできることは全部やれ、というものだった。バーンズ警視はまったく気にかけていなかった。連中がチームを送りこんでドアをぶち破りたいとしても、その決定権は彼女にはないだろう。現時点で、アークもしくはあの中の誰かをクレイグ・ブレイク殺しに結びつける唯一の証拠は、薄弱なうえ、よく言っても状況証拠なのだ。

バーンズはオフィスの壁に貼った四枚の写真を見た。外の証拠ボードにあるものと同じ写真だが、自分だけが見ることのできるものを持っていたかったのだ。ゲアロイド・ラナガンと彼の愉快な変人部隊には不安にさせられる、そのとおりだ。それに一般論として、たしかに警察にとって、とりわけ彼女の事件捜査にとっては興味があるが、だからといって彼らが〝プーカ〟であることにはならない。

それにああ、プーカは人気急上昇ではないか。マスコミはそのことばかり言っている。フェニックス・パークから政庁への短いドライブで、彼女は〝われわれはプーカだ〟とスプレーペイントされた塀を二つと広告板をひとつ通りすぎた。誰かがどこかでTシャツも作っていることは間違いない。

礼儀正しいノックがされた。

「入りなさい」

ドナハー・ウィルソン刑事が入ってきて、ドアを閉めた。彼はバーンズが感じているのと同じくらい疲れてみえた。バーンズはゆうべ遅くに彼を国家監察部《ナショナル・サーヴェイランス・ユニット》の人間たちに会わせたのにつづいて、アークの状況に関する午前七時のブリーフィングにも出席させた。そのあとも彼が残りのチームに短いブリーフィングをすることで合意していた。

「キャスパーたちからの最新情報を持ってきました、マァム」彼は言った。

「話して」

ウィルソンはおどおどしているようにみえたが、二人の出会い方を考えれば不思議ではなかった。バーンズは彼の運命について気持ちを軽くしてやるつもりはさらさらなかった。彼女の経験では、崖っぷちにいる人間のほうがよく働くものだ。この地位に就いたのは友達をつくるためではない。

「アダムですが」ウィルソンは言い、例のほとんど情報のない男の写真をさした。

「彼を見つけたの？」バーンズはきいた。

「ある意味では。彼は今朝の午前四時頃、アーク周辺の警戒線を突破しました。また中に戻ったんです」

「まさか……嘘でしょう！　制服たちはいったい何をやってるの？」

「うまくタイミングをはかって、隙を突いたようです。彼らが止めようとすると、耳のそばにまともに一発食らわせてきたと」

「最高」バーンズは言った。法からの逃亡者がまたひとりあのビルに入ったとは、グレースーツどもが喜ぶことだろう。「その件に関する報告書はすべて、至急送るようＮＳＵに言いなさい。ほかには？」

「たいしたものではないんですが、マァム。国境なき医師団が今日、アークからの要請にもとづき、あの中に医師をひとり送ることに合意した、とお話ししたのをおぼえていらっしゃいますか？」

「ええ」バーンズはよくおぼえていた。連中はアジア系の医師と指定してきており、彼らの論理は恥ずかしくなるほどはっきりしていた。アイルランド警察にアジア系の者が何人いるだろう？

「医師が出てきたら彼と話したいという、われわれの要求は拒否されました。警察の接触いっさいが」

「ちょっと」

「国連が保証したんです、信じられますか？　医師に関するすべてのことは制約なく――」

「よろしい」バーンズはデスクにペンをほうってさえぎった。「わかったわ。また政治ってやつよ。こっちでは狂った自警団の連中が犯罪者を切り刻んでいるのに、誰もそんなことはたいして気にしないようね。うちの父は賞をとった酪農家だったのよ、知っている、ウィルソン？　わたしは農場を継ぐこともできた。農家はこんなたわごとをがまんする必要なんてないの。少なくとも、自分たちが片づけなきゃならないクソは目で見える」

「はい、マァム」

「あなたのお父さんの仕事は？」

ウィルソンは足をもじもじさせ、おずおずと笑った。「その……政治家です、マァム」

「もう出ていって、いい子だから」

「はい、マァム」

22

ブリジットは携帯を見た。新しいメッセージが三つあり、全部ポールからだった。

〝バニーのことで新しい情報は？〟

〝あのシモーンって女性のことはわかった？〟

〝状況を知らせてもらえる？　彼が心配なんだ〟

ブリジットはポケットに携帯を突っこみ、アークを見上げた。ここに来たのは、ヴォイスメールのメッセージにあった年配の男の声が、ダニエル・フランクス神父の声に似て聞こえたからだった。どうして彼がバニーを知っているのかは見当もつかないが、手がかりといえるものの在庫はどんどん少なくなって、もはや何もないも同然になっていたのだ。ポールはゆうべメールで、バニーの車の中で見つけたポストイットにシモーンという女の電話番号があった、と言ってきた。その番号はバニーの携帯電話料金請求書にあったもののひとつで、バニーはそこに一度だけメッセージを送っていた。ブリジットはゆうべもう一度その番号にかけてみたが、それまでの三度と同じように、ネットワーク標準のヴォイスメールになっただけだった。もし、こんなことのあげくに、バニーがただ久しぶりにお楽しみにひたっていただけだとわかったら、自分はうんざりするだろうが、きっとそれを受け入れるだろう。

フランクス神父がブリジットと話したがっているという事実は、神父には言わなければならない重大な何かがある、ということになる。たしかに、それを言うために彼はかなりの手間をかけていた。ドクター・シンハが説明してくれたところでは、〈セント・メアリーズ・ホスピタル〉の司祭が仲介点だった。フランクスとは昔なじみで、同じ神学校にいたらしい。司祭はフランクスが彼女に会いたがっているという伝言をよこしてきた。ブリジットが看護師なのは幸運な偶然だった。アークはすでに医師を要請しており、したがって司祭は彼女と知り合いの医師を見つければよく、そこでドクター・シンハが巻きこまれたというわけだった。

ブリジットが善人のドクターに目をやると、彼は隣でそわそわとかかとを上げてはおろしていた。

「こんなときにきくのはおかしいんでしょうけど、なぜこの件をやってくれているの？」ブリジットは尋ねた。

ドクター・シンハは不安げな笑みをみせた。「そうですね、コンロイ看護師――」

「ブリジット」

「ブリジット」彼は繰り返した。「生まれてこのかた、わたしはずっとよい子で、勉強が好きな子で、常に頭を低くしてトラブルから距離を置いている子だったんです」

「オーケイ」

「そろそろやってみてもいいんじゃないかと思ったんです、何かちょっと……あなた方はなんと言うんでしたっけ？　ワルなことを」

ブリジットは噴き出した。「あなたって……クリント・イーストウッドがガンディーと合わさったみたい」

「ありがとう」彼はにっこり笑って言った。「それこそまさにわたしがめざしているものですね」

「ああ、まだきいてなかったわね、ゆうべのデートはどうだった？」

「紳士はキスをしてもそれを人に話したりしません」

ブリジットは彼を上下にまじまじと見た。

「きのうと同じ服を着てるわよね？」

「ご婦人方はワルいのがお好きとだけ言っておきましょう」

ブリジットはほほえんでアークに目を戻した。たしかに堂々たるものだった。厳密にいえば、別に大きくはないし、それどころかまわりのビルのほとんどより小さい。しかしそういったビルの写真は全国紙の一面に載ったことがないのだ。

二時間前、二人は警察の現場司令本部に行ったのだが、そこではありとあらゆる騒ぎが起きた。ドクター・シンハはブリジットが同行することを、現場の司令官であるペイス巡査部長に説明した。男性医師では不安に感じる女性がいた場合にそなえ、要請されたのだと。ブリジットは自分が最後の職場で医師を拘束したあと、現在は休暇中であることは口にしなかった。関係ないことに思われたからだ。ペイス巡査部長は生まれてこのかた楽しいことなど何もなく、ブリジットの同行をとりわけ厄介だと思っているような印象を与えた。結局、シンハが彼の疑念をすべて理解したことをはっきりさせ、ブリジットと二人で外の階段で記者会見をしてもいいか？と尋ねた。ええそう、そこで二人で、警察がいかに子どもたちに治療を受けさせずにいるかを説明するんですよ。とたんに、それまで解決できなかった問題に、魔法のように解決方法が見つかった。

そんなわけでブリジットはやってきた、医療用品でいっぱいの大きなバッグを持って。一行は興味津々な野次馬たちの小さな集団を惹きつけたが、土曜日ということもあって、国際金融《IF》サーヴィスセンター《SC》地区はふだんよりずっと静かだった。ペイス巡査部長の指揮のもと、制服の警官たちが、アークをとりかこむがっしりした鋼のフェンスの輪に隙間をつくり、ブリジットとドクター・シンハに手を振って前へ進ませた。

「オーケイ」ドクター・シンハは言った。「行きましょう」

二人は隙間を通ってビルの正面ドアへ向かった。窓のほとんどが新聞と、いろいろなスローガンが書かれた段ボール紙の混ざり合いでふさがれている。〝権力と闘え《ファイト・ザ・パワー》（一九九〇年のパブリック・エナミーの曲）〟と〝わたしたちは打ち勝つ《ウィ・シャル・オーヴァーカム》〟（一九六〇年代のアメリカ公民権運動で広まったプロテストソング）が、〝利益よりも人〟と場違いな〝誕生日おめでとう、バリー〟と肩をすり合わせている。

ブリジットとシンハがビルの正面ドアの前に立つと、髪をごく短く刈ってたくさんのタトゥーをした筋肉たっぷりの男が、メインエントランスをふさいでいる家具のバリケードをどかしていた。長いたてがみのような白髪をした六十くらいの男が、二人が近づいていくのを、ガラスのむこうから見ていた。彼は背の低いガンダルフ（『指輪物語』の魔法使い）のようだった。二人がドアまでたどり着くと、彼は片手を上げて、それ以上近づくのを止めた。仲間たちがバリケードの大半をどかすと、彼はペイス巡査部長と目を合わせ、笑みを浮かべ、両手を合わせた。ブリジットは巡査部長がしかめ面をして、彼女たちをフェンスの反対側に残したまま、部下たちに鋼のフェンスを元に戻すよう命じるのを見ていた。ブリジットが思うに、彼らはこの交渉ずみの手順を以前にも踏んでいて、ペイスは以前のときにもそれがまったく楽しくなかったらしい。

フェンスが元に戻されると、長い白髪の男はふたたび両手を合わせて、なかばからかうような感謝のお辞儀をした。それからパチンと指を鳴らし、すると筋肉男がかがんでガラスドアの上と下のロックをはずした。ドアが開き、ガンダルフは腕を伸ばして、二人に中へ入るようながした。「アークへようこそ」

もうひとりの男のほうはブリジットたちを見ても喜んでいない様子で、ブリジットが彼のそばを通ると表情が冷たい笑いになり、すぐさまドアにロックをかけなおしはじめた。ブリジットは受付エリアを見まわした。片側にはがらくたの山がいくつもあり、壁にかかった間違いなく高価な、色のついたさまざまな形のかたまりの現代アートにかこまれた大理石のフロアには、はなはだしく不似合いだった。照明は消されており、それはつまりエリア全体を照らしているのは新聞紙ごしに拡散する光と、段ボール紙の隙間からときおり忍びこむ細い光線だけということだった。

「それじゃ今度はソファを頼むよ、アンドルー」白髪の男が言った。ブリジットは彼の訛《なま》りがどこのものか特定しにくいことに気づいた。アイルランド人だが、あらゆる場所が少しずつ入っているように思えた。

「でもどうせ二時間たてばまた出ていくじゃないか……」

「今度はソファだ、頼むよ」白髪の男は言ったが、笑みを浮かべたままで、ブリジットとドクター・シンハから決して目を離さなかった。筋肉男は何やら低い声でぶつぶつ言ったが、言われたとおり大きなソファをドアの前に押し戻しはじめ、金属の脚が大理石の床にキーキー音をたてた。「警備を真剣に考えなければいけないのでね、おわかりだろうが」

「もちろんです」ドクター・シンハは答えた。「わたしはドクター・シンハ、こちらは同僚のコンロイ看護師です」

男はブリジットたちに順番に笑顔をむけた。「お会いできてうれしいよ。わたしのことはゲアと呼んでくれ」

男が話していると、褐色の髪の女が横のドアから飛びこんできて、ずかずかと受付エリアをこちらへ歩いてきた。女は顔をしかめていて、空港のセキュリティを抜けるのにひと月かかりそうな金属をいろいろつけていた。彼女はぞんざいにゲアにうなずくと、ブリジットの後ろに来た。

「それでは、さらに負担をかけることを許してもらえるなら、あなたがたの体を調べなければならない」

バリケードのむこう側で女性警官がブリジットにした検査のほうが、ずっと上品だった。〝ドラゴン・タトゥーの女〟（スティーグ・ラーソン作のミステリ〈ミレニアム〉シリーズ第一作）は必要なよりずっと強い力で彼女の体を上から下へ叩きはじめた。

「そんなにきつくしないで！」ブリジットは言った。

「ほら、ベリンダ、やさしくやるんだ」ゲアが言ったが、手荒く扱うというレベル内でわずかによくなっただけだった。ブリジットが離れたところのドクター・シンハを見ると、彼も筋肉男から同じように徹底した検査を受けながら、忍耐強い笑みを浮かべていた。ようやく終わり、ベリンダと呼ばれた女が、ブリジットの最初の恋人三人の誰よりも奥へ触れたのち、検査人たちは一歩下がった。

「では次は」ゲアは言い、タッパーウェアの容器をさしだした。「あなた方の携帯をどうぞ」

「でも」ドクター・シンハは言った。「身につけておくよう言われているんです、もし……いろいろな状況になったときのために」

ゲアは首を振った。「だめだ。盗聴の道具として簡単に使えるから」

「でも――」

「これについては交渉の余地はない」

ゲアの笑みが硬い直線に変わり、彼はドクター・シンハにまごうかたなき鋼鉄の視線を向けた。シンハはブリジットを見て、肩をすくめて携帯をその容器に入れた。しぶしぶながら、ブリジットも同じようにした。

「ありがとう。もちろん、帰るときにはお返しするよ」

それから医療用品のすべてが、入っていたバックパック二つから出されて入念に調べられ、キャリーバッグに入れられた。シンハが注意深く詰めてきた医療バッグの中身も、同じ扱いを受けた。やっとそれも終わると、ゲアは二人を連れて階段を上がった。「歩きで申し訳ないが、エレベーターを使っていないのでね。誰かが閉じこめられるといけないから」

一行が二階に着くと、以前は広いオープンプランのオフィスだったところだった。デスクはほとんど窓のところに寄せられ、いまは一種の共有エリアとして機能していた。即席の物干しロープが二本、むこう側まで渡されている。さまざまな人々が部屋の入口からこちらをのぞいた。ひとつのグループがミーティングテーブルをかこんで座り、〈モノポリー〉で白熱した戦いをしていた。別の一角では、女二人と男一人が間に合わせのキッチンで働いていた。いくつものキャンプ用コンロに鍋がのっているかたわらで、彼らはさまざまな野菜を刻み、在庫の缶詰のラベルを読んでいた。数人の子どもたちが走りまわり、それからデスクの陰に隠れ、そばを通りながら、疑念まじりの好奇心で一行を見ていた。この場全体が、オフィス街で開催されている、音楽のない音楽フェスティバルのような雰囲気だった。

ゲアはブラインドのおろされているからっぽの会議室へ二人を連れていった。デスクがひとつ、窓に寄せられていて、もうひとつは部屋の真ん中にあり、二つの革のオフィスチェアがその両側にあった。筋肉男とドラゴン・タトゥーの女が彼らの後ろに並んで入ってきた。「あなた方が診療室として使えるよう、この部屋をとっておいた。住人たちは行列にならないよう、順番にあなた方のところへ来ることに同意している」

「おききしたいんですが」ブリジットは言った。「フランクス神父はどちらに?」

「神父は上で何かの作業をしている。だがあなた方二人ともあとで会えるし、神父は来てくれたことに礼を言う。それまでのあいだ、わたしの仲間二人のどちらかがあなた方と一緒にいる、患者の性別によるが」

「だめです」ドクター・シンハがおだやかな雰囲気で言った、まるで三十九番のバスはもう行ってしまいましたかときかれたように。

「残念ながら」ゲアは言った。「警備上――」

「いかなる患者との対話も」ドクター・シンハは言った。「全面的な医者の守秘義務があればこそ生じるものです。ですから誰かにそれを見せるのは倫理違反です」

ゲアの魅力的な笑みが顔からはがれ落ちた。「悪いが、その点も交渉の余地はない」

「それは残念です」ドクター・シンハは言い、デスクに置いたところからバッグをとった。

「わたしたちを外へ連れていってください。フランクス神父にどうぞよろしく」

二人の男は長いことたがいを見合っていたが、ドクター・シンハは顔に笑みを貼りつけたまま、怯みもしなかった。

「よろしい」ゲアは言って仲間たちのほうを向いた。「おまえたちは外で待て」

それで彼ら三人は出ていった。ドクター・シンハは落ち着いてバッグから医療用品をとりだし、窓に近いデスクに並べはじめた。ブリジットも加わり、自分のバッグから医療用品を出しはじめた。そして腰で彼をこづいてささやいた。「ワルねぇ」


二人はそれからの二時間を、とくに害のないものから懸念のあるものまで、さまざまな疾患の対処についやした。ある高血圧の年配の紳士は薬を切らしており、依存症の治療中の二人はいったんヘロインが人体を荒らしたあとに起きる種類の問題を抱え、二人の女とひとりの男はいちじるしく類似した性感染症の潰瘍《かいよう》ができていた。ブリジットは、彼らは自分たちの病気がほぼそっくりだとわかっているのだろうかと思った。手首の捻挫《ねんざ》がひとり、足の骨折がひとり、どちらもあるルーマニア人女性の応急手当トレーニングのおかげでどうにかなっていた。風邪、こぶ、あざ、かゆみが入ってきては出ていった。英語があまりできない親が二人、どちらもブリジットが救急救命室にいたときにどの親の顔にも見られた、あの同じ悩ましげな表情をしていた。その子どもたちは大丈夫だった。しかし慢性気管支炎の中年男に同じことは言えなかった。決めてあったとおり、シンハは必要な処方箋《しょほうせん》を書き、それが当局に送られ、受理されて薬が送られてくるようにした。

ここの雰囲気はブリジットがこうだろうと想像していたものとはまったく違っていた。言葉では言えない圧迫感があった。彼女は筋肉男とドラゴン・タトゥーの女が、人々が入ってくる前にその全員とひそひそ言葉をかわしていることに気がついた。それでも、シンハの即席診療所の人目がないところで、すすんで自分たちの重荷をおろそうとする人間はいないようだった。

その日最後の患者は最高だった。三十代はじめのカップルで、彼女が妊娠していると確認できたのだ。二人は手を取り合って、おかしくなったようにたがいににこにこしていた。その幸せなカップルが出ていくと、ゲアがもう一度入ってきた。「神父があなた方にお会いする」

二人はさらに二階ぶんの階段をのぼり、ビルの中のもっと静かな階へ連れていかれた。そこはオープンプランのオフィスエリアで、デスクはなく、オフィスや会議室はいまや寝室に改造され、プライヴァシーのため窓には毛布が下がっていた。ブリジットはここがゲアと仲間たちの住まいがある〝エグゼクティヴ・フロア〟ではないかと思った。彼らは二人を角の広いオフィスへ連れていき、一行がそこまで行くとゲアが片手を上げた。

「ここで待っていてくれ」彼は言った。短くドアをノックしてから入り、ドアを閉めた。一行は気まずそうにたがいを見た――ブリジットとドクター・シンハに加えて、彼らのエスコート役である筋肉男とドラゴン・タトゥーの女は。

「それで」ドクター・シンハが、その気まずい沈黙にあきらかに耐え切れなくなって言った。「ここにはたくさんの部屋があるのですね。とても快適にみえます」

「あたしたちの存在が、経済を利用して大衆を抑圧しているあのファシストどもを快適にしているよりずっとね」ドラゴン・タトゥーが言った。ブリジットは彼女がしゃべるのを見ながら、これはほとんど反射的な返事だという気がした。くしゃみをしたら〝神の祝福を〟と言うように。

「そうですね」シンハは言った。「たくさんの部屋がある。このビルにはいくつフロアがあるのですか?」

「じゅうぶんな数だ」筋肉男が、それもまた国家機密であるかのように言った。外に出て窓を数えればわかることなのに。

ドアが開いてゲアが出てきた。「あなた方に会うそうだ」

ドクター・シンハが前へ進み、ブリジットもそのあとについていった。二人がドアのところまで行くと、ゲアがシンハの胸に軽く手を置いた。「医者の守秘義務を思い出してもらえるかな?」

シンハはほほえんだ。「あなたがその概念をすっかり身につけたとわかってうれしいですよ」

一行は大きなオフィスに入った。ブラインドはすべておろされて間に合わせのカーテンでおおわれ、一か所だけ太陽の光がさしこんでいた。一角に大きなオークのテーブルがあり、たくさんの毛布がそこに積み重ねられて、ベッドとして使われていた。別の一角に二つの大きな椅子があった。ダニエル・フランクス神父は窓に近いほうの椅子に座り、何枚もの毛布に繭《まゆ》のようにくるまれて、はげた頭頂部だけがのぞいていた。耳にかかった髪が乱れたまま、やせてやつれてみえる顔を縁《ふち》どっている。彼の横の椅子には中年の女が座っていて、水の入ったカップを持ち、その顔には隠しようのない心配があらわれていた。フランクスは弱々しい笑みを向けてきた。「ドクター、来てくださって本当にありがとう」彼の声は少し大きなささやきというものに近く、国をとりこにした演説の手腕はなくなっていた。まだ北部の口蓋音《こうがいおん》は残っていたが、短く息を吸う音がまじって、その音は吸いこむたびに努力を必要としているようだった。

ドクター・シンハとブリジットは揃ってゲアを見てから、フランクスのほうへ歩いていった。以前は丸かった顔がいまややせ衰《おとろ》え、皮膚はいたんだミルクの質感があった。

「ありがとう、ゲアロイド」フランクスは言った。

ゲアは彼らを見て、ためらったが、やがて出ていった。

「フランクス神父」ドクター・シンハは言った。「具合が悪そうですね」

フランクスは横にいる心配げな女の手を軽く叩きながら話した。「時間を無駄にしませんね、ドク。わたしは六か月前にステージ四のガンと診断されました。借りもののわずかな時間を生きているだけです」

フランクスは二人の顔を見た。「あなた方がいま知ったことを知っているのは五名ほど。それに、ええ……あなた方が計算をしているなら……そのとおりです」

ブリジットは彼の言っている意味がわかった。六か月前、それは彼が最初に有名になった頃だった。

「人は人生で何が大事なのか見つけたくなるんです、それが本当に終わりに近づいているとわかると。あしたという日が減りはじめると、もはやそれを待っているわけにはいかないと気がつく。死ぬ前に大事なことをしたくなるんです」

ドクター・シンハは神父の額《ひたい》に手を置き、それから頭を動かして彼の目をのぞきこんだ。「入院するべきです」

「ああ、ドク、いいんですよ。わたしはもう折り合いをつけました、本当に。リラックスしてください」

「わたしが頼んだら、職務を果たすのをやめていただけますか、神父？」

フランクスはドクター・シンハを見上げた。「なるほど」彼は弱々しい笑みを浮かべて言い、はじめてブリジットと目を合わせた。「この方はかなりの闘士ですね？」

ブリジットは何とか笑みを返そうとした。

神父は心配げな顔の女に頭を向けた。「バーニー、あなた、ちょっと外に出てもらえますか」

彼女はうなずき、愛情をこめてフランクスの手に触れてから、立ち上がって出ていった。神父は彼女が出ていくのを見守っていた。「あの人は天使です。それで、下の様子はどうですか？　みんな体の調子は大丈夫ですか？」

ドクター・シンハはフランクスをくるんでいた毛布をそっとはがしはじめた。「さいわい、深刻な問題は何もありません」

「ああ、よかった。みんないい人たちなんです。今度のことにあらためてお礼を言います」

「いいんですよ」ドクター・シンハはフランクスの胸に聴診器をあてた。「深く息を吸ってください」

「そんなことをするのは久しぶりです」

フランクスはそれから息を吸ったり吐いたりを二分ほどやり、ドクター・シンハは彼の胸の音を聞いていたが、その顔はどんどん悲しげになっていった。ふいに自分が役立たずになった気がして、ブリジットはどうすればいいのかわからなかった。フランクスは横にあるあいた椅子を指さしてほほえんだが、激しい咳の発作に陥《おちい》った。ブリジットは彼女の椅子の横にティッシュの箱があるのに気がつき、一枚とって渡すと、神父は受け取った。呼吸がふつうに戻ると、ドクター・シンハは脈をみはじめた。

「いくつか検査をしたいのですが」ドクター・シンハは言った。

フランクスは彼を見上げてしばらく目を合わせた。「その必要はありませんよ、ドクター、礼を失するつもりはないのですが。もしわたしがあなたの病院にいるただの患者だったら、みんなが呼びにいくのは神父のわたしであって、医師のあなたではないでしょう」

「注射くらいはできます、それに痛みに効くものも」

「あなたは善い方ですね」

シンハはその場を離れ、バッグから医薬品をいくつかとりだしはじめた。フランクスはブリジットを振り向き、やさしくほほえんだ。「来てくれてありがとう、コンロイ看護師、奇妙な頼みだったのはわかっているよ。理由をわかってもらえるといいのだが」

ブリジットはうなずいた。

「わたしの携帯はここに持ってきてもらえないんだ。政府がわたしたちの通信を傍受しているから。もし彼らがわたしの状態を知ったら……わたしたちはそれを口実に使われたくない」

ブリジットはもう一度うなずいた。

「バーニーがあなたのメッセージのことを話してくれた。どうもよくわからないのだが」

「ええと」ブリジットは言った。「バニー・マガリーが姿を消したんです、最後に目撃されてからもう八日になります。わたしは彼が最後に話をした人たちから、彼のいそうな場所についての情報を集めようとしているだけなんです」

フランクスはとまどった表情をした。「バニーとはもう十六年話していないが」

ブリジットはゆうべシンハがその番号の主が誰だか話してくれたあと、請求書を二度チェックしていた。「あなたへの電話が二回、メッセージが三回か四回、彼の請求書に載っているんです」

「あなたがどこでそのことを知ったのかわからないが、ミス・コンロイ、わたしたちは話をしていないよ」

ブリジットは両手で髪をかきやり、ぷうっと頰をふくらませた。「ええと、さっきの女性……バーニー、彼女なら――」フランクスが強く首を振ったので、ブリジットは言うのをやめた。

「理由は言わないが、ただ……安心してください、彼女はマガリーと連絡をとったりしない、誓って。ありえない。わたしたちが話をしていないというのは、口をきかないということなんだ」彼は意味深な目をした。「それなら、彼がわたしをつかまえようとしていたのかもしれないね。メッセージは届かなかったか、あるいは……」

「彼の請求書によれば、あなた方は一週間前の火曜日に、二十四分しゃべっているんです」ブリジットはその朝コートのポケットに突っこんだ請求書のコピーを出して、フランクスに見せた。彼はそれを見て、それからまたブリジットを見た。

「神がわたしの証人だが、こんなことはなかった」

ブリジットはどう考えればいいのかわからず、もう一度請求書を見た。

「きいてもいいだろうか」フランクスは言った。「なぜそれを知りたいのかな?」

「わたし、バニーと一緒に仕事をしているんです」

フランクスはとまどった顔をした。

「バニーは警察を辞めました」

「ああ」フランクスは言った。「なるほど」それからフランクスは長いこと彼女を見ていた。

「気をつけて」

苦しげな咳がまたしても彼のもろそうな体を震わせた。

ブリジットは水のカップをとって彼の口にストローを入れた。「あの、わたしは危険なことなんかないですよ」

フランクスはストローを口から離した。「ありがとう。わたしが言いたかったのは、気をつけてと……彼に」

ブリジットは彼を見て、それからティッシュで彼の口もとを拭いた。

「バニー・マガリーは稀有《けう》な人間だ。本当に何でもできる男だ。彼がしたがう羅針盤は彼自身だけ。いつか、あなたは何かの一線を越えることになるだろう。そして、いいですか、それはあなたにとってよくないことになる。彼は嘘をつき、だまし、ゆすりをするだろう——必要となれば何でも。彼は悪人ではない。それ以上に悪い。正しいと思うことのためなら、悪いことをやる善人なんだ」

ブリジットは窓を見た。紺碧《こんぺき》の空がむかい側のビルの背景になり、銀色になった窓に日光が反射している。

会話がとだえたところで、ドクター・シンハが注射器を持って進み出た。

「それでは」フランクスは言った。「善人のドクターに彼のしなければならないことをしていただきましょう、そうしたらお二人はお帰りください」フランクスは目を閉じた。「今日はとても長い一日だった」

23

二〇〇〇年二月六日日曜日――午後

ジャーレス・コートはラガーのパイントグラスをのぞきこみ、泡がしゅわしゅわと表面に浮かんでは消えるのを見つめた。正直に言うと、ふだんはあまり飲まない。それでも、おだやかな日曜の昼どきに電話が鳴り、人生をずたずたにされたとき、酒を飲むのがいいと思ったのだ。彼のアイルランドDNAのどこかに埋もれていたに違いない、アルコールが何らかの助けになるという思いが。ある意味では解放だった。起こりうるいちばん悪いことのいい面は、それが二度は起きないということだ。不名誉にもある種の自由はあるのだろう。

コートの支持者であるクリニックの人間だとわかった女がひとり、そばを通りすぎておずおずと手を振ってきた。コートはこのパブにいる多くの人間を知っており、それ以上が彼のことを知っていた。もう二十年も地元政界に定着した人物だったのだ。十年は市議会議員として、そのあとは出世して、無所属の下院議員として四年。そこで連中は境界線を引きなおし、コートの岩盤支持層を半分に割ってしまった。その件はマスコミで汚れた政治と非難された。大きな政党はだんまりを決めこみ、地理上のめぐりあわせだというふりをした。それでも、最後のときには彼もかなり健闘した。敵は十倍もの金を使い、それでも彼は連中に肉薄した。そのあとコートは市議会に戻り、倍の努力をした。何はともあれ、そういったすべてが彼をさらに人気者にした——支配者層を震え上がらせた労働者階級のヒーロー、みんなは彼をそう呼んだ。それももう変わってしまうだろう。

コートが名前を思い出せない男がトイレからメインバーへ戻る途中で彼の腕をたたいていき、〝スーパー・サンデー〟フットボールのどよめきが家へ帰れと呼びかけてきた。ラウンジは比較的静かで、ありがたいことに、最近ではどこのパブにもあるように思える大型スクリーンがなかった。しかし夏には大きなゲーリックフットボールのトーナメントがある。女主人のマーラは自慢げに言っていた。自分たちももっとたくさんのスクリーンを導入するつもりだ、だからまた少し静けさは消えていくだろう、と。

ここ数時間、みんなはほとんど彼に近づかなかった。いつもの、人々が助けを必要とするちょっとした問題を持ち出す前の、礼儀正しいおしゃべりもなし。彼のボディランゲージが、いまはそのときじゃないという波動を出しているのかもしれない。彼はひとりでそこに座り、着実なペースで飲んでいたが、求める忘却にはまだまったく近づいていなかった。

横のスツールがカウンターから後ろへ引かれて弱々しくキーッと鳴り、ムートンを着た巨大な体がどすんと座った。コートは顔を上げず、上げる必要もなかった。

「そのくそムートンは絶対に脱がないのか、バニー？　ありがたみもないだろうに」

「アイロンがけがいらないんだよ、議員」

「したほうがいいんじゃないか？」コートは半分からになったグラスをとってずずっと飲んだ。バニーはバーテンダーのアーントーに手を振り、カウンターの反対側にいるサッカー好きの夫にほうっておかれた妻たち二人といちゃついているところを引きはがした。

「アーサーズのパイント」バニーは言った。「それから彼にもおかわりだ」

「有罪になった男は最後の食事を腹いっぱい食ったよ」コートは言った。

「そんなにメロドラマみたいにならなくてもいいだろう」

コートはユーモアのない笑い声をあげ、ビールを飲み干しに戻った。

彼はビールを飲むとグラスをカウンターに置いたが、思ったより強くやってしまった。

「これまで俺が助けてやった人間が、このパブに何人いるか知ってるか、バニー？」

「たくさんだろうな」

「だが実際の数は知ってるか、ってことだよ？　ここに座って数えてたんだ。十七人だ、たしか。直接ってことだぞ、そこからみんなが恩恵をこうむるのは数えないで。俺は八年間、休みもとらなかったんだ、知ってるか？」

「あんたはいい仕事をしたよ、ジャーレス」

コートは振り向いてはじめてバニーと向き合い、大男の顔に指を突き出した。「おまえは……俺の名前を口にするんじゃない。俺たちは友達じゃないんだ、わかったか？　俺たちが友達だったら、おまえはここに来てない！」

「落ち着けよ」バニーは言い、酒を持ってくるアーントーのほうを顎《あご》でさした。カウンターの端の妻たちは、コートがはりあげた声に注意を惹かれて、やはりこちらをこっそり見ていた。

二人はアーントーが前に酒を置き、持ち場に戻っていくあいだ、黙ったまま座っていた。

コートはグラスを持ち上げて、飲みもせずにすぐまた置いた。「あの頃、おまえが〈セント・ジュードス〉を作るのを手伝ってやったよな、ずっと援助してやった。おまえたちとクローク・パークに行って、みんなに資金集めをさせた」

「そうだったな」バニーは言った。「あんたは壁を二つ塗って、寄付もずいぶん集めてくれたよな。屋根を直すためにテーブルクイズ大会まで開いてくれた」

「それに問題も作った」

「それに問題も作ってくれた」

「イヴォンヌ・ワイルドはいまだにあの五人めのビートルズの話を持ち出してくるよ。彼女、ポール・マッカートニーが五人めはブライアン・エプスタイン（ビートルズの元マネージャー）であって、ジョージ・マーティン（ビートルズの音楽プロデューサー）じゃない、って言った引用のある本を送ってきたんだぞ。あの本はあのときの賞金よりずっと値打ちがあるな！　何票も失ったよ、あのクイズのせいで」

バニーは頭を振って笑った。「絶対に忘れない人間ってのはいるもんだな」

コートはグラスの濡れている側を指で撫《な》であげた。「おまえは忘れる」

「違うぞ、議員」バニーは言った。「俺はあんたが俺たちを助けるためにやってくれたことを全部おぼえてる。それから、こないだの木曜日にあんたがすべてをだいなしにするほうに投票の挙手をしたこともおぼえてる」

コートは何も言わず、ただ飲みたくもないグラスを持ち上げて、ごくごくと飲んだ。次に彼が口を開くと、その声はささやきに近かった。「あのテープ……俺には子どもが二人いるんだ、バニー」

「あのクラブは毎年二百人の子どもが通過していく」

コートはスツールに座ったまま体を後ろへかたむけ、少しふらつくのを感じた。「あれは……間違いだった」

「どこが?」バニーが言った。

コートは自分の足に目を落として話した。「あのテープ。俺は……下院での議席を失ったばかりで、彼女はオフィスで手伝ってくれてたんだ――」

「やめろ」バニーがさえぎった。「何の意味もない。肝心なのは連中がそれを持っていたが、いまは俺が持っているってことだ」

「ハハ」コートは言い、片手を前へ伸ばして体を支えた。「持っていた? まるでコピーが一本しかないみたいじゃないか。あいつらは俺に電話してきて、ひとつは捨ててやるって申し出てきたよ、まだいっぱいあるって請《う》け合うためにな。あいつらは俺のタマの片方をつかんでた、そうしたら今度はもう片方をおまえがつかんだわけだ。どっちにしろおしまいだよ」

「だったら正しいことをしたほうがいい」

「ゆすり屋にしては、おまえはおそろしく倫理的だな、バニー」アーントーと二人の女はまたこちらを見た。コートは目を落とし、スラックスの片脚から見えないほこりをはらった。「あいつらはおまえのやっていることを知っているよ」コートは言った。「俺がおまえを説得してやめさせられると思っているんだ」

「おたがい、そうはならないとわかってるだろ」

「ああ、ああ、わかってる。偉大なるバニー・マガリー、止められない力」

コートはグラスをつかみ、持ち上げながら少しこぼしてしまった。それからまたグラスをおろし、バニーを振り向いてその目を見た。できる範囲で。「おまえも今度は勝てないぞ、それはわかってるんだろう？　こんなことは全部無駄なんだ。むこうには白雪姫《スノー・ホワイト》がいるし、彼は議会にたくさんいる名前を売りたがってる人間の半分近くを味方にしてるんだ。やつらは連合として投票するし、それに関しておまえにできることはない。おまえは俺に、何の道理もないのに、潮目《しおめ》に逆らう投票をさせて、おまけに破滅させようとしてるんだぞ」

「だったら次はどうなる？」バニーは言った。

「何だって？」

「自分をごまかすなよ、議員、今度だけじゃすまないだろうが。いまや連中はあれを手に入れたんだ、やつらは街じゅうにあんたのケツを貸してまわるだろうぜ。まったく、連中がこのあとあんたから手を引いてくれると、本気で信じてるなんて言うなよ？　あんたはこれからずっとやつらの飼い犬になる。そうしたらあんたはどれだけの人間を助けられるんだ？」

「おまえは間違いをしでかしたことがあるのか、バニー？」

「山ほど。だからここに来て、あんたの目を見て言ってるんだ。あんたがやつらの命令をきいたら、俺はあんたの考えているとおりのことをする」

「ああ、間違いないな」

「好きでやるわけじゃない」

「たいした殉教者だよ」

バニーは立ち上がり、カウンターにある自分の手つかずのグラスの横に十ポンド札を置き、ドアへ向かった。

コートは大男がドアをあけて、冬の夕暮れの消えゆく光の中へ踏み出すのを見ていた。

「なあ、バニー」

バニーは振り返って彼を見た。コートは何組もの目が自分に向くのを感じたが、もはやどうでもよかった。

「思い出させてくれ、おまえと連中の違いは何だ?」

バニーは真正面から彼の目を見た。これまでたくさんの難敵と思われた相手を数多く打ち破ってきた、あの斜めにずれる視線をコートに向けて。

「その違いはな、議員、俺は勝つってことだ」

24

ゲリー：さて再開だ。いまクレイグ・ブレイク、いわゆるスカイラーク三人組《スリー》のひとりのショッキングな死について話をしているところなんだ。これは何なのか？　自警団の正義か？　単なる昔ながらの殺人？　回線ランプが光ってるぞ、それじゃ重要会議といこうか。一番の電話にブランチャーズタウンのクレアだ、いってみよう！
クレア：ええ、ゲリー、わたしはひどいことだと思う。誰もあんなことをされていいはずないわよ。人が人を殺してまわるのをほうっておくなんて、そんなのは正しくない。
ゲリー：オーケイ、二番にはグラスネヴィンのフィリップだ。
フィリップ：こいつは死んだけど、やつのしたことのせいでどれだけたくさんの人が死んだ？　ふつうの人たちから、その人たちが汗水たらして貯めた金を盗んだじゃないか。ほかの連中への警告にすればいいんだよ、俺に言わせれば。
ゲリー：六番はバルブリーガンのショーンだね。
ショーン：革命万歳《ビバ・ラ・レボルシオン》！　われわれはプーカだ！　くそ——
ゲリー：おぉっと！　そんな言葉じゃ革命はテレビ中継されないよ。四番にはブラックロックのテレーザだ。

テレーザ：みんな怒っているのよ、ゲリー、でも自分勝手に制裁を下すなんてだめ。それじゃ行き着く先は混乱じゃない。
ゲリー：かもしれないな、テレーザ、でもわれわれにはちょっとした混乱が必要なんじゃないか？　この状況でわれわれがどうなったか見てくれよ？　きみはどう考える、三番にいるブレイのセアラ？
セアラ：ゲリー、あの人たちがみんな縛り上げられたところが見たいわ、それからアデルの新曲がききたい。
ゲリー：おいおい――

「なんでそんなものが食えるのか理解できないよ」フィルが言った。

ポールは箸《はし》をヌードルの容器に戻して、彼を見た。「あのな、おまえがそういうことを言うのをやめてくれりゃ、食うのがもっとずっと簡単になるよ。おまえも何か食べたいならピザを注文しようかって言ったろ」

「俺は食べるものに気をつけてるんだ。ウェディングスーツが入るようにしないと」

ポールはあとで後悔しそうなことを言わないでおくために、ヌードルを口にほうりこむのを再開した。二人はアブドゥルおじさんのタクシーのフロントシートに座っていた。ポールがバニーの車の中でものを食べるわけにはいかないということで。

フィルはまたバックシートを見た。「あの犬、まだおまえを見てるぞ」

「好きなだけ見ればいい、ひと口も食べられやしないんだから」

「ググってみたんだ——ちょっとくらい中華を食べても犬は大丈夫だって」

「マギーが食べられないのはそういうことじゃない。罰を受けているんだ」ポールはマギーを振り返った。「それに理由も自分ではっきりわかっている」

フィルは同意できずに頭を振った。

「おまえたち二人は結びつきをつくる必要があるな」

「いや、ないね。僕はあのワン公と結びつきなんか持ちたくない。僕にいわせれば、あいつは機会がありしだい収容所に行く。以上」

「それじゃおまえは要するにマギーが犬だからってだけで許せないのに、自分はブリジットに許してもらうのを期待してるのか?」

「何だって?」ポールはヌードル容器をダッシュボードに置いてフィルを見た。「本気でその二つを比べてるのか?」

「言ってみただけだよ」とフィル。

「じゃあやめろ」

ポールは窓の外の、大通りをときたま通りすぎる車に目をやった。この日はバー〈ケイシーズ〉の駐車場で張りこみをはじめて五日めで、もうそのながめにはつくづくうんざりしていた。もう一度ヌードルをとった。「マギーはさっきあのチキンを食べた、水もたっぷり飲んだ」

車はしんとして、フィルがたえまなく膝《ひざ》を指で叩く音と、バックシートでマギーがハアハア息をする音だけになった。ポールはヌードルを見た。急速に食欲がなくなってきた。

「本物の中華料理ですらないんだ」

ポールはぐるりと目をまわした。「またそれか？」

「ダ・シンはオレンジ・チキンなんて聞いたことがないってさ！　そんなものはないんだ。あの芙蓉蛋《エッグ・フー・ヤン》（中華のオムレツ）ってのと同じだ、存在しないんだ」

「存在するさ。おまえの言いたいのは本物じゃないってことだろ。中国のもので偽物なんか山ほどある」

「それ、どういう意味だよ？」

「ハーティガンだ！」ポールは言い、助手席でできるだけ頭を低くした。

「話題を変えるな」フィルが言った。怒りはじめている。

「違う」ポールは道路のほうを頭でさした。「ハーティガンだ」

フィルが頭をあげると、ちょうどジェローム・ハーティガンが黒いランニングウェア姿で、ひとりでジョギングを始めた。

「まさか……こんな遅くに誰が走りに出るんだよ？」

ポールは首を伸ばし、走って遠ざかっていくハーティガンを見た。

「もっと大事なのはな、リュックをしょってジョギングに出かけるやつなんかいるか、だよ」

ポールはドアをあけてすばやくシートから降りた。振り返ると彼のあけたばかりのスペースにマギーが飛びこみ、残された夕食をがつがつ食べるのが見えた。

ハーティガンを尾行するのはびっくりするくらい簡単だとわかった。気取り屋の彼は、もちろんしゃれたランニングウェアでプロのランナーのような姿だったが、ポールは彼がこれまでほとんどジョギングをしたことがないんじゃないかと思った。ペースは体に負担の少ないものだったし、こちらは車が二台あるので、ポールとフィルですら彼を視界に保っておけた。ハーティガンはN31号線にそって一マイルほどジョギングし、ブラックロックのほうへ向かい、左へ折れてぐるりと主要道路を進んだ。ポールたちがするべきことは、交代で彼を追い越しては、彼が走りすぎるまでしばらく停車することだけだった。二人がやっていることはおおむね、ブランドの聖典が〝車二台での輪番〟と言っているものだったが、ポールはいま、その図解をもうちょっとよく見ておけばよかったと思っていた。それでも、暗い夜に、通行量の多い中央分離帯付き道路のわきでは、通りすぎる車はどれもほかのとそっくりにみえるだろう。

ポールは好機をつかんだ。ハーティガンが角を曲がって住宅地区の道に入ったとき、五十ヤード後ろにいたのだ。右へ曲がってさっとハーティガンを追い抜き、そうしながら顔を見られないようにした。通りは大きな家が立ち並び、ほとんどは堂々とした低木の植えこみと錬鉄もしくは分厚い板のゲートのむこうに隠されていた。道路は先のほうで左右に枝分かれしている。ポールはこの地域だけでダブリンの造園師の半分を忙しくしておけるのではないかと思った。

バニーの車は目立ったが、ポールはハーティガンが舗道をぴょんぴょん走るのに集中していて車に気づかないことをあてにするしかなかった。運転のために両手をあけておけるよう、イヤフォンを携帯につないであった。「やつは曲がったぞ、僕たちがいるのは……」ポールは走りすぎざまに道路標識を見ようと首を伸ばした。「ローズマウント・ドライヴだ」

「本件了解《ラジャー・ザット》」フィルが答えた。「俺はぐるっと引き返さなきゃならないけど、標的はおまえのほうに向かってる《オン・ユア・トゥエンティ》よ。到着予定時刻《ETA》、五分後」

「いいからふつうにしゃべれよ、な？」

「了解《ラジャー》」

ポールはバックミラーに目をやった。ハーティガンは広い並木のある道を半分ほど走り、それからある角で止まり、両手を腰に置いて、息を吸った。

ポールはその先へ百ヤードほど行った、道路の先に駐車した。エンジンを切ってサイドミラーに目を凝《こ》らす。ハーティガンはあたりを見まわしているようだった。気づかれたのか？ 彼は二つほどストレッチをやって、それからゆっくりとジョギングを再開した。ポールはシートに身を低く沈めた。ハーティガンが近づいてきたので、姿があらわになったような気がしたのだ。彼は二日前の夜、自宅の外でポールを見ているから、もしここでまた見つけられたら、一巻の終わりだろう。長い間のあと、ポールが目を上げると、ハーティガンはもう通りすぎてジョギングで遠ざかっていくところだった。しかしそこでまたきゅうに止まり、ポールはふたたびシートに身を縮めなければならなかった。

フィルの声が耳にあふれ、ポールは飛び上がった。「いまそちらのすぐ後ろにいる《オン・ユア・シックス》、どうぞ《オーヴァー》」

「何だって？」

「ローズマウント・ドライヴにいるんだよ」

「くそっ」ポールは言った。「やつは走るのをやめた。ここで止まるなよ、走って通りすぎるんだ、やつに見られるな。それに後生だから、マギーが見えないようにしておいてくれよ」

「了解、マギーはバックシートで横になってるよ。さっきの中華料理が合わなかったんだな」

いまは〝だから言ったじゃないか〟と言うタイミングではなさそうだった。

ハンドルの上から見えるぎりぎりの高さで座り、ポールが監視していると、ハーティガンはこちらへ歩いて戻ってきはじめた。さいわい、ポールのほうは見ていないようで、通りかかった家々のひとつに多大な関心を持っていた。高い生垣ごしに内側を見ようとしたのち、そこのいかめしい木のゲートの外で完全に立ち止まった。あたりを見まわし、それからつまさき立ちになって伸びあがり、ゲートのむこうを見ようとした。ポールが見ていると、ひと組のヘッドライトが近づいてきてハーティガンはびくっとし、かがんで靴の紐を結び、そのあいだにアブドゥルのタクシーは通りすぎていった。

「敵機を通過」

「その家をぐるっとまわってくれ、注意を惹かないようにしろよ」

「本件了解《ラジヤー・ザツト》」

フィルのテールライトが通りの端で角を曲がって消えるのをポールが見ていると、ハーティガンが立ち上がってふたたびこちらへ歩きはじめた。今度は角を曲がり、その家の高い塀にそってぐるりと歩いていく。またしてもあたりを見まわした。ポールは落ち着かなくなっていたが、それは彼だけではなさそうだった。ハーティガンはしばらくそこで腕を頭の上へ伸ばし、それから片側へ体をかがめてから反対側へかがみ、そうしながらあちこちに目をやった。そして両手を塀につき、ふくらはぎの筋肉をストレッチしはじめた。

「やつは何をしてる?」フィルがきいた。

「ストレッチのふりをしている。誰かが来るのを待っているのかもしれない、あるいは……わっ!」

「どうした?」

「やつが塀を飛びこえた」

ハーティガンは最後にもう一度あたりを見まわすと、驚くほどなめらかな動きで腕を上げ、塀のてっぺんをつかんで乗り越えていった。

「くそっ、今度こそそうなんじゃないか。あいつ、とうとう誰かとヤるかもしれない」

「これってああいうヘンテコなごっこプレイのひとつじゃないのか、やつが泥棒のふりをして――」

「黙ってろ、フィル」

ポールは数分そこに座ったまま、ハーティガンが消えた地点を見つめていた。もし彼がポールの予想どおりのことをしているなら、しばらくは中にいるだろう。もし彼がポールの予想どおりのことをしているなら、これはずいぶんと妙なやり方だった。正面のゲートを通っていったい何がまずいのだろう？　フィルの珍妙なごっこプレイ説には、すでに考えた以上にじっくり考える価値がないとして。ハーティガンは間抜け男が上の階で寝ているときに、その妻とヤったりしないんじゃないか？　偉大なるジェローム・ハーティガンがそれほどまでに傲慢《ごうまん》だとしても？　まあ、何が起きているにせよ、ここで座っていても証拠は手に入らない。ポールは携帯とイヤフォンをジーンズのポケットに突っこんで、車を出た。

ハーティガンは彼より数インチ背が高く、そんなわけでポールは塀のてっぺんをつかむには助走をしなければならなかった。できるだけ音をたてずに体を引き上げ、それからむこう側を見た。木立が見えたが、ほかのものはあまり見えなかった。塀の上に両肘《りょうひじ》をかけてのった。下やまわりを見まわすと、ハーティガンの姿はなかったものの、庭の横に並ぶ木々のせいで視界がさえぎられていた。できるだけ音をたてずに、むこう側に体をおろすと、足が泥炭質《でいたんしつ》の地面にやわらかく着地した。木の幹の陰にしゃがんで、ほぼ真っ暗闇に目を慣れさせながら、周囲を見た。

広大な芝生が大きくスタイリッシュな家をくるむようにかこんでいた。常緑樹が家のすべての外壁に沿って並んでいるようで、スパイ衛星以外のあらゆるものから所有者のプライヴァシーを守っている。奥のほうにテニスコートらしきものが見えた。家自体には大きな窓がいくつもあったが、どれも暗かった。全体が不気味なほど静まりかえっているようだ。単に眠っているのではなく、人がいない。

右側、ポールのいる場所から五十ヤードほど離れて、並木のところで何かが動いた。しゃがんだ人影がすばやく芝生を通っていくのが見えた。刺すような投光照明が点灯し、ポールはたじろいだ。ハーティガンが芝生の真ん中に立ち、おびえた動物のようにあたりを見まわしていた。身をひるがえして引き返そうとしたが、数歩行ったところでライトが消え、足を止めた。自動センサーだ。ハーティガンはふたたび家のほうへ動きだし、今度はライトがついてもそのまま進みつづけた。玄関で立ち止まる。そのときになってポールはやっと、ドアに黄色い警察テープが渡されていることに気づいた。「まさか」彼はつぶやいた。

見張っていると、ハーティガンはリュックサックをおろしていろいろなものを取り出しはじめた。手袋をつけ、それから警察テープをすばやく慎重に、破かずにはがそうとした。ポールはポケットから携帯を出し、ふたたびイヤフォンをつけた。いそいでフィルに電話すると、三度めのベルで出た。

「ものすごくまずいことになったぞ」フィルは言った。

パニックに襲われ、ポールはまわりを見た。「何だって？」

「犬がついさっきアブドゥルのタクシーの後ろで吐いた」

「ああ……」ポールはつぶやいた。「僕があとで掃除する。ここがどこかやっとわかったんだ」テープをできるだけきれいにはがしおわり、ハーティガンは今度はリュックサックから別のものを出しにかかった。

「え？」

「この家だよ、たぶんここは――何ていうやつだっけ、クレイグ・ブレイクの家だ」

「あの死んだやつ？」

「そう、あの死んだやつ。玄関に警察のテープが貼ってある」

ポールが見ていると、ハーティガンはキーリングから鍵をひとつ選んで錠にさした。ドアをあけてすばやく中に入る。数秒後、投光照明は消えた。

「あいつは前の共同事業者《パートナー》のうちに侵入しているんだ」ポールは言った。

「なんでそんなことをしてるんだよ？」

「わからない」ポールは答えたが、頭は猛スピードで動いていた。ポールたちは水曜の夜にハーティガンを見失ったが、警察はその時刻にブレイクが殺害されたと言っていた。ポールはハーティガンがマロニーを襲ったのを見たとき、彼の暴力的な短気さをじかに目にしていた。ハーティガンが犯罪現場に戻ってきたということはありうるか？　ポールが見ていると、家の中で懐中電灯の光が行ったりきたりし、それから二階の寝室に入っていった。

「ああ、こいつはまずいぞ」ポールは言った。「あいつが一発やる相手を突き止めるだけのはずなのに。これじゃ――」

「警察を呼ぶか？」

ポールは考えてみた。呼ぶべきなんじゃないか？　だがそうしたら、四千ユーロにはバイバイだ。ハーティガンが刑務所でセックスしている証拠をつかむのが、依頼人の目的じゃないことはたしかだった。プラス、許可証なしで探偵として働いていることを警察に説明するのは、このうえなくばつが悪い。「いや、このままなりゆきをみよう」

「こいつはくさいな」フィルが言った。

「わかってる、でも選択の余地はないんだ」

「はあ？　違うって、おまえの犬がバックシートで出したばっかりのゲロのことだよ。サイアク。本物の中華料理はこんなにおいじゃないのは賭けてもいい」

ポールはその場にさらに十分間しゃがみ、これまでのことを何度も何度も頭の中でさらってみた。ハーティガンが玄関からもう一度出てきたときには、もう決心を固めていた。彼が慎重にドアを閉め、それから警察テープを見つけたときと同じように戻しておこうとしはじめるのを、じっと見ていた。ポールはポケットからデジタルカメラを出し、電源を入れようとボタンを手探りした。今回のことが何であるにしろ、たぶん何らかの証拠が必要だろう。

正しいボタンを見つけてハーティガンをズームした。フラッシュが作動し、それ以外はほぼ真っ暗闇の中、容赦なく光って、ポールは思わず声をもらした。ハーティガンがまわりを見る。

ポールは一度のジャンプですばやく塀を越え、振り向かずに車へ走った。

「大丈夫か？　何をやってるんだ？」フィルの声が耳元で言った。

「ここから逃げてる」ポールは答えた。

25

ヴェリティ・ウォードは自分のことをとても実際的な女の子《ガール》だと思っていた。いや、訂正、とても実際的な女《ウーマン》だと。いま十九歳で、大学生として一年めの終わりに近づいている。その終わりまでにはヴァージンでなくなるというゴールをみずから定めており、残り時間はなくなりつつあった。その年のゴールはそれだけではない、それだと退屈な悲劇になるだろうし。実のところ、ゴールは六つあった。新入生のディベートで勝ち、仏教についての本を読み、酒を飲み、ロックバンドに入れるくらいにベースの練習をし（正直に言うと、ベースを手に入れて弾く意志があることだけで、じゅうぶんな資格になるのだと判明した）、それから最後に、まともな友達を三人つくった。あとは、ナンバー四をリストから消せば、全勝したことになる。すでに予定表を少しだけ修正して、期日は試験期間ではなく、二年めのはじまりでいいと決めた。それでも、時計はチクタクいっている。

こういうことについてずいぶん浅はかな考えを持っている人間もいるが、ヴェリティは違った。大地が動くことも、天使の合唱も期待していなかった。いちばん避けたいのは、特別な誰かを待つことだった。その誰かがあらわれたときには、自分のしていることを正確にわかっていたい。彼女は準備というものの価値を信じていた。

そういうわけで、処女をなくすにあたって、誰でもいいから手を貸してもらうつもりなどむろんなかった。どこかの男がそれを〝奪う〟という考え方は断固としてお断り——それでは相手に状況の主導権を握られすぎる。それに関しては、こちらが失うのではない——慎重に処理をするのだ。喪失というのは不注意を思わせる。

それが、三度の妥当なデートをするというスケジュールのあと、この案件でマット・ウィリスに手伝いを許しているゆえんだった。彼は感じがよかった。それに、ヴェリティはかなり確信していたが、彼は童貞でもあった。たしかに、ここ十五分間から判断して、彼はいわゆる経験ゆたかというのではない。いろいろなものの位置を探り当てるのに多大な時間をついやしており——シートを倒すためのレバー、適切なラジオ局、彼女のヴァギナ……

……そしてコンドームをめぐる馬鹿騒ぎ。正直言って、あれは言い訳の余地がない。マットは事前に練習しておいてもよかったはずだ、それは彼女がいなくても大丈夫なのだから。準備の失敗は、失敗への準備——それがヴェリティのモットーだった——もちろん、声に出しては言わないが。大学はいまのところ、ヴェリティというブランドの再出発にかなり成功していた。もし尋ねられたら、彼女の人生のモットーは〝飲むときはひたすら飲む〟だと答えるだろう——あきらかに馬鹿げたことではあるが。

マットはもう何分間も目の前の作業に精力的にとりくんでおり、たえず〝それでいい？　大丈夫？　いまのはどう？〟ときいてきて、こっちがくたびれてしまうほど思いやりがあった。彼はいい人だった。母親の育て方がよかったのだろう。ヴェリティにとってそれは意外ではなかった。マットの母親がスマートカーを持っているということが、彼女の人となりをよく物語っている。車といえば、それは二人がいまやっている行為にもっとも適切な車ではなかったかもしれない。

もしヴェリティがこれをもう一度計画するとしたら——言葉の定義上、することはないが

——もう少し地理を考慮しただろう。とくに、処女廃棄の相手は地方から、あるいはできれば、外国から来た人間を選んだだろう。そうすれば、自分の学生下宿があったはずだ。マットは彼女と同様、ダブリン出身なので、実家に住んでいた。それはつまり、唯一の開かれた手段は彼の母親の車だということだった。それでさえ、人けのない場所を探すのはたいへんだった。ここは三度めに試してみた場所で、前の二か所では、犬を散歩させる人たちというのはびっくりするほどやる気をくじくものだとわかった。この夜はロマンティックさに欠け、困難な事業を遂行しているかのようだった。

ヴェリティはじきに興奮をいくらか声に出しはじめたほうがいいと気がついた。マットはかなりの手間ひまをかけてくれたし、おたがい公平にするなら、こちらは女としてオーガズムが達成されたという印象を与えてあげるべきだろう。それについては少々調べておいた。あるブログに、〝彼がそうなるようにとても気を使っているという事実があるなら、そうなったと思わせてあげるべきです〟とあったように。ヴェリティはうめいてみせた。実際、それでマットの気持ちは上向き、彼のテンポも速まったようだった。ヴェリティは彼をもう少し抱き寄せると同時に、自分の長い黒髪がまた彼の肘に押さえられないよう、慎重に移動させた。

彼女は窓の外を見た。この場所は理想的だった。どこからもずっと離れているし、二つの大きな広告板で人目からさえぎられている。二人は大きな集合住宅の近くにいたが、新聞を見たことのある人間なら誰でもよくよく知っているように、そこに人は住んでいない。ヴェリティはもう一度うめき声をあげながら、スカイラーク集合住宅の巨大な眺望に目をはせた。建物のいくつかはまだ足場に囲まれたままだった。何という無駄。

彼女は「ああ、そうよ……」と合いの手を入れ、ことの推移をよく思っているとマットに示し、目をさまよわせた。ちょうどそのとき雲が分かれ、それまではどんよりしていた夜に満月が光を投げかけた。

ヴェリティは広告板の裏を見上げ、そして頭が凍りついた。頭は見たものを否定しようとし、可能性に反論しようとした。誰かがこちらを見つめている。そこで彼女はもう一度見て、もっと下へ見ていき、見開いて見つめている目を通りすぎて、その下の体が広告板の支柱に縛り付けられているのを見た。そこからケーブルが何本もぶらさがり、月の光にきらめいている。彼女の目はその先をたどり、地面へおりると、また上へ戻ってケーブルの出どころへ向かった。それはこちらを見ている者の胴体の下側から出ていた。そこで小さな声が、最初から彼女の見ているものはケーブルではないとわかっていた声が、ようやくみずからを聞いてもらおうとした。

ヴェリティ・ウォードは悲鳴をあげた。生まれてはじめて、声をかぎりの本当の恐怖の悲鳴を。

この方面に経験がないせいで、マットは決定的な勘違いをして、それを歓喜の叫びと思った。その後の生活で、これはいくつもの問題を生んだ。

26

ゲリー：電話の人、放送にのってるよ。
リスナー：（変換音声）わたしの名前はタイラー・ダーデン、プーカの公式スポークスマンだ。今日は決して来るはずのない日だ。革命の心がまえをせよ。
ゲリー：なるほど、それじゃ、ミスター・ダーデン、この会話を進める前に言っておかなきゃならないんだが、この局には最新式の通話記録システムがあって、受けた電話の番号はすべて記録しているんだ。
リスナー：（変換音声）えー……何だって？
ゲリー：だからその情報はそのまま警察にまわすことになる。
リスナー：（変換音声）ちょっと待って、それはやめてくれよ、ママに殺されちゃう！

ポールはフィルに缶ビールをほうった。伝説的なフィル・ネリスの反応速度を、もしくは速度がないことを忘れていたということが、彼の精神状態の何かを語っていた。缶はフィルの右肩にあたった。
「何なんだよ？」フィルが言った。

「ごめん、悪かった——僕のせいだ」

フィルはぶつぶつ言いながら、デスクの下から缶を拾おうとかがみこんだ。

ここ何日かではじめて、ポールは〈MCM探偵事務所〉のオフィスに戻った。フィルは反対側のデスクのむこうに座った。三つめのデスクのむこうの椅子にはマギーがいて、いまはこちらを不安にさせるあの独特の目つきで彼を見ていた。

「だめだよ」ポールは言った。

マギーは無言だった。

「さっきあの中華を食べたがっただろ、それでどうなったか見てみろ——アブドゥルのタクシーの後ろじゅうに吐いたじゃないか」

「あのにおいは永遠に消えないぞ」フィルがデスクの下から言った。

「ほらみろ、フィルも僕に賛成だ」

マギーは無言だった。

「俺をその件に巻きこむなよ」フィルが言った。

「また具合が悪くなるぞ」

マギーはこれみよがしに無言だった。

ポールはかがんでマギーのボウルをとり、それを彼女の前のデスクに置き、それから缶をあけて中身を入れてやった。

マギーは無表情に見ていたが、彼が入れおわるとすぐさまぴちゃぴちゃやりはじめた。

「ペースを調節しろよ、このバカ犬」

マギーは目を上げずにさりげなくうなってみせた。ポールは自分の椅子を遠ざけて、もっとスペースをあけてやった。

フィルはまた自分の椅子に座り、缶をあけ、たちまちラガーを体じゅうに浴びてしまった。

「ちくしょう」彼は言った。

「少なくとも、それで犬のゲロのにおいは隠せるよ」

「たしかにな」

二人は黙ってそれぞれの酒をごくごくと飲んだ。

「バニーの車でシモーンって女の電話番号を見つけた話をおぼえてるか?」ポールがきいた。

「彼女、折り返してきたか?」

「いや」

「おまえ、バニーがお楽しみに出かけてると思ってんのか?」

「いや」ポールは答えた。「もう一週間も姿を消してるんだから」

「いまごろは赤ムケになってるだろうさ。まったく」フィルは言った。「ほかの話をしていいか? ぎょっとして一生忘れない光景なんて、今夜はもうたくさんなんだ」

ポールは、ジェローム・ハーティガンがかつての仲間で現在はまさしく死んでいる男、クレイグ・ブレイクの家に侵入したところを撮った写真をフィルに見せようとした。しかしフィルのパディおじさんのカメラのメモリーを見てみると、ぼんやりした写真に、何かの木と芝生が写っているだけ――ハーティガンはいなかった。それゆえ、証拠はなし。それから彼は自分の無能ぶりに信じられない思いでメモリーをスクロールバックしてみた。二人がほかの写真を見つけたのはそのときだった。カメラは二年間、つまりフィルのパディおじさんが心臓発作で亡くなってから使われていなかった。ざっとメモリーをさかのぼると、カメラが最後に使われたのは、パディおじさんとリンおばさんが服を着ずに大量の〝道具〟を使って、〝特別なひとときをとらえ〟たときだとわかった。フィルは見なかったことにできないものを見てしまった。

「ひどいショックだ」ポールは言った。

「俺も」フィルが言った。

「どう考えればいいのかわからない」

「俺も。どうやってまたおばさんの目を見ればいいんだよ?」

ポールはぐるりと目をまわした。「勘弁してくれ、そのことじゃない。僕は尾行していた相手が死んだ男の家に侵入するのを見たんだぞ。あいつは殺人犯かもしれないじゃないか!」

「でもさ」フィルは言った。「それはあのブーカって連中なんだろ、そいつらが何とかかってやつを殺したんだろ?」

「クレイグ・ブレイク」

「そいつ。連中がそいつを殺した」

「でも連中って誰なんだ? 誰も知らない。とにかく、さっき言いたかったのは……あのシーンの番号を見つけたとき、あれはバニーのトランクに入ってた銃に貼られてたんだ」

「その銃、本物っぽいか?」

ポールは顔をしかめた。「いや、水鉄砲だよ、この間抜け。そう、銃だ」

「試しに撃っていいか?」

「はあ? 馬鹿言うな。僕が言いたいのはな、僕が見たのは殺人者――」

「かもしれない」

「いいとも、殺人者かもしれないやつが、また犯罪現場に侵入した」

「かもしれない」

「その〝かもしれない〟はやめろ。僕は、ほら、身を守るために銃を持つべきかな?」

「あのなあ」フィルは言った。「アメリカ人はみんな身を守るために銃を持ってるだろ?」

「ああ」

「結局はみんなで撃ち合いじゃないか」

「ああ、でもわざとじゃない」

「銃撃は銃撃だろ」

「ああ」ポールは言った。「たぶんおまえの言うとおりだな。弾は出しておいた。びびったよ、おまえには正直に言うけど」

「それで」フィルが言った。「ハーティガンのことは警察に言うのか?」

「どうやって? 何の証拠もないし、僕たちがあいつを尾行していた理由を説明することになったら、逮捕されるのはこっちだぞ」

「それじゃこのまま尾行を続けるのか?」

「わからない。あの四千ユーロが必要なんだ」

ポールが座っている椅子は〝赤いドレスの悪魔〟が座っていた椅子だった。まだかすかに彼女のにおいが残っている気がした。

「おまえに必要なものを教えてやるよ」フィルは言った。「おまえに必要なのは誰か頭のいい人間に相談することだ、こういうことを本当にわかるやつに」

「そうしたいさ」ポールは言った。「だけど電話しても彼女は出てくれない」

27

「ではこれで確実に最後なんですね?」ドクター・シンハが言った。

「絶対です」ブリジットは力強くうなずいて答えた。それは本当だった、少なくとも今日は。まだ返事の来ない番号が三つあり、そこにはあのシモーンという誰だかわからない女性も入っているのだが、善人のドクターの忍耐もそれを手伝うところまでは続かないだろう。そもそも簡単に納得させることができたわけではないのだ、彼を説き伏せて日曜の午後に売春婦を訪ねまわってもらうのは。

ブリジットがこのアイディアを思いついたのは、前の日にフランクス神父と会ったあとだった。神父の厳しい言葉、〝彼は嘘をつき、だまし、ゆすりをする――自分のほしいものを手に入れるためなら何でもやる〟が頭から離れなかった。それは彼女のバニー・マガリー像だけでなく、彼の電話料金請求書にもまったく新たな文脈をもたらした。たぶん彼が電話をかけたエスコートサーヴィスをめぐる件そのものが、最初にブリジットが推測したものとはまったく違っていたのだ。彼は誰かをゆすろうとしていたのかもしれない。そしてもしそうなら、その相手はバニーに消えてほしい、それも永久に、というありとあらゆる理由を持っていることになる。

そんなわけでブリジットはドクター・シンハに懇願して、彼女の隠れみのとなって、バニーの請求書に載っている番号に電話してもらった。ドクターが相手と会う約束をとりつけ、それからブリジットが彼と一緒に行き、融通のきく貞操を持つご婦人がたにバニー・マガリーのことを何か知らないかときいてみる、というアイディアだ。実際には、それより少々むずかしいとわかったが。

二人は最初の相手のところ、河岸地区《ザ・キーズ》にあるかなりすてきなアパートメントに午後二時に着いた。ブザーを鳴らして上の階まで入れてもらえたが、当の女は二人を中に入れるのを断った。「カップルとはやらないのよ」彼女は閉じたドアごしに言った。ブリジットはのぞき穴を見て、自分の愚《おろ》かさを呪った。ほかに選択肢がないので、自分たちは友人を探しているのだと説明した。女は帰ってと言った。ブリジットは悪いことをしていると感じたが、選択肢はあまりなさそうだった。

「オーケイ、でもわたしがこのフロアのほかの家を訪ねてまわったら困るんじゃない？　アパートメント七〇八号室にいる娼婦を友達が訪ねてきたのを誰か見なかったか、知りたいだけなんです、って」

ドアがチェーンの許すかぎり大きく開き、若い女がブリジットをにらみつけた。女は長い褐色の髪で、二十代なかば、わずかにあるベルファストの訛《なま》りは、女がいらだつと強くなり、いまがまさにそうだった。「何なのよ、そんなにひどいことしなくてもいいでしょ」

ブリジットは謝り、それからバニーの写真を見せた。女は目を細くしてそれを見てから、ちょっと待ってと言った。しばらくすると戻ってきたが、今度は眼鏡をかけていた。もう一度写真を見ると、誰か気づいて目を見開いた。

「ああそうよ、あの大男だわ」

「彼がここに来たんですか？」ブリジットはきいた。

「ええ、ちょっとだけね。入ってきて、わたしをじっと見ると、すぐにまた出ていったわ。自分の探しているのはわたしじゃないって言って」

「それってよくあること？」ブリジットはきいたが、言ってしまってからそれがひどい言い方だと気がついた。「そういう意味じゃなくて……わりにすてき……つまりその、あなたはすてきってこと」

女は溶岩も凍らせそうな視線を向けてきた。「たまにね、本当にたまにだけど……相手ががっかりすることもあるのよ。ほら、ウェブサイトにある写真は顔を載せてないから」

「どうしてです?」ドクター・シンハがきいた。

女は答えもしなかった。「それじゃ、もう終わった?」

「彼はほかに何か言っていませんでした?」ブリジットがきいた。

「何も。入ってきて、わたしを馬鹿にして、それから出ていった。あんたの友達は最高に魅力的よ、あいつは」

「それで、それはいつでした?」

「んもう」女は言い、天井を見上げた。「先週の木曜か金曜、かな」

「どうもありがとう、あなたって本当に……」ドアが鼻先で固く閉じられた。「……親切にしてくれて」

そんなふうにことは進んだ。さっきの経験をうけて、ブリジットは今度はシンハがドアをノックし話をしてから、自分があらわれるようにした。二人めの女はこちらが不安になるような、元気のいいブルガリア出身の娘で、ほぼ同じ話をしてくれた。彼女がドアをあけると、バニーが彼女を見て、それから謝って帰っていった。「残念だったわ、わたしは大きな男が好きなのに」彼女はそう言った。そしてブリジットとドクター・シンハに説明した。わたしはカップルともやるの、それにあなたたちもせっかく来たんだから……二人はその場を去り、それからたっぷり二十分は目を合わせることができず、天気について微《び》に入り細にわたった熱い議論をした。今日は季節はずれに暑いですね——記録更新ですよ——でもインドほどは暑くありません。それでも暑いわ、ええ、アイルランドにしてはとっても暑い。

三人めの女はフランス人で、これまでよりかなり商売上手だった。彼女に話をしてもらうにはキャッシュで五十ユーロかかった。ブリジットは持ち合わせがなかったが、ATMの前を通ったらすぐ返しますとドクター・シンハに約束した。すると彼はこれが何かのおとり捜査ではないかと心配し、困惑するほど大きな声で、自分が金を払うのは情報に対してだと説明した。女は金を受け取り、絹のローブの下に着ていたボディスの谷間に押しこむと、バニーが先週の水曜にあらわれて、彼女はブルネットのはずじゃないかと言ってすぐに出ていったと説明した。女は最近、髪をブロンドに脱色したのだと説明した。ブリジットとドクター・シンハはその髪はとてもすてきだ、本当にあなたに似合っていると請《う》け合った。ブリジットは同時に、これまでの女たち二人もブルネットだったなと頭の中で思った。

四人めの女、ダブリン出身のブルネットは、バニーを一度も見たことがないと断言したが、ブリジットがバニーのかなり独特なアクセントのことを話すと、ぱっと顔を輝かせた。「先週の金曜日に予約を入れていた人かも。全然あらわれなかったのよ。ほんっとに時間の無駄だった！　あの人はあたしに二百ユーロの借りがあるんだけど」彼女は期待するように二人を見た。二人は礼を言って立ち去った。

五人めはリストの最後だった。ただしシモーンのように電話に出なかったり、シンハのヴォイスメールに返答してこなかった番号は別として。そのアパートメントはドラムコンドラにあり、かなりすてきな建物の中だった。考えてみれば、ブリジットがこの日入ったなかでいちばんひどいアパートメントは彼女自身の家だった。角を曲がったところに立ち、それからシンハにうなずくと、彼はため息をついてアパートメントのドアをノックした。

「ちょっと待って」中から声が叫んだ。シンハが一分ほどそこで落ち着きなく立っていると、ドアが開いた。

「ハロー、ビッグ・ボーイ」やわらかな女の声が言った。そこでブリジットは角から頭をのぞかせ、声の主を見た。

誰だかわかって、頭をレンガで殴られたような気がした。

その顔は見たことがあった。記憶に焼きついている。

女の顔が困惑に変わる間に、ブリジットは彼女へ近づいた。

そして相手の顔にまともにパンチを叩きこんだ。

28

スーザン・バーンズ警視はもう一度遺体を見上げた。プーカの背後にいるイカレた個人もしくはグループが何者であろうと、彼女はこれだけは認めた。連中は人に印象づける方法をたしかに心得ている、と。ジョン・ベイラー議員の遺体は吊り下げられた状態で見つかった。広告板の裏側の高さ三十フィートの空中に、腸をぶらさげて。問題の広告板はかつて、M50号線を通っていくドライバーたちに、スカイラーク集合住宅を宣伝していた。異常者どもは意思伝達において、ぼかすようなところはまったくなかった。もし疑う者がいたとしても、被害者のポケットには、保護のためにサンドイッチ袋に包まれた手紙があり、プーカを代表して自分たちの仕業であると主張していた。文章語句は前回のものとほぼ同じだった。分析するべく鑑識へ送られたが、バーンズはあまり希望は抱いていなかった。

現場自体は完全な悪夢だった。前夜、二人のティーンエイジャーによって発見されたのだが、原始時代からこっち、ティーンエイジャーたちが土曜の夜にやることをやっていたのは間違いない。ドクター・デヴェインの初期報告によれば、おそらくベイラーは別の場所で絞殺され、その後遺体がそこへ運ばれて、切り刻まれ、配置されたのだろうということだった。ドクターの初期報告では、死亡時刻は金曜夜のどこかの時点とされており、つまり遺体は一日以上そこにぶらさがっていたことになる。地元の野生動物たちが優先権を行使していたのはたしかだった。警察はいま、遺体をおろすために移動式の油圧プラットホームを運びこんでいた。厄介きわまりないが、デヴェインの言う〝対象の保全〟を確実にするためにはそれが最善の方法らしい。彼らは午前二時から現場の処理にあたっており、いまは日曜の午後四時だった。アイルランドの法執行機関で、週末に休めた者はいないだろう。バーンズはいまから二か月後の、この超過勤務の請求金額に関する不快な会議を思い浮かべた。そのときまで彼女がまだ職務に就いているとしての話だが。

この事件は、始まりからして政治的なものだったが、二つめの死体が出たいま、それは最上層部まで達しようとしていた。首相も個人的なかかわりがあった。ベイラーは彼にとって一種の導師《メンター》であり、あきらかにダブリンの政界における見えない大物のひとりだった。バーンズも首相自身に個人的に関心を持たれてしまったのは間違いなかった。マスコミには楽しい一日になりそうだった。ありがたいことに、日曜紙には載らずにすんだが、ラジオやテレビのクルーたちは夜が明けるや、ゲートのそばに集まりはじめた。暫定的《ざんていてき》な声明で二時間は彼らを黙らせておけたが、じきにまた記者会見を開かなければならないだろう。もはやアイルランドのマスコミだけではなく、どういうわけか世界じゅうの報道機関もやってきているのだ。彼らはきっともうあそこにいて、場所を求めて押し合い、崩れたスカイラークの輪郭を背景に、カメラに向かって陰鬱《いんうつ》な報道をしているだろう。

バーンズは午前中ずっと制服警官たちに周辺をパトロールさせていたが、現実には、現場は広くてさえぎるものもなく、必要なのは望遠レンズだけだった。プーカが発表した最初の現場の写真はすでにインターネットの薄暗い隅で見ることができた。今回、連中は写真を出す必要はないだろう。間違いなく大衆がかわりにその仕事をやってくれるだろうから。

バーンズが振り返ると、デイリー刑事が後ろで不安そうに立っていた。彼女はバーンズが見てきたかぎりではまともな警官だったが、自信に欠けており、それは出世するつもりなら自分の中から叩き出すべきものだった。

「いつからそこにいたの？」

「すみません、マァム、ちょっと思ったものですから、あなたが……その……」

デイリーは死体のほうへ漠然と、不安そうに手を振った。

「デイリー、この仕事についてひとつおぼえておくなら、このことになさい。直感は怠《なま》け者のろくでなしが頼れと言うものよ、彼らがすべての事実を突き止めるべく仕事をする手間をかけられないときに。この仕事は芸術じゃない、これは科学なの」

「イエス、マァム」

「それで思い出したけれど……」

デイリーはぼんやりした恐怖の目で彼女を見た。しばらくして、バーンズはその年下の女の持っているノートを顎でさした。

「ああ、そうでした」デイリーは言い、顔を赤くしてノートを開いた。「ベイラー議員ですが、六十九歳で、来年は公人としての生活から引退するはずでした。彼は地域社会の柱と言われ、有権者や同僚たちからもあまねく尊敬されていました」

バーンズは自分の肩の後ろを指さした。「あまねくじゃないのはあきらかよ。報告に私見をまじえてはだめ、デイリー」

デイリーはそわそわと髪を耳にかけた。「イエス、マァム、すみません、マァム」

バーンズはこんなにあらさがしばかりするのはちょっと意地悪だと感じた。デイリーが三時間眠っただけで職務を果たそうとがんばっているのは本人のせいではない。「それなら、どうしてそんなにも愛されていた人物が姿を消して丸一日以上たっても、誰も気づかなかったの？」

「ええとですね」デイリーは続けた。「お子さんたちはもう成人していて、ご自分の用事で出かけていて、奥様はお身内に会いにウォーターフォードに行っているそうです。奥様の話では、議員は好きな陶器づくりに没頭して静かな週末を過ごすつもりだったと」

「ろくろ成形」バーンズは言った。

デイリーは困惑したように彼女を見た。

「ろくろ成形」バーンズは繰り返した。「陶器は〝ろくろ成形する〟の。専門用語よ、気にしないで」そう言いながらも、頭の中の声は、彼女が自分で学者ぶったいやな女だと思われるようしむけているのかと疑問を呈していた。

「わかりました」デイリーは答えた。「議員の個人秘書と話したんですが、その人が奥様の言ったことを確認してくれました」

デイリーの肩のむこうで、アストラが鑑識のバンの列の横に停まり、ウィルソン刑事が飛び出してくるのをバーンズは見ていた。彼がバーンズに気づき、彼女は派手に名前を書いたケータリングトラックのほうをさしてみせた。簡潔にいうとそこは、残念な生ぬるい飲み物と、ときどき時間に忘れられたサンドイッチのわく泉だった。

「ありがとう、デイリー。もう一度その秘書に連絡して、議員のこの一週間の面会約束の詳しいリストがほしいと伝えて。それからとくに、不満を持っている有権者のリストも頼んでちょうだい、必ずあるはずだから。誰かの恨みを買わずにあれほど長く政界にいられたはずがない」

「イエス、マァム」

「午後七時のミーティングのとき、本部でまた会いましょう」

「イエス、マァム」

バーンズはウィルソンが立っているケータリングトラックのほうへ歩きだした。彼は三時間前にバーンズが送り出したときよりうれしそうには見えなかった。彼女の仕事の大部分は、使える人的資源をすべて使うことだった、その資源が使われたがっているか否かにかかわらず。以前の会話のあと、彼女はウィルソンの人事ファイルを調べてみた。ウィルソンの祖父はアイルランド政界の名物議員で、七〇年代の大半で財務大臣を務めていた。父親は伝統の継承を試みたが、やがて足をすくわれた。単にバーンズの推測だが、ウィルソンの警察入りは一族の第一選択肢ではなかったのかもしれない。たしかにウィルソンは、ベイラーについて内輪の見解を調べてくるよう送り出されたときには、ひどく渋っているようにみえた。バーンズは気にしなかった。死体が二つ、これという容疑者はゼロとなれば、お上品にしている暇などない。ウィルソンのクリスマスディナーが気まずいものになっても、彼女の知ったことではなかった。

バーンズがトラックの左側を顎《あご》でさすと、ウィルソンはついてきた。

「それで?」バーンズは尋ねた。

「ベイラー議員はとても愛された――」

「よいしょな報告はもう聞いたわ、ウィルソン」

「イエス、マァム。それでしたら、非公式には――心が曲がっていたけれど、非常に賢かった。当時の計画に関するあらゆる調査、法廷、そのすべてで――彼に手を出せたものはありません。計画許可のゲームでは大物の実力者とみられていましたが、信じられないくらい用心深かったんですよ。彼に直接何かを頼んだり、金を渡したり、そういうことをやった人間はいませんでした」

「なるほどね。彼はあの件に何か関係していたの？」バーンズは無駄になった土地のむこう端に建っているスカイラーク集合住宅のほうを頭でさした。

「きいてみました。具体的なものは何もありませんでした。ですが、こういうことです。みんなが言うには、もしベイラーがあの特別な勝負に一枚かんでいなかったとしたら、ダブリンでの本格的な開発で彼がそうしなかったのは三十年間ではじめてだと」

「本当？」

「どれだけ多くの県会議員が、出世して下院議員になるのを待っているかご存じでしょう？まあ、あきらかにジョークですが、ベイラーがそうでなかったのは、収入が減るのがいやだったとか」

「それじゃ、彼にはわれわれが目を向けるべき敵はいた？」

「彼に逆らった人間か、彼が逆らった人間ですか？　何千といますよ、でも……」ウィルソンが遺体のほうへ目を向け、バーンズは靴を守るべく後ずさりしたくなるのをこらえなければならなかった。「あれを説明できるほどのものはないでしょう」

「彼の秘密でわたしが知っておいたほうがいいものは？」

「それがもうひとつの問題なんです」ウィルソンは言った。「彼はどうやらこの星でいちばん面白みのない人間だったようです。ひそかな逢瀬もなし、深夜の関係もなし。本物の信心家だったらしいです。酒さえ飲まなくて。ニックネームは白雪姫《スノー・ホワイト》でした」

「なるほど」バーンズは言った。「彼は誰かを怒らせたんでしょう。この件の背後にいるのが誰にせよ、自分たちの仕事が大好きね、それに彼らがほんの数日前にこの仕事を始めたとは信じられない。アマチュアにこのレベルのショーマンシップはない。わたしたちはこれから――」

バーンズはポケットの中で携帯が振動するのを感じて、話をやめた。携帯を出すと、番号が鑑識だとわかった。「ちょっと待ってて……」電話に出る。「ドークス、何かつかんでくれたの？」

「実を言うとね、スーザン、こちらはオブライエン警視だ、でもドークスもここにいる」

「あら、ハロー、マーク」

「おたくの被害者からきみらが見つけた手紙だが、あることがつかめたんだ。部分指紋があった」

「やったわね」バーンズはオブライエンの口調がかなり慎重になっていることに気がついた。彼が電話してくるということ自体、ふつうではない。

「三重にチェックした、それにうちの腕利きにも確認させた。その指紋は警察の除外リストにあるものだったんだ……」

バーンズは何かを殴りつけたくなった。除外リストにあるのは警官と鑑識員だ。彼らが入った現場で彼らの指紋が見つかっても、その指紋を捜査から除外できるようにするためである。もちろん、そもそもは正しく仕事をやっていれば、指紋がそこについているはずはないのだが。

「うちの現場を汚染したのはいったい誰なの？」

「誰でもない」オブライエンは言った。「そういうことじゃないんだ。その指紋は最近退職した元刑事のものだ。そいつはバニー・マガリー」

29

ゲリー：それじゃ再開だ。プーカはあらゆるアイルランドの政治家、教会に非難されて、ボノ（アイルランドのロックバンド、U2のヴォーカル）まで自分はファンじゃないと言ったが、俺がスタジオに来る途中では、塀やバス停や、そのほか見えるところじゅうに落書きがあったよ。あきらかに、彼らの行為が呼びかけているマイノリティは存在するんだ。そのマイノリティって誰だと思う？　きみらはそのひとりか？　電話を受けるよ。メイヌースのニールだ。

ニール：やあ、ゲリー、僕の話を聞いてくれ――どうしてプーカがアイルランド人だってわかるんだ？

ゲリー：意味がわからないんだが、ニール？

ニール：僕が言っているのは、外国人かもしれないってことだよ、そうじゃないか？　アル・カイーダとか、いまはISISもいるし、彼らはまた名前を変えたのかもしれない、とかさ？

ゲリー：それじゃきみの言いたいのは、ジハード・テロリストの集団が自分たちの名前を変えて、アイルランドの神話の生きもののゲール語名にしたんじゃないかと?
ニール:ええと……僕が馬鹿みたいな言い方をしなくてもいいだろう、ゲリー。
ゲリー:してないよ、ニール、全部きみが言ったことだ。

ドクター・サイモン・シンハはこれまでの生涯で一度も、女と争ったことがなかった。とくに自慢に思ってはいないが。彼はそれを、きちんと育てられた男として最低限の礼儀とみなしていた。それを自慢に思うことは、家を出る前には服を着ることを自慢に思うようなもので、一定の基準が期待されているというだけのことだった。彼は自分をフェミニストだと考えていたが、男女平等を暴力にまで広げてはいなかった。暴力というものは、彼の意見では、人間の人となりにおける欠陥《けっかん》のものさしだった。そういうわけで、彼は女との争いになってひどくがっかりしたのだった。それも二人と。

ドクターのために公正を期しておくと、その争いでの彼の役割は、それを止めようとする人物になることだったが、その努力においてはいちじるしく無能だった。争いをしているのはブリジット・コンロイ看護師と、彼がダイアンとして考えている女だった。電話で彼女がそう名乗っていたのだ。融通のきく貞操を持ったレディという彼女の職業を考えれば、それが本名だと思うほどドクターも世間知らずではなかったが、〝売春婦〟と思うよりましだった。争いをやめさせようとしたドクター・シンハの試みは、いまのところすべて大失敗だった。どちらかを引き離すたび、もうひとりがそれをチャンスとして卑劣な一撃を食らわすのだ。彼は、女は男より上品な性別にみえるかもしれないが、取り乱したときには、彼女たちもアクセサリーと爪とヒールを振り回すイスラム教の旋回舞踏者になるのだと、早々に気がつきつつあった。

争いが始まったのは、ブリジット・コンロイ看護師が説明のつく理由もなく、〝ダイアン〟の顔にまともに拳骨を見舞ってからだった。ドクター・シンハはブリジットに好意を持っており、この行動は彼女らしくないものだと信じたかったが、今週だけでもブリジットは彼の顔を殴り、素っ裸の同僚を拘束したために停職になっていた。

最初のパンチのあと、二人は何度も髪を引っぱり、悲鳴をあげ、噛みついたり爪を立てたりしながら――ドクター・シンハはそれでも二人をレディと考えようとがんばっていた――床を転げまわっていた。争いはおもにアパートメントの玄関ホールでなされていたが、このまま勢いが衰えなければ別のエリアまで広がっていくのは間違いなかった。彼が最後に二人を引き離そうとしたときには、彼自身が一緒に床を転げまわることになってしまった。それは現実より、言葉のうえでのほうがずっと楽しそうに聞こえた。ドクター・シンハにとってこの週末は非常に大事なもので、金曜の夜には童貞を失っていた。それがいまは、はじめて女に噛みつかれ、しかもどっちの女なのかわからないでいる。あとで破傷風のワクチンを打ってもらわなければ。

「あんららんかこよしてやゆ」ブリジットは言ったが、ダイアンの指が口に入っているせいで声がくぐもっていた。

「このイカレ頭」ダイアンは返し、ことのしだいを簡潔に要約した。

シンハは何とかまた立ち上がり、ブリジットをつかんだ。そして物理的に彼女を相手の女から持ち上げて離したが、ブリジットは猛烈に両腕を振りまわし、必死にもう一発お見舞いしようとした。

「コンロイ看護師、お願いだから！」

彼はブリジットをドアに向けておろし、彼女と、まだ倒れている敵とのあいだに自分を置こうとした。ようやくいっときの休止を与えられ、ダイアンの指はいまでは出血している自分の口の中をおそるおそる探っていた。

「あたしの歯を折った《ブローク》わね！」

「へえ？　あんたはわたしのハートを引き裂いた《ブローク》わね！」

「オーケイ」ドクター・シンハは言った。「皆さんちょっと休憩しませんか、そうすれば――」

ドクター・シンハは二人の女の体を離しておくことに気をとられていたので、ブリジットが最初の戦闘でホールのテーブルから落ちた大きな花瓶を拾い上げたことに気づかなかった。気がついたのは、ブリジットが彼の頭ごしにそれを高く投げたときだった。ダイアンはぎりぎりのところで体を沈め、花瓶は彼女の頭をかすって壁にあたって割れた。彼女は四つんばいで正面の部屋へ逃げこんで姿を消した。

ドクター・シンハはブリジットを振り返った。「コンロイ看護師！　いったいどうなっているんですか？」

「あの女は……」ブリジットは糾弾するように指をさし、「彼女があの……」涙が目に湧きあがった。ブリジットは携帯を出し、自分のパスコードを入力しようとしはじめた。「彼女は……あったのよ……」今度はしゃくりあげる息を抑えようとしている。「彼女は……」

ドクター・シンハはなだめるように手をさしのべ、声を低くした。「いったい何が――」

そこで、どういうわけか、ブリジットの怒りが力を回復したようだった。「わたしは……」すばやく彼をよけて先へ進み、正面の部屋へ向かった。「……殺してやるの、あの……」

ドクター・シンハはブリジットを追った。しかし彼女がリビングルームの入口でいきなり立ち止まったので、その背中にぶつかってしまい、ブリジットは彼の前でカーペットに倒れた。

「すみません、わたしは――」

ドクター・シンハは口をつぐんだ。口から血を流して目のまわりに黒いあざが広がりはじめたダイアンが、寝室の入口に立って拳銃をかまえていた。あまり大きくはみえなかったが、サイズがすべてではない。

「動かないで」彼女は言い、銃はシンハに向けるのと、それからブリジットに向けて下げるのとを行ったりきたりした。

「オーケイ」ドクター・シンハは言った。「とにかく落ち着きましょう」

「落ち着く？　落ち着くって⁉　あんたたち二人がいったい何しにきたのか知らないけど、次に動いたほうに新しい穴をあけてやるからね」

「なるほど、あなたが怒っているのはわかります」ドクター・シンハは言った。救急救命科の医師としてのキャリアの中で、暴力をともなう意見の不一致はじゅうぶんすぎるほど見てきたので、論争の解決については多少知っていた。彼はなだめるように両手をさしだした。「皆さん……」

彼は話をやめて目をそらせた。

ダイアンはとまどった目を向けた。「どうしたの?」

ドクター・シンハは目をそらしたまま、だいたい彼女のいるほうをさした。「あなたの、ええと、その……」ダイアンは目を下に向け、自分のネグリジェがさっきの騒ぎで破れ、左の乳房が飛び出しているのに気がついた。

「やだ、たいへん!」

実際にたいへんだった。ドクターは、むろん、仕事の過程で人体のあらゆるパーツを数えきれないほど見てきて、それを仕事と考えるよう訓練されていた。解決すべき問題、どうにかしなければならない懸案。そういう乳房を数に入れないとすると、この乳房は彼が〝自然の状態で〟見た三つめの乳房だった。ドクターはほかの二つのあるところで童貞を失ったのだが、それはわずか二日前の夜だった。彼はその最初の二つの乳房と、そしてその魅力的な持ち主と、できるかぎり交際を続けたいとせつに望んでいた。それは、乳房その三の持ち主に銃撃されたくないたくさんの理由のひとつにすぎなかったが。

「ふん」ブリジットが言った。「彼女は気にしやしないわよ。それどころか、お尻に入れてある花のタトゥーを見せてくれって頼んでみたら?」

ダイアンは困惑して彼女を見おろした。「どうして——」

ブリジットは携帯を持ち上げ、冷たく笑ってそれを振った。

「わたしの携帯にその写真があるの。前の彼氏も写っているたくさんの写真のうちの一枚だけど」

ダイアンはしばらくブリジットを見つめていたが、やがて目を天に向けた。「ああもう……あの仕事、受けなきゃよかった。金額以上に面倒なことになっちゃったじゃないの」

「金額？　あんたはめちゃめちゃにしたのよ、わたしの――」ブリジットはダイアンに携帯を投げつけ、それは彼女の鼻柱に思いきりぶつかって不気味な音をたてた。ダイアンが後ろへよろめき、注意をそらして顔を押さえたので、ドクター・シンハは前へ飛び出して銃をひったくった。ブリジットはまたしてもダイアンのほうへ走りだした。

「もうけっこう！」ドクター・シンハは言い、ダイアンのいるほうへ銃を向けつつ、同時に彼女とブリジットのあいだに立ちはだかった。「いいかげんに、誰かわたしにこの状況を説明しなさい、いまからです、すぐに！　娼婦のアパートメントで逮捕されるなどまっぴらです」彼はダイアンを振り向くと、彼女は血だらけの鼻を両手で押さえていた。「悪く思わないでください」

彼女は何も答えなかった。

思いがけない――とはいえありがたい――沈黙のひとときが降りた。ドクター・シンハはポケットからハンカチを出してダイアンに渡したが、そのあいだも銃は彼女の右側へ向けていた。彼女はハンカチを受け取ると、鼻から絶え間なく流れている血の下側にあてた。

「ジョークだって言われたのよ」ダイアンは言った。「連絡してきたあの男に。友達にいたずらをするんだと言ってたの」

ドクター・シンハがブリジットを見ると、むしろ彼より混乱しているようだった。

「どういうこと?」ブリジットはきいた。

「あの男よ、あたしに連絡してきたときに。男だけのパーティー用のジョークだって言ってたの。何枚か写真を撮るだけで二千出すって言って。あいつが説明したときにはたいしたことじゃないふうに思えたのよ、でも……あいつのところへ行くと、あの男の人が気を失っていて、最初のやつと一緒に別の男が二人いたんだけど、ほら……」彼女は言葉を切ってハンカチを見て、まだきれいな部分へ動かした。「パーティーじゃなかったのよね? 何か別のものだった。二人のチンピラは金で雇われた連中だった。あたしは……あれだけやって出ていったわ。あれは――」

「ああ」ブリジットは言い、ソファに座りこんだ。「彼は気を失ってたのね」

シンハは銃をおろして二人の女をかわるがわる見た。「すみません。わたしにはまったくわからないのですが」

ブリジットは冷たい怒りに満ちた目で彼を見た。「誰かがあのときポールに薬を盛って、彼女に金を払って一緒に恥ずかしい写真を撮らせたんです」

ショックを受け、ドクター・シンハはダイアンを見た。「それは本当ですか?」

ダイアンはうなずいた。「ねえ、たぶんやらなかったわ……つまり、知ってたらってことだけど……あのことは忘れようとしたのよ……そうしたらあの大きな田舎者があらわれてあれこれきいてきて」

　ドクター・シンハはポケットからバニー・マガリーの写真を出して彼女に見せた。

「そう。この人よ」

　ブリジットはソファにもたれた。「なんてこと」小さな声で言った。「バニーは思ってたんだわ、ポールは絶対に……わたしはただあの人がやったと決めつけてしまったけど、バニーは疑わしきは罰せずとした。そして彼が関係していないって事実を探しに出て……」

「あたしは言わなかったわよ」ダイアンは写真を指さした。「この人には、何も。山ほど質問してきたけど、あたしが答えようとしなかったら帰っていった。あたしはあの男にすぐ電話して、すごく怒っていると言ったの。あいつは五千出すから黙っていてくれと言ってきた」

「なるほど」ブリジットは言った。「そうでしょうね」

「それで」シンハが言った。「その大きな田舎の友人にはもう会っていないんですね？」

「ええ」ダイアンは答えた。

「彼は誰かをゆすっていたんじゃなかった」ブリジットは床を見ながら、誰にともなく言った。

「バニーはポールの無実を証明しようとしていたのね」

　ブリジットは立ち上がり、ドクター・シンハは身構えたが、彼女は交戦状態を再開するつもりはなさそうだった。「それはいつだったの？」

　ダイアンはあいているほうの手を振った。「わかんないわ、あたしは――」

「考えて」ブリジットは言った。

「わかった」ダイアンは答え、「あんたの友達が来たのは先週の木曜……そう、木曜よ」

「それじゃあなたを雇ったやつと会って金を受け取ったのは金曜日、そうね?」ブリジットは言った。

ダイアンはうなずいた。「ええ、ドーキーのパブで。人のいる場所がよかったの――」

「楽しいことを教えてあげる、スウィートハート」ブリジットは言い、その声には本物の毒がにじんでいた。「その写真の男の人は――元警官なの。その金曜から行方不明でね」

鼻からまだ流れ出ていなかった血がダイアンの顔から引いた。「あたしは何も知らない――」

「わたしがあなただったら」ブリジットは言った。「そして殺人の共犯に問われたくなかったら、いろんなことをさっさと思い出しはじめるわねえ。たとえばその男の名前とか?」

「知らないの」ダイアンはつっかえながら言った。「現金で払ってくれたけど、どこかに電話番号があるわ。住所も控えてるかもしれない、でなければ――」

「そいつはどんな外見だった?」ブリジットはきいた。

「わりと背が低かったわ」ダイアンは言った。「上流っぽくて、南のほうの訛《なま》りがあって。それから髪の毛が……」

ダイアンは額のあたりで手をぐるぐる振った。

「まさか!」ブリジットは言った。「人工芝?」

「あいつを知ってるの?」ダイアンがきいた。

「そうとも言えるわね」ブリジットは答えた。「もう少しでそのろくでなしと結婚するところだったから」

30

「殺人の共犯になっちまったー！」フィルが言った。

ポールはデスクから頭を上げることすらしなかった。「いや、なってない」その件をちょっと考えてみたが、自分の言葉が正しいことは九十五パーセント確信していた。

いまは日曜の夜七時で、二人とも一日じゅう〈ＭＣＭ探偵事務所〉のオフィスを出ていなかった。午前一時に飲みはじめ、まだやめていない。少なくとも、意識的にはやめなかった、二人して意識を失うまでは。ポールは窓から日の出を見たのを思い出した。公式には酒をやめて《オフ・ザ・ワ》いる《ゴン》のだが。それどころか、貨物列車《ワゴン》に轢《ひ》かれたような気分だった。何年も前にパブ〈ブロークン・ロッド〉で、ある男から買ったまま忘れていた酒のボトルまで見つけていた。その名前は発音できなかったが、ヘンテコなアクセント記号とドットがまわりにたくさん気ままに散らばっていた。その男はアルバニアでこれまで生産された最高の酒だと請け合った。彼は片目が見えず、誰彼かまわずディエゴと呼んでいた。意識をなくす前、ポールは自分が恋愛状況についてさんざん泣き言を言い、それから南アフリカへ旅に出る計画を立て、かたやフィルは存在しない恋人にあてて書いた詩を朗読し、そして発音できない名前のビールをマギーが雄々しいまでにたくさん飲み、二十分間ファイリングキャビネットを攻撃していたあいだ、二人でデスクの下に身を縮めていたのを思い出した。マギーはそのあとトコトコ走ってきて、フィルの手をなめて部屋の一角で倒れてしまったが、その絶え間ないいびきとおならのおかげで、少なくともまだ生きていることは二人にもわかった。

念のために言っておくと、ポールはいまはものすごい二日酔いにのしかかられていて、自分の死でも恵みの解放として歓迎しただろう。

フィルはダ・シンからのメッセージがないかチェックしようと携帯を出し、そこで報道に気がついたのだった。彼はゆっくりそれを読み上げた。「警察の話では、ミスター・ベイラーの遺体は昨晩発見されたが、暫定的な報告によると、死亡時刻は金曜の夜となっている。警察は、ベイラー議員を見かけた人はどんな情報でもよいので名乗り出てほしい、と呼びかけている。警察すじは確認を拒んでいるが、今回の殺人は、今週の前半に起きた著名な不動産開発業者クレイグ・ブレイクの殺害について犯行声明を出した、いわゆる〝プーカ〟に関連があると強く考えられている」フィルは読み上げをやめ、二人は顔を見合わせた。「金曜の夜って」

「僕たちはそのときハーティガンがどこにいたか知らないな」ポールは言った。

「ああ」

それから二人ともしばらく黙って物思いに沈み、そのいっぽうで喜ばしくない事実と、疑念と、ひどい二日酔いが、頭の中の場所争いをしていた。

ある時点で、フィルが立ち上がって窓をあけた。マギーの尻が二十一発の礼砲をぶちかましていたからだった。

二人はそれからも、同じところを何度も思い返して一日の大半を過ごし、そのあいだも同じおおまかな報道がラジオで十五分ごとに繰り返された。

ポールたちは実際にはたいしたことは知らなかった、ハーティガンがクレイグ・ブレイクの家に侵入したこと以外——違法に彼を尾行し、おまけにポール自身もブレイクの庭に侵入しているときにつかんだこと以外は。最善のシナリオでも、警察と話すのは非常にばつの悪いことになり、〈MCM探偵事務所〉が探偵業に必要な本物の許可証をとるために残されたわずかなチャンスはつぶされてしまうだろう。

そう思うとバニーのことに考えが戻った。ブリジットに電話したくてたまらなかったが、それには抵抗しなければならなかった。

「マジな話だけどさ、でも」フィルが言った。「俺は金曜日にあいつを乗せて走った。殺人の共犯になるかもしれない」

ポールは彼を見上げた。「言うのはこれが最後だが、ならないよ。おまえは彼がどこへ行くか知らなかったんだ、彼がどこかへ行くつもりだったとして。いいからリラックスしろって、な？　おまえのせいで頭が疲れてきた」

ありがたいことに、ポールの携帯が鳴って邪魔が入った。彼はディスプレーを見てみた。ブリジットだ。出ようとして焦ってしまい、携帯を落としそうになった。

「もしもし？」

「話があるの」

31

タイトルが正面のメインスクリーンに流れると、ヘレン・キャントウェルは深呼吸をした。何度これをやっても関係ない――それに何度もやってきたのに――いまだに不安になる。でも、今夜はただのショーではない。今夜は国じゅうが見てくれる夜なのだ。この二十四時間というもの、あらゆるCM休憩の前後に予告されてきた。他局がそれをニュースとしてしぶしぶ報道してきたほどの、おいしい独占ネタ。これをうまくやれば、もうお笑い番組とは言われなくなる。昔の上司にくたばりやがれと言ったことを、現在の胃に鉛《なまり》をかかえたような恐怖ではなく、やさしい気持ちで思い出せるようになるだろう。〈スカイ・ニュース〉の申し出を受けてイギリスへ移住しなかったことを悔やみ、泣きながら眠るのももうおしまい。

「オーケイ、みんな、いい番組にしましょう」

ヘレンは右手のモニターを見た。シアラン・ハーンはニュース番組キャスターの真面目さを絵にかいたような人間だ。外見からはまったく想像できないだろうが、このインタビューの承認がとれたとき、彼は軽薄な女学生のように踊りまわった。国の半分がじきに気づくのだ、彼が民放テレビの契約を受けて公共放送のスクリーンから去った日に、死んだわけではなかったと。

「オーケイ、シアラン、五秒で映るわよ……四……」

カウントの残りが左手のモニターに無音で映ると、ヘレンはいつものようにすばやく祝福を祈った、今回はいつもよりちょっぴり元気よくやったかもしれない。

クレジットタイトルが終わる。

「シアランをアップで、カメラ・ワン」

「こんばんは、『ザ・サンデー』ニュース総括へようこそ。こう申し上げても過言ではないと思いますが、今週は近年のアイルランドの歴史でももっとも異例な週のひとつでした。火曜日には、スカイラーク開発の背後にいた三人の人物の裁判が、論争を呼ぶ状況で崩壊しました。木曜日には、その開発業者たちのひとりが残忍な拷問を受けたあと死体で発見され、それまで知られていなかった〝プーカ〟と名乗る組織が犯行声明を出しました。その後、今朝になって、われわれはある著名な政治家が同様の手口で殺害され、いわゆる〝プーカ〟がまたしてもその犯罪に関係しているという情報を入手しました。今夜われわれは問いかけます。この国における法の支配は崩れつつあるのか？　プーカとは何者で、実際には何を代表しているのか？　番組の後半では、デイヴィッド・ダン元警察長官に、警察の捜査の進展状況についておききします。ですがその前に当番組ではジェローム・ハーティガンとパスカル・マロニーに独占インタビューをします……」

「カメラ・ツー……」

アームチェアに座っている二人の男がスクリーンいっぱいに映った。ハーティガンは落ち着きはらった姿、マロニーはそわそわとまどっている。

「……お二人はいわゆるスカイラーク三人組《スリー》のメンバーです。しかしまずはじめに、われわれはレポーターのゾーイ・バーンズに、街へ出てスカイラークの審理無効とプーカについて意見をきいてもらいました」

「……それじゃパッケージ・ワンを回して」

街の声の映像が始まった。

「もういいわよ」

シアランがメインセットに移動し、ゲストたちと向かい合って座った。ヘレンたちはこれについてすでに話し合っていた。シアランはいずれにしても常にスタジオの定位置につかなくてはならないのだが、ヘレンは彼に街の声の映像にかぶせてゲストとおしゃべりをするよう指示した。彼らは前夜遅くまで、ビデオに何を入れるべきか、入れないでおくべきかを議論した。髪にカーラーを巻いた年配の女性が、あの連中には絞首刑でも上等すぎると言っているのは実にいい内容だったが、ヘレンはハーティガンたちが逃げてしまうことを恐れて、彼らがカメラに映る前にはそれを見せたくなかった。そもそもハーティガンたちの弁護士は彼らのテレビ出演に乗り気でなかったし、ヘレンはシアラン・ハーンが二つの空席に向かってしゃべることだけは何としても避けたかった。そんなことになれば、本当に彼女のキャリアは終わってしまう。

ハーティガンは彫刻のような顎《あご》をして、目立たないながらも――あきらかに腹立たしいほど高級な——注文仕立てのジャケットを着ており、『ベイウォッチ』（一九八九～二〇〇一年の水難救助隊の活躍をえがいた米テレビドラマシリーズ）時代のデイヴィッド・ハッセルホフよりわずかに年上にみえた。マロニーのほうは、自分の失敗で溺《おぼ》れていたのをハッセルホフが助けた哀れな被害者のようだった。ヘレンは通信のチャンネル・スリーを開いた。

「リンディ、あれにできるだけのことをやって」

「すぐかかります」

ヘレンは自分のメイクアップアーティストがぶつぶつ言うのを聞きつけたが、チャンネルを切った。一秒後、リンディがモニターにあらわれ、マロニーは彼女が——またしても——彼のはげ頭から光る汗をぬぐおうとするのをいらだたしく思っているようだった。

彼の横では、ハーティガンが雑談をしようとするシアランを断固として無視し、街の声が再生されているモニターに目を据えていた。報道上のバランスをとるため、街の声には、サイコパスたちが大手を振って民衆の代弁者を名乗っていると話すカップルや、殺人は殺人だから個人が好き勝手に制裁を加えてはいけないと話す高齢婦人も入れてあった。最後の映像はヘレンたちが悩んだものだった。その男性は少なくとも七十歳で、強いダブリン訛《なま》りで話していたが、それでも彼の言い表し方は詩のように人々の心に響いた。サイコたちが泥棒貴族どもを殺すことに対する総括。

「ああ、まあ、ねえ、悪事に悪事で返してもいいことにはならないよ、でも二人の悪人のうちひとりがもうひとりを殺せば、残りはひとりになるし、おまけに次にあらわれて、必死に働いている人たちをだまそうとする悪人には、いい警告になるね」

「……シアランに戻って」

「ジェローム・ハーティガンとパスカル・マロニー、今日は来ていただいてありがとうございます」

最後の意見にあきらかに憤慨《ふんがい》して、マロニーは忙しく続けざまに口をあけたり閉じたりし、まるでいろいろなことを言おうとしてはやめているようだった。

ハーティガンはおだやかにシアランのほうを見た。「わたしたちを呼んでいただいてどうもありがとう、シアラン。でも先へ進む前に指摘しておきたいんですが、あなた方の報道には犯罪行為に等しいほど欠けているところがあると思いますよ」それから彼はまっすぐカメラを見た。「クレイグ・ブレイクは、二人の子どもと奥さんに愛されていた男は亡くなりました。ジョン・ベイラー——四人の父親——も亡くなりました、気の毒な奥さんのキャスリーンも夫を失ったんです。この件全体において、本当の人命損失にほとんど言及されていないようにみえるのは恥ずべきことだと思いますよ。子どもたちは父親を失い、妻たちは夫を奪われてしまった。この世界のキャッチーなスローガンをすべて連ねても、それは変えられません」

マロニーがハーティガンの横で熱心にうなずき、シアランはやや守勢にまわったようにみえた。「オーケイ、それでは、その話をしましょう。まず、同業者のクレイグ・ブレイクが亡くなったことをどうお感じですか？」

「そうですね」ハーティガンは言った。「震え上がっていますよ、もちろん、まともな考えの人間なら誰でもそうであるように。われわれは友人であるというよりビジネス上の仲間でしたが、ああいったニュースのもたらすショック、それから彼が受けたと思われる恐ろしい扱いの詳細、それは本当に身も凍るようでした」

「そうですとも」マロニーも言った。「まったくもってぞっとしましたよ。悪夢です」

シアランは考え深げにうなずいた。「ではいわゆる〝プーカ〟のことはどう思われます？」

「彼らはテロリストですよ」ハーティガンが言った。「単純きわまりない。今回のことはサイコパスの集団が大手を振って動きまわり、アイルランド人民の代表として人を殺していると称しているだけです。彼らと、頭の中の声がそうするよう命じるのでとか、テレビを通じてメッセージを受け取ったので人を殺しているとか言う連続殺人犯と、どこが違うんですか？　われわれはビジネスマンです、それだけのことですよ」

「そうです、そうです」マロニーが口をはさんだ。「ビジネスマンです。法廷が証明したとおり、何も悪いことはしていない」

「ふむ」シアランが割って入った。「ですがそれは厳密には事実ではないでしょう？　審理無効は無実の証明ではありませんから」

「それに」ハーティガンが言った。「非難やあてこすりも有罪の証明にはなりません――少なくともこれまではまったく」

「しかし一部の大衆に存在するようにみえる不満感は理解できるのではありませんか、間違ったことをした者が正義の裁きを受けていないと人々がみていることに対しての？」

「正義の裁き？」マロニーが言った。「われわれはビジネスマンなんですよ。われわれが一端を担ったビジネスがうまくいかなかった、それはもちろん、ほかの人に起きたことがないわけじゃないでしょう？　どこかのふつうの人《ジョー・ブロッグス》が住宅ローンを払えないのは悲劇で、われわれが開発プロジェクトで資金を調達できないとモンスター扱いされる。わたしは自分の身を守るために警備員を雇ったんですよ、政府はその費用を払うべきじゃありませんかね」

ハーティガンは一瞬、いらだった目をマロニーに向けた。

「それじゃスカイラークに起きたのはそういうことなんですか？　単なる資金計画の判断ミスだったんですか？」

ハーティガンは昔ながらの〝何も隠すことはありません〟的ボディランゲージで両手を広げてみせた。「シアラン、ことの顚末《てんまつ》とわれわれが考えていることを正確に説明したい気持ちはありますよ、少なくともわれわれの知っているかぎりで。ですが、よくご存じのとおり、再審がおこなわれるかもしれないんです。それは――率直に言って――われわれも歓迎しますよ。とはいえ、そのために、テレビでお話しできることには制約がありましてね。言わせていただきますが――すべてのビジネスにはリスクがともないます。振り返ってみて、いまなら違うやり方をするだろうか？　もちろんです。しかし基本的には、われわれの国はリスクを冒し、夢を追う人間によって築かれたのです。そういう試みの性質上、夢が実現しないこともあります。でももし、社会として、リスクを冒し、より多くを求めて努力する人々を罰しはじめたら、未来の世代にどんなメッセージを送ることになりますか？」

「ですが」シアランは言った。「人々が怒っていることは理解なさっていますよね？」

「ええ」ハーティガンは答えた。「もちろん理解しています。正直に言って、わたしも怒っているんですよ。わたしも起きたことの真相を突き止めたいんです。でもあいにく、警察の捜査で――早く始まりすぎましたよ、わたしからみれば――できなくなってしまいました。うちのファイルがすべて押収されてしまいましたから」

「きいてもよろしいですか――ジョン・ベイラーですが。彼との関係はどういったものでした？」

「われわれの関係は」ハーティガンは言った。「ここ二十年間に、グレーター・ダブリン地区で開発にかかわった人々すべてとまったく同じ関係でした。ジョン・ベイラーは」ハーティガンは十字を切った。うまいじゃない、とヘレンは思った。「ダブリン県議会の古参議員でした。したがって、われわれのビジネスにおける誰とも交際がありました。その誰もが言うでしょう、彼は疲れを知らない働き者で、とても好かれていた人物だったと。アイルランド政界にとって、彼が亡くなったことは大きな損失であり、悼《いた》まれてしかるべきです」

「では最後にお尋ねします、ご自分の身の安全は心配ですか？」

マロニーが力強くうなずき、ヘレンはジョーンおばさんが薄気味悪いほど夢中になっていた、うなずき人形を思い出した。「もちろんですとも」マロニーは抑えのきかない哀れっぽい声で言った。「われわれにのしかかっているストレスはたいへんなものですよ。警察は何もしてくれないようですし、わたしは夜に目をさますとこう思うんです」両腕を前で振りまわし、「プーカが来る、プーカが来る、プーカが来る！って」

ヘレンが正しければ――そして正しかったのだが――この五秒間は朝にはソーシャルメディアのミームになるだろう。

ハーティガンはもう一度カメラをまっすぐに見た。「自分の身の安全が心配か？　もちろん心配です。でももっと重要なのは、わたしがこの国を心配していることです。悪魔が暴れまわるのを許したりしたら、われわれは、国として、いったいどうなってしまうんですか？」

32

ゲリー：セルブリッジのマイリードがつながったよ。

マイリード：ゲリー、プーカのしていることを大目に見るつもりは全然ないんだけど、それでも、そのときが近づいてきてたって感じはしない？　こういう怒りはすべて、アイルランドのシステムの中に感染症みたいにあって、それはどこかへ向かわなければならない……ふつうの人たちはだまされたと感じているのよ、権力を持った人たちはわたしたちを食い物にしているってね。それに選挙のときの選択肢はいつも同じか、もっとひどいものだけなんだもの。

ゲリー：それは公正な視点だな。もしここがフランスだったら、何年も前に街で暴動が起きてるだろう。彼らはこういうことをがまんしないのに、なんでわれわれアイルランド人はしてるんだろうな？

バーンズ警視が自分のオフィスに入ると、来客用の椅子に女が座って、電話をしていた。バーンズは彼女を見おろした。黒い髪を後ろで丸くまとめ、クリーム色のビジネススーツのようなものを着ているが、泥んこの野原の真ん中にある現場で六時間過ごす必要がないときに着るものだ。女は彼女を見上げてほほえみ、指を一本立てて〝あと一分〟と示した。「ええ、マーカス、大臣はその点をとても強く感じているようなの。最初のビジュアルは気に入らない」バーンズはぐるりとまわっていって自分のデスクのむこうに座った。ものすごく疲れて怒りっぽくなっているのは自覚しており、そんなわけでこの女をほうりだしてやりたい気持ちは大きく、どんどんふくれあがっていたものの、まずはこれがどういうことなのか突き止めなければならない。

女はもう一度バーンズにほほえみ、そのあいだもマーカスとかいう相手は彼女の耳にだらだらとしゃべっていた。バーンズは笑みを返さず、そのかわりこれみよがしに自分の腕時計を見た。

「その件はあとで連絡するわ、マーカス、いまは別のルートをとらなければならないの」そう言うと、女は電話を切った。「ごめんなさいね、その——」

「ええ」バーンズは言った。「ここは立ち入り禁止エリアです。このオフィスにひとりで入ってはいけないんですよ」

「ごめんなさい、あなたの個人秘書がデスクを離れていたものだから」

「彼女はサンドイッチを買いにいったんです。ここのみんなはとてもお腹をすかせている、超過勤務の者ばかりですから。わたしもそうですが、あなたは?」

女はバーンズの散らかったデスクごしに手をさしだした。「ヴェロニカ・ドイルよ。ゲーリーの仕事をしているの」

二人は短く握手をした。「それで、司法大臣がわたしに何のご用ですか?」

「捜査で何か進展があったはずだけれど」

「わたしはそれを自由に話し合う立場にありません」バーンズは答えた。「司法省のマーガレット・アーミテイジとテリー・フリンに毎日ブリーフィングをすることには同意しました。けれども失礼ですが、ミズ・ドイル、わたしはあなたがどなたか知りません。司法省の職員ですか?」

ドイルはさっきの笑みをまた浮かべた。「さっきも言ったように、ゲーリーの仕事をしているの」

「いまそれは同じことじゃない、そうでしょう?」

「わたしたちが理解しているところでは」ドイルは続けた。「二つめの現場にあった証拠からすると、この事件には元警官が関係していることになる」

バーンズは息を吸った。「その進展については司法省の誰にもまだブリーフィングしていませんよ」彼女は現在のチームをまるごと切り捨てて、新しくすることに決めた。誰かがどこかで、お偉方の耳にささやくのが自分の職務だと考えたのだ。

ドイルはなだめるように両手をさしだした。「ここではわたしたちみんな、同じ側にいるでしょう」

バーンズはデスクの上のファイルを揃えた。「わたしには〝側〟なんてありません、捜査する事件があるだけです。ミスター・マガリーは参考人になりましたが、現時点でそれ以上のことを推測するのは時期尚早です」

ドイルはうなずいた、まるで賛成だというように。「そのとおり。それからわたしたちは、あなた方が通信法のもとに入手したマガリーの通話記録のコピーが、彼がダニエル・フランクス神父と接触していたことを示していることも理解している、それと――」

「わかりました」バーンズはさえぎった。「わたしがそのことを知ったのはきっかり四十五分前です。あなたがその情報をどこで得たのか言ってください」

「わたしたちはこの状況を何とかしようとしているだけよ」

バーンズはノートパソコンの蓋《ふた》をバタンと閉じてデスクのむこうから指をさした。「それはあなたの仕事ではありません。この捜査の責任者はわたしです」

「誰もそうじゃないとは言ってないわ」ドイルは言い、練習を積んださっきのあたたかい笑みを顔に貼りつけたままだった。「あなたがいまの地位に就いて間がないとわかっているだけよ、やるべきことが山のようにあることも。ゲーリーはあなたが必要な助力をすべて得られるようにしたいの。箱舟《アーク》の中にはすでに手配中の犯罪者がいることもわかっているし、今度はフランクス神父が有力容疑者と関係があると――」

「申し訳ありませんが、ちょっと〝あなたはいったい誰ですか？〟の質問に戻りません？」バーンズはきいた。「なぜならあなたはわたしのオフィスに座っていて――ちなみにそこは国家犯罪捜査局の局長のオフィスなんですよ――わたしに捜査のやり方を指南しているのに、こっちはあなたが何者なのかまったくわかっていないんですから」

「ゲーリーはただあなたに、彼があなたの判断を全力で支持することを知ってもらいたがっているだけよ、あなたがアークに踏みこまなければならないと感じたなら」

「まあすてき。もしそんな状況になったら、直接大臣にご相談します」

「はっきり言って、いまや重大な証拠が出てきた――」

「あなたの仕事が何であれ、ミズ・ドイル、それは証拠の解釈ではありません。もうよろしければ、わたしはとても忙しいんです」

ヴェロニカ・ドイルは椅子の背にもたれ、スーツのジャケットのずれを直した。

「スーザン、わたしたちはここでの始め方がまずかったようね」

「そうですか？」

「あなたがたいへんなストレスを受けていることはわかっているの。ゲーリーはただあなたに知ってもらいたい――」

「大臣はわたしにアークに踏みこめと命じているんですか？」

「それは彼が命令できることじゃないわ、どうみても」

「あら、できますよ。あなたが言いたいのは、大臣は命令する気がないということでしょう。だからわたしにやらせたい。残念ながら、いまはそうした行動をとる正当な理由が見当たりませんね」

「でもあなたは――」

「それにもしわたしがやるとしたら」バーンズは続けた。「証拠の確実さにもとづいた、すこぶる正当な判断になるでしょう。それまでは、もし政府がアークに対処することを要請しても、この事件捜査のためにおこなわれることはありません。われわれは警察です。誰かの私兵ではない」

「メロドラマティックにならなくてもいいのよ、スーザ――」

「〝バーンズ警視〟です、ミズ・ドイル。大臣がわたしと何かを話し合いたいとお望みなら、やり方ははっきりご存じです、そしてこれは……」バーンズはたがいのあいだで非難するように指を振った。「違います」

「けっこうよ、バーンズ警視」ドイルは言った。「それがあなたのとる態度なら。わたしたちはただ――」

「あなた方がやろうとしていることはちゃんとわかっています」

ドイルはデスクにかがみこんで声を低くした。「この役目にあなたを選んだときには、あなたがこんなふうよりずっと賢いと思っていたの。ここで自分のキャリアを考えるべきよ。この件はあとあとまで記憶されるわ」

「間違いありませんね。わたしが平和的な抵抗運動に警察を突入させるような強圧的な悪人なら、さぞかし長いこと記憶されるでしょう」

「わかったわ」ドイルは言い、出ていこうとした。「わたしがここに来たことはおたがいに忘れましょうね」

ドイルはオフィスを出た。バーンズ警視はデスクから立ち上がり、彼女を追って部屋を出た。外にあるオープンプランのオフィスエリアでは、彼女の捜査チームのメンバーが二十人以上、あちこちのデスクに散らばっていた。

「みんな」バーンズ警視は自分のいちばん大きな、いちばん威圧的な声で言った。部屋じゅうが動きを止めて、ひとつになって彼女を見た。バーンズ警視はヴェロニカ・ドイルを指さした。ドイルは足を止め、彼女を振り返ってぽかんと口をあけていた。「こちらはヴェロニカ・ドイル、司法大臣のもと、何かよくわからない立場で働いているの。みんな、彼女がここに来たことをおぼえておいてちょうだい」

ヴェロニカ・ドイルは憤然としてエレベーターへ向かった。

バーンズ警視は自分のオフィスへ戻り、思いきりドアを閉めた。

33

「……だから実際にあったのはそういうことだったの」とブリジットは言った。

彼女はここ十分間ほど、話しながらずっとフォーマイカのテーブル板を見ていた。ポールはむかい側に座って完全に沈黙している。彼女は顔を上げなかった。彼の反応を見たくなかったのだ。何よりも、一気にすべてを話してしまいたかった。

二人はアビー・ストリートをはずれた薄汚れたカフェに座っていた。静かだった。月曜の午前十時はいちばん遅い朝食でも遅すぎ、さりとてランチには早すぎる。窓の外ではせわしないダブリンの朝が、日の光のなか、いつものように進行中で、彼らのささやかなドラマには無関心だった。車で来る道々、ブリジットはラジオで、今日は今年いちばんの暑さになるだろうと聞いていた。

二人の唯一の聴衆は場違いなジャーマンシェパードの犬だけで、ポールはそれをおざなりに〝マギー〟と紹介していた。カフェのオーナーが文句を言ったのも、ポールがその犬だけのために二人ぶんの朝食を注文するまでだった。マギーはとっくにそれをたいらげており、いっぽうでポールとブリジットの注文したものは手つかずのまま二人の前に置かれていた。ブリジットはこちらの気力を奪うような犬の視線が、頭の横に穴をあけるのを感じた。

「それじゃ僕はやってなかったんだ――」ポールは言った。

「ええ」ブリジットは答えた。

「わかった」

ブリジットが思いきって顔を上げると、ポールもまたフォーマイカのテーブル板を見つめていた。

「あいつを殺してやる」

「いいえ、だめよ」ブリジットは答えた。「わたし、わたしが殺すんだから」

彼は顔を上げ、そして店に入ってからはじめて、二人は目を合わせた。ブリジットは小さく、おずおずした笑みを浮かべてから目をそらした。前日の夕方からずっとこのことを考えていたのだが、いまだにどう考えればいいのかわからなかった。この二か月間、あれだけの痛みと苦しみ。いまでも、知るべきことを知ったいまでも、不合理な怒りのポケットがそこにはあった。

〝どうしてポールはわたしにこんなことができたの?〟だが彼はやっていなかった。

「それは……」ポールは言った。「つまり、あいつはありとあらゆる法律を破ったんだね」

「ええそうよ、わたしたちで二度殺し終わったら、あの人の刑務所行きは間違いなし」

ポールはダンカン・マクロクリン、すなわちブリジットの元フィアンセとは一度しか会っていない。それはおよそ八か月前で、ポールたちは逃亡中だった。ポールはブリジットの携帯を、ダンカンの連れのショッピングバッグにほうりこんだ。そのときは、警察に自分たちの臭跡を見失わせるための思いつきだった。しかしそのかわりに、マクロクリンと彼の連れが、彼らを狙ったわけではない暗殺者の弾丸とあやうく衝突しそうになった。弾は二人をはずれたものの、ダンカンと連れがそのときやっていた行為のために、彼の〝敏感な部分〟が少々……不運なダメージを受けてしまったのだ。ポールたちは当時、彼がいずれ完全に回復すると聞いていたのだが、ダンカンはいまだに大いなる恨みを抱いているらしかった。

「僕が最後におぼえているのは」ポールは言った。「あの夜のことで、って意味だよ、フィルが怒って出ていったことだ、僕が言ったから……ええと、ほら」

「彼の偽物の恋人のことはホラ話だ、って」

「そう。それからバーへ戻ってコートをとって、酒を飲み干して、それから……」

次に言うことが思いつかなかった。あの夜のぼんやりした記憶は数えきれないほどつついてきた。まるでなくなった歯があるはずの隙間みたいに。

「問題は」ブリジットは言った。「これだけいろいろあっても、バニーがどこへ消えたのか、ってことの手がかりには全然近づいてないの」

「うん」ポールは言った。

「彼が最後に人と接触したのは金曜日の午後十一時三十四分、わたしに電話してきたときよ」

「何だって？」ポールはきいた。「ちょっと待ってくれよ、彼はきみに電話してきたのか？」

「そうなの」ブリジットはまたフォーマイカのテーブルに目を落とした。「わたし……ヴォイスメールにまわされるのをほうっておいたの。彼は酔っていて、楽しそうにしゃべっていた。たぶん突き止めたのよ――」

「本当は何があったのかを」

「ええ。あの……」ブリジットは頭の中に選択肢を二つ思い浮かべてから決めた。「……女の人だけど、金曜の午後にダンカンに会ったと言ってたわ、口止め料をもらいに」

「その人はそんなことも話してくれたのか？」

「ええ」ブリジットは、あの重大な夜にポールに何があったのか、調べて真相を突き止めたことを説明するにあたって、自分がダイアンとかわした会話の性質についてはうまくごまかしていた。あのときの争いでできた右頬のあざと首の引っかき傷を隠すためには、いつもより多くのファンデーションを念入りにつけなければならなかった。それでも彼女はましなほうだった、あの出来事で相手の女は鼻を折り、歯にもダメージを受けたのだから。ブリジットはそのことについては身の縮むほど恥ずかしい気持ちだった、たとえまったく後悔していないとしても。

「それで」ポールは言った。「バニーはそのことを突き止め、ダンカンに立ちむかい、そのあとで消えた？」

「まあ、〈オヘイガンズ〉ってパブに寄ってね、そこのオーナーのタラは、彼が上機嫌だったと言ってる。わたしへの留守電と考え合わせると、そのあとで……」

「バニーは消えた。ダンカンが何か関係していると思うかい？」

ブリジットは首を振った。「正直に言うと？　思わない。つまりね、あいつは卑怯なアオミドロ野郎で、これからどうなろうと自業自得だけど、彼がバニーを負かせたとは思えない」

「バニーにも薬を盛ったのかもしれないよ？」とポール。

「やれたかもしれないけど、やっぱり、バニーは元気で出ていったとタラが言っていたし。バニーが運ばれていったらみんな気がついたはず」

ポールはテーブル板を指でトントン叩き、窓の外へ目を向けた。「ダンカンがどうやってか彼を襲ったんじゃないか？　不意を突いてさ？」

「あのチビのくそったれは自分の影にもびびるのよ。想像もできないわ、どんな世界であろうと、彼がバニー・マガリーに立ちむかっていって――」

「しかも勝つなんて」と、ポールは言い足した。「きみの言うとおりだな。それでも、バニーが崖から身投げするよりはありそうに思えるんじゃないか？」

「しないわよね」ブリジットは認めた。

「彼はそういうタイプじゃないよ」ポールは言った。

そのとき、ジョニー・カニングの言葉がブリジットの頭によみがえった。〝それなりの状況では、誰だってそのタイプになる〟

34

バーンズ警視は、アーク対策のための警察の現場司令本部として使われているプレハブの一角に、無言で座っていた。そこはむれた足と時間のたったお茶のにおいがし、天井は屋根が雨漏りしたところに茶色のしみができていた。

むろん、当局は状況をどう言い表すかには非常に慎重だった。シャープ副長官は〝捜査を支援〟するために連れてこられたのだ。バーンズは決して排除されたわけではない。それは表向きの話だが。現実には、シャープが捜査本部に入ってくるなり、部下たちは完全に彼女の配下からはずされた。彼が指揮をとり、誰もがそれを承知していた。上の連中はバーンズに辞任してほしかったのだろうが、彼女にそのつもりはなかった——いずれにしても、捜査のまっさいちゅうには。彼女は自分の意見を述べたが、まったく無駄だった。わたしはバーナード・〝バニー〟・マガリーに会ったことはありません、ですが元警察官が、自分の指紋のついた手紙を被害者の遺体に残していくなんてことがありますか？　それでは素人《しろうと》です。シャープは彼女の主張を退けた。副長官によれば、マガリーは暴力をふるった過去のある、昔ながらの異常者だった。彼がシャープの前任者をバルコニーから落としたのはよく知られたことだ。バーンズは、シャープが自分の昇進についてもっとマガリーに感謝しているものと思っていたのだが。警察はできるかぎり早くマガリーを見つけださなければならない、その点は彼女も賛成だった。とはいえ、彼が失踪してから今日で十日あまりたち、しかも彼の車が有名な自殺の名所で発見されたとなると、見つかる確率はどれくらいあるだろう？

当局はひとつの推理を組み立てた。マガリーは人を殺してまわっており、本人は生き延びるつもりがない。彼はこの世のしがらみを捨てようとしており、復讐の栄光の炎の中で死にたがっている。指紋は自分の署名として、わざと現場に残された。彼はフランクス神父のひとりきりの決死隊となったのだ。バーンズは、その周到な心理学的プロファイルがいかにして、不都合な事実にすべて理屈をつけるべく、煙草《たばこ》の箱の裏にえがかれた（おおざっぱなことのたとえ）か、気がついていた。いかなる時点でも、フランクスが平和的な抵抗運動以上のものは推進してこなかったことなどどうでもいい。フランクスはいまや参考人で、彼の通話記録がマガリーと関係していたことを証明しているのだから、警察は彼に話を聞かなければならない。しかしそうしたいと要請するわけにはいかない、手の内をもらしてしまうかもしれないからだ。当局はそれらすべてを、アンディ・ワッツのドイツでのいまも有効な令状と、例の正体不明の人物——コードネームはアダム——がもう一度中へ戻るときにおこなった警察官への暴行とひとまとめにしてしまい、それで必要なものは積みあがった。政府側の目の上のたんこぶをとりのぞくためのじゅうぶんな根拠が。

　シャープは長身のやせた男で、バジル・フォルティ（英テレビドラマ『フォルティ・タワーズ』の怒りっぽく神経質な主人公）にかなり似ていた。残念なひげと、下の者を厳しく叱りつけるいっぽうで上の者の機嫌をうかがうという評判がある。その欠点も、彼がこの国で二番めに高い地位の警官に出世するのを止められなかったことは、これっぽっちもシステムの名誉になっていない。しかし本人はあきらかにもう一段出世したい野心を持っていた。主導権を握って一時間もたたないうちにアークへの急襲を命じたのだから。マイケル・シャープ警察副長官、あらゆる政治家の汚れ仕事を引き受ける頼もしいやつ、というわけだ。

　バーンズ警視はここに来るのは避けたかったのだが、選択権を与えられなかった。理想を言えば、オフィスに戻って本物の捜査を指揮したかった。この女性見下しコンテストがやろうとしているもののためにここにいるのではなく。シャープは現場司令官のペイス巡査部長と、キャスパーの長のリヴィングストンと一緒に立って、アークのビルと周辺地域の地図を見ていた。テーブルの反対側にはフラナリー、すなわち武装即応部隊の隊長がいた。武装隊とはやりすぎに思えたが、アンディ・ワッツに軍歴があったことで正当化された。当局は彼が武装しているかもしれないと仮定した、したがって急襲チームも武装しなければならない。誰もバーンズの意見には耳を貸さなかった。ゆえに彼女はここの一角に座っており、かたやおもちゃを持った男たちはこの一件を完膚《かんぷ》なきまでに台無しにする準備を進めていた。

テレビを持っている人間なら誰でも、昼ひなかにビルに踏みこむのは得策でないとみなされていることは知っているが、食料や医薬品の引渡しは午後二時におこなうと事前に合意されていた。キャスパーたちは以前の引渡しのときは毎回、ワッツとベリンダ・ランダーズがほかの居住者たち二人と一緒に荷物をとりに出てきたと言った。この計画は、彼らをほかの人々から離して引き止め、それからビルに徹底的に踏みこむためのものだった。これなら不意という要素を持てるだろう、非武装の市民対武装した者たちというだけでは有利になれなかった場合にそなえて。

フラナリーの無線がジジッと音をたて、誰かの声が、アルファが位置につきましたと報告した。ベータも位置につきましたと報告してきた。フラナリーがシャープを見ると、彼はドラマティックな効果を狙って間を置き、それから厳粛にうなずいた。「突撃開始」

キリストに誓って、バーンズはシャープがそう言いながらオーガズムに達しないでいるには、残っている意志の力すべてが必要だっただろうと思った。ほかの二人は、銃を持った部下に〝突撃開始〟と言うチャンスがなかったので、うらやましがっているようだった。シャープに無線機をまわす気遣いがあればよかったのに。そうすれば全員が言ってみることができただろうから。もしかしたらあとでみんなに〝了解《ラジャー》〟と言わせてやるのかもしれないけれど。

バーンズは立ち上がってプレハブの出口へ向かった。シャープが彼女を見た。「どこへ行くんだ?」

「わたしは退出します、捜査本部の状況を確認しなければなりませんから。この件でわたしが必要なら別ですが?」

シャープは失望した親のように首を振った。「いや、かまわん」

バーンズは外へ出てリフィ川の縁《ふち》まで歩いていった。ダブリンは日の光の中ではすばらしく見えたが、彼女はどこでもそうなのだろうと思った。気温は三十度近くなっているに違いなく、アイルランドの皮膚《ひふ》を持つ人間は、何の防御もなく十分以上外にいることはできない。自然発火する危険があるからだ。

彼女は大飢饉《だいききんき》記念碑《ねんひ》からすぐ先の、日陰になっているベンチに座ったが、碑はまぶしい日の光の中で、ふだんよりいっそう場違いにみえた。人々は歩いて行きかい、スーツの上着を脱ぎ、エアコンのきいたオフィスの閉鎖空間にひきずり戻される前に、ささやかな日光を獲得していた。世界はそれぞれの平凡な日常生活にかまけている人々でいっぱいだった。ほんの百ヤードくらいしか離れていないところで武装突撃がおこなわれたのを彼らが最初に知るのは、誰かがニュースサイトの記事を見たときだろう。バーンズはしばし上を向いて、顔にあたるささやかな日の光を感じた。長く刷いたような雲が太い線となって空に伸びていた。飛行機雲に似ているが、その五倍ほど大きかった。彼女がまともな休暇をとってから五年がたっていた。流星のごとき昇進は決定的に止められてしまったのだから、この件が片づいたら休暇をとろう。考える時間が必要だ。

〝出世第一主義者〟という言葉を長年にわたってたえず投げつけられてきた。侮辱《ぶじよく》のつもりで言ったのだろうが、バーンズはそう思ったことはなかった。自分は可能なかぎり最善の仕事をすることに集中しているのだとみなしていたし、それをやれる最善の方法は、持てるかぎりの権力を持つことだった。野心というものは、それが何かをなしとげ、法を守るふつうの人々の状況をよくするという目的を達するための手段であれば、意味のあるものだ。懸命に働き、ただ自分たちの家の中や近所の通りを歩いているときに安全だと感じたいだけの人々の。バーンズはリムリックのギャングどもを壊滅させるため、自分の手に入る権力をすべて利用し、そしてやりとげた。政治と健全な警察活動を組み合わせ、職務を果たしてきた。彼女は世間知らずではない。いまでさえ、彼女のつくった空隙《くうげき》を埋めようと、新たな血が噴き出しているだろう。それでも、あの街からは銃がとりのぞかれ、ドラッグの供給線も徹底的につぶされた――そういうことは大いなる違いだ。野心と誠実さが手に手をとりあい、それが彼女に仕事をやりとげさせてくれた。

国家犯罪捜査局《NBCI》をひきいる仕事に就いてからの日々で、野心と誠実さはおたがいにそっぽを向いてしまった。言わせてもらえば、バーンズは誠実さを選んだ。自分なら事件捜査を政治目的に利用させたりしない、それが正当だと思えなければ。彼女の直感——本人はそんなものを信じていない——は、〝マガリーはフランクスの復讐の天使〟説が現実より願望からきたたわごとだと告げていた。とはいえ、同調するのを拒否すれば、それがお偉方に届いたとたん、キャリアが抹殺されるのは間違いない。速く出世した者がいると、追い越された連中はその転落に大喜びするものだ。いまは転職するべきだろうか？　民間企業の誰かが、リムリックのギャングどもに分別を叩きこんでやった女を何かの新しいリーダーに据える、というアイディアを気に入るかどうか試してみようか？

ポケットから携帯を出し、それから右側を見た。大飢饉記念碑の銅像たちが静止した姿で、包みを手にしたり、彼女のほうへ歩いたりしている。六人のやせさらばえた人物と、彼らのあとをついていく骨と皮ばかりの犬。どこかの馬鹿が食べかけのポテトチップスの袋を、ひとりの腕の曲がったところへ突っこんでいた。

バーンズは捜査本部に電話して最新状況をきこうかと考えたが、重要なのは彼らに仕事を続けさせることだった。チームのひとつはマガリーの家を調べにいっており、別のチームはあの車が見つかったホースでの彼の最後の足どりをたどりなおし、三番めのチームは彼の通話記録を詳しく調べていて、バーンズはすでにそこにエスコートサーヴィスの番号がいくつか含まれていることを聞いていた。また、マガリーのファイルに記載されていた出来事の、少なくともいくつかについても報告を受けていた。当局が神経質になっている理由がわかった。そこにはさまざまな理由により、説明するのがはばかられるであろうことが、恐ろしくたくさんあったのだ。彼女はその新しい情報を踏まえて、ラプンツェル事件の関係者全員に再度話をきくために部下たちを送り出していた。しかしシャープは、彼女がブリジット・コンロイとポール・マルクローンを署に呼んで聴取したいというのを却下した。シャープはマガリーの〝公然たる仲間〟たち二人が、彼の現在の人殺し祭りに手を貸しているかもしれないという仮説にもとづいて仕事をしていた。マガリーの携帯の通信を傍受することを求めており、それは許可されそうだが、いっぽうでコンロイとマルクローンの携帯のほうは許可されるはずがない。とはいえ、いまのヒステリー状態を考えれば、あのご立派な、コロコロ意見を変える判事がいずれシャープを支持するのは間違いなかった。

　バーンズのつかのまの平穏は、手に持った携帯が振動する感覚に中断された。

「バーンズ警視です」

「いったいどこにいるんだ？」シャープだった。

「すぐ外です、じきに――」

「どうでもいい」シャープがさえぎった。「いますぐここへ来い」

「はい。万事順調ですか？」

「いや」シャープは言ったが、歯ぎしりしながらしゃべっているかのようだった。「何もかもめちゃくちゃだ、フランクスが死んだ」

35

ゲリー：いいか、みんな、俺は何週間も、何か月も、それどころか何年も、ここで話を聞いてきた——そして何かが変わりはじめているって感じがするんだ。みんなもううんざりなのかもしれない。最後のやつから百年かそこらたったし、アイルランド人民はもう新たな革命を起こすときなのかもしれないぞ。まったく違う種類の革命、社会的正義をめぐる革命を。一極にはフランクス神父がアークを置いている、そして対極にはプーカがいる——彼らの行動は俺もこのラジオ局もいいとは思ってない——だが感じがするんだ……自分たちはある種の限界点に達したんじゃないかって感じがするんだ、そうじゃないか？
ディランをかけたい気分だよ、〝時代は変わっている〟って気がするんだ。残念ながら、ディランはプレイリストに載ってない、だからかわりに……（ため息）ローナン・キーティングの『あなたが何も言わないなら《ホエン・ユー・セイ・ナシング・アト・オール》（邦題は『愛は沈黙の中で』）』だ。

「オーケイ」ブリジットは言った。「簡単じゃないのはわかるわ、でもとにかく落ち着こうとしてみて」
ポールは生真面目にうなずいた、というか、少なくともにたにた笑っている緑のカエルみたいな形のアイスをなめているときに、可能なかぎり生真面目に。二人はハーバート・パークのベンチに座り、待っているところだった。彼らの選んだベンチは大きな木の陰になった小道の横にあり、その理由は姿を見られたくなかったからでもあるし、今日が今年いちばん暑い日となってしまい、彼もブリジットも日焼け止めを持っていなかったからでもあった。日射しをあびるのは、今日一日を始めたときにどちらの予定にも入っていなかったのだ。周囲では、おおぜいのティーンエイジャーたちがテーブルの下で足をいちゃつかせる退屈なゲームを楽しんでいたが、スコアはかなりばらばらと見受けられた。

「つまりね」ブリジットは続けた。「あなたには腹を立てるあらゆる権利がある、あきらかに。でもいまは大事なことに集中しましょう。バニーよ」

ポールはもう一度うなずいた。彼女は全面的に正しい。彼には激怒するあらゆる権利がある。ダンカン・マクロクリンはポールの人生を破壊することに多大な努力をした。誰かを雇って彼にドラッグを盛り、それから彼の恥ずかしい写真を撮らせた。ポールの一部は心底怒っていたが、それはいま聞いてくれと叫んでいる多くの声のひとつにすぎなかった。圧倒的なのは安堵の気持ちだった。この四十九日間、彼は自分が本当にひどい人間だったと、のしかかる罪悪感と自己嫌悪に押しつぶされていた。しかしいまや、自分はそんなやつではなかったという証拠を得た。それでもいまだに罪悪感は残っていた、まるで切断された足の親指がかゆいと感じる幻肢痛のように。彼はこの二時間あまりに何度も、自分はろくでなしではなかったのだとみずからに念押ししていたが、いまのところ納得させるにはいたっていなかった。

それから幸福感もあった。ブリジットがまた話をしてくれている。もう一度完全に〝二人〟に戻ったわけではないが、少なくとも十フィート以内の距離にいて、どちらも叫んでいない。ブリジットはどこかよそよそしかった、あたかも彼の罪悪感と同様、彼女の幻の怒りがまだ完全には消えていないかのように。怒る権利があるとしたらポールなのだが、それを言うなら、見せられたものを信じたことで彼女を責めるわけにはいかなかった。あれが罠だったとは彼だって思いもしなかったのだ。皮肉に思う気持ちもあった。ポールがそんなやつではないと信じてくれた唯一の人間が、バニー・マガリーだったとは。ポールはあのイカれたろくでなしへの情愛の波が、それから次に寂しさの波が広がるのを感じた。バニーが消えてもう十日になる。彼が飲みに出かけて、あるいは何かロマンティックな逃避行でただ消えた、と信じることはどんどんむずかしくなりつつあった。そう思うとポールはまた怒りへ引き戻された。バニーは消え、ダンカン・マクロクリンはおそらく生きている彼を最後に見た人間のひとりなのだ。

風にそよぐサマードレスを着た女が、彼女を追いながらキャンキャン吠えるヨークシャーテリアを連れて通りかかったので、マギーがリードを引っぱった。

「本当にこの子を連れてくる必要があったの?」

「信じてくれ」ポールはやさしくマギーを引き戻しながら言った。「きみの車にこいつをひとりで置いてこないほうがいいんだ」

ダンカンと話をすることがまず最優先だと意見が一致したあと、二人は彼が勤めている建築事務所へやってきた。

「それでそのことはたしかなんだね？」ポールはきいたが、これがはじめてではなかった。

「ええ」ブリジットは答え、いらだちが声の端々を引っぱっていた。「受付がそのことをはっきりさせてたもの」

「彼女がダンカンは国外に出ていると言ったときに？」

「彼女がそう言った口調でね。そう言えと言われていることを知らせたがっているみたいな」

「どうしてただきみに、彼は国外には出ていないと言わないんだろう？」

「それじゃプロフェッショナルじゃないからでしょ」

「でも」

「はっきりしているわよ、彼女がダンカンを好きじゃないわけは……」ブリジットはその先をあいまいにし、ポールでさえ彼女に空白を埋めてもらう必要はなかった。ダンカンが女性に対してあれだけ飽くなき猟犬ならば、職場の受付嬢たちを怒らせたことがあるのは間違いない。受付嬢というのは現代の会社における、炭鉱のカナリアなのだ。まず彼女たちが知らないことで、知る価値のあるものはない。

「それでそのあと彼女は、彼がそこへ行くだろうって言ったんだね？」ポールは〈デボネア・グルーミング〉のほうを指さした。その店の看板がこれみよがしな感じで、〝ただの理髪店とは比べ物にならない〟とうたっているせいで、隣の新聞販売店は窓に手書きで〝ただの新聞屋〟と書いた札をはさんでいた。

「いいえ」ブリジットはため息をついた。「わたしはきいたの、彼がまだ二週間に一度、あの男性用グルーミングサロンに通っているかどうか――」

「そうしたら彼女はイエスと言った?」言わなかったことをポールは知っていたが、彼は心のどこかでブリジットをいらだたせるのを楽しんでいた。

「いいえ、彼女はこう言ったの、〝そうですね、先週は行きませんでした〟って」

「ほう、ということは完璧な――」

ポールはしゃべるのをやめた。なぜなら一度しか顔を合わせていないものの、彼ですら〈デボネア・グルーミング〉からいま出てきた男がダンカン・マクロクリンだとわかったのだ。ダンカンは高価そうなサングラスをかけ、その下に高価そうなスーツと、ポールが全体の〝金のかかるもの〟というテーマにぴったり合っていると思った靴を身につけていた。それらすべてのてっぺんにはすてきなふさふさの髪がのっていたが、その大半はもはや元の持ち主のもとを離れてきていた。

計画は――たいしたものではなく――単純だった。ダンカンがひとりのときにつかまえなければならない。そうすれば彼にいくつか質問ができる。二人は彼が右へ曲がって仕事に戻るか、左へ曲がって家へ向かうかだと考えていた。道路を渡ってパークへ入り、まっすぐこちらに来ることは予想していなかった。

「しまった、僕たち――」

ブリジットはポールの膝《ひざ》に手を置いて、彼が動くのを止めた。ダンカンは二人のほうへ歩いていたが、こちらを見ていなかった。二人の女ジョガーが日射しをあびてウォーミングアップをしており、ダンカンは……気をとられていた、という言葉では違うだろう、それでは女たちがつかのま彼の注意を惹いただけという意味になる。ダンカンはレーザーのように二人に照準を定めており、まるで刑務所から出てきたばかりか、あるいは別の星から来たエイリアンで、そこではまだ乳房が発明されていないかのようだった。サングラスというものが、人が何かを見ているのをどれほどわかりにくくするにせよ、見ているはずのないものに本人がまっすぐ頭を向けて見てしまえば、何の役にも立たない。

ブリジットとポールとマギーが舗道へ出ていき、そこにいると、ダンカンは彼の牧場へ草刈りにきた、ひとりの女とひとりの男と彼の犬にぶつかった（有名な数え歌『ひとりの男が牧場へ草刈りにきた』のもじり）。「気をつけろ――」反射的に他人を責める言葉は、目の前にいる人間が誰だかわかると、ダンカンの喉に詰まってしまった。彼はポールを見て、それからブリジットを見て、彼らが一緒にそこにいることの意味に正確に気づいた。

一瞬の思案ののち、彼は悲鳴をあげて二人のあいだをすり抜け、イタリアンレザーの靴に運んでもらえるかぎりの速さで道を走っていった。ブリジットやポールが反応する間もなく、マギーがリードを引き抜いて猛然と追いかけた。

高い木々の落とす影は、その道をほぼ同じだけの光と影の区画に分けていた。ポールはマギーが追いつく前に、ダンカンが二つめの光の区画まで行ったのはなかなかたいしたものだと思った。

まるで自然を扱ったドキュメンタリーのワンシーンのようだった。野生の辺境で狼たちがスーツを着たやつらを追いつめるシーン。マギーは彼に飛びかかり、体当たりでダンカンを地面に倒した。ダンカンはぶざまに倒れ、両腕を広げ、サングラスはころがり落ちた——イタリアンレザーの靴の最大のセールスポイントが、地面をとらえる力だったためしはない。ダンカンは襲撃者を避けようと、体をまわそうとした。マギーが彼の喉を顎でがっちりはさんだ。

まったき静寂。しばし誰も動かなかった。

「うわ」ポールは言った。

「なんて——」ブリジットが言った。「犬を引き離して!」

「僕は……やってみるよ……」ポールは答えた。

彼はゆっくりと舗道を歩き、地雷原のまっただなかにいる人間の用心深さで足を進めていった。「オーケイ、マギー、落ち着くんだ。いい子だ。僕はただ……おまえのリードを拾おうとしてるだけ……」

ポールはリードのほうへかがんだ。ダンカンの喉のまわりから低いうなり声がした。ポールはそっとリードを拾った。「さあもういい、マギー……離すんだ」

マギーが言われたとおりにして、おとなしく座ったときには、誰よりもポール本人が驚いたが、そのあいだマギーは敵から一瞬も目を離さなかった。それからやたらに顎をなめた。純粋に脅《おど》しのためだったのかもしれないが、ポールは高価なアフターシェーヴローションの味を口から消そうとしているのではないかと思った。

ダンカンは動こうとしたが、またしても険悪なうなり声がそういう行動は推奨できないと告げた。

　ブリジットは彼を見おろした。

「ハイ、ダンカン、元気だった？」

「俺は、その、ええと……きみが怒っているのはわかるよ」

　ブリジットはポールを見た。「この人は昔からわたしの気持ちが読めるのよ」

「俺は……いや……本当にすまないと……」

「何が本当にすまないの？　あなたがわたしの人生をめちゃくちゃにしようとしたこと？　あなたがポールに薬を盛って、そして――その次のことを言い表す言葉も見つからないわ」

「金は払う。きみらの友達に言ったように、金は払うから」

「あら、お金を払ってくれるの、いいわねえ」

「ブリジット」ポールが言った。

　彼女がポールを見ると、彼は小道の先のほうを頭でさした。当然のことだが、男がジャーマンシェパードに引きずり倒されたことは、かなりの注目を集めてしまっていた。ベビーカーを押している母親二人がポールたちのことを話しており、ゲーリックフットボールの試合は全員が動きを止めて、ただ太った子どもひとりだけが、自分でもわけのわからないままミッドフィールドを走り抜け、彫像のようになったディフェンスを通りすぎて一発ゴールをきめた。

「何も問題ありませんよ」ポールは手を振って言った。「単なる犬の訓練なんです。すべて管理されていますから」

できるかぎり自信たっぷりに言ってみたが、母親たちのひとりはまだ疑わしげに彼を見ており、やがてハンドバッグから携帯を出した。

ブリジットはふたたびダンカンを見おろした。

「わたしたちの友達に会ったときのことを話して、正確に」

「あの頭のネジがはずれたやつか⁉」

ブリジットはうなずいた。

「俺が目をさましたら、あいつが見おろしてたんだよ。つまり、実際に俺のベッドにのってこっちを見おろして、ハーリングスティックで俺をつついてたんだ」

ふむ、とポールは思った。少なくとも自分たちは三人とも、同じネジはずれのことを話しているようだ。

「それはいつ？」ブリジットがきいた。

ダンカンは動きを止めて考えた。マギーがわずかに前のめりになり、彼女の息がダンカンの顔にかかるくらい近くなった。

「金曜だ。先々週の金曜」

「時間は？」

「十時頃。俺はベッドに入ってた。翌朝、〈Kクラブ〉で早朝ゴルフだったんだ、あそこはものすごく予約がとれないんだぜ」

ダンカンがこの状況すら自慢する機会にしてしまうとは、あっぱれと言ってもいいくらいだった。

「彼は何て言ってたの？」

「俺は……」ダンカンの目が罠にかかった動物のようにあっちこっちへ動いた。「やつはここに来てるのか？」

「いいえ」ブリジットは言った。「それどころか、その夜からずっと行方不明よ、だからあなたは生きている彼を見たほとんど最後の人間。何をしたの？」

ポールはダンカンがいま以上に警戒した顔をするのは無理だろうと思ったのだが、実際には無理ではなかった。「俺は何もしてない。俺は……目をさましたらあいつがいたんだ！　俺の上に。言ってたよ、あいつは……俺の罪を全部知ってると言っていた。俺がしたことも……正直言って、あれは全部生々しい悪夢だったんじゃないかと思ってたんだ。なあ、頼むからこの犬をむこうへやってくれよ」

「残念だが」ポールは言った。「この犬にはこの犬の意志があってね、それにこの犬はきみが嫌いみたいだ」

ポールはブリジットの視線が二人のベビーカーママたちへ向いたのに気がついた。片方はいまや電話中だ。

「誰に話したの？」ブリジットが言った。

「話したって何を？」

「あなたのしたことを彼が突き止めた、って話したんでしょ？」

「何も、誰にも。誰に話すっていうんだ？　あいつは俺を見つけたって言った。自分の仕掛け《ドゥーダー》を俺に見せた」

ポールとブリジットはすばやく視線をかわした。

「いま何て？」ブリジットが言った。

「あいつの仕掛け《ドゥーダー》だよ」とダンカンは言った。「小さな黒い箱で、横にちっこい緑の男がついてるやつ。それを使って俺を見つけたと言っていた。俺の知っているのはそれだけだよ。頼むから、この犬を離れさせてくれ。あれはジョークだったんだ、全部ただのジョークだったんだよ」

「ジョーク？」

ポールはブリジットの目にその表情が浮かぶのをかつて一度だけ見たことがあり、今回はそれが自分に向けられていないとはいえ、恐ろしさはたいして変わりなかった。彼はもう一度ベビーカーママたちを見た。行動の早いほうはもう通話を終え、二人はじきに誰かが来るのを待っているかのようにあたりを見まわしていた。

「ブリジット？」

「ここで唯一のジョークはあんたよ、このできそこないで、ナルシシスティックな、ふにゃチンの卑怯者。そんなもの、落っこちてしまえばいい。それどころか……」

ブリジットが威嚇《いかく》するような動きで片足を上げると、ダンカンは反射的に自分の下の部分を手でおおった。

「ブリジット、しちゃだめだ」ポールは言った。彼女は顔に怒りと困惑をないまぜにしてポールを見た。「きみはそれより上の人間だ、彼のレベルまで落ちたらだめだよ」

彼女はポールには読めない表情をして、やがて足をおろした。

ポールはベビーカーママたちのほうへそっと頭をかしげてみせた。「観客は警察を呼んだらしいよ。むこうへ歩いていってくれ、僕もすぐ追いつくから」

ブリジットはうなずいて最後にダンカンに一瞥《いちべつ》をくれると、ゆっくり歩いて遠ざかっていった。

ポールはダンカンを助け起こそうとするかのようにかがみこんだが、実際はそんなことはしなかった。

「彼女はあんたの十倍の値打ちがあるよ、このできそこないのチビ野郎」ダンカンの傷ついた表情は、その言葉より、ポールの足が高級なサングラスを割るパリパリという音のほうに関係があるようだった。

「またな」

ポールは立ち去ろうとしたが、マギーのリードがぴんと張って止められた。振り返るとマギーは彼を見上げており、同時に片脚を上げてダンカンの高いスーツにオシッコをひっかけていた。スーツの主はこの不当きわまりない扱いにただ泣き言をいっていた。

終わると、マギーは落ち着いてトコトコとブリジットのほうへ小道を走っていった。

何フィートか行ったところで、ポールは下に目をやった。

「マジか？　僕はあのサングラスを割ったうえに〝またな〟とかいろいろ付けたのに、おいおい、おまえが出ていって僕の上手をいく必要があったのか？」

マギーは答えなかった。

36

バーンズ警視は箱舟《アーク》の四階にある部屋の外に座っていた。誰かが彼女とシャープ副長官に椅子を二脚持ってきてくれていた。二人は悲しみに暮れる親族のようにそこに座っていた。アーク急襲から四時間がたっており、もしこれがシャープの人生で最悪の四時間ではなかったとしても、それはすぐそこに迫っているとバーンズは思った。

「これは、要するに、考えてみれば、単にタイミングが悪かっただけだ。実際、自然な死因だったわけだし」と、シャープは言った。彼はいまや別人のようになり、ことあるごとに保証を求めていた。

バーンズはうなずいた。シャープの言うとおりだ、もちろん。フランクスが心臓麻痺になったのは、誰かが彼を撃ったのと同じではない、もちろん違う。警察の行政監察官は、いま検死官と、個人開業の医師とそこに来ており、長く徹底した調査ののちには、警察は神父の死に何ら責任はないと言明するだろう。それはすべて真実だ。同時にはなはだしく的はずれでもある。

当局は重武装の者たちを平和的な抗議者の中へ送りこみ、この国でもっとも有名な人物のひとりがいまや死んでしまった。世論操作は好きなだけやってみればいい、あとは未来に幸運を祈るのみ。

準備期間は好きなだけとれただろうに、実際にはことが起きても、上層部はソーシャルメディアがどう動くかについて何の考えも持っていなかった。彼らはハッチを閉め、何かコメントする前にあらゆることを考え抜こうとしていた。それもけっこうだが、警察広報部のゲティガンはほとんど涙目になりながら、すでに三度も電話でシャープに説明しようとしていた——真実はタイミングによって変わるのだと。ある時点をすぎても、それを外に出さずにいると、嘘があまりにも多くの場所を占めてしまう。ツイッターはすでに、フランクスが警察の狙撃班に射殺されたとする意見で炎上していた。シャープはそれを否定して状況に含みを持たせるのではなく、突然どこにも見つからなくなった政治家の支援を求めて這いずりまわっていた。首相官邸ははやくも〝政府は進行中の警察の作戦についてコメントしない〟の決まり文句を発表していた。いまのいま、シャープ副長官には警察内の結束しか残っていなかったが、バーンズはじきに彼が、自分の現実認識の問題を解決するにはバーンズがちょうどいいだろう、と気づくのは間違いないと思っていた。シャープがその時点で自分のメールを再チェックするだろうとも思った。バーンズははっきりと意識して、現在の一連の行動に対し自分が反対したことを記録に残していた。シャープはいま、ビルの横にぶらさがっており、彼女はおいしいお茶をいれながら、ビルの中からそれを見物しているのだった。

しかしそんなことでお祝いしている場合ではない。バーンズの事件捜査は粉々に吹っ飛ばされたままであり、プーカはどこにも見つからなかった。ゲアロイド・ラナガンと彼の愉快な部隊は、プーカではなかったのだ。バーンズはついさっきまで地下室にいて、鑑識員たちから暫《ざん》定的《ていてき》な報告を受けていた。当局がアダムとして認識していた男はいまや、ベンジャミン・ルウイントンというイスラエル人だと身分証から特定された。彼はイスラエルで兵役義務を果たしていたが、大半のイスラエル国民がそうだという意味では、単なる元兵士にすぎなかった。彼が有名になったのはおもに、ハッカーとしての能力のおかげだった。一味はビルの下を通っている光ファイバーケーブルに侵入しようとしていた。目的は銀行業務システムのハッキング。彼らは資本主義を破壊する試みとして、すでにその計画にとりかかっていたが、バーンズは、その真実が明らかになったとき、いずれそれが古きよき時代の銀行強盗だとわかるだろうと思った。フランクスと彼の誠実な抗議者たちが打算のない動機でビルを占拠したとき、ラナガンはチャンスとみたのだろう。

そういったことは全部、シャープにとってちょっぴりいい知らせだった。彼の作戦は計画強盗を防いだのだから。それはそれで大事なことではあったが、実際はそうではなかった。先週、何か追加の機器をとりに出ていったらしい〝アダム〟は、すでにいわゆるカナリアのように歌いはじめていた。彼らの計画そのものが、通信の仕組みに関する時代遅れの考えに基づいていた。物理的に光ファイバーケーブルに侵入するというアイディアは、二年前に誰かがミネソタの銀行相手に試したときに得たものだった。問題は、銀行業界全体もそれに気づいていたということだ。バーンズはそのあとの説明の大半を理解していなかったが、連れてこられた銀行警備の専門家たちは、警察の技術者たちと完全に意見が一致した――ラナガンたちは、ATM機に銃を突きつけて一千万ユーロを渡せと迫ったほうが、まだ幸運に恵まれたでしょうね。

バーンズはバニー・マガリーについての手がかりを追っている部下たちに連絡を入れた。いまのところ進展なし。彼らはコンロイとマルクローンの行方もまだ突き止めていなかったが、バーンズはそちらにはたいして期待していなかった。もし二人がマガリーの居場所を知っているなら、なぜわざわざ手間ひまかけて失踪人届けを出したりする？　マガリーは、誰にきいても、気分がむらで、暴力を用いることを何とも思っていないが、それでも、そこからサイコパスの連続殺人犯までは長い道のりだ。まったく、これはついさっき思いついたことだったが、マガリーは――もし彼が犯人だとしたら――アイルランド共和国の歴史上はじめて確認された連続殺人者になるだろう。本当に今週はどんどんいい方向に向かっている。

そのすべてに上乗せされるのが、シャープがマイクを向けられると無視できないことだった。バーンズはそれには同情できた。多くの場合、自分は何も隠していないようにみせながら、同時に何も言わないでいるという判断は、転落につながりかねない。シャープが独立の医療専門家をともなって非常線を通ったとき、アイルランド放送協会《RTÉ》のジェームズ・マーシャルがすばやく動いて、彼の面前にマイクを突き出したのだ。当局はそのときの映像を、メディアトレーニングのコース用の要注意教材として、今後何年も使うことになるだろう。

「ダニエル・フランクス神父は死亡したんですか？」

「警察は現時点で肯定も否定もしない」

あいたたた！　それはむろん、警察は通常、拘束した容疑者が生きているのかどうか肯定も否定もしないからだ。そういうものなのである。

外の騒がしさはどんどん大きくなってきており、バーンズももう無視できなくなった。窓のところへ行ってみると、彼女ですらぎょっとした。群衆が最後に見たときの倍になっている。上からだと、それを押しとどめている警察官の列がいかに薄いか見てとれた。

この状況はいつ火がついてもおかしくない。たったひとつ火花が飛ぶだけで、空まで燃え上がるだろう。

37

二〇〇〇年二月六日日曜日——夜

J・Cは手に息を吹きかけ、自分の体を抱きしめた。実際にはそれほど寒いわけではなかった、少なくともこの時季にしては。しかし夜になると、高台にあるフェニックス・パークには、風から身を守るものがほとんどない。その風が吹いており、そしてそれから体が震え、鳥肌が立った。最後にドラッグをやってから一日半がたっており、彼はふたたび骨の中にあの痛みを感じはじめていた。

最後にここに来たときには、もうこれで最後だと誓った。断言した。彼とダズは一緒に二軒の家をやった。誰か年寄り女のベッド横のキャビネットで宝石を見つけ、かなりの値打ちものだろうと思った。ダズはそういうものを引き受けてくれるやつを知っている、フィッシュのところに行ったらやられるみたいにぼられたりしない、と請《う》け合った。請け合ったのに。J・Cは馬鹿みたいな気分だった。ヘロイン常用者が約束を守ると信じるなんて、どこの馬鹿だよ？あいつは金を持って逃げたにきまってる。

車のライトが丘をのぼってきて、彼は両手を体の横にさげ、のんびりしたふうをよそおった。最後に自分を見てみたときには美形の少年だった、この頃ではヴァンパイアみたいに鏡を避けているのだが。それでも、依存症特有の足をひきずる歩き方になっているから、堅気の人間は相手にしたがらない。あまりに現実感が出てしまうからだ。気にしないか、それを楽しみそうな変わり者をつかまえなければならないが、そうした男こそ避けなければならない相手なのだ。しかしJ・Cの選択肢は多くなかった。金が必要だったし、売り物はひとつしかない。

ライトは通りすぎたり、丘をのぼってきたりした。芝生のへりにそい、木立に入ったり出てきたりしながら、さまざまな人影が立っていた。少し前にはこぜりあいがあった。ひとりが別のひとりに、立っている場所が近すぎると言ったのだ。いつもそんなふうだった。だいたいはただ口汚く言い合うだけだが、クリスマス前のある荒れた夜には、事情にうというえ、ひどく強情な新顔のやつにジャーが切りつけた。そのときにはみんな腹を立てた。逃げなければならなかったし、そのあと二週間というもの、警察の車がパトロールをした。さいわい、誰かが救急車を呼んだので、その子は死なずにすんだ。フローレンス・ナイチンゲール的行動ではない。誰かが死んだりしたら、警察が大挙してやってくると全員がわかっていたからだ。そうなったら新しい場所を見つけなきゃならないし、まともな連中はおびえて近寄らなくなる。

ライトが丘のむこうで消えたが、停まってはいなかった。くそったれな野次馬どもだ、〝ただ通りすぎてるだけです、おまわりさん〟ああ、そうだろうさ！　そんなにのろのろ丘をあがるなんて、車がどこか調子悪いんですか？　臆病者め。

夜がふけていくにつれ、通る車の数が増えてきた。午後十一時はいちばん当たりの出る時間だ。まともな市民はそれぞれの家庭での義務を終え、これからの終日働く一週間を乗り切るための、ちょっとした楽しみを探しにくるときなのだ。ライトはのぼってきたり降りていったりしている。二台、三台、四台と車が停まる。J・Cには興味を示さない。彼はリラックスしようとした。〝必死なジャンキー〟っぽくみえればみえるほど、まともな連中は興味をなくす。ある車が三度通りすぎた。彼は励ますように笑ってみせようとしたが、そいつは丘の上でバザーを拾った。くそったれ。

そこにとどまっていると、車は通りすぎるが、多くは動きなしだ。両手をポケットに入れ、ジェームズ・ディーンを思い浮かべる。ようやく、上客が停まった。黒い車、大型の高いやつだ。J・Cはさりげなく窓のほうへ歩いた。中を見ると、誰だかわかった――〝クジラ《ホエール》〟だ。それはJ・Cが彼につけたあだ名だった。大柄で、太った男。彼は前にもJ・Cを買っていた。

むかつくようなやり方をする。こっちをゴミくずみたいな目で見るし、それを楽しんでもいるらしい。まともな市民の多くは嘘の生活をして、ちょっとばかりの真実を求めているだけの連中だ。なかには、いつもこちらによけいに感じよくしようとしたり、このことでは誰もが何か得をしているのだと考えたりしたがるやつもいる。みんな満足、満足、満足。ことのあとで、ときにはまっさいちゅうに泣くやつもいる。気持ちのいいもんじゃない、はっきり言うと。

だが、〝クジラ〟は違う。彼は冷たく笑う感じがする。元の場所まで送ってくれることもないし、歩いて帰らせるのが好きらしい。すべて彼のささやかな楽しみのうち。

それでも、にっこり笑って顔を見せれば――J・Cは窓ごしに中へ笑いかけた。〝クジラ〟は中へ入れと手を振り、J・Cは助手席側のドアをあけて乗りこんだ。

「やあ、調子はどう？」

〝クジラ〟は答えず、ただ車を出した。

「上にいいところがあるんだよ――」

「どこに行くかはわたしが知っている」

J・Cはそれ以上話をしようとはしなかった。もともとおしゃべりなタイプではないし、交渉する必要もなかったからだ。〝クジラ〟はやり方を心得ている。そのかわり、J・Cは窓の外を見ることに気持ちを向けた。革のシートは座り心地がよかったが、肌をつねりたいという衝動が体じゅうを駆けめぐっていた。肌がむずむずして仕方がなく、それを見せまいとした。ある時点で、角を曲がったときに後ろに車が見えたような気がしたが、もう一度振り返ってみても、ライトは見えなかった。

〝グジラ〟は必要より半マイルもパークの奥へ入った場所に停めた。すべて彼のささやかな力のひけらかしだ。こっちは暗闇の中を歩いて戻らなきゃならなくなる。J・Cは暗いところが大嫌いだった。

「よし」と〝グジラ〟はシートベルトをはずしながら言った。「わたしの言うとおりのことをやるんだ、わたしの言ったときに」

J・Cはうなずいた。

〝グジラ〟はダッシュボードに金を置いた。J・Cはとろうと手を伸ばした。

「だめだ。終わるまではだめだ」

〝グジラ〟は底意地の悪い笑みを浮かべた。それから手を伸ばしてJ・Cの頭の後ろをつかみ……。

後ろのドアがいきなり開き、大きな男が乗りこんできた。

「こんばんは、議員」

〝グジラ〟の顔から笑みが崩れ落ちた。

「どういう意味――」

バックシートの大男は陽気なコーク訛《なま》りで楽しげにしゃべった。「なるほど、俺と同様、あんたも熱心なアナグマ好きなんだな」彼は宙にカメラを振ってみせた。「簡単じゃあない、だが夜に自然な生息環境でやつらを見るのは、ああそうとも、これこそ見るべきものってやつだよな？ 写真をたくさん撮ったよ、山ほどの写真をな」

「おまえは……おまえは誰だ？ わたしの車で何をしてるんだ？」

大男はいらついたまねで、手のひらで額《ひたい》をぴしゃっと叩いた。「すまんね、閣下――俺ときたら礼儀はどこにやっちまったんだろうな？ バニー・マガリー刑事だ、ご用があれば何なりと」彼は握手をしようと手を伸ばしたが、その手は宙ぶらりんのままにされた。

J・Cは逃げ出したかったが、遠くまで行けるとは思えなかった。それに、これは逮捕でもないようだった。逮捕なら何回もされたことがあるが、ふつうはこんなにおしゃべりが入らない。

「わたしは……」〝クジラ〟は言った。「あきらかに勘違いがあったようだ。きみはここで何が起きていると思っているのかな。わたしは甥《おい》を家まで送っていこうとしていただけで……」

車の中にいるほかの二人は〝クジラ〟に、違うだろう、という目を向けた。彼はショックのあまり、いまやっと気づいたのだが、手がJ・Cの首の後ろにかかったままだったのだ。彼は手をひっこめた。バックシートの男は前へ乗り出してきてささやいた。「別のを試してみるかい、議員？」

「わたしは……わたしが言いたいのは……この青年を家まで送ろうとしていたんだ」

バックシートの男はまたシートにもたれ、手を打ち合わせた。「もちろんそうだろうとも。それならまだ理屈が通るよな？ 俺がここにいて、アナグマの写真を撮りまくってたのは単なる偶然だ」

彼はまたカメラを持ち上げ、自分の言いたいことをもう一度強調した。

「いずれにしても、あんたには月曜の夜にまた会うと思うよ、議員、〈セント・ジュードス〉の投票に行くんだ。うちの小さなハーリングクラブを救えることを心の底から願ってる」

〝グジラ〟は力強くうなずいた。「ああ……いや、もちろんだ。わたしは……きっとできるとも」

「うちの子たちを支援してくれるなんてうれしいねえ。あんたの友達は俺が送っていってやるよ、あんたさえよければ。今夜はもうアナグマ観察は終わったんでね」

「そうか、うん、もちろん」

すると、大男は前へ乗り出して、ダッシュボードの金をつかんだ。「アナグマのためにもらっとこう」

男はドアをあけて、また外へ出た。

〝グジラ〟はJ・Cをドアから押し出した。そして車を発進させ、猛スピードで角を曲がるときも、助手席のドアが開いたままばたばたしていた。

雲にはねかえる光害のせいで、ダブリンでは本当の暗闇にはならない、たとえこのパークでも。田舎とは違う、J・Cが出てきたところとは。まるで別の人生のようだ。彼は大男を見た――バニーだっけ？　こいつは自分でそう名乗っていたんだっけ？

「俺は逮捕されたの？」

大男もこちらを見た。「いや、坊主、されてない」それからさっきの金の束を見おろした。

J・Cはまたしても背骨をさむけがつたうのを感じた。「それを俺にくれたりしないよね?」

「ああ」

「もしあんたがよければ、やってもいいよ――」

「だめだ」男は言い、彼の足元を見おろした。「とにかく、だめだ」男は内ポケットに手を入れてひっかきまわしはじめた。「これはいずれおまえにやる、おまえが本当に必要になったときに」

「必要だよ、俺は――」

男は片手を上げた。「ジャンキーの泣き言はやめとけ、そら、ボスコ(アイルランドの有名なテレビ番組のパペット人形)」男はポケットから名刺を出して、さしだした。「ああいうクソみたいなことを本気でやめたくなったら、そのときは俺に電話しろ――いつでもいい、昼でも夜でも。その番号にかけろ、そうしたら俺が迎えにいく。俺の友達がある場所を運営してるんだ、そいつがクリーンになるのを助けてくれる」

J・Cはうなった。「へえ、ありがたいね、このクソ偽善者。俺の金を盗みやがって」

「おまえがその気ならまだ逮捕してやれるが?」

「ああ、そしたらあんたがあいつを脅迫してるって、みんなに言ってやるよ」

「やったらいい、ジャンキーの言うことを信じるやつがいるか?」男はもう一度名刺をさしだした。

「くたばりやがれ」J・Cは言った。

「受け取らないならここへ置き去りにするぞ。受け取れば、好きなところまで送ってやる。質問なしで」

J・Cは手を持ち上げて右肩をかいた。寒かったし、暗闇は大嫌いなのだ。手を伸ばして名刺をとった。

「それでいい。その角のすぐむこうに車を停めてある」

大男は道を歩いて戻りはじめた。J・Cはしばらくためらったが、やがて後を追った。

「ところで」大男は言った。「名前は何ていうんだ?」

「J・C」

「イエス《ジーザス》・キリスト《クライスト》の? 知り合いになれてうれしいねえ。どこへ行っちまったのかと思ってたんだ」

「あんたって変なやつだね」J・Cは言った。

大男は足を止めた。

「おまえの本当の名前は?」

「どうでもいいだろ?」

「いや、よくない。おまえのママは何て呼ぶんだ?」

J・Cは男の目を見つめ、そこではじめてその左の目がふらふらしていて定まらないことに気がついた。「ママはまだ俺と話をしてくれると思う?」

大男は何も言わず、ただ彼を見つめていた。

J・Cは肩をすくめた。

「ジョニー」彼は言った。「ジョニー・カニング」

38

ゲリー：続々と報道が入ってきてるよ、みんな、それに……ここでは正直に言うが、俺はいらいらしている。未確認の情報がソーシャルメディアにあふれかえっているんだ、なのにうちの局長は、報道規制がかかっているから放送できないって言うんだぜ。これはプレイリストに載ってないが、先週CDを買ったんだ、だから……かまやしないよな？ T・レックスで『革命の子どもたち《チルドレン・オブ・ザ・リボリューション》』だ。

インダー・オライアダンは変わり者という自分の評判をちゃんとわかっていた。それどころか、少しばかり楽しんでいた。生まれてこのかた人と気が合ったことはなかった。だが少なくともいまは、自分の思いどおりの状況でも合わないような気がしていた。パキスタン人の母親とアイルランド人の父親の息子である彼は、どちらの陸地にもなじめなかった。親族を訪ねにラホール（パキスタン北東部の都市）へ行ったときには、自分がとてもアイルランド的だと感じ、ベルファストではとてもパキスタン的だと感じた。家での生活も疲れるものだった。両親はとても愛し合っているのかもしれないが、あまりおたがいを好いていないようにみえた。

本がそこからの避難所になってくれた。科学、数学。インダーは幼いときから数字への愛を持っていた。しかしその解放すらも高くついた。〝天才〟という言葉が四歳からつきまとい、彼はその言葉が大嫌いになった。あらゆる方面からの圧力を感じた。なしとげること、できるかぎりの最高になること、両親を得意にさせてやること。子どもとしての心の中で、ある時点では信じていたのだろう。自分がうまくやれば、両親の結婚生活での傷も癒《い》えると。いまではそんな馬鹿ではないが。

それでも、十六歳で数学の全額奨学金を受けてクイーンズ大学に入ったときには、大いなる期待をかけられていた。大学はちょっとしたカルチャーショックだったが、多くの人々が考えるふうにではなかった。彼は大学での経験で何を得られるか、事前にあれこれ読んでいた。『ナショナル・ランプーン』の映画（アメリカの男性むけユーモア・パロディ月刊誌から派生した映画）も見ていた。浮かれ騒ぎに参加する心がまえもすっかりできていた、必要とあれば。だが違った。自分が平凡だと感じるとは予想していなかった。天才とは、人口の上位一パーセントにいることを意味する。しかし、いったんその一パーセントが残りの人々から隔離されると、インダーは人生ではじめて、自分が部屋の中でいちばん頭の鈍《にぶ》い人間だという感覚を味わった。彼はレールをはずれてしまったが、本人が望んでいた『ナショナル・ランプーン』式にではなかった。その気持ちのせいで彼は世の中に腹を立て、辛辣《しんらつ》になったが、非常に低い音量でそうなった。二年という時間をかけて、彼は静かに壊れていった。

フィオニュアラ・ベッカリングが限界点だった。彼の十八の誕生日の二日前のことだった。彼女は十五歳で、インダーの三つ下だった。いまとなってはたいした差ではないが、ティーンエイジャーには広大な砂漠だった。彼女があの個別指導時間に、いつも照明が暗くて妙にレモンのにおいがしたあの狭い板張りの教室で立ち上がり、彼が二週間も取り組んでいた――そのあいだは食事も睡眠も、入浴の時間もろくにとらなかった――数式に立ち向かい、ほんの五分くらいに思えた時間で解いてしまったとき、インダーは無言で教室を出た。上着もとっていかなかった。教師たちは彼がただトイレに行くだけだと思った。

その後のことはインダーの〝迷える年月〟であったが、彼はその表現を理解できたためしがなかった。自分の居場所は常にわかっていたのだから。なかでも、フランスのあるカジノでは、すでに出たカードをおぼえておこうとした。はじめて物理的な暴力を体験したのはそこでだった。ずっとその方面の才能はないだろうと思っていたが、それが正しかったことがわかった。バーで働くのも試してみて、しばらくはそれを楽しんだ。ポルトガルではイザベラという年上の女と同棲し、もしクイーンズ大に残っていたら十年かかって学んだであろうことを、六か月で教わった。酒やドラッグもやってみたが、どちらも何がそんなに面白いのかわからなかった。彼女の最後の授業は失恋で、しかもみっちり教えてくれた。彼女はネロと名乗る、酔っ払いのイタリア人ハッカーと逃げてしまったのだ。インダーはのろのろとアイルランドへ戻ったが、故郷へ向かうフェリーの上で、愛を示すために甲板から身を投げるような無益なことは自分にはできないと気づいた。

彼の両親はその後ダブリンに移住しており、父親は義兄の繁盛しているリサイクル会社で、経営管理部長として働いていた。インダーは六か月間、だいたい自室にこもっていたが、両親は気をもむと同時にうろたえていた。そして、ある日の夕食の席で、父親が母親に、会社の経理ソフトが奇妙な間違いをするようになり、ある数字をいきあたりばったりに切り上げるんだと笑いながら説明した。次の日、インダーは突然父親のオフィスに行った。彼はそれまでコンピューターにはさほど興味がなかった。それでも、ある推論の裏づけをとるには十分で足りた。父親のアシスタントがソフトウェアをハックして、金を流用していたのだった。警察が呼ばれ、インダーはミック・キューザックという感じのいい男に紹介された。彼はコンピューター犯罪がらみの仕事をまかされた、民間人の警察被雇用者だった。ミックはインダーの能力に感心し、二人は連絡をとりあうようになった。結局、ミックはインダーを自分のチームに六か月間置き、それでことはきまった。四年がたち、インダーのような能力のある人間がいまだに警察のために働いているのはなぜか、というのは大いなる謎だった。コンピューターセキュリティの専門家としての彼の技能があれば、大金持ちになれただろうに。警察はときおり、彼をほかの国へ貸し出して恩を売った。ミックとはスウェーデン、ガーナ、ルーマニアに行った。インダーが警察にとどまったのは、ミックが報告書を出せとか、特定の時間に出勤しろとか、査定のあいだ座っていろとか言わなかったからだった。ミックはインダーを手に入れ、インダーはほかの誰かのために働く気にならなかった。心のどこかでは、いつか警察がネロに手錠をかけるのを見たいという気持ちもあった。盗みをする人間は嫌いだった。

そしていまでもインダーは数学を楽しんでいた。同時に人間心理についての本も大量に読み、いまでは人間は魅力あるシステムで、学ぶ値打ちがあるとみていた。彼が〝アーク〟として知られるビルに呼ばれたのは、地下室で見つかったもののせいだった。二十分足らずで、インダーは問題の四人がやろうとしていたこと、それがうまくいかなかったであろう理由を突き止めた。はっきり言って、銀行の光ファイバーケーブルに直接侵入しようというのは、あまりに二〇一五年的だった。そのとき彼はさらに二十分かけてミックにそのことを説明し、ミックがほかの全員にそれを説明した。インダーは地下や閉じられたスペースが嫌いだったので、少し広い場所へ行こうと五階へのぼった。高い場所が好きだった。そういうところで味わえる、くっきり開けた視野が好きだったのだ。

窓辺に立ち、冷たいガラスに額を心地よくつけていると、下の群衆がよく見えた。それが大きくなり膨れ上がっていくさまに、インダーは夢中になった。彼は何が起こりつつあるのかをすばやく推測したが、それでもさまざまなことが次々に起こっていく様子には目を奪われた。このビルの八分の七は結合された金属のフェンスに囲まれており、そのむこうには、目につく蛍光色の上着を着た警官たちが六フィートおきに配置され、誰かが飛びこえるのを防いでいる。八角形の残り八分の一はフェンスがないが、暴動用の装備をつけた警官の隊列にカバーされていた。いまは警察車輛が非常線を出入りできるように開かれたままだった。抗議者たちの多くがそのまわりに集まっている。そこはテレビカメラが陣取っている場所でもあり、そのせいでさらに人々を引き寄せていた。

個人としては、人間は腹立たしいほど予測のつかないものだが、集団になると特定のルールに従う。インダーはそのことをすでに学んでいた。群衆が着実に膨れ上がっていくので、いまやフェンスの周囲では、場所によって六、七倍の厚みができており、入口のところはもっと多く、警察は当然のことながらさらに神経をとがらせていた。基本的な経済学だ。ルール破りをすることで生じるデメリットが少なくなれば——人間の固有の論理からすると、当局は全員を逮捕することはできない——群衆側の自信は強まる。彼らのうちかなりの人数は、自分たちが不正と思ったものへの懸念を表明するためにここに来たのだろう。有名な人物が死んだという最初の、未確認の情報によって懸念をかきたてられ、ここに来た人々はもっと多いだろう。しかしそれ以上の人々が、単に自分たちは現場にいたんだよと言うために来たはずだ——おもに、見物したいという動機で。そして、常に第四の集団がいる。理由なんぞはどうでもよく、トラブルが起きる期待に誘われた人々だ。世の中に不当に扱われたと感じていて、その世の中を蹴《け》とばす機会を待ちかまえている人々。

南側から近づいてきた二十代はじめのその男三人は、たぶん第三のグループだろうとインダーは思った。たしかに、彼らは群衆をながめながら後方にいて、上機嫌にみえた。誰かを探しているようだった。単なる仮説だが、おそらく友達がメールかツイッターかワッツアップ（メッセンジャー・アプリ）で連絡してきたのだろう、それでその相手と合流しようとパブを出てきたのだ。たしかに、はじめは浮かれているようにみえた。インダーは彼らが誰かに手を振り、それから群衆を押し分けて前へ行こうとするのを見た。

そのガタイのいい三人組が割りこんだために、群衆はいっそうぎゅう詰めになった。先頭への圧力がそうして高まった。

暴動用装備の警官の隊列がはじめに一歩下がり、それから、訓練どおり、列を立て直そうとして前へ押し進んだ。

その動きが人々の関心を急激に高め、たくさんの人間が何が起きたのか見ようと前へ進んだ。それのみならず、第四グループの人々――起こるはずのことが実際に起こるのを待っている人人――もまた、引火点になりそうなほうへどっと押し寄せ、さらに火がつきやすくした。

この二つめの波が、もう一度列を維持しようと対抗する警察の波を引き起こした。

そのさなかに、抗議者たちの二列めにいた十七歳くらいの少女がバランスを失って倒れた。警官のひとりが、暴動抑制警官とは反対に人間として反応し、隊列から離れて前へ出て、少女が無事か確認しようとした。

そこで群衆が左から押し寄せ、その警官もバランスを失い、群衆の足の下に消えた。

抗議者たちのなかには彼を助けようとする者もいたが、少なくとも二人が彼を蹴ろうとした。ほかの警官たちは、仲間が倒れるのを見るや、彼を守ろうと前へ押し出た。

かくして、インダーが見ているなか、のちに〝アーク暴動〟と呼ばれるものが始まった。

39

「ああもう、一杯やりたい」

それがダンカンとの対決から二人がいそいで引き上げて以降、最初にブリジットが口にした言葉だった。警察の車がサイレンを鳴らしながらビューンと通りすぎた緊張の時間があったものの、その車はパークを通りすぎて市の中央部のほうへまっすぐ行ってしまった。

「いちばん近いところで飲むなら〈ミーアンズ〉じゃないかな」ポールは道の後方を指さした。

「いいわ」ブリジットはうなずき、二人はマギーが街灯柱に用を足しおわると、そちらの方向へ歩いていった。

ブリジットはマギーを見おろした。「この犬は……安全なの？」

「〝安全〟の意味は？　こう言っておこうか」ポールは言った。「マギーはまともじゃない、でもたいがいのところは、ほぼ僕らの味方のようだ」

「頼もしいことね……それに、オシッコするときに脚を上げるなんて、どういう雌犬《めすいぬ》よ？」

「実をいうとフィルが二日前にそれをググっていた。かなり権勢欲の強い雌犬にみられる行動らしい」

「ほんとに？　わたしもやってみなきゃ。ところで、フィルはこのことにどういう関係があるの？」

ポールはまたもや二台のパトカーがサイレンをうならせながら、夕方の車の流れを切り裂いて走っていったおかげで、話題をそらせてほっとした。まだハーティガンの件を言い出す方法が見つからなかったのだ。言い出さなければならないのはわかっていたが、やっとブリジットの気持ちがほぐれたばかりで、そうする気持ちになれなかったのだ。巻きこまれた自分はとんでもない愚《おろ》か者ではないかというひそかな疑念もあったし、まだそれを裏づけてもらいたくなかった。いずれ必ず彼女に話すつもりではいたが、ちょうどいいタイミングを見つけるのが問題だった。

「フィルにあることを手伝ってもらっているんだ」ポールは言った。「それで、ダンカンのことはどう考えてる？」

ブリジットは息を吐いた。「わからないわ、でもあのウジ虫に、バニー・マガリーと直接対決する勇気があったとは思えない。あなたは？」

「思えないね、あいつは自分の髪が引っこ抜かれたままになることのほうが心配だろう」

「ええ」ブリジットは言った。「あーあ、わたしってほんっとに男の趣味が悪いわ」

その言葉が二人のあいだに落ちたとたん、ぐさっという音がしたかのようだった。ブリジットは彼にあてこすりを言うつもりはなく、それはポールもわかっていた。彼女の顔がたちまち真っ赤になっているのも、そのことを強調しているだけだった。別のときだったら、たぶん二人して笑い飛ばしただろうが、いまはそういうときではなかった。必要なのは〝誤解をとく〟

おしゃべりひとつだったが、自分たちの些末なことにかまっている場合ではないように思えた。何と言っても、バニーはまだ行方不明なのだ。そっちが最優先事項。自分たちの個人的なお荷物は、ふさわしいタイミングが必要なたくさんのもののリストに加えておけばいい。

　ありがたいことに、ぎこちない沈黙が満たすべきスペースはさほどなかった。二人が〈ミーアンズ〉の入口に着いたからだ。大きなパブで、スペクトルの中では〝さらにつまらない〟の端に位置する。仕事帰りに一杯やりに来た人々が二、三人のグループで、あちこちのテーブルに座っており、カウンターにも二人いた。いつもならもっと混んでいるだろうが、ポールは人人がビアガーデンのある店を探しに行ってしまったのだろうと思った。ここにいる客たちはみな、どの壁にも見やすく設置してあるプラズマテレビに見入っていた。

　スクリーンには対暴動の警官たちの隊列が、若者たちにガラスびんやレンガを投げつけられて、シールドを持ち上げる映像が映っていた。

「うわ」ポールは言った。「またフットボールが始まったのか？」

　女バーテンダーが振り返って肩ごしにスクリーンを指さした。「あれはオコンネル・ストリートですよ。何にします？」

　カメラのアングルが変わり、中央郵便局の外の〝ダブリンの尖塔〟、別名〝いらない針《ニードレス・ニードル》〟が、警官の列のむこうにある空間を無意味に指さし《ポイントレスリー・ポインティング》ているのが見えた。たしかにオコンネル・ストリートだった。手前では車が一台燃えていて、誰かが観光客しか行かない店舗の窓に、群衆制御柵を投げこもうとしていた。

「なんであんなことするかなあ？」女バーテンダーが言った。彼女のアクセントはどこか東欧のものだったが、ポールにはそういうのを聞き分ける耳がなかった。

「愚かな暴力よね」ブリジットが言った。

「違う」女バーテンダーは言った。「三軒先にあるのは〈スポーツ・エクスチェンジ〉の店でしょ、もっとずっといいものがあるのに。クソみたいなレプレホーン（アイルランドのいたずら好きな妖精）のTシャツなんて誰がほしがるの？」彼女はうんざりした顔をした。「お飲み物は？」

「これはいつ始まったんだ？」ポールがきいた。

「さっき」女バーテンダーはそう言って、ポールとブリジットは客というより野次馬だと判断して、テレビのほうへ向きなおった。「司祭が死んだの」

「いま何て？」ブリジットがきいた。彼女の口調にある何かに、ポールは振り返って彼女を見た。顔が青かった。「何ていう司祭？」

「有名な人よ」女バーテンダーは肩をすくめた。「ずっとテレビに出てた」

「それは……フランクス神父ってこと？」

「そう、死んだのよ。警察が撃ったの」

「実際には……」全員が声のしたほうを向いた。それは大柄な女で、近くのテーブルに座っていた。「……警察は彼は自然な死因で亡くなったと言ってるけどね」

女の表情は、女バーテンダーがブーッと嘲《あざけ》りの声をたてたので、ショックを受けたものに変わった。「ええそう、マシンガンを持った男たちがドアを蹴破れば、たくさん〝自然な死因〟

があるわよね」

「二日前に彼に会ったの」ブリジットが言った。

ほかの女たちは二人とも振り向いて彼女を見た。客のほうが保護者ぶった笑みをみせたが、その顔はまったく感じよくならなかった。「違うんじゃないの。あの人はあのアークのビルに何週間も閉じこめられてたし」

ポールはブリジットの腕に触れて、隅にある空のブースをさした。「いつもの?」

彼女はうなずいてそちらへ歩いていき、ポールは女バーテンダーのほうを向いた。

「白ワインの大きいのと、ギネスのパイントグラスひとつ——」

カウンターの下からかすかなうなり声があがった。

「ギネスのパイントグラスを二つ頼む」

女バーテンダーは体を乗り出して、マギーを見おろした。

「この子は訓練されたガイドドッグだから」

女バーテンダーは肩をすくめた。「どうでもいいわ。犬は豚の皮のカリカリ《ポーク・スクラッチング》も食べる?」

彼女の後ろのスクリーンで、六人ほどのほとんどシャツを着ていない若者たちが即席のバンダナで顔を半分おおい、火のついた車輪付きゴミ箱を警官の列のほうへ押すところが見えた。

二人はそれから三十分、隅のブースに座って、マギーがポーク・スクラッチングを三袋たいらげる音を聞きながら、世界が崩壊するのをカウンターの上の無音のテレビで見ていた。ブリジットはポールに、バニー・マガリーの行方に関する調査を手短に話した。彼も最後の部分は知っていた——バニーがエスコートサーヴィスの人々を訪ねていた本当の理由が明らかになったことだ——しかしブリジットはその点にいたるまでの隙間をすべて埋めてくれた。バニーの携帯電話料金請求書、ジョニー・カニングに会ったこと、ドクター・シンハとアークへ行ったこと、その他もろもろ。何はともあれ、それでポールがあることについて正しかったことが証明された。ブリジットが一週間足らずで突き止めたことは、彼だったら何か月もかかっただろう。彼女にはこういうことの才能がある。

「本当によくやったね」ポールは言った。

「そう?」ブリジットは言った。「そんな気はしないわ。バニーはあいかわらず行方不明だし、彼に何があったのかさっぱりわからないし。そのシモーンって女性が何者なのかもちっともつかめてない。バニーが最後に目撃されたのは先々週の金曜日、〈オヘイガンズ〉でだった、それで……」

ブリジットは言葉を切り、前にあるコースターをいらだたしげに指で叩きはじめた。

「僕たち、もう一度警察に行ったほうがいいんじゃないか?」ポールはきいてみた。

「何を持って? こっちには何の証拠もないのよ。それに第一」ブリジットはスクリーンを指さして言った。「あなたは気づいてないかわからないけど、警察はいまちょっと忙しいんじゃない」

ポールは音をたてて息を吐いた。

「それにほかにもあるの」ブリジットは言った。「フランクスはバニーとは何年も話をしていないと断言した。でも彼の電話料金請求書は二人が通話とメッセージをしていたことを示している」

「二人が何かやっていたと思ってるのかい?」

「どうかしら。ここまでで本当に手に入れた唯一の手がかりは、バニーが何らかの追跡装置を持っていたってことだけで、それから……」

ブリジットはこぶしで前歯をこすり、テーブルに目を落とした。このちょっとした癖《くせ》は彼女が深く考えこんでいることを示している、という記憶が、感情の波でポールを満たした。「おかわりを買ってくるよ」

「わたしはダイエットコークにして」彼女は目も上げずに言った。「運転するから」

「わかった」

ポールはいびきをかいているマギーのリードの端を自分の椅子の脚に巻き、それからカウンターへ行った。

戻ってきたときには、ブリジットは自分のiPhoneを夢中で叩いていた。

「ダイエットペプシしかなかったよ、だから……」

「何でもいい」ブリジットは言い、いまやその顔は興奮で輝いていた。「ダンカンが言ったことをおぼえてる? バニーの〝仕掛け《ドゥーダー》〟には横に小さな緑の男がついていたって」

「うん」

「でね、追跡装置を探そうとして探偵用具ショップのひとつを見てみたの。思ったのよ、ほら、バニーがどこかでそれを手に入れたはずだって。ダブリンにわたしたちが行ける店があるのかも――」

「名案だ」

「もっといい手を思いついたの」

ブリジットはｉＰｈｏｎｅを持ち上げて、煙草《たばこ》の箱ほどの大きさの黒い箱で、横に小さな緑の男のキャラクター絵がついているものの写真を見せた。「スニファー408GPS追跡装置――簡単に使えて、どんな車にも磁石で装着。きっとこれがバニーの持っていたものよ……」

「オーケイ」ポールは言った。「それで何がわかったんだい？」

「全然」ブリジットは答えたが、ｉＰｈｏｎｅのディスプレーを興奮してクリックしていた。「でも何かわかるかもしれない」

「なるほど、それで……」

ブリジットはしゃべっていたが、実のところ彼にではなかった。彼女がひとりごとを言っているところに、たまたま彼がいるだけだった。「これはＳＩＭカードを使うのね……それで、携帯の番号と……違う！　そんなはず……」

「何？」

ブリジットは答えず、そのかわりに見ているページをスクロールしていった。「特徴は……それをくっつけて……バッテリー寿命……」

ポールが見ていると、彼女が読み進むにつれ、興奮でその目が大きくなった。自分で見るためにiＰｈｏｎｅをひったくらずにいるには、ポールは自制心のありったけが必要だった。

「きみは――」

「黙ってて」ブリジットはぴしゃりと言い、それからちらっと目を上げた。「つまりね、ちょっと待って……」

彼女はさらに一分間読みつづけ、それからiＰｈｏｎｅを手にとって何か別のことをやりはじめた。

「もう――」

ブリジットは黙っていてというしぐさで指を一本立て、何かを入力しつづけた。最後に親指でさっと流れるようにiＰｈｏｎｅを叩くと、自分の前のテーブルにそっと置いた。そこでやっと顔を上げてポールにほほえんだ。

「何なんだ？　頼むよ、ねえ！」

「わかった、高望みはしないでよ、でも……」彼女は間を置いた。

「ここにいたってドラマみたいなまねは本当にやめてくれ、でないとこっちは――」

「シモーンは」と、ブリジットは言った。「どこかの女じゃないの、というか少なくとも……つまり――」

「何⁉」

「〝シモーン〟はパスワードなのよ。あの追跡装置はこう使うの。自分で決めたパスワードを、そのSIMカードの携帯電話番号に送信して――」

「待ってくれ、どういうことなんだ?」

「わたしたちはシモーンに電話をかけようとしてた。でもやらなきゃいけなかったのは、〝Simone《シモーン》〟って言葉をその番号に送信することだったのよ。幸運を祈ってて、最初に同期するには時間がかかるみたいだから。でもそうすれば〝シモーン〟、つまり追跡装置は――それが本当に追跡装置ならだけど――正確な位置へのリンクをわたしたちに通知してくる」

「まさか!」

「さっきも言ったけど、高望みはしないでね」そう言いながらも、ブリジットの顔がにっこりと希望をポールに投げ返してきた。「もっと早くわかっていればねえ。追跡装置がまだ充電されてるといいんだけど……やだ!」ブリジットはまたiPhoneをとった。「アプリをダウンロードしなきゃならないって。最初の通知が来るまでに通常は三十分かかるって言ってるわ、それに――」

「場所がわかったらどうするんだい?」ポールはきいた。

ブリジットは顔を上げなかった。「さあ。警察に興味を持ってもらえるようやってみることはできるけど、率直に言って、むこうはいまのところ彼の居場所なんてクソどうでもいいようにみえるわ」

「おいちょっと、あれ見てたんだよ!」ポールが顔を上げると、その悲しげな叫び声がずっとカウンターにいるしわだらけのスーツの男から発せられたとわかった。

テレビスクリーンの映像が変わっていた。ポールにも見おぼえのある場所だった。

「チャンネルは変えてません」女バーテンダーが答えた。「ニュースの連中ですよ」

「あの暴動より大事なことなんてあるか?」しわスーツが怒りのこもった、酔ってろれつの怪しい口調で言った。

ポールは立ち上がってカウンターへ行った。「音を出してくれ、頼む」

「うちは音は出さないんですよ」女バーテンダーは言った。「ボスが雰囲気が悪くなるって言うんです」

「頼むから!」ポールは言った。

肩をすくめると、彼女はリモコンをスクリーンに向けた。

音声が出て、スカイラーク三人組《スリー》の生き残りメンバー、ジェローム・ハーティガンとパスカル・マロニーがハーティガン宅の玄関から出てきたときの、カメラのフラッシュや大声の質問の騒ぎをとらえるのに間に合った。二人は記者会見をしようとしていた。ポールが以前、ハーティガンと一緒にいるのを見た弁護士が彼らのあとから出てきた。

「あー、あのろくでなし二人はやめてくれよ」しわスーツが言った。

弁護士が前へ出て、静かにするよう両手を上げた。「お願いします」やがて騒がしさは低いうなりにまで落ち着いた。「ありがとう。これからわたしの依頼人たちが短い声明を出したいそうです」

そう言うと、彼は横にどき、ジェローム・ハーティガンが進み出て、自分のもっとも〝政治家ふうの真面目な会釈〟をカメラに向かってしてみせた。

「皆さん、集まってくださってありがとう。ご存じのとおり、われわれは先週、もっともむごい状況で、友人でありビジネスパートナーであるクレイグ・ブレイクを悲しくも失いました。それにつづいて、ジョン・ベイラー議員、すなわちダブリンに住むふつうの人々への奉仕のため、休むことなく働いてきた公僕の、同じように理由なき死がありました。そのさなかにずっとわれわれは警察から、いわゆるプーカが、誰であろうと、すみやかに正義のもとに引き出されるだろうと確約を受けました。その確約にもかかわらず、何の進展もないようですが」

彼が間を置いたので、誰かの声が質問をしようとしたが、ハーティガンの上げた手と、姿の見えない人々からのシーッという声がそれを黙らせた。

ブリジットもポールの横に来ていた。「何があったの？」

ポールは答えなかった。パスカル・マロニーが話を引き継ごうとして前へ出て、あらたなフラッシュの弾幕を受けて目を細くした。その姿は、迷子がママを待っているところを連想させた。話しだした声はいまにも泣きそうだった。

「今夜ダブリンじゅうで起こっている恐ろしい出来事からみるに、法の支配はこの街では崩壊しているようです。通りでは暴動が起き、自警団が殺気立って走り、警察や政府はそれを止める力もないらしい。わたしとわたしのビジネスパートナーは自分たちが発表しなければならないのだと思っています、アイルランド警察《ガルダ・シーハーナ》にはもはやいかなる信任も置いていませんので。彼らがクレイグ・ブレイクとベイラー議員の死に関する容疑者をつかんで、すでに一日以上たっているのに、いまだにそいつを逮捕するために何の手も打っていないということがわかったのです。理由は、問題のその容疑者が以前は警察にいたからなのです」

「まさか」ブリジットは言い、ポールの手をつかんだ。

ハーティガンが話を引き継ぎ、まっすぐカメラを見た。「警察に対するわれわれの疑問は単純なものです。バニー・マガリーという男はどこにいて、なぜ逮捕されていないのか？」

「でもまあ」ポールは言った。「少なくともこれで警察に興味を持ってもらうのはむずかしくなくなったな」

40

ゲリー：やっと言えるようになったよ、国際金融サーヴィスセンター《IFSC》地区で暴動が起きてるって情報は確認された、それにもう市内じゅうに広がったってことだ。うちのスタジオはオコンネル橋からすぐのところにあるんだが、窓から見てみると、たくさん群衆がいるのが見えるし、見るたびにどんどん増えていってる。警察とは何度も衝突があったよ、それに……俺たちのいるところからだと、純粋に数の力で警察が引き下がらなきゃならなくなっているようにみえる。
それに……俺は……発表するのはたいへん悲しいことだが、この数分間で、ダニエル・

フランクス神父が亡くなったと情報すじが確認した。それ以上の詳細はまだわかっていない。未確認だが、アークに何らかのかたちで強制捜査が入ったという話もある。詳細はわかりしだい伝えるよ。

ポールは走っていた。

ブリジットとのおしゃべりはうまくいかなかった。前は彼女が怒っているのではないかと心配していたのに、いまは怒ってほしかった。しかし怒るかわりに、彼女は不満のまじったあきらめの雰囲気をただよわせ、ポールは変わり者の子どもに説教してくるときの教師たちの口調を思い出した。最低だったのは間違いなく、〝あなたったら、人から仕事を請け負っておいて、その人の名前も知らないの?〟だった。彼女がそう言ったときにはもっとひどく響いた。ハーティガンについての疑念を警察にうったえなかったことは、さらに愚かなことのように聞こえた。ドーソン・ストリートを早足で歩きながらした短い話が終わる頃には、ポールは自分がまったくの役立たずな気がしていた。

別れ別れになる前、ブリジットはこれからの計画を説明した。

〝赤いドレスの悪魔〟が誰であれ——そしてさいわいにも、ポールはあの女のことをブリジットにそんなふうには言わなかった——その女はいまの状況についてたくさんのことを知っている。だからその日の朝の時点でのポールの計画は、彼にも計画というものはあったのだが、晩はオフィスにいるようにして、自分が目撃したハーティガンの行動をあの女に報告することだった。それで金が入るかもしれない、たとえあの女の知りたかったこととぴったり合ってはいないにしても。しかしいまは——もしハーティガンがバニーを罠にかけようとしているのなら、あの女がポールに彼を尾行させたのは、その罠を失敗させるためだったのではないか？　そうでなければ、なぜあの女がポールのところへ来る？　彼女の目的が何であれ、たまたまポールが依頼を受けて尾行した男が、一週間後に全国放送のテレビで、バニーを暴力的なサイコパスだと非難するなんてことがあるわけがない。これがどういうことであれ、二人には答えが必要であり、ポールが依頼人をつかまえる手段はひとつしかなかった。あの女とは午後八時に会う約束をした、だから何があろうと、ポールはそれに間に合わなければならないのだ。ただ問題がひとつあり、彼がいまいる場所と、いなければならない場所のあいだでは暴動が起きていた。ニュースによれば、暴動はすでにＩＦＳＣからオコンネル・ストリートへ広がり、いまも拡大中だった。

ブリジットのほうは、別の方向へ、つまり彼女の車へ向かって走っていた。バニーの追跡装置がまだ稼動しているとすれば、あと何分かで場所の通知をしてくるはずだ。

ポールは肺が痛くなっていた。日ごろ運動はしないいし、おまけに市の中央を走り抜けるのはむずかしいことがわかってきた。マスコミなら間違いなく〝若者たち〟と呼びそうな集団がいくつも、暴動に加わろうとそちらへ向かっていて、それとは逆に暴動から遠ざかろうとするグループもおり、そしてただ何もせずに突っ立って見物している人間もおおぜいいた。カレッジ・グリーンの周囲では車が渋滞し、あたりにはクラクションやいらだった癇癪《かんしゃく》の不協和音が響いていた。ここはいつも人通りの多い地域なのだが、ルーアス路面電車の系統拡張工事が、トラブルの行く手から離れようとする人々と組み合わさって、交通が麻痺《まひ》していた。そこにいたタクシーはどれもすでに客が乗っており、ポールは何度かやってみたあと、タクシーをつかまえるのは断念した。ダブリンのタクシードライバーは、いちばん危険なのは自分たちだと骨の髄《ずい》まで承知している。どのタクシーも、ずぶ濡れになって怒った客が水たまりから彼らに叫んでいるなかを、ライトをつけたまま通りすぎたことがある。そんなふうに客を無視するのは仕事上の役得というものだ。しかしそのコインにも裏がある。まったく同じ客たちがいまはやりたい放題だった。これは大規模な市民騒乱における第一ルールだ――最初に燃やされる車は必ずタクシーである。いまはさっさと逃げ出すべきときだった。

そんなわけでポールは走った。便宜上、歩道から降りて、停まったきりの車の列をぬって進んだ。のろのろ歩く観光客にぶつかり、自転車乗りを倒しそうになってしまったあと、ポールはマギーのリードをはずした。マギーはポールの横や、前を走っていた。常に離れずに。どこかへ行ってしまう気はないようだったし、リードをはずされた大型犬ほどすばやく人に道をあけさせるものはない。人間の脳にある原始時代の本能に直接うったえるのだろう。狼をよけろ。

ポールがウェストモーランド・ストリートを走っていくと、オコンネル橋の南側に群衆があつまっているのが見えた。警察はオレンジ色の群衆制御柵で橋を封鎖しようとしていた。暴動を北側で封じこめておこうとしているのか、南側から人が加わるのを止めるためなのかははっきりしなかったが。警察もはっきりわかっていないようだった。もっと近づいて見ると、制服警官の多くはやっとひげがそれるくらいの年にみえた。おそらくは訓練生が投入され、自分たちが何をしているのかわかっているふりをしているのだ。ポールが激しく息を切らしてそこにいると、二十人ほどの若者の集団が橋の右側へ走り、ブリティッシュ・ブルドッグ（鬼ごっこのような遊び）の即席ゲームをやろうとした。警察は二人つかまえたが、大半は走り抜け、それから止まって歓声をあげたり、へまをした警官をおちょくったりした。ポールは橋の左側に隙間を見つけてそっちへ走った。若者たちより動きが遅かったので、走りすぎざま、警官のひとりが反対側からやってきて彼の右腕をつかんだ。

「おまえはどこへ――」

警官はマギーの警告するうなりを聞いて下を向くなり、完璧な生存本能を見せて、ポールを放した。ほかの誰かを止めればいいし、とうぶんその機会に不自由することはなさそうだった。ポールが走りすぎるときに、若者のひとりがハイ・タッチをしようとしたが、ポールは手を上げている彼を置き去りにした。腕時計は午後七時二十八分を示している。事務所まで行くにはかなり厳しそうだった。自分がこの騒ぎを通り抜けられるなんてうぬぼれだ、それに何て騒ぎだろう。

ポールが通りを見ると、群衆はさらにびっしり集まっているようだった。大きな動きはいま、オコンネル・ストリートの北端で起きているようにみえた。〈イーソン〉（書籍・文具等の小売チェーン）の前でバンが一台横倒しになり、その上で若者たちがぴょんぴょん飛びはねていた。人々の足元でゴミがうずを巻き、その周囲でさまざまな店舗の警報が悲しげに鳴っていた。

路面電車の拡張工事とは、オコンネル・ストリートという幅広い大通りの中心が、ひとつの長い建築現場になっているということだった――もしくは、いまそうみえるように、荒石がたくさんあるうってつけの武器庫に。やる気満々の忙しい暴徒にとっては願ってもない。遠くに、空を飛ぶ石のたえまない流れが見えた。ポールは警官の列が――その残りが――通りのむこう端にいて、オコンネル・ストリート自体にはもうひとりもいないのだろうと思った。それでクローク・パークへ向かうサポーターたちの群れを思い出した。タイミングを間違えると、よくそのあいだを通らなければならなかったのだ。ただしここでは、彼らは〝秩序正しく進んでいく〟というより、ただうろうろしていた。ポールの左手では、三人の男たちが大きな舗石を〈イーソン〉の正面ウィンドーに投げていた。強化ガラスに入った蜘蛛《くも》の巣状のひび割れは、どんどんくっきりしていっている。むこう側では、警備員がぼうぜんと見ていた。舗石が命中するたびに、群衆は歓声をあげた。

やってろ、とポールは思った。少しばかりの本を盗んで、自分たちが何か身につけられるものかたしかめてみろ、この馬鹿どもが。

中年の女がひとり、まだハンガーにかかったままの服を両腕いっぱい抱えて彼の横をすぎた。彼女が「あたしたちの国を取り戻すのよ！」と叫ぶと、はやしたてる声がぱらぱらあがった。もし彼女がそうしているとしても、レシートは持ってないだろうな、とポールは思った。

事務所へ戻るのにいちばん論理的な方法は、ふつうならアビー・ストリートを行くことだっただろうが、そっちを見ると人がもっと密集しているのが見え、警官の隊列もいるようだった。

どちらの側もいまはただおたがいを見ているだけだったが、それも長くは続かないだろう。

ポールの知るかぎりで、いちばんチャンスがありそうなのはオコンネル・ストリートを進んでいき、その先へ行く方法を見つけることだった。

オコンネル本人（ダニエル・オコンネルはアイルランド独立の指導者）の彫像を通りすぎた——彼の頭はあいかわらず鳥の糞《ふん》まみれだった。若者たちはもっとよく見えるように、おたがいを彼の台座へ押し上げ合っていた。台座の下に不揃いの文字でスプレーペイントされているのは、あの〝われわれはプーカだ〟の文句だった。

そして、とポールは思った。今日は決して来るはずのない日だ。

41

もしマイケル・シャープ副長官の声があと半オクターヴ高くなったら、聞こえるのは犬だけだろうとバーンズは思った。個人的には、そのときが待ち遠しかった。彼のことが本当に神経にさわりはじめたのだ。自分の血を求めて吠える群衆によって、ビルに閉じこめられたことなどないのは明白だった。うろうろ歩き回りながら、司令本部で不運にも電話に出てしまった気の毒な間抜け相手にわめいている。シャープは自分をこのビルから救出することこそ、アイルランド警察《ガルダ・シーハーナ》の最優先事項だという強い見解を持っているようだった。ほかの人々にもそう思わせるのには手こずっていたが。

「お願いだよ、コーマック、ここには女性も閉じこめられているんだから」

シャープはバーンズのほうをちらっと見た。バーンズは嫌悪を隠そうともしなかった。ああ、マイケル、と彼女は思った。あんたなんかいますぐ死んでしまえ。自分の臆病さを隠したうえ、世間にはそれを騎士道精神にみせようとするなんて、このみじめったらしい小物が。いまから何が起ころうと、わたしがあんたのキャリアを抹殺すると決めたのはこの瞬間だと知っておきなさい。たとえそれがわたしの最後の行動になろうとも。

数時間前の、バーンズの自信喪失の時間はすでに消えていた。いまはコントロールを取り戻したと感じる。この状況を、ではない。それは醸造所での断酒者集会よりもすみやかに制御できなくなっている。そうではなく、もう一度自分自身をコントロールできていると感じていたのだ。

バーンズは振り返って窓の外を見た。暴動はあっというまに発生し、それ以上の速さで悪化した。単純に言って、警官たちは大規模な市民騒乱への対処に慣れていないし、この世のどんな訓練もその準備などできはしない。バーンズはいまの高い場所から暴動が広がるのを見ていた。同僚たちの多くは自制心を持って行動し、秩序を維持しようとした。何人かはパニックに陥《おちい》って逃げ出し、この状況をさらに悪化させただけだったが。警官たちと抗議者たちはどちらも同じように引きずり出され、頭の傷から血を流していた。最後には抗議者側の純然たる数の重みがものを言い、警察は完全撤退することになった。ビルの外の広場全体がいまや人で埋めつくされていた。バーンズの下方の入口のまわりに集まっているのは大きな集団で、何度も何度も繰り返し合唱していた。「フランクスを出せ！　フランクスを出せ！」と。

だいたいは若者たちだったが、年配者もいくらかまじっていた。むろん、彼らのまわりにはカメラを持った人間が輪になっていて、撮影していた。これは二十一世紀の病気だ——記録されなければ、すべてなかったのと同じ。バーンズは眼下に集まった人々の大半が、おそらく心からの、正当な怒りを抱えていることを疑わなかった。彼らはフランクス神父が体現していたものに希望を見出したのに、それが奪い去られてしまった。警察の愚かな襲撃は彼の死を数日早めただけだったかもしれないが、それでも、あれはとんでもない大失敗だった。バーンズを不安にさせているのはあの人々ではなく、別の人々だった。彼女ほど長く警官をやっていればわかっているが、問題なのは闘争ジャンキーたち、つまり怒りに満ちていて、何でもいいから狙う何かを探している連中なのだ——そいつらこそ、不安視するべき人間だった。サッカーのフーリガン、テロリスト、暴力に堕した平和的抗議者たち。問題はいつだってそういう人間たちだ——そしてその九十九パーセントは男——彼らは姿をあらわしては、周囲の人々の恐怖や怒りを利用して、世界を燃やそうとしむけるのだ。

そしてその火は広がりつつあった。これまでにつかめた散発的な情報からすると、本質的には政治的な抗議としてここで始まったものは、みるみるうちに広がっていた。オコンネル・ストリートや、その先のヘンリー・ストリートの店舗で大規模な略奪が起きているという報告がいくつもあった。いつだって同じことだ。ある種の集団の人々が奪えるものは全部奪っていこうとするのを止めるのは、警察につかまる恐怖しかない。その警察はいまや最悪の状況にはまりこんでいる。どこからともなく起きた暴動、それも夏のホリデーシーズンの真っ最中の、一年でいちばん暑くなった日に。雨さえ降っていれば。雨以上に早く暴徒を止めてくれるものはないのに。

バーンズの携帯が鳴った。

「バーンズです」

「サー、ええと、すみません――マァム」

「どうしたの、ウィルソン？」

「状況はどうですか？」

「最高よ。暴動のうるわしい光景が見えて。これは社交の連絡？」

「いえ、マァム。マガリーです、マァム」

「彼を見つけたの？」

「いえ。その……ハーティガンとマロニーが、たったいま全国放送のテレビで、彼が警察の最有力容疑者だと発表したんです、それで――」

「ちょっと、勘弁してよ」

「はい、マァム」

「あの二人に連絡して――いますぐ。どこでそんなことを聞いてきたのか突き止めなさい」

「もし彼らが――」

「かまわないからやって」

「わかりました」

42

ポールとマギーは道路を渡って〈クレリーズ〉（現在はデパート、レストラン、オフィス等が入っている大型の複合ビルで、本作ではまだ改修中）をぐるっとまわった。そのランドマーク的店舗はもう二年間閉まっているが、まわりの店は大いなる注目を集めつつあった。片側には宝石店があり、その強化ガラスの正面側は、建築現場から強奪された小型のショベル付き掘削機《くっさくき》からそういう注目を受けて耐えられるようには設計されていなかった。反対側には〈アン・サマーズ〉（ランジェリー、性具などの小売チェーン）があった。ふだんならその店に入るなど死んでもいやだと言いそうな連中が、実に楽しそうに略奪しているのは興味深い現象だった。


ポールは尻ポケットで携帯が振動するのを感じた。ポケットから出すと、フィルからの電話を十二回もとりそこねていたことがわかった。不運な十三回めに出てしまったわけだ。

「どうした、フィル？」

「いったいどこにいるんだよ？」

「ごめん」ポールは答えた。「ちょっと忙しくて」

そう言いながら、ポールはショーを見物している野次馬たちや、収穫物を検分している略奪者たちのまざったところをまわって進んだ。二人の女が大きなピンクの箱をめぐって争っているようで、中身は見えなかったが、見当はついた。

「そんでさ、あの精神探究者ハーティガンが、今度の殺人事件全部の責任をバニーにおっかぶせようとしてるぜ」

「わかってるよ、フィル、僕もテレビで見た」

「テレビなんかクソ食らえ。俺はここにいるんだぞ」

「待てよ、おまえいまハーティガンの家の外にいるのか?」

「そうだよ!」フィルはいらだった口調で言った。「あのろくでなしが誰とヤってるか突き止めるんだろ?」

まさにフィルだった。彼にはいろいろあるが、根性なしというところはない。

まだせいぜい十三歳といった若者が二人、素っ裸の女のマネキンを一緒に運びながら、ポールの横を走り抜けていった。ポールはそのことは考えたくなかった。

「正直に言うとな、フィル、いったいどうなっているのか僕にもわからない。でも依頼人との約束があるからいまオフィスへ向かっているところなんだ」

「でも何の証拠もつかんでないんだろ?」

「そのことはいいんだ。ブリジットの考えでは、あの依頼人はバニーの居場所について何か知っているかもしれないって。試してみる価値はある」

「それってブリジットが戻ってきてくれたってことか?」

少しだが、ポールはその質問に腹が立った。自分が何をしているかわかっていないと自覚するのはかまわなかったが、フィルにそれを気づかれたのは腹立たしかった。適切な答えを考えていると、マギーが後ろでキャンと鳴いた。振り返ると、見るも気の毒なマレットヘア（一九七〇〜八〇年代に流行した、全体をシャギーなショートにして、襟足だけを長くした髪型）をして、パイントサイズの茶色の段ボール箱を両腕にいっぱい抱えた男がおり、彼がマギーの脚を踏んだらしかった。

「何だ――」

マギーのうなり声に、マレットヘアはぱっと後ろへ飛びのいて見事な生存本能を見せ、その過程で品物の半分を落っことした。

「ちゃんと前を見ろよ!」ポールは言った。

「俺が？　この礼儀知らず、おまえの犬がこんなところにいるからだろ」

マギーは男に歯をむいた。

「この子にそう言ってやったらどうだ?」

マレットヘアはもぐもぐと何かつぶやいて箱を拾おうとかがんだ。マギーがうなった。男はぴたっと動きを止めたが、頭だけはゆっくりと動いて、マギーを見てからポールを見た。

「この子は泥棒が好きじゃなくてね」ポールは言った。

「誰が泥棒だよ?」

マギーが吠えると、男はよろよろと後ずさり、そこで放棄された柵にひっかかって、やせた尻をついた。

「うわ――背中が！　いまのは暴行だぞ、目にもの見せてやるからな」

「へえ？」ポールは言った。「警官が見つかるといいな」

ポールたちは前へ進み、足を止めて見物していた人々は一歩下がってマギーに場所をあけた。

ポールはまた携帯を耳にあてた。「悪い、フィル」

「いまのはいったい何だ？」

「暴動でのエチケットをめぐるちょっとした論争だよ」

「暴動？　何の暴動？」

「ググってみろよ、フィル、かなり広がってるんだ。世界の終わりだ、知ってのとおり」

ポールの携帯が耳元でビーッと鳴った。「ちょっと待って」携帯を耳から離して見てみると、ブリジットがかけてきていた。「あとでかけ直す」

フィルとの通話を切った。

「ブリジット」

ポールは携帯を耳から離さなければならなかった、なぜなら――「馬鹿なことはやめなさい、この役立たずの間抜け！　自分のケツから頭を上げるの《ブル・ユア・ヘッド・アウト・オブ・ユア・アース》（〝冷静になれ〟の意）！」

「うわ」

ブリジットの声が戻ってきたが、不穏なほど平静だった。「ごめんなさい、あなたに言ったんじゃないの。こっちはケイペル・ストリートを抜けようとしてるマッドマックスみたいなのよ」

「想像できるよ」ポールは言い、実際に想像できた。ブリジットの運転はふつうの状況でもよく言って常軌を逸しているのだから、こんな状況ではその言葉そのものになっていることだろう。

「あなたたちが尾行していたあのハーティガンって人だけど。どこに住んでいるって言ったっけ？」

「シーポイント」

「なるほど。サンディ・ウェイっていう通りじゃない、もしかして？」

「そうだよ、どうして――」

「バニーの追跡装置からいま通知があったの。彼はその通りにいるって」

「ええ？　でも……」

ポールは考えることができなかった。いまの話はまったくすじが通っていない。もしバニーがプーカだと発表された記者会見のあの場にいたなら、誰かがそう言ったはずだ。

「いまそこへ向かっているところなの」ブリジットは言った。「このクソ渋滞を抜けられたらの話だけど」

「フィルがもう行ってるよ」

「どうして――」

「あいつに電話してみる」

ポールは通話を切り、〝履歴〟を出してフィルの番号を押した。呼出音が三回鳴ってから応答があった。

「俺の電話を切ったよな？」

「ちょっと――バニーはそこにいるか？」

「はあ？　おまえ、頭がおかしいんじゃないか？」

「いいから、ちょっと見まわしてみてくれ。停まっている車はないか？　もしかしたら彼は変装してるとか……わからないけど」

「でも何で彼が――」

「いいからやってくれって、このバカ」

「わかったよ」フィルは傷ついた声で言った。「何もそんな――」

あとの言葉は電話のむこうで起きた突然の騒ぎにかき消された。

「フィル？」

フィルがはっきりしない声のざわめきに負けないよう、声をはりあげた。「悪い。あのマロニーってやつがさ、あのチビだよ、ついさっき出てきたんでみんながわっと質問やら何やらしようとしてるんだ、そうしたら――」

ポールは携帯を耳から引き離した。大きな爆発のような音が聞こえてきたのだ。

「フィル⁉　フィル⁉」

ポールの耳に悲鳴が、また新たな爆発が聞こえ、そして電話が切れた。

「フィル？

フィル！」

43

「爆発？」バーンズは言った。「どういう爆発なの？」

彼女は窓にもたれて座っており、壮麗《そうれい》な夕日が彼女の長い影をカーペットに落としていた。

「わかりません」ウィルソンは答えた。「僕もついさっき来たところで、そうしたら……地獄ですよ。ハーティガンの家がまさに……まさに吹っ飛んだんです、あれは……」

ウィルソンの声がとだえ、後ろのほうで人々の声や警報が大きくなるのが聞こえた。

「ウィルソン……ウィルソン！」

「すみません、サー……ちょっと……」ウィルソンの声が消えて咳になった。

「ウィルソン、無事なの？」

警察副長官マイケル・シャープは、バーンズの通話を耳にして本部の誰かを叱りつけるのを一時的にやめ、彼女の視線に割りこんできた。バーンズは彼を締め出すために体をまわし、数歩遠ざかった。

「ウィルソン。話しなさい」

「その……人々があたりを歩きまわっています。何人が怪我をしたのか、あるいは……」

何か動く音が聞こえ、それからウィルソンが外国訛《なま》りの誰かに話しかけた。彼らの会話は断片しか聞こえてこなかった。

「大丈夫ですか……わかりません……わかりません……むこうで……何かがぶつかって……わかりません」

バーンズは自分もパニックを起こしかけているのを感じた。「ウィルソン？」

動く音とウィルソンの声が、今度はもっと近くに聞こえてきた。はっきりではないにしても。

「すみません、局長、ここは……まだ燃えているんです、煙がひどくて、それに……」

「そこにほかの警官はいるの、ウィルソン？」

バーンズに聞こえるのは後ろの騒ぎと、ウィルソンのきれぎれの息遣いだけだった。

「スーザン」

バーンズが後ろに目をやると、シャープが背後に立っていた。

「あとにして」そう言って携帯に向かった。「ウィルソン、わたしに報告しなさい、わかった？」

「わたしに説明を――」

「黙ってて、マイケル」

シャープは顔を平手打ちされたかのように後ずさった。「よくもそんな――」

「ウィルソン？」バーンズは頭を絞った。ふだんなら細かいことにも抜群の記憶力があるのだが、シャープがキャンキャン吠えているので集中できない。「ドナハー？」一度そう言ってみると、正しく思い出せたという自信が出てきた。「ドナハー？」

「わたしはきみの上司だぞ――」

バーンズはぱっと振り返った。「それで、あとどれくらい上司でいられると思ってるの？」そしてあいている手を窓のほうへ振ってみせた。「気づいているのかどうか知らないけど、あなたはとんでもない暴動を引き起こしたのよ、マイケル、そしてわたしはここでもう二時間も、あなたの政治家のお友達連中があなたからの電話を避けているのを聞かされている。うちの部下が助けを必要としているの、だからさっさと黙ってわたしに仕事をさせなさい、このもったいぶり屋のトンマ」

シャープの口が陸《おか》にあがった魚のようにぱかっとあいた。優位に立ったあいだに、バーンズは彼を通りすぎてオフィスの外へ歩いた。

「ウィルソン刑事、答えなさい！」

短い間。「はい、マァム」

「よろしい。あなたは難局のまっただなかにいる。炎上している建物や次に爆発するかもしれないところから、全員を安全に退避させなさい」

「はい、マァム」

「それからウィルソン――これは大事なことよ。そこは進行中の犯罪現場でもある。救急車で出ていくのでないかぎり、誰もそこから出さないこと」

「わかりました、マァム」

「誰かが面倒なことを言ってきたら——二〇〇五年のテロリズム法を引用しつづけなさい」

「それは——」

「何でもいいの。どうせ中身は知りっこないんだから。しなければならないことをしなさい、あとはわたしが責任を持つ」

バーンズは遠くにサイレンの音がするのを聞いた。「それから……ウィルソン？」

「はい、マァム？」

「消防隊にそこは進行中の犯罪現場だと伝えなさい——殺人の。できるかぎり保存するようにと。そうすれば、彼らは何をすればいいのか知っているから」

「はい、マァム」

「よろしい」

「すみませんでした——」

「あなたは上出来よ、ウィルソン。わたしだってきっと狼狽《ろうばい》した、でもいまは〝仕事にかかる〟ときよ、わかったわね？」

「わかりました」

「十五分後に状況を連絡して。わたしはチームに伝えて、そちらへ応援に行かせる」

「はい、マァム」

「それからこのことはこう考えなさい。少なくとも今回は吐かなかった、って」

44

「出ろよ、出ろ、出ろ、出ろってば……」

ポールは携帯を耳にあてたまま〈サヴォイ〉映画館の入口を行ったりきたりし、マギーは静かに座って彼を見つめていた。

カチッ。間。「おかけになった番号は――」

「くそっっっ」

ポールは電話を切った。空をめがけて携帯を投げずにいるには、ありったけの自制心が必要だった。

あいつをバカ呼ばわりしてしまった。それがフィルへの最後の言葉になった。ポールはマギーを見おろした。

「あいつは元気だよ、いつだって元気なんだ。なんたって、フィル・ネリスなんだから。でかい爆弾が落ちてきたって、ゴキブリとフィル・ネリスだけは生き残るだろうさ」

ポールは手に持った携帯が振動するのを感じた。ブリジットだった。

「ブリジット、ちょっとしたことがあって――」

「ラジオで聞いたの。いったい――」

「フィルなんだ、フィルが――」

……そして電話が切れた。

ポールは信じられない思いで携帯を見た。信号が立っていない。一秒前にはバーが四本立っていたのに。

そこで目を上げると、群衆の中で、ほかの人々も自分たちの携帯を見たり、空中に持ち上げたりしているのが見えた。

45

ゲリー：まさか――こんなことってあるか！　いま窓の外を見てるんだ、みんな、そしたら俺の車が燃えてる！　どうなってるんだ？　こんなのただの見境ない暴力じゃないか、ほんとに。アウディの新車だったんだぞ！　このアホで間抜けのろくでなしどもが――いや、ティナ、俺は黙らないぞ、黙るもんか！　こんなバカげたことにはうんざりだ！　どこかの最低野郎が俺の最高の車を燃やしやがった、このケダモノども！　おまえらは――

「フィリップス、ミルズ、ナイラーは全員、ウィルソンの支援に行って。われわれに必要なのは――」

バーンズは携帯を見おろした。システム停止。

ため息をついた。「ちくしょう」

携帯を置き、このビルに現在いる人間の大半が集まっている広いオープンエリアへ入っていった。実際にことが起きたときにこの中にいた不運な人々だ。バーンズは水を一杯飲みたかった。ひどい頭痛がしてきて、ハンドバッグの底からなんとかパラセタモール（鎮痛剤）を二錠見つけたのだ。このスペースはビルが〝箱舟《アーク》〟だったときには家族用エリアだったらしい。少なくとも、壁にクレヨンでえがいた絵が貼られて並んでいるところからすると。それはわずか六時間前だったが、前世のことのような気がした。

誰かがお茶をいれていた。あらゆる問題に対するアイルランド式解決法だ。

合計で十二人ほどがいた。部屋のまわりには、鑑識の民間人スタッフ数人、医師二人、最初にフランクスを診た救急隊員、警察のオンブズマンとそのスタッフ二人がいた。アークの以前の住人たちはすべて手続きのため、カハル・ブルハ・ストリート警察署へ搬送《はんそう》されていた。オンブズマンはチャールズ・デラコートという男で、バーンズは彼を見るとなぜか、子どもの頃に飼っていた亀を思い出した。動きがのろのろしているというのではなく、彼の首の何かのせいだった。バーンズはこの二時間のうち、携帯にはりついていなかったわずかな時間で、デラコートが警察の力の極端な使用に対してとっていた態度が、外の怒れる群衆にビルに閉じこめられて以降は大きく変化したことも感じとっていた。

何人かが携帯を振ってまわり、少しばかり置き去りにされたような表情をしていた。

「わたしならやめておくわね」バーンズは言った。女がひとり、とまどった目でこちらを見た。

「当局がモバイルネットワークを遮断したのよ。暴動中のいまでは通常の処置。連中が通信しあえないようにしたわけ」

「俺たちもじゃないか」部屋のむこう側で誰かが言った。

「まあそうね」バーンズは同意した。「そのとおり」

「使える地上通信線はないんですか？」デラコートが尋ねた。

バーンズは首を振った。「このビルにはない。われわれが切断したから。でもじきにわたしたちを救出しに人が来るはずよ」

バーンズは期待されているのがわかっていたのでそう言った。自分で心がけた口調よりも、かなり望みは薄いと感じていたが。最後に聞いたところでは、ここからオコンネル・ストリートとヘンリー・ストリートまで広く暴動が起きており、いまではリフィ川を越えたということだった。誰かが二つの重大な事実に気づいたのだ。群衆を止められるほどの警官たちは近くにいないらしいこと、それからグラフトン・ストリートにはもっとずっとすてきな店が並んでいること。いま窓の外にいる群衆は、手に入る掘り出し物のことなど知らないか、どうでもいい人々だった。彼らはフランクスについての答えを求めており、ビルの中の誰ひとりとして、彼らを喜ばせる答えは持ち合わせていなかった。

「それじゃわたしたちはすっかり見捨てられたんですね？」誰かがきいた。

「いいえ」バーンズは言った。「武装した即応部隊が無線を持っているはずよ。彼らのうち二人がまだここで声明を出すのを待っていた、そうよね？」

デラコートがうなずいた。

そのとき、外できれぎれに歓声があがった。

「ああもう」バーンズは言った。「今度は何？」

窓へ行った。男たちの集団が電信柱を運んで群衆の中を近づいてきていた。

「まさか――」

彼女はデラコートが横に立って、不安げに唇《くちびる》をなめているのに気づいて言葉を切った。

「彼らは――」デラコートが言いだした。

「ええ」バーンズは続きを言った。「連中は破城槌《はじようつい》を見つけてきた」

ふいにあることが頭に浮かんだ。バーンズはそれが間違っているよう心から願った。

「武装即応部隊はどこにいるの？」

「シャープ副長官がどこかに配置したと思いますが」

「くそっ」

バーンズは自分が正しいことに嫌気がさしはじめていた。

「みんな、わたしについてきて」

46

ポールはまたしても走っていた。

依然として事務所のだいたいの方向へ向かってはいたが、もはやそれが第一の動機ではなかった。

「いいからやってくれって、このバカ!」それがフィルへの最後の言葉になってしまった。彼の親友であり、彼を助けようとしてくれ、彼が危険な場所へ行かせてしまったやつに。〝バカ〟と。

ポールたちはいまカハル・ブルハ・ストリートにいた。群衆はすでに減っていた。こちらの端にはめぼしい〝ショッピング〟の選択肢がかなり少ないからだった。マギーは変わらず彼の横を走っていた。

いま以外でポールが電話ボックスを探したのは二か月前、ブリジットと待ち合わせて映画に行くことになっていたのに、携帯を充電しわすれたときだった。使用可能な電話ボックスを見つけるのは悪夢のようだった、それに――当然のことながら――暴動はあのときより状況をよくするには何の役にも立たなかった。

ただフィルに電話して、彼が無事だとたしかめたかった。もちろん無事にきまっている。無事でないはずがない。

そのとき、角の私設馬券屋《ブッキー》のドアを蹴《け》とばしているさいちゅうの三人組が目に入った。ポールはそもそも馬券屋ならしっかりしたドアがついているはずだと思ったが、それもあとさき考えない持続的な襲撃に耐えられるようにはできていないだろう。その男たちがずっとそうやっていたのは見てわかった。もう蝶番《ちょうつがい》がはずれかかっていたからだ。彼らは馬券屋なら現金があるだろうと踏んでいた。ポールは馬券屋なら電話があるだろうと見こんだ。

近づいていってグループの後ろに立った。マンチェスター・ユナイテッドのユニフォームを着た筋骨隆々の男が、ドア破りのボスらしかった。彼があきらかに自分の脚の長さを見せびらかそうとして、珍妙な回し蹴りを入れると言い張らなければ、ことはもっと早く進んでいただろう。上半身裸の仲間二人は彼に声援を送っていた。ひとりは目をそむけたくなる体の持ち主だったが、もうひとりはまったく違った。四十代らしい女が後ろにいて、煙草《たばこ》をふかしていた。ポールが彼らのほうへ歩いていくと、女が振り返って彼に鼻で笑った。「失せな、ここはあたしたちのもんだよ」

「電話が使いたいだけなんだ」

「むずかしいね。消えな」

女はポールが来たほうを指さした。彼は動かなかった。

「電話を使わせてもらう」

「へえ、そうかい?」女は振り向いて声をあげた。「ちょっと、ディーノ、こいつが入りたいかったろう。

ってさ」

ビーチでさらせる体じゃないほうの男が振り返ってポールを見た。左の胸にボブ・マーリーの大きなタトゥーがあったが、ボブ・マーリーはたぶんそんなかたちで人の記憶に残りたくなかっただろう。

「消えな、ごうつくばりのハゲタカ」

「面倒を起こしたいんじゃない」ポールは言った。「僕はただ――」

「面倒を起こしたいんじゃないだとさ、ディーノ」女が合いの手を入れた。「あんたたちにも敬意ってもんがないようだねえ」

「この通りは俺のもんだ、聞こえてんのか、おまえ？　ここは俺のもんなんだよ」

「ああ、もちろんそうだろう」

ポールは自分の口からそんな言葉が出てきたことに驚いた。唯一の説明は、彼がストレスを受けており、感情的になっていて、疲れているということだった。ふだんなら力のあるやつに本当のことを言うタイプではない、まして暴力に対して皮肉など。ポールは二つのことに同時に気がついた。太った男の顔に浮かんだ怒り、それから彼の後ろにいる女が意地の悪い笑みを浮かべたときの上機嫌さ。

「おやおや、こいつはあんたをあからさまにバカにしてるよ、ディーノ。ブラザーに何の敬意も見せないじゃないか」

ふつうの状況ならポールも、このアメリカのストリートスラングでのダブリン式弱い者いじめをユーモラスと思っただろう。しかしいまの状況では、このちょっとした芝居の中心にいない彼まで仲間にされてしまう。

「聞いてくれ、僕は──」

太った男が意外なほどすばやく動き、前へ飛び出して左手でポールのシャツをつかみ、右のこぶしを彼の顔に打ちこんだ。衝撃でまぶしい光がひらめき、次の瞬間、ポールはそばの街灯の柱にあたって、それから地面へ倒れこみ、両膝《りょうひざ》を強く打った。後ろでマギーの吠える声と、何か悪態が聞こえ、すぐさま人間の拳骨が降ってきて、ポールは顔から地面に突っこみ、肺からどっと空気が抜けてしまった。デブ男が彼に乗り、怒ったジャーマンシェパードを追い払おうとするいっぽう、ポールは体をよじって巨大な重みから抜け出そうとした。視界がぼやけ、口の中で血の金属的な味がする。ポールが頭をまわすと、マギーがデブのすねに歯を食いこませるのが見え、デブはたちまち痛がってわめいた。そこでマギーがいやな叫び声をあげた。ユナイテッドのユニフォームを着たほうの男が痛烈なキックを食らわせて、マギーをポールの視界からふっ飛ばしたのだ。

デブはポールの頭の後ろにパンチを浴びせはじめた。さほど力はなかったが、何度も打たれていると頭がふらふらしてきた。ポールは両腕が押さえられたままでできるかぎり強く体をひねった。デブは対抗するために自分も体をずらした。ポールのパニックはしだいに大きくなっていった。息ができない。必死に力を振りしぼって体をつっぱったりひねったりした。どうにか少しだけ体をまわすことができた。ボブ・マーリーが目の前に見えて、ポールはタトゥーのある肉にがぶりと嚙みついた。サンタンローションと塩と、ほかにもあえて考えたくないものの味がした。デブは悲鳴をあげて体を引いた。ポールはぜいぜいと息を吸いこみ、それから自分のものではない肉のかけらをげほげほと吐き出した。

体を引き上げて膝立ちになると、まわりじゅうが混沌と化していた。マギーがうなっている。何人かの声がたがいに叫びあっている。ちらっと見える空、脚、舗道。誰かが頭を蹴ってきたが、ほとんどそれて、ただかすっただけだった。デブはいまや盛大に悲鳴をあげていた。

ポールは吐き気がしたが、何も出てこなかった。それから誰かがまた蹴ってきた。今度は胃に食らってしまった。何かが折れるのを感じたが、ポールは襲撃者の脚にしがみついて、脚の主と一緒にぶざまに地面に倒れこんだ。

何かが背中を打った。

マギーがうなった。

誰かが彼の脚を蹴り、それから何かが動いて、その相手がポールの上に倒れてきた。

毛皮がさっと動くのが見え、それからまたののしる悲鳴が聞こえた。

ようやくデブがよろよろと立ち上がり、脚をひきずりながら遠ざかりだした。

「俺はもう行く」

ポールはもう一度何とかして体をまわした。三人組と女は引き上げていくところで、全員がどこかから血を流していた。

マギーが歯をむきながら、脚をひきずって後を追った。

「マギー」ポールは呼びかけた。

マギーは歩きつづけた。

「マギー！」

マギーは止まって、ポールを振り返った。それから進路を変えた。闘争心はすでに消え、マギーは脚をひきずりながらゆっくりポールのほうへやってきたが、左の前足を地面から離したままだった。

ポールが舗道に座り、痛むあばらを押さえていると、マギーが飛びついてきた。そして彼の顔をなめた。

ポールは首の後ろをかいてやった。

「おまえの息はほんとにくさいなあ」

めまいがした。それにアドレナリンが体から出きってしまったので、じわじわ痛みがやってきた。ポールは目を閉じて顔の血をぬぐい、血のことは考えないようにした。血は苦手なのだ。自分のも他人のも。

目を閉じ、マギーのはあはあという息だけを連れにして、そこに黙って座っていた。頭が前へかしいでいくのを感じる。マギーが横で吠えた。

「わかってるよ、うん。わかってる」

やっとのことで壁によりかかりながら立ち上がり、そろそろと脚をひきずって馬券屋の入口に行った。ドアはすっかり蹴破られていた。それ以上のダメージを与えることなく、体を通り抜けさせることができた。

中に入ると、足が割れたガラスの上でジャリジャリいった。壁に並んでいるのは、ペンをチェーンでつないである小さなテーブルと、けばけばしい色に光るゲームマシン。残ったスペースはワイドスクリーンテレビで埋まっていた。部屋の反対側で、壁の高さの半分ほどある分厚いガラスがカウンターを守っていた。そのむこうに、五十代の女がいた。大きなキッチンナイフを両手で体の前に構えている。

「何もするつもりはないんです」ポールは言った。

「そう？　あの……あたし……あたしはするわよ。いますぐ出ていって、でないとタマを切り落とすから」

ポールは両手を上げ、そうしたときに胴に走った痛みに顔をしかめた。

「ねえ、僕は……」ポールはマギーを指さした。「僕たちは、ここに押し入ろうとしてたやつらを追い払ったんですよ」

「知ってる」女は言い、横のスクリーンを頭でさした。「防犯カメラで見てた。だからってあんたがかわりにここで泥棒しないってことにはならないでしょ」

「おたくの電話を使いたいだけなんです。友達が無事なのをたしかめたいんです」

女はぶんぶんと頭を振った。「誰もカウンターの中には入れないの」

「ねえ、僕はただ――」

「あたしだってここにいるはずじゃなかったのよ。ボスに残業して帳簿をつけろって言われたの。でもくそったれな略奪団やそいつらの狂暴な犬を追い払うまでの給料はもらってない」

ポールはマギーを見おろした。マギーは後ろ脚と尻をつけておとなしく座り、前足をなめていた。

「本当に、僕はただ――」

ポールはしゃべるのをやめた。壁の大型スクリーンのひとつに目がいき、そこで暴動のニュースをやっていた。ただしもう暴動を映してはいなかった。いまは道路のショットに変わっていて、ポールはかろうじてそこがサンディ・ウェイだとわかった。背景にハーティガンの家が、というか少なくともその残骸《ざんがい》があった。消防隊ががれきに二本のホースを伸ばしていた。

灰だらけの顔をした記者がカメラに向かって報道をしていた。音が消されていたので何を言っているのかポールはわからなかったが、どうでもよかった。記者が話しているあいだに、背の高いやせっぽちの間抜けが後ろにふらふらとあらわれ、救急隊員にしゃべりかけた。ふだんの基準からしても混乱しているようだったが、やたらに腕を振りまわす動きから見て、何があったか説明しているのだと察しがついた。救急隊員はわかったというふうにうなずきつづけながら、フィルを救急車のほうへ先導しようとしていた。

ポールはマギーを見おろした。

「うちに帰ろう」

47

バーンズ警視が五階ぶんの階段をロビーまで、足首を捻挫《ねんざ》せずにたどりつけたのはささやかな奇跡だった。照明は最低限のうえ、ところどころ一段抜かしで降りていったのだ。ドアをバタンとあけると、銃をこちらに向けた武装即応部隊のひとりに出迎えられた。

「いったい何?」バーンズは言った。

彼はすまなそうに手を振って武器をおろし、正面ドアのほうを振り返ってみせたが、そのドアはいそいで前に積み直された家具のバリケードの陰になっていて、実際には見えなかった。バーンズはその皮肉に気づかずにいられなかった——抗議者たちのグループによって、警察を入れないために何週間も使われていたバリケードを——いまは別の抗議者グループを入れないために警察が使っている。即席の破城槌《はじようつい》が彼らの後ろでドアにぶつかるたびに、ファイリングキャビネットとソファが振動した。ぶつかるたびに、外から歓声《キャスバー》が上がった。

バーンズ警視のほかに、ロビーには二人の武装即応隊員、国家監察部の長のリヴィングストン、ペイス巡査部長、それにシャープ副長官がいた。バーンズがこのグループと同じ部屋に入ったのは、彼らが今回の大失敗を始めたときにあのプレハブで集まって以来、はじめてだった。彼女はそれが一時間ほど前に炎の中で天に昇っていくのを見ていた。シャープは両手にメガホンを持っていた。

「バーンズ警視、上へ戻ってくれ」

バーンズの後ろでドアが開くのが聞こえ、ビルにいたほかの人々が列をなして入ってきた。

「きみたちは全員、ここにいてはいけない」

「これからどうするつもりなんです？」バーンズは言った。

ドォォーン。

シャープは顔をそむけてメガホンを口にあてた。

「こちらは警察だ。きみたちがとっている行動は法に反する。ただちに解散しなさい」

ドォォーン。

バーンズは宙に両手を上げた。「ああ、勘弁してよ」

「状況は掌握している」

ドォォーン。

「でたらめですね」

「ここではわたしが指揮官だ」

ドォォーン。

「けっこう。わたしは辞めます」

「何が言いたいんだ、バーンズ？　われわれ全員が隠れられる食器棚を見つけろとでも？」

ドォォーン。金属が折れはじめるバキッという音がした。

「それ以上の悪手はないでしょうね」

バーンズは前へ進んでソファのひとつをどかしにかかった。

「いったい何をする気だ?」

ドォォーン。

「やめろ!」

シャープは彼女の腕に手を置いて、引き離そうとした。バーンズは彼を振り払った。

「もういっぺんでもわたしに手をかけてごらんなさい、マイケル、医者がここにいて感謝することになるわよ」

ドォォーン。

バーンズは尻でソファをどかしながら腕をぐるりとまわして、大型のファイリングキャビネットを動かすための手がかりをつかもうとした。

「おまえたち、この女を止めろ」

ドォォーン。いまやバーンズは破城槌の震えが体につたわってくるのがわかった。

彼女はおずおずと近づいてくる武装即応部隊の二人を振り返った。「これはどういう終わり方なの、あなたたち?」バーンズはドアを指さした。「連中はじきにここに入ってくる、そうしたらどうするの? 丸腰の民間人に向けて発砲する人間になる気はないでしょう、なりたくないのはわかってる。そんなことのためにこの仕事に就いたんじゃない、そうでしょう?」

ドォォーン。

二人の男たちは不安げにおたがいを見た。

「ちょっと話をしてみてうまくいくかどうかやってみましょうよ、どう思う?」

〝やらせてみろ!〟という声が階段のわきのグループからあがった。

ドォォーン。

バーンズの後ろのバリケードがガタガタ鳴った。

「〝さっさと腹を決める〟ときよ、あなたたち」

若いほうの男が年上のほうを見ると、年上のほうはためらい、やがてうなずいた。

ドォォーン。

「わかった」バーンズは言った。「それじゃこれを手伝って」

「このことは全部報告書に書くからな」シャープが言った。

バーンズたちはソファとファイリングキャビネットを横へ動かした。

ファイリングキャビネットが移動すると、外から歓声があがった。

夕刻の光がさしこんで床を横切り、群衆の頭の上にかいま見えた赤い夕日に、バーンズは一瞬、めまいをおぼえた。目に手をかざして人々の顔を見る――何十も何十も並んだ顔。おかしなことだが、それはバーンズに、警官になって間がない頃のある日、マンスターのハーリング決勝戦のためにポールク・イー・ヒーヴ（コーク県にあるスタジアム）で群集制御の任務に就いたときのことを思い出させた。大きな窓の割れたガラスに自分たちの顔がゆがんで映っていたっけ。

バーンズは両手を上げた。

「待って！　お願い！」

ドォォーン！

前のデスクがはねあがり、そのむこうのドアがさらにたわんだ。

「ちょっと――」

ぐらぐらしながらバーンズはデスクにのぼり、キャビネットに寄りかかって体を支えた。

「待って、頼むから、聞いて！」

ドォォーン！

デスクがはげしくはねた。

バーンズが下を向くと、デラコートがメガホンを手に握らせた。

彼女はメガホンを持ち上げてボタンを押した。

「待って、聞いてください――これからあなた方を中へ入れます！」

破城槌は前の力の半分ほどでドアにぶつかり、やがて止まった。人々の声が大きくなった。

バーンズはもう一度両手をさしだした。

「お願い、少しだけ聞いて」

そこからだと、前に広がっている群衆全体の顔が見えた。誰が話しているのか見ようと伸びあがっている者もいた。

「わたしはスーザン・バーンズ、公務員で――」

「くそったれお巡りだ」と声がした。

「ええ、警官でもあるわ。うちの母は教師で、父はウォーターフォードのベルマレットで商店をやっているの、わたしはそこの出身。最初の任務はヘロイン売買をしているクズをつかまえることだった。リムリックで」

「あそこにいるやつはみんなクズだろ」別の声が言った。

「黙んなさい、この都会者《もん》の気取り屋！」バーンズは応戦した。

いくらかの笑い声と小さな声援があがった。

バーンズはすばやく先を続けた。二人の武装即応隊員の年上のほうをさした。「この人はピート。結婚していて、F1とDIYが大好きなの。いちばん上の娘は今年堅信式をやったのよ」それから若いほうをさした。「この人はキース。父親になったばかりで、クリスマスに結婚することになってる」

「スケベ野郎」強いダブリン訛《なま》りの年配の声が言った。笑い声が少々。

バーンズは笑みを浮かべた。「彼はスパーズ（ロンドンのサッカーチーム、トッテナム・ホットスパーのこと）の大ファンでもあるの」

「スケベ野郎」さっきと同じ声がまた言い、前より大きく響く笑い声になった。

「わたしたちはふつうの人間よ、あなたたちとまったく同じ、だから——」

「フランクス神父はどこなの？」正面近くのどこかから女の声が言った。

バーンズは大きく息をした。「フランクス神父は亡くなったわ」

不満と叫びの合唱が群衆から噴きあがった。正面の群衆がドアのほうへ押してきて、バーンズの足元のデスクがぐらついた。群衆の後ろ側からボトルが一本飛んできて窓のてっぺんにあたり、ガラスが雨のように落ちてきて、正面側の人々から怒号が湧いた。

「お願い、お願いだから」バーンズは叫んだ。「ちょっと――」

「おまえらが撃ったんだ……豚ども……ファシストども！」

武装即応隊員たちがバーンズの後ろで落ち着きなく足の位置を変えた。

「頼むから！」バーンズは叫び、指を一本立てた。「一分だけ聞いて、たった一分でいい、そうしたらあなたたちを中に入れる――約束する」

叫び声と、しーっという声がたがいに争いながら、やがて騒ぎはまずまず静まった。

「この人たちは」バーンズは言い、後ろの二人を指さした。「ここへ入るよう命令されたけど、一発も発砲していない」

二人のうち年上のほうがMP7サブマシンガンの弾薬クリップをはずして高くかかげ、若い同僚もそれにならった。

「フランクス神父は病気だったの」――ブーという声がまたいくらかあがった――「病気だった、それでこのショックで亡くなった。混乱しているけれど、実際はそういうことだった」

ブーという声が大きくなりだしたが、バーンズは努力を続けることにした。「聞いて、あなたたちには怒る権利がある。今回の強制捜査はやるべきじゃなかった。政治的な茶番だった。誰かがそれに答えるべきよ。キースとピートがこれをやろうと決めたんじゃない――彼らは命令されただけ。この人たちがどういう人か思い出して。ドラッグの売人が自分の売り物でハイになって銃を振りまわしているとき、わたしたちが送り出すのはこういう人たちなのよ。あなたたち、その仕事をやりたい？　わたしはごめんよ」

何人かの叫び声と、その周囲からもぐもぐつぶやく声があがった。

「あなたたちは怒っている、それもわかるわ。わたしだって怒っている。でもこのことにだけじゃない。もう十年も、わたしたちは困難に耐えて、生活を切り詰めなきゃいけないと言われてきた。フランクス神父の言っていたことが正しいのはみんな知っている。特定の人たちがわたしたちの未来をいいかげんに扱い、わたしたちみんなをだまし、すべての世代をだましてきた。そんなのは絶対正しくない。責任のある人たちは正義に向き合うべきだ。それがフランクス神父の望んでいたことよ。でも殺人は正義じゃない。このプーカなんて馬鹿騒ぎの背後に誰がいるにせよ、わたしが保証するわ、そいつはただのサイコパスよ。そいつはあなたたちのためにやったんじゃない、あなたたちはただの口実。そんなのは正義じゃない。それにこれは――」バーンズは言い、両手を大きく広げた。「これは――正義じゃない。わたしが約束する、問題なのはこのビルにいる誰でもない、それにあなたたちがいましようとしていることでは解決しない。あなたたちがこんなことをすれば、世間は頭のおかしい乱暴者たちだと簡単にレッテルを貼ってしまうのよ。この街はみずからをばらばらに引き裂こうとしている、それはわたしたち全員を苦しめることになる。さあ……これからこのドアをあけるから、あなたたちのうち六人が上へあがって、フランクス神父の遺体と対面していいわ。神よ彼の魂を安らかに眠らせたまえ。ここには医師がいる、だからあなたたちは証拠を目にできるの、わかるわね？　残りの人たちは――お願いだから――家へ帰って。今夜はもう大きな被害が出たわ、だからもうおしまいにしましょう」

バーンズは話をやめて群衆を見た。あちこちで小さな話し合いが起きていた。後ろのほうにいた何人かは夜の中へ遠ざかっているようだった。

バーンズが振り返ると、デラコートが降りるのを助けようと手をさしだしていた。

「上出来でしたよ、バーンズ警視」

「それはこれからわかるわ」彼女は答えた。「それじゃ失礼してよければ、わたしは殺人事件の捜査があるので」

バーンズは武装即応隊員たちに顔を向け、バリケードをさした。「あれを全部どけてもらえる?」

彼らはうなずいた。

「それじゃ、この人たちに手を貸してあげられる人は?」

救急隊とほかの二人が進み出た。オンブズマンのスタッフの一人が、若いほうの武装即応隊員の反対側でソファをつかんだ。

「ああ、キース、あぶなかったなあ」

「誰がキースだよ? 俺の名前はパドレイグで、スパーズなんか大っ嫌いだってのに」

48

二〇〇〇年二月七日月曜日――午後

「あなたの罪の償《つぐな》いとして、〝主の祈り〟を六回と、〝アヴェ・マリアの祈り〟を三回唱えるように。神の恩寵《おんちょう》があなたとともにありますよう」

「あなたにも。神の祝福を、神父様」

「あなたにも、メアリー。ジェームスにわたしが会いたがっていると伝えてください」

「そうします」

ダニエル・フランクス神父は右手の告解室の仕切り板を引いて閉じ、深く息をした。偏頭痛が始まっているのがわかり、それもひどいものになりそうだった。医者に効くかもしれませんよと言われたとおり、顎《あご》の筋肉をほぐそうとした。肩の上で頭をぐるぐる回し、こわばった音が首をつたわってポキポキ鳴るのを聞いた。もうじき終わるだろう、月曜の午後の告解はそれほど人が来ない。だからそのあとは横になれるだろう。忘れずに持ってきた水のボトルからひと口飲み、そこで左側の告解室で人の動く音を耳にした。

すぐにロザリオの数珠《じゅず》を右手から左手に持ち替え、汗ばんだ手のひらを外衣でぬぐった。やはりもう一度医者に診《み》てもらって、あの錠剤を飲むことを考えたほうがいいかもしれない。もう一度深く息をすると、椅子に背中をつけて左手の小さな扉を引きあけた。

「こんにちは、わが子よ、今日は告解に来てくれてよかった。神があなたとともにありますよう」

もう二度と聞くことはないと思っていたなじみのある声が響いてきた。「祝福をください、神父様、俺はチンコのつまった樽に入ったイカれ娼婦みたいに罪を犯しました」

「驚いたな、バニーか」

「ああ、イエス様、神父様、どうして俺だとわかるんだ?」

フランクスは落ち着きなく座りなおした。「きみの不遜《ふそん》な態度ははっきりわかる」

「なるほど、ただし俺が告白しにきた罪はそれじゃないがな」

「そうか。よかったよ……きみがまた来てくれて。ミサで見かけなくなっていたからね、あれ以来……」フランクスはそこで言葉を切った。ほかに何と言えばいいのか思いつかなかったのだ。

「ああ」バニーは答えた。「俺はあのミサをまるごとぶち壊したようなもんだ」

「それを聞いて残念だよ。きみは……わたしに告解を聞いてほしいのか?」

会話がしばらくとぎれた。

「セックスするのはまだ罪なのか、神父?」バニーがきいた。

「婚姻の聖域の外での性交を言っているのなら」フランクス神父は答えた。「それならイエスだ、罪だよ」

「変更されたと思ったんだが？」

「いや」

「たしかか？　何かで読んだぞ」

「ああ、無駄話はやめてくれ、バニー」フランクス神父はこのはぐらかしを知りすぎていた。防御システムとして話をそらすこと、ユーモアを使うこと。昔ながらのバニーだ。

「俺は本気だ。教皇が何か言ってなかったか？　調べてみるべきだぞ。連中はあんたに最新情報を教えてないのかもしれない」

「十戒は石に刻まれているんだ、バニー、クレヨンで書いてあるんじゃない。さあ、わたしにしてあげられることはあるのか？」

「告解すべきことなら山ほどあるよ、神父。ここ数日だけでも、俺は盗んで、おどして、ゆすった。善良な男を破滅させるのに手を貸しながら、自分の目的のために悪人が罪から逃れるのを許した」

「なるほど」

「あれからもう何年になる——三年か？」

フランクスは頭の中で計算をした、本当にそんなにたったのか？「そうだな、それくらいになるだろう」

「あのあと……俺はもうここで神を見出せなかった。ただ違ったんだ……俺は心から、真面目に罪を償おうとした、それでハーリングチームをつくった。若いやつらを早いうちにがっちりつかんで、ストリートから遠ざけるためのものを。この世に悪党はじゅうぶんいるからな」

「たしかに」フランクスは認めた。「気高い動機だよ」

フランクスは以前にもその話を聞いていた。本当にうれしかった。バニーが何か前向きなことをしていると知ったことで、彼自身の罪悪感もやわらげられたのだ。ほんのわずかであるにしても。

「効果もあるんだ」バニーは言った。「違いが生まれるんだよ、本当に気持ちが変わるんだ、そういう若いやつらの人生で」

「きっとそうだろうね」

「なのにいま、それが奪われようとしているんだ」

「それは……残念な話だ」

「金持ちのやつらがわざわざ議会を買収して、労働者を痛めつけようとしてる」

「ひどいな」

「俺はありとあらゆる手をつくしたんだ、ダニー、どんなことでもやった、でもそれじゃ足りないんだよ。あと二時間したら、すべて終わりだ。あのクラブは……」

バニーの声が暗闇でかすかに割れた。フランクスは何かが動いてかすかな音がするのを聞いた。

「あれは俺がやったたったひとつの、本当にいいことなんだ。あのあと、俺たちがやったことのあとに……」

沈黙が二人のあいだに広がった。フランクスは指で数珠をたぐった。手が白くなるまで数珠をこぶしに巻きつけた。

「いいことを教えてやろうか？」バニーが言った。

「何だい？」

「あいつを馬鹿にするわけじゃないが、イエスの人生は楽だったよ」

「きみが聖書を読んだのはずっと前だろう、バニー」

「俺が言いたいのはな、みんなそうだったたってことだ、あの時代には。イエス本人——彼は三十三まで生きて、あの頃にしちゃあずいぶん長生きだろ。人生は厳しかった、もちろんそうだ、でも長くはなかった」

「たしかに」

「彼らにはいろんなことをめちゃくちゃにするほどの時間がなかったんだ。ところがいまの時代、俺たちのどっちも健康のお手本ってわけじゃないが、たぶん八十まで生きるだろう。みんな人生は短いって言うが、そうじゃない。長いんだ、いやになるほど長い——だからめちゃくちゃにしないではいられない。ルーレットみたいだな。テーブルに座ってるのが一時間だけなら勝ったまま逃げ切れるかもしれない。でも長く座っていれば、胴元が勝つにきまってるんだ」

「ずいぶん厳しい見かたをするようになったね、バニー」

「俺の見てきたものをあんたも見ればさ、神父……」

沈黙の中、フランクスは遠くで電気掃除機の音がするのを聞いた。ミセス・バーンが祭壇を掃除しているに違いない。誰も彼女に掃除機がけをやめさせることはできない。

「いまもあのことを考えるか?」バニーが小さく低い声できいた。

「考えるって何を?」沈黙は二人のあいだで血のしみのように花開いた。それは答えを必要としない愚《おろ》かな質問だった。さまざまな場面が、招かれもしないのに心によみがえってきた。次にフランクスが話しだしたとき、その声はささやきになっていた。「毎日」

「俺もだよ。俺が言いたいのは……」バニーの声が揺れた。「これは一種の……考えるというんじゃない、だよな。それより……俺が言おうとしているのは、夜がいちばんひどいってことだ。夢を見るんだ」

フランクスは何も言わなかった。

「俺たちは正しいことをした」バニーは付け加えた。

その言葉は宙ぶらりんになった。フランクスは同意も否定もしなかった。

「あいつはまたやっただろう、それはあんたもわかっている」

フランクスはようやくまた声を出した。「判断する権利があるのは主だけだ」

「神はあのときそばにいなかった。俺で間に合わせなきゃならなかった」

「なぜここに来たんだ、バニー? わたしたちの過去の罪を話し合うためか?」

「罪ってのはおかしなものだよ、そうじゃないか、ダニー? ある人々は、ひとりの男を見て——やっぱり議員だが——そいつが毎日ミサに行き、週に一度は告解するのを見て思うんだ、

〝そうとも、あの人は心正しく信仰の厚い人だ、純粋な魂だ〟とな。俺はそいつを見たら思うよ、〝自分じゃとりのぞけない、大きな黒い罪を背負ったやつなんだな〟ってさ」

「外に人が並んでいるんだよ、バニー。また夜に来たらどうかな」

「時間がないんだ、神父。正確には……」告解室のむこう側で、かすかな光がちらりとあたりを照らした。「あと一時間と五十二分すれば、その信仰厚いやつが議場に入っていって、俺のたったひとつの善行を帳消しにしちまう。そんなことは耐えられない。言わせてもらえば、残念だよ。去年あの男が監視下に置かれたのは残念だ。あいつが毎週ここに来ていると報告があったのは残念だ。教会はたくさんあるのに……ちくしょう、どんな確率だよ？　残念だ。俺がそのことを知って残念だ、でも知ってるんだ」

フランクスは冷たい汗が背中を流れるのを感じた。

「ちょっと待て、バニー。きみと何かを話し合うことはできないし、そのつもりもない。規則に反する」

「誰の規則だ？」バニーはきいた。「神のか？　そりゃそうだろう、神はあらゆる規則を定めてるんだもんな、ダニー」

「きみに頼んだことは一度も――」

「やめろ。やめてくれ。あんたは自分のやったことをわかっているし、俺もあんたのせいだと言うつもりはない、本当にない。やらなきゃならないことがあったんだ。でもあんたは誰に話してもよかったのに、俺を選んだ。あの怪物があんたに話すことを選び、あんたはそれを俺に話すことを選んだ。俺は……俺は善人じゃないよ、神父。もちろん、努力はするし、これまでも……自分が何かいいことをしたと思いたいんだ、でもそれだけじゃ俺は善人にはなれない。だけどあんたは——俺をいまの俺にしたのはあんただ。だから俺に罪がどうのなんて話はしないでくれ、神父、あれを俺に押しつけたのはあんたなんだから」

フランクスは熱い涙が頬を流れるのを感じた。「きみが頼んでいることは、バニー……告解の秘密厳守はもっとも神聖なものだ。あの……わたしたちがしたことは間違っていた、でもあれは……彼はまた必ずやっただろう——天にましますやさしき神よ、わたしをお許しください——でも彼はやったはずです。でもこの男は、きみが話をしているこの男は、それとは違う……」

「選択の余地がないんだ」バニーは言った。

「わたしにそんなことをしろと頼んでもだめだ」フランクスは言った。

「俺は頼む。あんたはあの罪を俺に押しつけた、いまは俺がそれを頼んでるんだ」

「それは——」

「俺はいいんだ、ダニー。いいんだ。あんたたちの規則も理由も俺には無意味だ。俺は堕落した、でもこれは違う。いま、ここの問題なんだ、戦う値打ちのあることなんだ。あんたの神様が望むなら来世で解決してもらってくれ、でも現世では、俺は自分の唯一の善行を守るためなら何でもやる」

「いけないよ」

「俺はやる」
「わたしはやらない」
「あんたはやる」

49

ゲリー：オーケイ、さっきキレてしまったこと、自分と局を代表して公式に謝罪するよ。あれは——まあ、俺たちみんなかなりストレスを受けているし、それに……あの車はすごく気に入っててね。さて、クロンドーキン警察署のオブライエン巡査部長とつながっているそうだ。
オブライエン巡査部長：そうだよ、ゲリー、ハロー。ずっと前からのリスナーだ、電話したのははじめてだけど。俺も仲間も大ファンで、いつもきみの番組をつけてる。
ゲリー：そうか、ありがとう、巡査部長。
オブライエン巡査部長：きみが河岸地区《ザ・キーズ》にいることは知ってるよ、このごたごたの真っ最中にね。不安になって当然だよな。
ゲリー：まあ、そうなんだ、みんな不安でさ。
オブライエン巡査部長：何も心配しなくていいんだ、それにきみが長年警察についていろいろ言ってきたことも気にしないでいい。
ゲリー：ええと、ありがとう、でも――
オブライエン巡査部長：暴動用の装備をつけたし、外のバンを押さえた――これからきみたちを救出しにいくよ。
ゲリー：ワォ、それはまた……何て言ったらいいか……
オブライエン巡査部長：いいんだ。でもまずは、アデルの新曲をかけてもらえるかな？（笑い声――電話が切れる）
ゲリー：この底抜けのバ――

「ミスター・マロニー？」ウィルソン刑事は言った。

取調べ室でデスクの反対側にいる男は、不意に夢からさめたかのように彼に目を戻した。ウィルソンはもう一時間近くマロニーを尋問していたが、マロニーが出てきたときにはハーティガンと彼らの弁護士のマーカス・ペンローズはぴんぴんしていたし、あの家に不審な荷物があるのは見なかった、とする主張以外に役に立つものは引き出せていなかった。まだ時期尚早ではあったが、鑑識のジャニスは、爆発は家の中で起きたようであり、爆発源を確定するべく検査のために破片を採取したと言っていた。ウィルソンは質問を繰り返した。「こうきいたんですよ、あなたはバニー・マガリーに会ったことはあるんですか？」

「まあ、あきらかにないね、わたしはまだ生きているじゃないか？」

「どんな証拠をお持ちで、ミスター・マガリーがこの事件の容疑者だと信じるにいたったのか、おききしてもいいですか？」

「彼が容疑者じゃないとでも？」

「いいえ、わたしは――」

「まったく典型的な事件じゃないか。クレイグ・ブレイクが死んだ。ジョン・ベイラーも死んだ。マーカス・ペンローズもわが良き友のジェローム・ハーティガンもついさっき、世界が恐怖の中で見ているあいだに死んだ、そして奇跡がなければ、わたしも死んでいただろう……なのに、これだけのことがあったあと、きみが気にしているのはわたしが自分を殺そうとしている男の名前をどうやって知ったか、ってことだけなのか？　そう思っていいんだね？」

　ウィルソンはしばらく自分のメモに目を落として、気持ちを立て直した。ミスター・マロニーは聴取するには手ごわい相手だった。警察は彼に供述させるには逮捕寸前までやらなければならなかったし、そのあとですら、マロニーは自分の運転手が同席するならば喜んで供述すると言い、アイルランド警察《ガルダ・シーハーナ》が彼に対する陰謀に加担しているという可能性に言及したのだった。彼がついさっき誰かに殺されかけたのでなければ、ウィルソンはマロニーのことを強迫神経症の変人と調書に書きたくなっただろう。

　ウィルソンは雇い主の後ろに座っている運転手にもう一度目をやり、これまで何度もそうだったように、彼がこのこと全体をきわめて面白がっている印象を受けた。運転手はくつろいで退屈そうに座っており、まるで警察の取調べ室ではなく、医者の待合室に座っているだけのようだった。マロニーは、自分が信頼する唯一の弁護士はついさっき天国へ吹っ飛ばされたと言って、弁護士には電話していなかった。

「この国の問題は何か知っているかね？」マロニーがきいた。

ウィルソンは彼を軌道に戻そうとしかけたが、以前の上司のジミー・スチュアート警部補が、いまや定例となったチャットで言っていたことを思い出した。〝常に連中にしゃべらせるんだ、やつらは言うつもり以上のことをたびたび口にしてしまうものだからな〟

「いえ」ウィルソンは答えた。「この国はどこが悪いんです？」

マロニーはずんぐりした指をデスクのむこうからこちらに突き出した。「大望への憎悪、それだよ。ちょっと〝何かをやろう〟ってところを見せると、口ばかりのインテリ中上流どもがさげすむんだ。大望ほどやつらをいらだたせるものはない。この世界は危険に挑む者たちによって築かれたのに」

「スカイラークはそれだったんですか――危険だと？」

ウィルソンは捜査の観点からいまの質問をして当然とはいえなかった。自分に認めなければならない、そう尋ねたのはただマロニーが――本人の陥《おち》っている状況にもかかわらず――非常に好意を持ちにくい男だからだった。ここ数日に続いて今日もひどい一日だったし、おまけに自分の住みなれた街がばらばらになり、目の前で家が爆発するのも見たことに加え、マロニーに警察の愚かさを繰り返し口にされるのが、だんだん本当に神経に障りはじめていた。

マロニーは顔の表情を次々にすばやく変え、まるで〝醜い〟という言葉の定義を見つけようとしているようだった。彼は何か言いかけたがすぐにやめ、そのかわり気短に立ち上がって、椅子を後ろの床に倒した。

「話はここで終わりですな。安心してください、ウィルソン刑事、あなたのふるまいに対する苦情は上司の方に届けておきますから」

「それは残念です。記録のためにもう一度言わせていただきますが、あなたに警護をつけさせていただくことを強くおすすめ――」

「おお、勘弁してください！　アイルランド警察ならうちのハムスターを守ってくれると、わたしが信じているとでも！　この神に見捨てられた国からは今夜発つつもりですよ。ここじゃ悪党どもが好き勝手に街をぶらつけて、わたしはどこへ行っても安全じゃありませんからね」

「ご忠告しますが――」

「おかまいなく」

マロニーは出ていこうとした。ウィルソンは運転手がジャケットの内ポケットから携帯を出し、うなずいてそれをさすのを見た。

「ああ、そうだ」マロニーは言った。「気の毒なジェロームが最後にこんなことを言っていましたよ、ここ何日か、誰かに尾行されていて不安だと。うちの運転手、ミスター・コーツィーは、わたしが先週ジェロームのところへ行ったとき、不審な行動をしている人間に気づいたそうです。彼が写真を撮っていますよ……」

運転手は携帯のボタンを二つタップし、何度かディスプレーをスクロールしてから立ち上がり、デスクのむこうから乗り出して、ウィルソンにその写真を見せた。

ウィルソンはそれを見たときに顔に出ないよう必死にこらえた。その顔には見おぼえがあった——ポール・マルクローンだった。

50

「ちょっともう、死なないでよ」

ブリジットは自分の携帯を見た。四パーセント。

もう一度ドアベルを鳴らしにいくと、楕円形のガラスにぼんやりしたシルエットがあらわれた。

「誰だ？」年配の男の声がドアのむこう側からした。ブリジットはちょっぴりがっかりした。これまであたってきたのはここが六軒めで、いまのところ七十歳以下の人は誰もおらず、唯一、なぜか怒っている女に、罰当たりな言葉をあびせられて追い払われたが、どうやらその言葉はブリジットがバリーとかいう誰かとセックスしているという意味らしかった。

「ハイ」ブリジットは自分のいちばん怖くない声で呼びかけた。「とても奇妙なことに聞こえるのはわかっていますし、本当に大事なことでなかったらこんなお願いはしないんですが、iPhoneの充電器をお持ちでしたらお借りできませんか？」

長い沈黙が続いてから、「何だって？」

「わたしの携帯のバッテリーがなくなりそうなんです。それに、正直に言いますが、人の生き死にがかかっているんです。携帯を充電しなきゃならないんです、その……長い話になるんですけど」

沈黙。

さらに沈黙。

「何だって？」

「ちょっとだけドアをあけてもらえませんか、ほんとに、すごく大事なことなんです」

「あんたがああいう略奪者の仲間じゃないって、どうしてわかる？」

ブリジットはため息をついてあたりを見まわした。彼女がいるのはブラックロックのスウィートマン・アヴェニューという通りだったが、これまでのところ誰ひとりとして礼儀を知っているレベルにはなく、ましてやさしい《スウィート》とはほどとおかった。場所だって単独の略奪者が暴力をふるうにはむかないようにみえるのに。ほぼ真ん前にブラックロック地区警察署があるからというだけではなく。ブリジットはもう一度携帯を見た。三パーセント。ああ、どうしよう。

はじめにアプリの〝スニファー〟を携帯にダウンロードして、数分後に追跡装置が、もしくはダンカンが言うところのバニーの〝仕掛け《ドゥーダー》〟が位置を通知してきたときには、ブリジットも興奮した。しかしその位置がジェローム・ハーティガンの家で、彼はこの一週間ポールが尾行していた相手だとわかったばかりなので、わけがわからなくなった。ポールが依頼を引き受けた経緯《けいい》――依頼人の名前も知らないことはもちろん――については、まだ考えはじめてもいなかった。その機会が得られる前に、ハーティガンは文字どおり煙の中に消えてしまった。携帯のディスプレーに明滅する赤い点はその数分後に動きはじめ、ブリジットはそれが、犯罪現場から逃げ出しているとは考えないようにしていた。

　ブリジットは自分が誰を、あるいは何を追いかけているのかわからなかった。バニーの名前はいまや、〝プーカ〟の背後にいる人物としてニュースに出まくっていた。彼女は信じなかったが。バニーはそういう殺人に耽溺《たんでき》するタイプとは思えなかった。殺人の部分はそれほど信じられなくもないが、こっそり動きまわるほうはまったく信じられない。それでも、答えを得る唯一のチャンスはこの追跡装置だった。どうやら車についているようで、その車はいま警察署の裏の駐車場にあるらしい。ブリジットはどの車なのか正確に突き止めようとしたが、女性の警官が真剣にクリップボードを振りかざしてきたのでできなかった。暴動のせいで、警察はすこぶる過敏になっている。ブリジットは引き下がった、警察の駐車場へ入る目的を話す気になる理由はなかったからだ。それが三十分前。追跡装置がもう一度動きだすのを待っているあいだに、死にゆく携帯の問題に対処しようとしたのだが、それが驚くほどむずかしいとわかった。近くの大きな通りにあるショップはどこも充電器を売っていなかった。そんなわけで彼女はやぶれかぶれの手段に出て、一軒一軒をあたっていたのだった。

「わたしは略奪者じゃありません」

「略奪するやつならまさにそう言うだろうよ」

んか?」

「オーケイ、そうですね、でも……略奪者なら玄関のベルを鳴らしたりしないんじゃありませんか?」

「知らんね、略奪にあったことはないからな」

「とにかく、ドアをあけてよ」

「わたしにそんな口のきき方をするんじゃないよ、お嬢さん」

ブリジットは深呼吸をした。「本当にすみません、今日は悪夢みたいな一日だったんです。正直に言って、この一週間がひどかったんです。仕事は停職になるし、まあ、それはどうでもいいんですけど。元の彼氏がわたしを裏切ったと思っていたけれど、実は裏切ってなかったんです。わたしの元婚約者にはめられたんですよ――そいつは裏切ってたんです、何度も――それで……」ブリジットは自分がべらべらしゃべっていることに気がついた。「みんなどうでもいいことですよね。でも大事なのは、わたしの友達の行方がわからなくなっていて、唯一の手がかりはその追跡装置で、それが彼のいるところへ案内してくれるかもしれないんです、というか少なくとも……ポールにも連絡しようとしてるんですけど――元の彼氏です、裏切ってないほう――そうしたら彼は暴動に巻きこまれて、電話がつながらなくて。ラジオで言ってたんですけど、当局が市の中央部でモバイルネットワークを遮断したって、それで……問題は――本当に携帯を充電しなきゃならないんです。礼儀知らずな態度をとったのならすみませんでした。それにこんな話は頭がおかしいように聞こえることもわかってます、だけどわたしはちゃんとした人間で、たいへんな一日だっただけなんですよ。この頼みだけきいてもらえませんか、お願いします。iPhoneの充電器を持っていません?」

ブリジットは話をやめ、沈黙が広がるにまかせた。

期待をこめてドアを見守る。何の動きもなかった。

たっぷり三十秒ほどたったあと、家の奥でトイレを流す音が聞こえた。

玄関ドアを蹴らずにおくのが精一杯だった。

通りの左右を見て、それから警察署に目をやった。これがはじめてではないが、いちばん分別のある行動はただあそこへ入っていって、自分の知っていることを全部彼らに話すことではないだろうかと思った。しかし問題は、バニーの追跡装置が現在はその駐車場にある車についているらしいことからみて、警察官が関係していると考えなくていいのだろうか?ということだった。バニーが警察の最上層部の腐敗をあばき、その主犯のひとりをバルコニーから投げ落としたのは、たった八か月前のことだ。誰かがいまでも恨みを抱いている可能性はかなり高いし、ブリジットとしては彼に害をなすかもしれない人間に手を貸すわけにはいかなかった。

いつもそこに考えが戻ってしまう。バニー・マガリーが何をしたにせよ、もしくはいましているにせよ、彼が最後にしていたとブリジットがはっきり知っているのは、ポールが女遊びをするろくでなしではないと証明することだった。ラジオが声高《こわだか》に言っているサイコパスの怪物とは合致しない。

ブリジットはテラスハウスの玄関階段に腰をおろし、携帯を見た。またもやバッテリーの残量低下の警告が出た。

そのとき、赤い点がふたたび動きはじめた。
二パーセント……。

51

ここは地獄なのか?

業火はない、ただ暗闇だけだ。しかしその暗闇は燃えている。彼をまるごと食いつくす。その暗闇と静寂は。

自分がどれくらいそこにいるのか、どうやってそこに来たのか、〝そこ〟がどこなのか、彼にはわからなかった。この体も自分のものじゃない。この体は壊れている。どこも自分のものという気がしない。

目がさめると暗闇で、鎖で壁につながれ、後ろの石を水が流れ落ちていた。

暗闇と静寂以外、何もないのが永遠と思えるほどつづいては、やがて目もくらむような光がどっと入ってきてあの痛みがやってくる。光で目が焼けるので、最初の二度くらいは、その人影が近づいてくるのを、ブラインドのようにした指の隙間から見ていた。暗闇がひとりの人間の形をとり、そいつの目的は彼に雨のごとく罰を降らせることだけだった。殴られてはまた殴られる。最初の二度はそれが飛んでくるのが見えなかった、光で目がくらんでいたから。そのあとは、目が腫《は》れあがって、閉じているのとほぼ変わらなくなり、左側からはまざりあった色がさっと動くのが見えるが、右側からは何も見えなくなった。光があるのがわかる程度で、光は痛みを意味した。暗闇は光で苦しめてくる。

はじめは、立っていて自分を守ろうとした、重くて頑丈な鎖で壁につながれたまま。一発か二発はこちらからも食らわせてやり、いい気分になれた。しかしそれは闘いではなかった。そのあとは何度も何度も何度も殴られた。

はじめは、暗闇にいくつも問いかけた。

それから侮辱《ぶじょく》の言葉をあびせた。

ここ二回は黙ってうずくまり、こぶしの雨がやむのを待った。暗闇が怒りを使いきってしまうのを。そのあとは食べ物と飲み物を残していってくれる。暗闇は思いやりがあった。

暴力の嵐と、押しつぶすような静寂のあいだに、幽霊たちがやってきた。上品なものごしでスツールに立っている男。にやにや笑う死体。青ざめた女は、彼が揺さぶって生き返らせようとしているあいだに、腕の中でかすかな脈を弱らせていった。旧友。それから彼女。シモーン。彼の天使。彼女も来てくれた、そして彼を腕に抱き、暗闇の中で低く歌をうたってくれた。

それで彼にはわかった。ここが地獄であるはずがない。暗闇が彼女を来させてくれるはずがないのだ、ここが地獄なら。

それは希望があるということだった。

これが終わりになるかもしれないと。

死ねるかもしれないと。

52

ポールは名前を発音できないうえに、人には勧められない東欧製の缶ビールをパキッとあけ、乾杯のかたちに持ち上げた。デスクの堤のむこうにはマギーが座っていて、先に与えたビールをボウルからぴちゃぴちゃなめている。ポールはオフィスを見まわした。

「まあ、こうする価値はあったんだよな? 暴動を必死にくぐり抜けた、でも何のためだったんだろう?」

マギーは答えなかった。ポールは自分のビールを飲み、たちまち後悔した。彼らは力を回復すると脚をひきずって戻り、午後七時五十八分に事務所にたどり着いた。いまは午後九時近く。〝赤いドレスの悪魔〟はあらわれなかった。ブリジットに電話してみたものの、モバイルネットワークはまだダウンしたままのようだった。彼女がどうやって追跡しているのか見当もつかなかった。自分よりうまくやってくれているといいのだが。

ポールは廊下の先にある狭いトイレでできるかぎり体をきれいにした。何はともあれ手足はつながっていた。ただし肋骨《ろっこつ》はさわると痛いし、足首は歩くと痛いし、耳はハウリングのように不快なブーンという音がしている。それ以外は、切り傷と内出血が少々、プラス目のまわりにあざができつつあった。マギーはといえば。まあ、誰にわかる？　ポールはマギーの傷を調べようとしたのだが、すぐにうなり声がこう語った――暴力による絆という体験をしたにせよ、しなかったにせよ――さわられることに対するマギーの意見は変わっていないと。ポールはあとで不運な獣医を見つけ、朝になったらマギーを診《み》てもらうつもりだった。それまでにこの世界が焼きつくされていなければの話だが。

窓の外を見てみた。濃い紫色の煙が二本、血のように赤い夕日の中を昇っていくのが遠くに見えた。暴動はいまも続いていた。彼の携帯はまだ隣家のＷｉ－Ｆｉ経由でインターネットにつながった。最後に見たのは、アイルランド軍がオコンネル・ストリートを取り戻すために河岸地区《ザ・キーズ》を行進していくところだった。軍がこんな事態にそなえて暴動用の装備の隠し場所を持っていたことがそれでわかった。

ポールが窓をあけると、よだれの出そうな料理のにおいとともに、〈オリエンタル・パレス〉の厨房からテレビの音声が聞こえてきた。スクーターが何台も出たり入ったりする音からすると、月曜の夜にしては商売繁盛らしい。みんな家の中にとどまって、テレビで暴動を見ているのだろう。

もういちど携帯を見てみた。信号なし。

十五分前に下へ降りていって、〈パレス〉の地上回線でブリジットに電話してみたのだが、すぐにヴォイスメールになってしまった。フィルのほうも同じだった。ポールは両方に店の番号を残し、ミッキーはどんな電話でもかかってきたら呼んでやると請《う》け合ってくれた。

「何をするべきだと思う?」

マギーは当惑した顔をした。

「警察に行ったほうがいいかな? ただ、何て説明しよう? 爆発で吹っ飛ばされたあの人、知ってますよね? 僕たち、彼が本当は殺人犯だと思っていたんです。さぞうまくいくだろうな」

マギーは乗り気でなさそうだった。

「病院へ行ってフィルを探そうか、でも……」ポールは言いたくなかったが、フィルのリンおばさんがそこにいることは間違いないし、可愛い甥《おい》っ子が吹っ飛ばされそうになった責任を負わせる相手を探しているだろう。ポールは心の底から、その相手になりたくなかった。敵愾心《てきがいしん》を持ったときのリンは、逃げ場のないところで対峙《たいじ》したいものではない。

「ブリジットを助けることもできない」ポールは言った。「そもそも彼女がいったいどこにいるのかわからないんだから」

マギーは彼を見つめつづけた。

「そんなふうに見るなよ、おまえは何かアイディアがないのか?」

マギーはわずかに顔をそむけた。

「僕たちは両方とも、この件に関しては無能だな。自分たちに問うべきなのは、〝ブリジットだったらどうするか？〟ってことだ。賢いのは彼女なんだから。追跡装置のことに気がついたし、アプリをダウンロードして、送って……、あ、くそっ」

ポールはデスクの引き出しをあけてバニーの車のキーをつかんだ。

「なんでいままでやらなかったんだろうな？　さあ来い」

53

公正を期すために言うと、ブリジットも思いついてすぐ、そのアイディアはまずいと気がついていた。問題は、それに代わる別のアイディアを思いつかないこと。携帯は何とかがんばって、追跡アプリの明滅する赤い点が海岸沿いの道路へ入ったとわかるまではもってくれた。すぐに車を飛ばし、そこへ行ったら、ちょうど遠くに青いＢＭＷが道をそれて、放置されたらしい三つの建物がある敷地のゲートを入っていくのが見えた。曲がりくねった道を走って彼女がゲートに着く頃には、車は完全に消えていた。ブリジットは車を停めた。

フェンスの内側の地面に散らばり、砂をかぶっている看板から察するに、ここはかつてセメント工場だったらしい。大型倉庫ほどの大きさの建物が、もっとふつうの二階建ての建物二つに両横をはさまれていた。どちらもいまは板が張られ、落書きだらけの廃屋《はいおく》になってしまっている。まるでまとまってみじめでいるよりは、違いを出すことで少しはよくみせようとしているかのようだった。大きな看板がここはシービューという寝室二間の高級アパートメント用地として申請されることになっていると告げ、輝かしい明日を約束していた。世間はあまり関心がないようだ、とブリジットは思った。新しく、あるいはよくメンテナンスされているようにみえるのはフェンスだけだった。九フィートの高さがあり、てっぺんに有刺鉄線が張られている。この場所がゴミ捨て場にうってつけだと思った人間がいたのはあきらかだった。フェンス前の芝生のへりには、ゴミ袋から家電製品、衣類等々にいたるまで、あらゆる種類のがらくたが散らばっていた。うまくいかなかったトランクセール（人々が車のトランクに入れて持ちよった品物を並べて売ること）の品物の半分が、そこに捨てられたようにみえた。

ブリジットは自分の選択肢を考えてみたが、ごくわずかしかなかった。ホースまで引き返し、電話を見つけて警察にかけようか。とはいえ、彼らに何を話すのか、まったく思い浮かばなかった。さっき見た車が追跡装置をつけた車なのかもたしかではない。

あの車がまた出てくるのを待って、追跡装置の助けなしに尾行してみようか。それがうまくいく確率についてはあまり楽天的にはなれなかった。たとえそれができるとしても、何か無法なことがおこなわれているのはこの場所のように思える。

疑わしいときは、何かせよ。それがブリジットのひそかなモットーだった。正直なところ、その〝何か〟はほぼ確実にひどいアイディアなのだが、それでも、探っては何の成果もなく、疑問ばかりが増えるのにはもう飽き飽きしてきた。ブリジットのカンでは、その建物の中にあるものが何であれ、やっと答えを持っていそうだった。

そんな理屈をつけて、不法投棄の共犯になる突撃行動をとることを正当化した。古い洗濯機がその上に立てる程度にはしっかりしているとわかったので、ブリジットは丸めてあったかびくさいカーペットを有刺鉄線フェンスの上へ投げた。それから忘れてしまいたい五分間を、フェンスをのぼって越えることについやしながら、カーペットのいやなにおいを頭から追い払い、そのにおいのもとが何なのかも考えないようにした。ジーンズを破き、尻にあざをつくり、髪はあとでいやにべたべたしてきたのだが、ブリジットは乗り越えた。

乗り越えてからはじめて、番犬の注意書きの看板に気がついた。真面目な話、誰がなんでそういう看板をフェンスの内側に向けてつけるの？　頭のおかしいひねくれ者、そういう人に違いない。

ブリジットはできるかぎりすばやく静かに建物をまわっていった。少しでもトラブルの徴候があれば逃げて、警察に通報しよう。それがまともな計画に思えた。

小さいほうの建物のひとつをまわってみたが、何も聞こえず、窓はしっかり板張りされていた。格納庫の表の扉に近づいていくと、タイヤの跡がその大きな木の扉の中へ入っていっているのが見えた。扉に耳をつけてみると、かすかな、はっきりしないささやきが聞こえた。

そのとき、後ろで、誰かが咳払いをした。

肩ごしに振り返ると、男がひとり立っていた。背が高く、がっしりした体型で髪を短く刈っている。唇《くちびる》は笑っていたが、目はまったく違った。しかしブリジットがそれに気がつくまでには二秒かかった。男が彼女の頭から数インチのところに突きつけている大型拳銃で、視界の手前側がふさがっていたからだった。

「ハイ、ええと……おかしな話に聞こえるのはわかってるんだけど……ひょっとしてｉＰｈｏｎｅの充電器を持ってません？」

54

二〇〇〇年二月七日月曜日——晩

「それはたしかなの？」メイヴィス・チェンバーズがきいた。不安げにハンドバッグを抱えて、周囲を見まわしている。市議会場《シティ・ホール》は彼女を落ち着かなくさせていた。大理石と南側の住民ばかりで、どちらにもなじみがなかったのだ。

答えがないので、彼女は横で床を見ているバニー・マガリーを見上げた。

「あたしの話、聞いてる？」

「いや、メイヴィス、聞いてない」

「ったく、聞いてなさいよ。本当にうまくいくと思ってんの？」

バニーは床の複雑な模様を指さした。「これが何だか知ってるか？」

メイヴィスはいらだたしげに下を見た。「追い払ったほうがいい悪夢、じゃないの。何が言いたいのよ？」

「これは正式なダブリン市の紋章だ。そこにラテン語があるだろ、〝Obedientia Civium《オベディエンテイア・キーウイウム・》 Urbis Felicitas《ウルビス・フエーリーキタース》〟、その意味はな、〝市民の恭順が幸福な街をつくる〟だ。そのことをあんたはどう思う？」

「あんたいま、ラテン語をしゃべった？」

「しゃべった、実をいうと。キリスト教修士会（一八〇二年アイルランドのウォーターフォードで設立された男子修道会）のおかげだよ。連中が教育してくれるんだ、もしくはそうしようとして殺してくれる」

「じゃあ、もうハーリングチームでコーチはしないんだろうから、そこで授業を始めたらいいんじゃない」

「落ち着けよ」バニーは繰り返した。「言っただろ、大丈夫だって」

メイヴィスはジャーレス・コート議員の見慣れた姿が通りかかったので目を上げた。彼は尻で引きずられて生垣を抜けてきたようにみえた。

「こんばんは、議員」メイヴィスは言った。

「ジャーレス」バニーも会釈して言った。

コートは重い足どりでそのまま通りすぎるあいだ、目も上げなかった。「くたばりやがれ、バニー」

メイヴィスはバニーの腕をつかんだ。「あんた、彼はもうこっち側についたって言ったわよね？」

「ついてるさ」バニーは答えた。

「ああ何てことよ、もしそうなら、まだ決めてない連中とは顔を合わせたくないわ」

バニーはそっとメイヴィスの手を自分の腕からはずし、彼女はそこでようやく、少しばかり強くつかみすぎていたことに気がついた。

議会場を見まわした。開会まであと五分なので、たくさんの人々が動きまわっていた。議員たち、関係者たち、などなど。メイヴィスは後ろに目をやった。八歳になる孫娘のタマラは椅子に座り、足を前後にぶらぶら振っていた。つまらなくてしょうがない大人の用事についてこさせられ、おまけに何にもさわっちゃいけないと言われた子どもならではの退屈ぶりで。

メイヴィスは一角に立っている男たちのグループからあがった大きな笑い声に注意を惹かれた。彼女は遠くから男たちをにらみつけた。彼らが何者か、よーく知っていたのだ。

「もしあたしたちがうまくいくなら」彼女は言った。「なんであそこにいる敵どもはそのめぐりあわせにあんなに満足した顔なのよ？」

「知らないな」バニーは答えた。「たぶんそれを知って喜んでるんだろう」

キューが入ったかのように、男たちのひとりがこちらを見て、バニーたちと目を合わせた。その男は同業者たちに短く何かささやくと、ロビーを通ってメイヴィスとバニーのいるところへ歩きだした。男のグループのこそこそ見てくる目と隠しきれないにやにや笑いが、秘密をもらしてしまっていた。仲間に新入りの子どもをいたぶってみろとけしかける少年たち。

その男自身はとくに見栄えはしなかった。小柄で、眼鏡をかけ、頭髪は早々に薄くなっているが、胸くそわるい笑みだけは大きくなっていく。彼はやってくるとバニーに手をさしだした。

「パスカル・マロニーだ。ミスター・バニー・マガリーだろう」

バニーは男の手を握って振った。「刑事《デイテクテイヴ》だ、実をいうと」

「ああ、そうだった。わたしは忘れっぽいな」マロニーは自分より長身の男を笑って見上げた。「言ってもいいかね、わたしは楽しくてたまらなかったよ、ここ数日にわたるきみのハ……努力が。見物していてこんなに面白いものはなかったね」

「そりゃどうもありがとう。あんたみたいなべそかきのチンケ野郎からいまの話が出てきたってことには大きな意味があるな」

マロニーはがっかりした顔をした。「こら、こら、刑事さん、往生際の悪い負け犬は好かれないよ」

「俺は負けてない」

「その意気だ。きみも見にきてほしいな、あの地域の再生が――」

バニーは笑った。「あんたたちはその言葉が好きだよな？　再生ってやつ。昔のテレビ番組を思い出すよ、『ドクター・フー』を。知ってるか？　あの番組では、二年ごとにドクターが〝再生〟するんだよ」

マロニーはうなずいた。「そう、そう。わたしもずっとファンだった」

「肝心なのはな、彼らは〝再生〟と言ってるが、本当は違うってことなんだ、そうだろ？　まったく別の誰かなんだから。古いドクターはすっぱり取り替えられ、立ちのかされ、地上から消し去られる。あんたたちがすでにそこに住んでいる人たちにしようとしてるように」

「きみは最近のふるまいから疑われるよりずっと道徳的なんだな、刑事さん」

バニーは笑った。「そりゃ違うな、それどころかあんたよりずっと悪《わる》だよ、チビのドブネズミ面《づら》したマスかき屋。だから俺は勝ったんだ」

マロニーは頭を横にかしげ、せいいっぱい正直そうな顔をしてみせた。「いやいや、わたしはきみの知らないことをいくつも知っているんだよ」

「だろうな」バニーは答えた。「同じセリフを返すよ」

メイヴィスはドアが開く音に振り返った。ベイラー議員が仲間を連れて入ってきた。「あの〝白雪姫《スノー・ホワイト》〟のやつのお出ましよ」

彼女がバニーを見ると、バニーはマロニーを見おろしながらコートのポケットに手を入れた。

「おたがいタマを出して、どっちが勝つか見てみようじゃないか？」

バニーはコートから何かを出して体をまわし、そうしながらマロニーが反射的に飛びのく程度に腕をぐるんと振った。

「タマラ」バニーは言った。「こっちへおいで、スウィートハート」

いつもお行儀のよい少女のタマラは、おばあちゃんを見て確認のうなずきをもらってから、たたたっとこちらへ来た。バニーはかがんでそっと彼女に言った。

「さあ、かわい子ちゃん、いま入ってきたあの白髪のおじさんが見えるな？」タマラはうなずいた。「よし。あの人のところへ行ってこの手紙を渡して、すぐ読まなきゃだめよ、って言うんだ。のぞいちゃだめだぞ」

タマラはバニーがさしだした手紙を受け取り、すぐさま任務を果たしにかかった。メイヴィスがマロニーをちらりと見ると、彼の顔には心配より好奇心が浮かんでいた。タマラはスキップでベイラー議員のところへ行き、懸命に集中した表情で自分のセリフを言った。ベイラーは足を止め、彼女と話すためにかがみこんだ。政治家たるもの、どんなにいそいでいようと、何か言いたがっている女の子を素通りしたりはしない。誰かがカメラを持っているかもしれないのだ。タマラはさっきの手紙を渡し、スキップでその場を離れた。ベイラーは一緒に入ってきた男や女と短く笑い合い、それから手紙を開いた。

それを読んだ。

それからもう一度読んだ。

すると彼の顔から血の気が引いた。

つかのま、彼は倒れそうにみえた。連れの年下の男はボスを支えようと手をさしだした。彼も女の同僚も、わけがわからないといったショックの表情を浮かべていた。女が手を伸ばしてベイラーの手から手紙をとろうとした。土壇場になって、ベイラーは彼女が何をしようとしているのか気がつき、すばやく手紙をオーバーのポケットに突っこんだ。広い受付エリアのそこ以外の部分は静まっていた。ひとりまたひとりと、ほかの者たちの視線が入口のほうへ向けられていることに気づいていったのだ。

メイヴィスはマロニーの顔をもう一度見た。気取った笑いはいまや消えうせ、困惑の表情に変わっていた。タマラはスキップして祖母の横に戻ってきた。

「あたし、ちゃんとできた、おばあちゃん？」

「満点だったわ、あたしの天使ちゃん、満点よ」

マロニーは彼女たちを押しのけ、自分の同業者グループと視線をかわしたが、彼らの困惑した表情はマロニーのそれとそっくりだった。彼はベイラーに近づいていった。議員はまだ具合が悪そうで、手で額《ひたい》をこすっていた。メイヴィスは過去にそれと似た反応を、身内の衝撃的な死を知らされたばかりの人々に見たことがあった。彼女はバニーを見上げた。見物している彼の顔は何の感情も見せていなかった。マロニーはいま、ベイラーと彼の仲間二人と低い声で話し合っていた。

バニーはかがんでタマラの耳元に何かささやき、マロニーが信じられないといったふうに「何だって？」と声をあげたときも、目を上げただけだった。その声は広い受付エリアじゅうに響いた。

それからまた声を抑えた会話が続き、ベイラーのアシスタント二人が激昂したマロニーをなだめようとしていた。ベイラーはといえば、一歩下がって遠くを見つめており、その顔の表情は読めなかった。それからベイラーはタマラを見て、次に彼女にかぶさるようにして立っているバニーを見た。二人は長いあいだがっちり見合い、やがてベイラーが目をそらした。

マロニーはベイラーに近づいて話をしようとしたが、男のアシスタントがマロニーの腕に手をかけて止めた。マロニーは怒ってその手を振り払い、抑えた声でベイラーのほうに何か言った。ベイラーは最後にいくつかの言葉を口にすると、彼を押しのけて通り、議会場へ向かった。仲間たちも彼に続き、あとにはショックでぼうぜんとしているマロニーが残された。

メイヴィスはバニーを見た。「どうなってるの、バニー？」

「人間は過去と手を切るかもしれない」バニーは言った。「だが過去のほうじゃ俺たちと手を切っちゃいないのさ」

マロニーはどすどすとこちらへやってきて、その顔は怒りでビートの根のように赤く、唇はわなわなと震えながら突き出たりひっこんだりしていた。嘘くさい礼儀正しさは消えうせ、隠しきれない怒りにとってかわられていた。

「おまえは……」マロニーはつっかえながら言った。「いったい何をした？」

バニーはいつものムートンのコートをタマラが座っていた横の椅子からとった。「やらなきゃならないことさ」

「許されないぞ……人をゆするなんて」

「おっと、勘弁してくれ」バニーは言った。「馬鹿も休み休み言えよ、こっちのタマがひっついちまわぁ」

「バニー！」メイヴィスが声を荒らげ、目でタマラをさした。

「すまん。下品な言い方をして悪かった」

マロニーの顔はいまや真っ赤になっていた。

「この償《つぐな》いはさせてやるぞ、ゲス野郎。わたしがあきらめると思うな。わたしを侮辱するやつは許さない」

バニーはため息をついた。「これはあんたを侮辱するためにやったんじゃない、エゴイスティックなチビのケツかじり屋。それが正しいことだったからやったんだ。必要なことだったからやった。なぜってな、汚い犬どもを打ち負かすには、もっと汚くなるしかないときがあるからだ。あんたを侮辱するためにやったんじゃない」バニーはそう繰り返した。

バニーはがまん強く彼を見上げているタマラに目をやった。

「さあ、スウィートハート」

彼女はうなずき、思いっきりマロニーの睾丸《こうがん》をパンチした。

マロニーは空気の抜けたパレードの風船のようにくたっと体を折り、床に崩れた。

バニーは落ち着いて彼をまたぎ、出口へ向かって歩きだした。

「いまのは……あんたを侮辱するためにやったよ」

55

背中に置かれた手が荒っぽくブリジットをドアのむこうに押し、彼女はよろけて壁にぶつかった。

「わかったから！　落ち着いて。これはみんな大きな誤解なのよ」

さっきと同じぞっとするような空虚な笑みが向けられた。

ブリジットは体をまわしてあたりを見まわした。その部屋はたぶんかつてはオフィスだったのだろうが、落書きやビールの缶や、床に散らばるほかのゴミにまじったガラス片から判断すると、かなり前のことのようだった。腐敗と尿のひどい悪臭がそこにしみついていた。この場所も新しいフェンスが据えつけられるまでは、地元の素行のよろしくない若者たちにとってのシャングリラだったのだろう。ブリジットが目を上げると、見おぼえはあるのだが、なぜここにいるかはわからない顔があった。パスカル・マロニー、つまりスカイラーク三人組《スリー》の小柄な齧歯類顔《げっし》のやつが、部屋の真ん中に立ってこちらを見ている。彼女の捕獲者が後ろでドアを閉め、銃を突きつけてきた。その筋肉質の体つきと、短く刈った白髪まじりの髪のおかげで、苦労して排便している途中のジョージ・クルーニーに似ていた。ジョージはこんなふうに冷たく笑わないが。

「おまえは誰だ？」マロニーがきいた。「ここで何をしている？」

「本当にすみません」ブリジットは答えた。「わたし……ここに入って中を見てみたかったんです、それだけなの」

「嘘をつくんじゃない」

「本当です、わたしはただ……古い建物が大好きで」

マロニーは相方の男を指さした。「こちらはミスター・コーツィー、驚くほど痛みに耐えることができるんだ。他人の痛みにだが」

コーツィーが近づいてきて、ブリジットは部屋の隅へ後ずさろうとした。コーツィーは近づきながら笑った。後ろへさがろうとするブリジットの下で、ガラスの破片がパキッと鳴った。

「オーケイ、ちょっと落ち着いて——」

「もう一度きくが、おまえはここで何をしているんだ？」

「本当に、わたしは古い建物が大好きで——」

海での思いがけない波のように逆手打ちが飛んできて、ブリジットは床に倒れ、さまざまな感覚が混乱した。顔の左側がずきずきして、顎《あご》が痛い。壁に当たってから強く地面に倒れたので、体を支えようと伸ばした手にガラスが食いこんだ。ブリジットは左脚を後ろへ蹴《け》ろうとしたが、足をつかまれ、右脚を重いブーツで踏み押さえられた。彼女は悲鳴をあげた。痛みのせいでもあり、次に起きることへの恐怖のせいでもあった。

「やめなさい！」

ブリジットはその女の声のほうへ体をまわした。ブロンドの女がマロニーの後ろで入口に立っていた。この残酷さと落書きの中にはまったく不似合いで、雑誌の表紙から出てきたばかりのようにみえた。女は二歩進んで部屋に入ってきた。

「彼女の名前はブリジット・コンロイ。あの小さな探偵事務所のもうひとりの共同経営者よ」

マロニーは女のほうを向いた。「その女は関係ないと言ってたじゃないか」

ブロンドは肩をすくめた。「マルクローンがそうだと言ったんだもの」

「おまえが勘違いしたんだな？」

「わたしのせいにしないで。そもそも彼らを巻きこもうとしたのはあなたでしょ。だから言ったじゃない――」

「わたしに異議を唱えるつもりか、メガン？」マロニーの声が一オクターヴ上がって、顔が赤くなった。「ここで指揮をとっているのはわたしだ。わたしに逆らうな！」

「いいえ、ベイビー、逆らったんじゃないわ」メガンは歩いていってマロニーの胸に手を置いた。彼女はマロニーよりたっぷり六インチ背が高く、魅力というレースなら六階級は上だった。

「ごめんなさいね、ただ、もう終わりが近いでしょ。あなたはマガリーがプーカだと発表したし」彼女はマロニーがコーツィーと呼んだ男に目を向け、その目がふたたび険しくなった。

「誰かさんのせいで素人がここまであなたを尾行してきたのよ」

「この馬鹿が」マロニーはコーツィーに言った。大柄なほうの男は何も言わず、ただあの死んだ目でマロニーを見返しただけだった。マロニーは相手の視線を受けてそわそわし、勢いを失った。次に口を開くと、その口調はずっと軽くなっていた。「しかし今回の暴動は神の恵みだな、われわれが望んでいた以上のものだ。警察がフランクスを殺してくれたし、あれは愉快どころじゃないな！」

「さっさとこれを終わらせて船に行きましょうよ、ベイビー」メガンが甘い声を出した。

マロニーはブリジットに目をやった。「とりあえず彼女を閉じこめて、それから外をたしかめてこい。ほかに誰も来ていないか確認しろ」

コーツィーはブリジットの足を放し、踏みつけていた足もどけた。さしせまった脅威がなくなると、ブリジットは顎の痛みが強くなってきたのを感じた。

メガンがやってきて彼女に手をさしのべ、ブリジットはおそるおそるその手をとった。

「壁のほうを向いて」メガンはやさしく言った。

ブリジットが体をまわすとメガンは彼女をボディチェックし、尻ポケットの携帯を見つけた。

「バッテリーが切れてる」

床に放りすてた。

「あっ……まだ新しいのよ」ブリジットはしゃべりながら顎がカクッと鳴るのを感じた。

メガンは答えず、そのかわりにコーツィーに目を向けた。「連れていって」

彼はブリジットの腕をつかんで部屋から引きずっていき、そのあいだもう片方の手に銃を握っていた。

「それと、彼女はただ閉じこめるだけよ」メガンは言った。「あなたのほかの……関心ごとに使う時間はないの」

部屋から引っぱっていかれながら、ブリジットはメガンが小さく「けだものが」と言ったのを聞いたと確信した。

二人はゴミの散らばった通路を足早に進んでいった。ブリジットは逃げる機会も、その気もなかった。コーツィーはむこうずねに狙いすましたキックを入れさせてくれるタイプにはみえない。二人は左へ折れ、次に右へ、そしてどっしりした鉄の扉の前で立ち止まった。コーツィーはぞんざいに彼女を床へ突き飛ばし、ブリジットは壁に頭を強くぶつけてしまった。コーツィーは銃を彼女に向けたまま、ポケットから大きな鍵を出して錠に差しこんだ。抵抗のあえぎをあげて扉が開き、コーツィーは肩でそれを押し広げた。排泄物の悪臭が部屋から流れ出てきた。彼は手を伸ばしてブリジットの髪をつかんだ。彼女がコーツィーの手にしたがって立ち上がろうとしているあいだに、彼はブリジットを扉のむこうの暗闇へほうりこんだ。ブリジットは転んだ。方向感覚がなくなり、手が間に合わずにまたもや壁に顔をぶつけてしまった。痛みのなか、ブリジットは鼻から血が流れだすのを感じた。

金属の腹立たしげなきしみとともに扉が閉まり、ブリジットは自分が真っ暗闇に座りこんでいることに気づいた。彼女はわめいた、できるかぎり大声で。「くたばりやがれ、このフニャチン玉ブクロ」

暗闇から声がして、ブリジットは飛び上がった。

「おいおい、コンロイ」バニーが言った。「リートリムの上品なお嬢ちゃんがどこでそんな言葉をおぼえたんだ?」

56

室内の唯一の明かりは、ブリジットの視界から少しずつ消えていく記憶の中の光だけだった。

「バニーなの?」

「こっちだ」

たしかに彼だ、でも……彼じゃない。声がはっきりしなくて、まるで卒中をわずらった人が、顔の片側の筋肉をコントロールできなくなっているかのようだ。

ブリジットが用心しいしい手を伸ばすと、冷たい石の壁があった。出血している膝《ひざ》をつかないよう立ち上がり、壁をつたってゆっくりとまわりはじめた。「大丈夫なの?」声をかけた。

「最高だ。あんたは?」

ブリジットは角にあたった。バニーの声が近くなっていた。

「正直言って、いままでいちばんってわけじゃないわね」ブリジットは答えた。

足のそばできれぎれの息が聞こえたので、下へ手を伸ばしてみた。

「バニー?」

指が肌をかすって、バニーが息を呑んで身を縮めるのを感じた。

「大丈夫、わたしよ。ブリジットよ」

「あんたは……」彼の声がかろうじて聞きとれるくらい小さくなった。「ここにいるのか」

鎖のじゃらじゃらという音がした。手が彼女の脚に触れ、それからあがってきて彼女の手を見つけた。バニーの手は固く、かさぶたができていた。

「もちろんいるわ」

「てっきりあんたは……いたんだ……俺は……俺は……あんたは本物なんだな」

「そうよ」ブリジットは答え、もう片方の手を彼の手に重ねた。彼のこぶしが腫《は》れあがっているのがわかり、それに指の一本がありえない方向を向いているようだった。

「ちょっと、あなた……」

下へ手を伸ばすと彼の頭のてっぺんにさわった。バニーはわずかに頭を引いたが、ブリジットはあきらめずに、彼の顔を手でなぞった。

「なんてひどい」

どこをさわっても肉が恐ろしいほどふくれあがっていて、鼻は胸が悪くなるような不自然な角度に曲がっていた。息をするたびにゴボゴボとあえいでいるような音がする。

「最高の見てくれってわけじゃないんだ。連れができるとは思わなかったからな」

ブリジットは壁に手をつき、それから慎重に体を低くしてバニーの横の床に座った。一時的にでも血を止めようと、袖で鼻をぬぐった。

「どうして……」バニーに何を尋ねればいいのかわからなかった。

二人のあいだに沈黙が広がった。

「あの大きなやつが入ってくるんだ、たぶん一日おきに、それで俺たちはちょっとしたおしゃべりをする」

「あの人は何をきくの？」

「言い方が遠まわしだったな、コンロイ、話はしないんだ。あいつはただ俺を殴りまくるだけだ」

ブリジットは目に涙が湧いてくるのを感じたが、それを声に出さないようがんばった。「どれくらいひどいの？」

「こう言っておこうか。もしあいつを壁に鎖でつないで、二分間だけもらえたら死んでもいい。もしあいつが……」バニーはためらった。「あんたの前に——大事なことを言うぞ、コンロイ——もしあいつが戻ってきたら、俺にまかせろ。俺が話をする。俺がそうやってあらかた引き受けるから。そのほうがいい。あんたは後ろにいろ、俺にまかせて——」

ブリジットは何を言えばいいのかわからなかったので、身を乗り出して彼の額にそっとキスをした。「あなたはいい人ね」

「誘惑するなよ、コンロイ、俺はおまえさんには手に負えない」

ブリジットは笑って目をぬぐった。

「あなたの仕掛け《ドゥーダー》」

「どうやって俺を見つけた？」バニーが言った。

「ああ、なるほど。いったい何があったんだかわからないんだ、不意打ちを食ってな。自分がどこにいるのかもわからない」

「〈オヘイガンズ〉を出てすぐだったんじゃない？」

「ああそうだ」バニーは本当に恥じ入っている口調だった。「車のトランクに入れられてきたんだ。携帯はない、でも追跡装置はまだ持ってた。これはあんたがポーリーとうまくいったってことなのか?」

ブリジットは後ろにもたれ、壁に軽く頭を打ちつけた。「彼は浮気者の卑劣漢じゃなくて、そうだと思ったわたしが馬鹿だったってこと?」

「自分を責めるな、あんたにわかりっこなかったんだから」

「あなたはわかっていたじゃない」

「そりゃ、カンが当たっただけさ。細かいことから全体を見通すのは、あんたより……というかあいつより、俺のほうがうまい」

「ありがとう」ブリジットは小さな声で言った。

「なんの、それくらいしかしてやれなかったからな。あいつはいいやつだよ」

「そうね」

ブリジットは手を伸ばして彼の手を見つけた。そしてそっと撫《な》でてみた。バニーの指は固く、肌は裂けて傷ついていた。

「ごめんなさい」ブリジットは言った。

「何がだ?」

「わたしが……あなたを見つけるのにこんなに長くかかってしまってごめんなさい。もっと早くできたかもしれないのに――」

「馬鹿を言うなよ、コンロイ。ところで、騎兵隊があらわれる見こみはどれくらいだ?」

「あんまり。わたしがどこにいるか誰も知らないと思う。いい面としては、この国のたくさんの人たちがあなたを探している」

「で、あんたが見つけたと。リートリムの誇りになるぞ。見つけてくれたからには、俺がここでいったい何をやっているのか教えてもらえないか？」

「知らないの？　てっきり……首謀者はパスカル・マロニーみたいよ」

バニーの荒い息遣い以外、しばし沈黙が降りた。

「パスカル・マロニーの阿呆だと？」バニーは笑いだした。その声にはどこかたがのはずれた感じがあった。

「どうしたの？」

「俺は……ずっとここに座って、いったいこれはどういうことなのか突き止めようとしていたんだ、なのに首謀者はやつだって？　あいつが！　あのショボ玉か。あいつのことなんてこれっぽっちも考えなかったよ、この……十六年間？　思い出しもしなかった。てっきり――」

「それじゃマロニーを知っているのね？」

「ちょっとやりあったんだ……いつだっけ？　二〇〇〇年、だったかな。あいつは〈セント・ジュードス〉を楽しい土地開発のチャンスとみたんだ。俺は反対した」

「それでいま……いまになってこれだけ手間ひまかけて、あなたに仕返ししてるってこと？　あの人はあなたを殺人犯に仕立て上げたのよ？　要するに血まみれのテロリストよ、たかが開発をめぐる争いのために？　嘘でしょ？」

しばらく間があいた。

「コンロイ、いったい何の話をしてるんだ？」

「えっ……知らないの？」

「ああ、少しばかり権力中枢からはずれてたもんでな。このテリー・ウェイト（元カンタベリー大主教秘書官、人質解放交渉人、作家）に捧げる寸劇は何なんだ」

「ごめんなさい」

ブリジットはそれからバニーにことのいきさつをできるかぎり話した。彼はほぼ黙って耳を傾けていた、フランクス神父への電話の部分にさしかかるまでは。

「神父とは十六年、話してないぞ。あいつも関係してたんだ……ほら、さっき言った開発の件に」

「神父も同じことを言っていたわ、あなたと話していないって意味よ。あの人はその開発の件にどう関係していたの？」

「そのことは深掘りしないでおこうや。マロニーは俺たちの電話料金請求書に何かを載せる方法を見つけたんだろうな。警察に大騒ぎをさせ、そのプーカってでたらめも付け加える。やつは……たぶんやつは、何ていうか——自分の敵を皆殺しにしようとしてるとかなのか？　俺が殺したと思われてるのはクレイグ・ブレイクに、ジェローム・ハーティガンに——」

「それから彼の弁護士もよ、たしか」

「くそっ、弁護士まで死んだのか」バニーは言った。「こいつは本物の悲劇だな」

「それにジョン・ベイラーも」

「白雪姫《スノー・ホワイト》が？　あいつも死んだのか？」

「ええ」

「それでマロニーがフランクスに結びつけようとしたことが説明できるな。しかしフランクスなら警察にその電話がでたらめだと教えられる、だったら――」

「あっ」ブリジットは言った。「わたし……あなたに話すのを避けたわけじゃないのよ。警察は今日箱舟《アーク》に踏みこんだの。フランクスは……残念だけど――亡くなったわ」

「警察が殺したのか？」

「わからな……最後にラジオで聞いたときは、偶然だって言ってた。何もかもちょっと混乱してるのよ、暴動とかいろいろあって」

「暴動があったのか？」バニーの声が壁に反響した。

「ええ、その……フランクスのニュースが出たときにたぶん……みんなが……わかるでしょ」

「まったく」バニーは言った。「俺があんたら世間から五分間目を離しただけで、国じゅうがしっちゃかめっちゃかか」

　少し間があり、やがてバニーはささやくのと変わらないくらい小さな声で話しだした。「ダニーと俺は……いろいろいきさつがあるんだ。いつか、ほら……全部すっきりさせられると思ってたんだがな」

「残念だったわね」ブリジットは言った。

「そういえば、あんたとポーリーは元のさやにおさまったのか？」

「まあ、それは……つまりね、真相がわかったのはついきのうだし、二人してずっとあなたを探してて——」

「ホッピングスティックにのった主《しゅ》よ、あんたら二人ときたら。伝染病患者二人が腕ずもうをしようとしてるのを見てるみたいだな」

「そんなこと言ってる場合じゃないでしょ、バニー」

「知恵者からひとつアドバイスしてやる、コンロイ、いつだっていまがその場合なんだ」

「わたしは——」ブリジットは口をつぐんだ、尋ねるのはルール違反のように思えたのだ。しかしいつものように、好奇心がすべてを押しきった。「シモーンって誰?」

新たな沈黙が降り、バニーの息遣いすら静かになった。

「最後に俺の目に浮かぶ人だ。彼女は……」

またしても沈黙が二人のあいだに広がった。

「ちょっと待って」ブリジットは言った。「あなたがマロニーのことを知らなかったのなら、この件はどういうことだと思ってたの?」

バニーが答える前に、錠に鍵が入る音でさえぎられた。彼はブリジットの手を離し、鎖につながれた腕を彼女の上に伸ばした。息遣いが荒くなる。「何も言わずに後ろにいろ。目を閉じるんだ、止めようなんてするなよ——」

扉が開いてまぶしい光が流れこんできた。ブリジットはできるだけ目をおおった。指のあいだからわずかにバニーの顔が見えた。顔に伸びた剃《そ》っていないひげが、黒と紫の痛々しい色彩に広がって、彼だと見分けられなかった。バニーとわからないだけでなく、人間の顔だともわからなかった。固まった血が顎《あご》についている。ブリジットは胸が痛みながらも、胃がせり上がるのを感じた。彼の腫れあがった目は閉じられていた。顎を光のほうへ前上方に突き出し、彼は果敢な抵抗の叫びをあげた。「さあ来い、このトンマ。俺を殺してみろ、短小チンコのロバ姦野郎が」

ブリジットはやっと目が光に慣れたので、そろそろと手をはずした。

ブロンドとコーツィーが二人の前に立ち、どちらも銃を握っていた。コーツィーはまたしてもさっきの愉快そうなからっぽの笑みを浮かべていた。ブロンド――メガンだっけ？　彼女は少なくともぎょっとしているようだった。

コーツィーはブリジットに鍵束をほうった。

「彼の鍵をはずして」ブロンドが言った。「時間が来たの」

57

ブリジットが歩かなければならなかった通路は、二度めは前よりもずっと長く思えた。

今度は、バニーの右腕を肩にかけ、懸命に彼をささえた。バニーは自力で歩くのがかなりむずかしくなっていた。さえぎるもののない光の中だと、彼の顔はいっそうひどくみえた。両目と唇《くちびる》のまわりが腫れあがっていて、本来の顔がぞっとするほどゆがんでしまっている。セーターは血やほかのもののしみの、でたらめな混ぜあわせだった。バニーは右脚にほとんど体重をのせられなかったので、歩みはのろかった。それに左腕を用心深く体の前にしていた。ブリジットは折れているのだろうと思った。彼は最初に壁とブリジットの助けを借りて立ち上がったとき、彼女に寄りかかった。「コンロイ」彼は小さな声で言った。「ちょっとここではよく見えないんだ。手を貸してくれ」

ブリジットのこれまでの医療上の経験からいっても、こんなに大きくて頑丈な男がこんなに弱ってしまっているのを見るのは衝撃だった。彼女はバニーの右のわきの下に体を入れた。

「さあ、おじさん、ここから出ましょう」

コーツィーがまた彼女の背中を押した。

「あんたにはうんざりよ、このくそサイコ。鎖で壁につながれた人を殴るなんて。あんたなんか――」

ブリジットは銃身が後頭部に食いこむのを感じて、口を閉じた。

「コーツィー」メガンの声が、姿は見えずに後ろから聞こえてきた。「それでじゅうぶんよ」

ブリジットたちはその建物のあらかたを占めている、大きな格納庫のようなところへ入れられた。ブリジットが一時間ほど前に外で目の前にしていた大きな木の扉は、たぶんこれの反対側だったのだろう。その扉の内側にはマロニーのBMWとブリジットの車があった。二台ともこの広いスペースを照らすためにライトがつけられている。反対側には携帯式の投光器が、テーブル一台と複数の椅子のある一角を照らしていた。周囲の薄闇の中でほかにもブリジットに見えたものから考えると、ここには錆《さ》びついた大きな機械やさまざまながらくたが散らばっているようだった。

二人がようやく光の輪にたどり着くと、メガンがブリジットに手を貸して、バニーをプラスチックの椅子に座らせた。それからコーツィーがもうひとつの椅子にブリジットを押しこんだ。

「両手を後ろにまわして」メガンが言った。

ブリジットは言われたとおりにし、メガンに両手を縛られ、ケーブルが肌に食いこむと顔をしかめた。メガンはそれからバニーの前に立った。「今度はあなたよ――手を後ろにやって」

「いつもなら」バニーは彼女の声のほうへ斜めの視線を向けて言った。「美人のレディとのちょっとしたボンデージはやりたくてたまらないところなんだが、おたくのゴリラに鎖骨を折られちまったもんでね、できないんだ」

メガンは少し彼を見おろしてからコーツィーを見た、すると相手は笑って肩をすくめた。メガンは何か低くつぶやいて後ろへ下がった。

ブリジットは背後から近づいてくる足音を耳にした。「ああ、ミスター・マガリー、われわれのところに来てくれてありがとう」マロニーは肩で風を切るように光の輪に入ってきて、それからバニーの顔の状態に気づくと足を止めた。そしてメガンを見ると、彼女は目でコーツィーをさした。

マロニーは少しだけ彼を見たが、すぐに目をそらして早口で言った。「言ったおぼえはないぞ……死体は身元がわかるようにしておくはずだっただろう。どう説明するんだ……」

マロニーは最後まで言わなかった。たいていの人々のように、これほどまでにひどい暴力の証拠を目の前にして、彼もまたそれがどういうものなのか完全には理解できないようだった。コーツィーはまた肩をすくめただけで、実際は自分に対する権威などないとわかっている相手に叱られているティーンエイジャーのようだった。

「いまのは誰だ?」バニーが割って入った。

マロニーの顔に、まるでスイッチが入ったように笑みが戻った。彼は話しながら手に持った銃でバニーの脚をとんとんと叩いた。「おや、ごぶさただったのはわかっているが、わたしを忘れたなんて言わないでくれよ? そんなにひどく老けてはいないぞ。おまえよりましなのはたしかだ」マロニーはメガンに笑いかけ、彼女は仕方なくマロニーのほうへ気のない笑みを返した。

「悪いな、大将」バニーは答えた。「ここじゃ何にも見えなくてな。あんたは誰だ?」

「パスカル・マロニーだ」

「聞いたことがないが」

「最高に面白いよ」

「ヤギとヤって俺に逮捕されたあいつか?」

おびえてはいても、ブリジットはこっそり笑ってしまった。いろいろあっても、バニーはやっぱりバニーだ。

「わたしの名前はパスカル・マロニー」

「前は女だったか?」

「いや、わたしは……違う。真面目に話をしろ」

「してるさ。あんたの選択や何かは支持するよ。俺も前に女の体に閉じこめられてたんだ」

「そうか、ハハハ」マロニーはユーモアのない甲高《かんだか》い声で言った。「最期の時間を楽しんでみるがいいさ、ミスター・マガリー、いろいろ楽しいことがあるだろうからな。わたしが誰かはよくわかっているはずだ。十六年前、おまえはわたしを辱《はずかし》め、わたしの人生をめちゃくちゃにしようとした」

「おいおい、俺たち付き合ってたのか? そう言ってくれりゃいいのに。公正に言うと、あんたに袋入りチップスくらいは買ってやったはずだぞ」

「わたしが誰か教えてやろう」マロニーはぷくぷくした小さい顔にいらだちを刻んで言った。「わたしこそが、おまえを拉致して、おまえの人生を根こそぎ破壊しているんだ。わたしこそが、おまえを社会第一の敵《パブリック・エネミー・ナンバー・ワン》にしてやったんだ。わたしこそが、おまえを大いなる悪のプーカに仕立て上げたんだ」マロニーはヒステリックにけたけた笑ったが、ほかには誰も笑わなかった。

　バニーはメガンのいるあたりへ頭をかしげた。「真面目な話、こいつはいったい誰なんだ?」

「この間抜けはほうっときましょうよ」メガンが口をはさんだ。「さっさと――」

「いや、いや」マロニーは言った。「こいつを愉快にさせてやろう、これは楽しい。ずっと笑っていろ、マガリー。ずっと。笑って。いろ」

メガンが進み出て、マロニーの腕に手を置いた。「パスカル、わたしたち――」

彼は乱暴に振り払った。「黙っていろ、メガン」

「こらこら」バニーが言った。「紳士にあるまじきふるまいをする必要はないだろ。あんたが誰かは知ってる。彼女の恋人だ。彼女は年じゅうあんたの話をしてるよ。それに彼女の言うとおりだ。そんなたいしたことじゃないし、たいていの男が経験することさ」

マロニーは近づいてきてバニーの額《ひたい》に銃を押しつけ、頭をのけぞらせた。「自分が賢いと思っているんだろう？　賢いとはどんなことか教えてやる。おまえもこの大いなる計画における自分の立場を知る権利はあるだろうしな」

「知ったことじゃないね、正直に言うと」

マロニーはバニーを無視した。そして銀製のシガレットケースらしいものをポケットから出して、蓋《ふた》をあけた。中にはありきたりのものにみえる黒いＵＳＢメモリが四つ入っていた。

「これが見えるか？」

「あんたはこの〝見えない〟ってことがわかってないんじゃないか？」

「どのみちおまえには理解できないだろうよ。これは隠された宝への四つの鍵だということだけ知っていればいい。追跡不可能な七千八百万ドルだ、正確には」

「それってスカイラークに投資した気の毒な人たちのお金じゃないの？」ブリジットがきいた。

「黙っていろ、ミス・コンロイ、でないとミスター・コーツィーに遊んでもらうぞ」

メガンが前へ進み出て、その銀色のケースをさした。「いい？」

マロニーはそれを彼女に渡した。メガンはテーブルの上のノートパソコンのところへ行き、作業を始めた。

「ミスター・コーツィーは実に掘り出し物だとわかったよ」マロニーは話を続けた。「彼の腕前と——何と言うか……道徳的に融通のきくところは——非常に珍しい」

「それに、すごくキスがうまい」バニーが言った。

マロニーはバニーの額に銃身を押しつけた。

「黙っていろ」マロニーは言った。「それじゃ教えてくれ、おまえがつかんでいたベイラーの大きなまずい秘密とは何だ？」

バニーは前へ体を傾け、自分から銃をぐいぐい押した。「昔、魚に赤ワインを合わせたことがあるんだ、あのおっちょこちょいは」

またもやいらだちがマロニーの顔に燃え上がった。彼は銃をバニーの口に突っこんだ。「おまえは本当に退屈なやつだな。ところで、おまえのかわいい子分のマルクローンもこの件に引っぱりこんでやることにしたよ。おまえに確実に知ってもらいたかったんだ、おまえと仲間になったために彼の人生はめちゃくちゃになったんだとね。メガン、用意はできたか？」

メガンは目を上げなかった。「あとちょっと」

バニーは何か言おうとしたが、銃をくわえているのでもごもごと聞きとれない音になった。

マロニーは銃を引き抜いた。バニーは口の中に残った銃の味をぺっと吐き出し、首を伸ばそうとした。「やっとおまえを思い出した」かすれたささやき声で言った。

「だろうと思ったよ」

「ああ」バニーは深く息を吸った。「ファンダーランド（ヨーロッパの移動アミューズメントパーク）の子ども用のボールプールでマスをかいてて、俺たちに逮捕されたあいつだろう」

「黙れ！」

「公正を期すために言うとな」バニーは続けた。「おまえは自分にしかさわってなかった。あのとき俺は言ったんだ、〝こいつがイクのはボールでなんだよ、みんな、子どもでじゃないんだ〟ってな、だが――」

「わたしを馬鹿にするんじゃない！」バニーの顔すれすれに怒鳴るマロニーの顔は、純然たる怒りの仮面だった。

「パスカル」メガンがノートパソコンから目を上げた。「ちょっと――」

マロニーは離れ、狙いをつけてバニーの足を撃った。バニーは苦悶の悲鳴をあげた。

マロニーは銃を落とした。まるで自分自身の行動の現実味に驚いたように。

「この……」ブリジットは口を開きかけたが、横でバニーがうめいているので、言葉が見つからなかった。

「お願いよ、パスカル――」

マロニーはメガンを振り返って彼女に指を向けた。「いいから自分の仕事をしろ！　どうして誰も真剣にわたしの話を聞かないんだ？」

ブリジットがバニーを見ると、彼は前後に体を揺らしていて、椅子から落ちそうになっていた。右足はもう血まみれだった。うなり声は激しいきれぎれの呼吸になっている。

マロニーは一歩後ずさり、後ろに立っていたコーツィーにぶつかった。マロニーはさっと振り返ってから、コーツィーの存在に力づけられたように、また一歩前へ出て地面から銃を拾った。

「おまえがまだ生きている理由はな、マガリー、この瞬間におまえを立ち会わせたかったからだ。わたしの勝利を目にできるように。そうすればおまえにもわかるだろう、きっとわかるだろう、わたしはおまえに負けたりしてないと。わたしは負けたんじゃない。**負けて**なんかいないんだ！」

マロニーは振り返って、行ったりきたりしはじめた。

バニーの苦しげな声が小さくなっていって、やがて激しい、荒い息の笑い声に変わった。「おい、パスカル、パスカル、パスカル、パスカル」バニーの声はあざけるような歌声になった。「おまえの知らないことがあるぞ」

マロニーはゆっくりと自制を取り戻しながら彼を振り返った。「それはどうかな」

バニーはぜいぜいと息をし、見えないながらもブリジットのほうを見て、わずかに頭を下げ、唇には奇妙な笑みさえ浮かべていた。「誰でもな、パスカル、自分の物語ではヒーローなんだ」

「おぉ、何と深遠なことだ」マロニーはお辞儀をまねて両手を振った。

バニーはメガンのいるとおぼしき方向へ顎をしゃくった。「彼女がいまやっていることをやりおえたら、あんたは足のつかない七千八百万ドルを手に入れる、そうだな？」

「そうだ」

バニーはまた笑いだした。

「楽しんでもらえてうれしいよ」マロニーは言った。「まったく面白いこった。秘密をひとつ教えてやろうか、パスカル？」

「ああ、楽しいとも」バニーは言った。

「おまえの無意味なゲームにはあきあきだよ、マガリー」

「だがこいつはすごいぞ、約束する。いいか。金のために殺す人間にはひとつ問題があるんだ……」

マロニーは腕を組んだ。「で、それは何だ？」

「やつらは。必ず。金の。ために。殺す」

ブリジットはマロニーの顔を見つめた。彼がバニーの言った意味を理解した正確な瞬間がわかった。「ミスター・コ――」

マロニーの頭が爆発した。ブリジットはぎゅっと目をつぶったが、血と脳の飛沫《ひまつ》が顔に飛び散るのを感じた。ふたたび目をあけると、マロニーの体が目の前の床に横たわっていた。彼の眼鏡だけが、なぜか無傷のまま彼女の膝《ひざ》にのっていた。

さっきまで雇い主だった倒れた遺体を見おろすようにして、コーツィーは銃を高くかまえ、落ち着きはらっていた。

メガンが悲鳴をあげたが、コーツィーが銃を向けると、悲鳴は喉で止まってしまった。

「あんたらはおしゃべりがすぎる」

58

最初の銃声で、ポールは警察に通報した。彼とマギーはその建物の金属ゲートの外にいて、携帯に光る赤い点を見ていたのだった。

「僕の名前はポール・マルクローン。バニー・マガリーがホース近くのコースト・ロードにある古いセメント工場にいます。よこせるものは全部よこしてください、銃声がしたんです」

相手にそれ以上質問される前に電話を切った。

車がグラスネヴィンに着き、モバイルネットワークが切断された市中央部周辺を脱するとすぐ、ポールの携帯にシグナルが来た。すでに〝スニファー〟アプリをダウンロードして、パスワードの〝Simone〟を例の番号に送信し、待っていたのだ。十五分もしないうちにシグナルはホースのある地点を知らせてきた。ポールはアクセルを踏み、狂気にとりつかれたようにバニーの車を走らせた。クラクションの鳴り響く渋滞をぬって走り、赤信号を突っきり、あるところでは車の列をまわりこむために歩道へのぼった。ポールは気にしなかった。ブリジットはまだ電話に出てくれないし、彼は最悪の事態を恐れはじめていた。おまけに、五十マイル以内で手のあいている警察官がすべて、市の中央部で暴動に対処していることは明々白々だった。

ポールはマギーを見おろした。

「警察はすぐ来るよ。武装即応部隊とかいろいろあるし。僕たちは彼らを待とう。それがいちばん理にかなってるよな？　あそこに踏みこむのは……誰かを死なせてしまうかもしれない」

マギーは静かに彼を見返した。

そのとき、二度めの銃声がした。

59

メガンはノートパソコンを懸命に操作していた。コーツィーは彼女の後ろに立ち、彼女の髪の上から銃身をぐりぐりと押しつけていた。彼女が持っていた銃はコーツィーのズボンのベルトに差しこまれていた。

「気をそらされてちゃ作業ができないわ」

「いや、できるさ」コーツィーは答えた。彼の訛《なま》りがどこのものか、ブリジットにはさっぱりわからなかった。彼はズボンのポケットから一枚の紙を出してテーブルに置いた。

「金はこの六つの口座に分けろ」

「あなたは……このことを計画していたの？」

彼はかがみこんでメガンの髪のにおいをかいだ。「ああ、猿には猿の計画があってね」

「オーケイ、これはやるわ、だから……そうしたら、わたしを逃がしてくれるわね？」

コーツィーは彼女の後ろにぴったりついてささやいた。「いずれわかる」

彼女の頰を涙が流れた。「わたしは……聞いて……わたしを殺す気ならこれはやらない」

コーツィーはメガンの体を上下に撫ではじめた。「もっと悪いことだっていろいろあるんだぜ」

「この人でなし」ブリジットは言った。

コーツィーはメガンの髪を撫でながら彼女を見た。「次はおまえでもいいんだぞ、そうしたいなら」

「少しでも近づいたら、無事にすむと思わないで」

コーツィーはただにやりとした。ブリジットは顔をそむけ、自分の両足の下のぬるぬるしたものが、床を広がってきたマロニーの血であることは考えないようにした。

「誰にも手を出すな」バニーが見えない目を音のするほうへ向けて言った。「やるなら俺をやってからにしろ！」

バニーは立ち上がろうとして後ろへよろけ、もう少しで椅子から落ちそうになりながら元に戻った。

コーツィーは彼を見てにやにや笑った。「おまえには見えないだろうが、音は聞かせてやるよ」

「このくそったれ。どうして――」

バニーが黙るよう手を突き出したので、ブリジットはしゃべるのをやめた。

「あれが聞こえるか?」

ブリジットは耳をすました。はじめは何も聞こえなかったが、やがて……エンジンだ。加速している。

バニーのあざだらけで痛めつけられた顔に笑みが広がった。「あのコは快調に動いてるな」

外から金属のぶつかる音がして、それからエンジンの音がどんどん大きくなり……

バニーの車が猛烈なスピードで突っこんできて、表側の木の扉が木っ端みじんに飛び散った。さいなまれたブレーキの悲鳴があがり、車は大きくて耳ざわりなガシャンという音をたててブリジットの車の後ろに追突した。

「やだ!」ブリジットは叫んだ。

「どうなってるんだ?」バニーがきいた。

メガンがこの機会を利用して逃げようとした。よつんばいになったが、コーツィーが片手で彼女の髪をつかみ、もう片方の手で後頭部を銃の床尾で殴った。彼女の意識を失った体が床に崩れた。

怒れる金属の悲鳴とともに、バニーの車のドアがあいて、ポールがよろよろと降りてきた。額の傷から血がどくどく出ている。

「誰も……誰も動くんじゃない」ポールは言い、ブリジットは彼の手の銃を見た。ポールは銃をかまえていたが、正しい方向を向いていなかったし、彼の手はふらついていた。「エアバッグなしかよ。アホ車」

コーツィーが発砲し、ポールは頭をひっこめてから撃ち返した。というか、少なくとも撃ち返そうとした。銃は彼の手の中で乾いたかちっという音を何度も何度もたてた。

コーツィーは笑いだし、はじめは短くくすくす笑っていたのがどんどん大きくなって吠えるような声になり、体を二つに折って、両膝に手をついた。そして目に涙を浮かべながらポールとブリジットを交互に見た。「まったく、おまえらは愉快だよ!」彼はポールのほうへ歩きだし、からかうようなダンスのステップを踏みながら、二十フィートくらいまで近づいた。ポールの銃は役に立たないスタッカートのリズムを刻みつづけていた。コーツィーはあいているほうの手で彼に撃ち返すまねをした。「弾を忘れたんじゃないか? 正真正銘の間抜けだな。自分が弾を入れてあるかどうかわからない馬鹿がいるかよ?」

「実を言うと」ポールは言った。「弾がないのは知ってたんだ。彼女のために時間を稼いでただけだよ」

コーツィーはブリジットのほうを振り返った。「時間はな」と彼は言った。「おまえらにはもうない」

「彼女《かのじょ》にはある」ポールは言った。

コーツィーが銃を持ち上げたとき、マギーが飛びかかって彼の腕に牙を突き立てた。コーツィーは怒りの叫びをあげた。

ポールは彼のほうへ突進し、たどり着いたところでコーツィーがマギーに思いきり蹴《け》りを食らわせた。マギーは胸の悪くなるような鳴き声をあげ、宙を飛んで、錆びたぼろぼろの機械にドンとぶつかった。そしてぴくりともしなくなった。

「僕の犬だぞ！」ポールは絶叫した。

彼はコーツィーに体当たりし、二人はくんずほぐれつ床に倒れた。まるで振り回す手足のかたまりだった――ポールは相手の優勢な力と大きさに、やぶれかぶれの純粋な怒りで対抗した。コーツィーの銃を持った腕に食らいついて、相手がもう片方の手でつづけざまに殴ってきても離さなかった。

ブリジットは横でバニーが床に倒れるのを感じとった。振り向くと、彼はいいほうの手で、マロニーの死体のまわりを手探りしていた。

ブリジットがポールとコーツィーへ目を戻すと、ちょうどコーツィーがポールの顔を膝で蹴り、ぐしゃっと音がした。

「どこだ？」バニーが言った。

彼はマロニーの銃をかまえていた。銃は半円をえがくようにあっちからこっちへと動いていたが、二人の男からは全然はずれていた。

彼らはがっちり組み合っていた。コーツィーはポールの腕に何度も肘《ひじ》打ちを加えた。

「右よ、右、右」ブリジットは叫んだ。

バニーは左を向いた。

「違うってば、逆」

ポールはもう一度立ち上がり、顔を血だらけにして、やみくもに宙に腕を振り回していた。

「さあ来いよ……僕と闘え！」

コーツィーはネズミをいたぶる猫さながら、踊るように彼のまわりをまわった。

ブリジットがもう一度バニーを見ると、彼の銃はまっすぐ彼女に向いていた。

「左、わたしの声がするところから四十五度」

銃がおおよそその方向を向いた、しかし――

「待って！　ポールを撃っちゃう」

「マルクローン！」バニーが怒鳴った。**「腕立て二十回！」**

その言葉は一瞬、宙にただよい、そのあいだ世界じゅうの動きがゆっくりになったようにみえた。

バニーはあざと骨折だらけで、自分とマロニーの血だまりに膝をつき、腫れあがった両目は見えないまま銃身の後ろから方向を探っていた。

コーツィーは、顔からさっきの嘲笑が消え、心配とまではいかないが、好奇心をおぼえた表情に変わった。

ポールは血だらけの顔に、ぽかんと口をあけている。まさに頭を打って混乱という様子だ。

それから――ブリジットは残りの一生を、このときの記憶と論争することになるのだが――しかし彼女はたしかに見た。はるか昔の、長く忘れていた練習場の記憶がよみがえり、ポールの顔に小さな笑みが広がったのを。

彼はばっと地面に伏せた。

バニーが弧をえがいて六発撃ち、あおむけに地面に倒れた。

「当たったか？　当たったか？」

エピローグ1

二日後

スーザン・バーンズ警視はデスクに両足をのせ、メガン・ワイルド容疑者に対する尋問調書の三度めの読みとおしにかかった。調書はおびただしい長さがあり、細部までたっぷり書かれていた。バーンズが懸念をおぼえたのは、このうちのかなりがあきらかなでたらめだということだった。ミス・ワイルド、すなわちパスカル・マロニーの彫刻のようなブロンドの愛人は、さまざまな意味でたいへんな証人だった。彼女はマロニーが企《たくら》んでいた複雑な策略を詳しく供述していた。その策略が一連の出来事を起こし、何人もの死と暴動につながった――正直に言うと――その点は、いきすぎた警察活動も手伝っていたわけだが。そういったことすべては今後も、おそらくはこれから何年にもわたって、多くの質問がなされるであろうことを意味しており、バーンズはいま手に持っている記録が、大半の答えに対する最初の補給寄港地になることに気づいていた。

ミス・ワイルドはあやつり人形どころではなかった。彼女は聞いてくれる相手ができるとすぐさま、自分の事件にパティ・ハースト（アメリカの新聞王の孫娘で、一九七四年に過激派組織に誘拐・洗脳されて組織員となり、強盗などで逮捕されたのち、服役し釈放さたれ）式弁護を組み立てはじめていた。わたしは哀れな、無邪気な娘で、カリスマ的なマロニーの魅力にとりつかれ、彼の詐術の網にかかってしまったんです。一度とりこまれてしまうと、抜け出すことはできませんでした、わたし自身の命があぶなかったからです、判事様。むろんたわごとだが、だからといってその手が効かないわけではない。マスコミは喜んでワイルドを信じるだろう。見た目がいいし、嘘はうまいし、それにバーンズは彼女が必要とあれば泣けることは間違いないと思っていた。マロニーが死んでしまっていること、当局がコーツィーと呼んでいる男が死んでいないことも助けになった。人命に対する危険があったと証明するには、コーツィーは弁護士にとって天から降ってきたマナ（旧約聖書で、荒れ地に住むイスラエルの民に神が与えたとされる食物）も同然だ。彼は三発食らっており、一時的に目が見えなくなっていたバニー・マガリーに撃たれたらしいが、医者たちはコーツィーが持ちこたえるだろうと言っていた。それは当初のことで、いまや彼は、コンゴ民主共和国での戦争犯罪で手配されているマーカス・バークリーという人物だと特定され、同時にドラコ・ミスタランでもあり、こちらはウクライナ当局が大いに関心を持っていた。警察はすでにコーツィーの病室付きの武装警官を二度、倍にした。一度めは彼が国際的に人を殺しまくっている人物だと判明したときで、二度めはインターポールが、あるロシア人のオリガルヒ（ソ連崩壊後に台頭した大富裕層で、新興財閥などと呼ばれる）がいて、兄弟と指を二本なくしているのだが、その両方を失う原因になったコーツィーと旧交をあたためることを熱望している、と知らせてきたときだった。

　ワイルドは今後あるかもしれない法的弁護にそなえて、率直にいって見事に足元を固めたとはいえ、バーンズは彼女の供述から得た事実は信用していた。

パスカル・マロニーは、ジェローム・ハーティガンとクレイグ・ブレイクとともに、別名スカイラーク三人《スリー》組として、本来ならすべてスカイラーク・プロジェクトのものである七千八百万ドルを横領していた。どうやらジョン・ベイラー議員もこの一件の匿名《とくめい》パートナーで、必要なところで役所の手続きが円滑に進むようにしていたらしい。現在もはっきりしていないのは、このプロジェクトに関する彼らの計画が、いつ正真正銘の詐欺に変わったのかということだった。はじめから大金を吸い上げようと計画していたのか、あるいは状況があやうくなってきたときにその案が浮かんだだけだったのか？　それはともかく、そうした不正に得た資金を隠しておくために彼らが見出した方法はたしかに革新的だった。それはデジタル・チェストと呼ばれるものだった。かなり変人のアジア系鑑識職員がバーンズにその説明をしてくれた。彼女に理解できたかぎりでは、ビットコインと似た原理の仕組みだった。その資金にアクセスするには四つのデジタルキーが必要だった。一味のそれぞれがひとつずつ持っていれば、誰もほかのメンバーを出し抜くことはできない。もちろん、そのメンバーがパスカル・マロニーではない場合の話だが。

バーンズは読むのを中断して、目の前の紙パッドにあるリストにメモを書き加えた。このところ得られた新証拠すべてを考え合わせると、スカイラーク・プロジェクトの財務責任者の自殺とみなされた件は審問再開を要請することになるだろう。彼の死が、計画遂行へのコーツィーの最初の参入だった確率は高い。

たしかに、ワイルドの証言でクレイグ・ブレイクの件がコーツィーの犯行であったことは明白になった。ブレイクは個人金庫のコードを明かすまで痛めつけられ、それでマロニーは必要な四つのキーのうち二つを手に入れた。ベイラーはもっと簡単だったに違いない。マロニーの代理人と会って、推定八百六十万ユーロの現金および債券と引き換えに、自分のキーを渡したのだ。本人の欲がこの立派な議員を死に導き、三つめのキーがマロニーの手に渡った。残ったのはハーティガンだったが、この頃までにはひとりだけ残ったパートナーを信用しない理由は七千八百万とおりあった。マロニーは二つのキーだけで資金にアクセスできる方法を見つけたと、ハーティガンを説得したらしい。ベイラーとブレイクのキーは、ハーティガンの知るかぎりでは〝なくなった〟ことになっていたのだ。ハーティガンがこの時点までに、プーカは噂どおりのものではないと疑いはじめていたのかどうか、バーンズにはわからなかったが、それにもかかわらず、彼は自分のキーを渡す前に保証を求める程度には利口だった。ハーティガンはマロニーがスカイラークの金の横領の顚末《てんまつ》をすべて白状し、それについては自分のみに責任があるとした告白書にサインすることでやっと同意した。マロニーがおかしなまねをすれば、ハーティガンは彼を焼きつくすことができるわけだ。マロニーはハーティガンと彼の弁護士の面前でその書類にサインし、そのあと三人は外へ出て、バニー・マガリーがプーカの背後にいる〝大きな悪い狼〟だと世間に発表した。マロニーが四つめにして最後のキーを手にハーティガンの家を辞するや、コーツィーが数日前にこっそり置いておいた爆弾を起動させた。ドッカーン。四つのキーが手に入って証人はいなくなった。

バーンズはそこにある種のゆがんだ才能があることは認めないわけにいかなかった。テロリスト組織をでっちあげ、自分や仲間に対する国民の怒りにつけこみ、自分の行為の隠れみのとして行動させるとは。そのことは、テンプルモアで犯罪学講師が研究室の壁の飾り板に刻みこんでいた、二つの言葉を思い出させた。〝Cui Bono?《クイー・ボノー》〟ラテン語の語句で、〝得をするのは誰か?〟という意味だ。いろいろなものをはぎとってしまえば、結局は金だった。莫大なよごれた金。

その計画の最終段階はこんなふうに進むはずだった。マロニーは〝命の危険があるので国外へ逃げ〟ようとして、自分の船〝小さな将軍《ザ・リトル・ジェネラル》〟号に乗る。船はアイルランド海を半分行ったところで劇的に吹っ飛ぶ。プーカだと思われていたバニー・マガリーによる、ワンマン狂気の殺し祭りの最後の犯行。マガリーの死体は船の残骸《ざんがい》から発見されるが、マロニーやワイルドの死体は決して発見されない。なぜなら二人は南米のとある国にいて、あとをたどられない莫大な現金を持って新しい身分で暮らしているから。事前に手配していた別の船に乗り換えて。

ただしそううまくはいかなかった。ザ・リトル・ジェネラル号は現在まだホース港に停泊しており、仕掛けられていた爆弾を爆発物処理班が撤去するあいだ、港の人々は一日じゅう避難させられた。

この企て全体が崩壊したのは、マロニーが自分の壮大な計画を利用して、バニー・マガリーへの復讐を強行しようとしたためだったようだ。どうやら、マガリーは過去にマロニーを侮辱したことがあるらしい。バーンズはおそらく本当だろうと思った。彼女が耳にしたことすべてが、マガリーにはある印象を与える独特の才能があることを示していた。マロニーはすべてを手に入れようとしたのだ、あの欲深なチビは。コンロイとマルクローンはどうやってか、マガリーの居どころを突き止めたらしい。正確にはどうやったのか、バーンズにはまだよくわからなかったが、彼らはあした署に来て供述することになっていた。これで一年間に二度も、この規格はずれの三人組は大事件を解決し、それと同時にアイルランド警察《ガルダ・シーハーナ》の面目をつぶしてくれた。その点では、警察もそれほど手伝いを必要としていたわけではないが。ダニエル・フランクス神父の死についての審問はすでに開かれていた。マイケル・シャープ副長官は、詳細不明ながら緊急に医療を必要とする状態になったため、突然退職することになっていた。おそらく、頭を自分のケツに突っこんだ（"愚かな行動をとる"の意）ことの末期症状だろう。

オフィスのドアがノックされた。

「どうぞ」

ドアが開いて、クラーク内勤巡査部長が頭だけのぞきこんだ。

「いまちょっといいですか、局長、不審な荷物が」

「えっ……？　なんでわたしが……？」

気がつくとひとりごとを言っていた。クラークの頭はもう視界から消えていた。

バーンズはぶつぶつ言いながら立ち上がった。「ここでは何もかもわたしがやらなきゃならないみたいね。誰ひとりとして――」

オフィスを出たとたん、笑顔の海に迎えられ、バーンズは口を閉じた。彼らはふだん証拠用に使われているいくつものボードに歓迎の垂れ幕をかけていた。その真ん中にクラークがいた。

「まだちゃんと局長を歓迎する機会がなかったでしょう、あの――」

「聖書的規模のたいへんなクソ騒ぎのせいで?」バーンズは最後まで言ってやった。

「はい」クラークはにっこりした。「それです。ケーキも用意したんですよ」

クラークが横へどくと、ウィルソンがその後ろに立って、特別注文のケーキを持っていた。ケーキの上には、まるで本物そっくりの、古ぼけたルブタンの靴の3D画がのっていた。その上でウィルソンは不安げな笑みを浮かべて、このジョークが適切かどうかについて、あきらかにほかの者たちよりも自信を欠いていた。

バーンズがわかったわというようにやさしく手を振ると、みんなからぱらぱらと拍手が起きた。

「ええ、とてもすてきね。みんな本当にありがとう」

バーンズはウィルソンの顔にどっと安堵が浮かんだのを見つめた。

「ところでウィルソン、またファスナーがあいてるわよ」

「えっ――」

「ひっかかったー」

エピローグ2

四か月後

ポールは教会の中の入口側に立って、着脱式の蝶ネクタイをいじっていた。そんなものをつけるのは正直言って馬鹿馬鹿しい気持ちだったが、彼が選んだわけではなかった。教会の花婿側に目をやった。バニーも着脱式の蝶ネクタイをするはずだったが、いかにもバニーの流儀らしく、つけていなかった。そのかわり、自前のスーツでやってきたが、これまでポールが見た彼のどのスーツともそっくりだった。あのセメント工場で彼が経験した苦しみの名残はまだあったが、いまではよく見なければわからなくなっていた。バニーの顔は目をみはるほど早く回復した。歩き方にはまだわずかに足をひきずるところがあったが、医師たちは彼の足を残すことができた。

バニーの横にはマギーがいた。マギーはバニーよりもっと瀬戸際まで行った。さいわい、バニーが腕のいい獣医を知っていて、彼女がマギーの折れたあばらと脚を手術して回復させてくれた。獣医はマギーが痛み止めに通常とは違う反応をしたときも、非常に理解があった。

ポールはまた衿《えり》の内側に指をすべらせた。教会の奥で何か動きがあり、それから反対側の大きな扉が開いた。

まぶしい日の光が流れこみ、大理石の床に反射して、教会の薄暗い夕暮れにあたたかい輝きを投げかけた。

ブリジットが入ってきて、ポールは息を呑んだ。全身を白でよそおい、髪には日の光が踊っていて、唇には大きな笑みがうかんでいる。彼女は美しかった。

ポールの胸の中で心臓がどくどく打った。

彼女が横へずれるのをじっと見つめた。

「ポール……ポールったら！」

リンおばさんが視線の先にあらわれ、ポールはびくっとして空想からわれに返った。

「何？」

「〝何〟ってどういう意味よ？」

ポールは後ろへ目をやった。「わ、しまった！」司祭と短く目を合わせ、「すみません、神父様」と、聖具室へ走っていってドアをノックした。「フィル！　フィル！」

ドアが開くとフィルがそこに立っていた。「悪い、ポーリー、落ち着かなくって小便してたさ。俺、どうみえる？」

「最高だよ。つまりさ、ファスナーを閉めてやろうか、でもそれ以外は……」

「あ、そうか」フィルは背中を向け、また元に戻り、今度はちゃんとぴったり檻《おり》が閉じていた。

「よし、それじゃ」ポールは言った。「おまえの結婚式をしにいこうぜ」

フィル以外の全員が驚いたことに、彼が頼まれたとおりの金を送ると——相手の男が、別の男の知り合いで、そいつが誰に賄賂《わいろ》を渡せばいいか知っていて、また別のやつがトラックを持っていて、そして……かいつまんで言うと、正真正銘のダ・シンと彼女の家族——両親、二人の姉妹とおばあちゃん——は本当に中国を脱出して、アイルランドへやってきたのだった。一家はいま政治的亡命の認定を得る手続き中で、ダ・シンの父親はまさにセレブだった。ポールは詩人はセレブじゃないだろうと思ったが、どうやら、腐敗した政府役人に対抗して立ち上がり、カブ運搬のトラックでひそかに一家全員が国を出ざるをえなくなると、なれるようだった。結婚式はおおいそぎで、家族の遊説活動に合わせて手配された。一家は先週、パリでダライ・ラマに会っていた。フィルはチキンボール（鶏むね肉の小片を揚げたもので、アイルランドでは中華料理として食されているが、中国にこの料理はない）がどういうものか、ずいぶん時間をかけて説明したらしい。

大事なメッセージ

この本（原書）のはじめには、ほかの多くの小説と同様、法律用語でこの作品が全面的にフィクションであるとことわってあり、実際に本当にそのとおりである。ただし、ちょっと奇妙なことがあったので……。

二〇一六年の十二月下旬、わたしはダブリンへ帰って家族のクリスマスの準備をするかたわら、この本の最終校正刷りに目をとおしていた。読んでいただければおわかりのとおり、この本ではホームレスの人々がダブリン市中央部にある、アイルランド政府によって無人になっていたオフィスビルを占拠する。そのとき、わたしは実家の奥の部屋で、編集者からの連絡を三度見していた……ホームレスの人々がダブリン市中央部にある、アイルランド政府によって無人になっていたオフィスビルを占拠した、と。そのビルはアポロ・ハウスと呼ばれていて——リフィ川から徒歩五分のところにあり、わたしが頭の中で空想上のストランダー・ビルディング、すなわち〝箱舟《アーク》〟があると決めていた場所だった。

しかしまず第一に、この偶然は率直に言ってちょっとぞくぞくするものだが、それは単にそれ——偶然である。第二に、わたしはアポロ・ハウスを掌握したすばらしい慈善団体の行動を全面的に支持する。〈ホーム・スウィート・ホーム〉および〈アイリッシュ・ハウジング・ネットワーク〉はすばらしい活動をしており、アイルランド政府とダブリン市議会は、アイルランド国民が無人のビルを維持するために金を払っているというのに、何百人もの人々が屋外で寝ている状況を放置していることを恥じてうなだれるべきだ。

〈アイリッシュ・ハウジング・ネットワーク〉の活動についてもっと情報を求めるにはこちらを。(http://irishhousingnetwork.org)

謝辞

エレインに、数えきれないほどの理由で。

スコット・パックに、彼の明晰な頭脳と、鋭い洞察と忍耐ゆえに。

ペニー・〝女司祭長〟・ブライアントに、校正刷りの女王であるゆえに。

クレア・キャンベル＝コリンズとブレンダン・デンプシーに、長く球を投げつづけてくれたことと、最初の草稿をえっちらおっちら読みとおしてくれたことで。

鷹の目をしたニック・カーイクとアマンダ・ラッグとポール・サヴェイジに、見つけられないものを見つけてくれることで。

わたしの最初の本に熱狂してくれて、それを手にとってみるようたくさんの人々に勧め、わたしに次の本を書くよう力づけてくれた、すべてのブロガーに。

セアラ・ミリカンとゲアリー・デラニーに、わたしに彼らをサポートさせてくれ、それからわたしをサポートして、彼らのすばらしいファンたちにいくつかの本を売りこませてくれたことで。

それからロンドンにいるアイルランド系家族のすべての人たちに、寛大で頼れる人々でいてくれることで。とりわけビッグ・ボブ、パディ、マイケル、トム・コートに、ドラムを叩く手伝いをしてくれたことに。伝説たちよ！

以下のことを承知していただきたい：ここまでの文章に関しては、明白な理由により、いかなる人物にも校正を入れさせなかったので、誤字についてはすべてわたしに責任がある。

読んでくれてあんがと――。

解説

温水《ぬくみず》ゆかり

えーーーーーーーっ。なんでこんなことになってんの⁉
ポールとブリジットは、シリーズ第一弾『平凡すぎて殺される』で、いい感じの流れでカップルになったばかりの恋人同士。それがもう別れる騒ぎになってるなんて。かつ、その原因がポールの浮気とは。ケチ臭い条件のついた大おばの遺産にしがみついていた無職のポールに、そんな大胆なことをしでかす度胸があったとは。

とまあ、こんな風にシリーズ第二弾の本書『有名すぎて尾行ができない』は波乱の幕開け。しかし我ながらこれ、先走ってますね。初読のみなさま、ごめんなさい。気を落ち着けます。

シリーズ第一弾『平凡すぎて殺される』は、実に楽しい読み物だった。書いてもいいのかなあと悩みつつも誤解を恐れずに書けば、事件にかかわる人々が右往左往するさまを、混乱の中に留め置きする笑劇としてスタッカートで挿入していく脇筋の面白さに気を取られ、追いかけるべき主旋律（主筋のミステリ部分）をつい失念してしまうほど。シチュエーションが巻き起こす悲喜劇的笑いもさることながら、かる口、ため口、へらず口、話題の関節はずしによる脱《だつ》臼的《きゆう》笑いなど、数ページに一回はゲラゲラ笑いながら読んだものだ。

シリーズ第二弾であるこの『有名すぎて尾行ができない』も同様で、冒頭のシチュエーションからしてバク笑いする。前作で古参のバニー刑事にムダに絡《から》み、コテンパンにヘコまされた国家犯罪捜査局《NBCI》の若手ウィルソン刑事が、着任したばかりの国家犯罪捜査局のトップ、スーザン・バーンズ警視に対して派手な粗相をやらかしてしまう。

あまりに凄惨《せいさん》な殺害現場に、ソーセージやベーコン、卵や豆や野菜やトーストとたっぷりの量があるアイルランド式朝食がこみ上げてくるのを抑えきれず、さんざんこらえた末に噴出させた先が、警視が自分への昇進ご褒美として買った下ろしたてのルブタンだったという次第。男性は「は?」となるかもしれないので解説すれば、ルブタンは真っ赤な靴底《レッドソール》がトレードマークの戦闘的女子のハイヒール。「私、失敗しないので」の大門未知子《だいもんみちこ》もご愛用だ。目ん玉がボトンと落ちるほど高価なことは言うまでもない。

さて、いい加減本題に入らねば。本シリーズは、無職の二十八歳の青年ポール(ポーリー)・マルクローンと、二歳年上の看護師ブリジット・コンロイ、アイルランドの国民的アマチュアスポーツ、ハーリングの少年チームを率いる指導者にして、五十歳前後とおぼしきアイルランド警察の部長刑事バニー・マガリーが、持ち場持ち場で活躍するミステリである。

〝持ち場ってなによ〟と問われれば、ポールは間違ったワラを掴《つか》みがちな場面で(でも何故か功を奏する)、ブリジットは骨太の農婦を思わせる逞《たくま》しさで肝《きも》の据わったことをやってのける場面で(運転の荒さも折り紙付き)、バニーは己の考える正義のためには、法的な逸脱もいとわないダーティーハリー的場面で（一匹狼とも汚れた警官とも言う）。

三人の姓の頭文字から取った〈MCM探偵事務所〉を開くことになったのが本書の発端である。住む家までなくしたポールの無職ぶりの更新、病院でおまるを交換するのに飽きちゃったというブリジットの新規探索傾向の覚醒《かくせい》、派手なやらかしで早期退職を勧められたバニーの生きがい喪失。それぞれの不遇を同時に解決するのが探偵事務所の立ち上げだった。このナイスアイディアの言い出しっぺはブリジット。三人はあっという間に合意し、タパス・レストランで人生最良の時だと確信しながら門出を祝いあう。――カシャ（写真を撮る音）――

それなのに、船出寸前でバニーが姿を消す。ブリジットはといえば、ポールの浮気に怒り心頭のあまり電話に出るのも断固拒否中。ポールが中華料理店の上に借りた事務所で心細く留守番をする中、妖艶《ようえん》な赤いドレスの女が現れる。

彼女の依頼はこうだった。自分の愛人であるジェローム・ハーティガンという男を尾行して欲しい。彼が妻とよりを戻したんじゃないかと心配で。よりを戻されたら、〝労力〟と時間をつぎ込んだ見返りに豊作になると期待していた果実《カネ》も、収穫できなくなっちゃうでしょう。などと、見事にあけすけ。フィリップ・マーロウの時代と違って、二十一世紀の女は自らの欲望を隠さないのである。

女が名指しした男は詐欺罪で告発され、いま新聞一面を賑わせているアイルランド不動産開発業者三巨星の一人。尾行なんてしたこともないポールには引き受けざるを得ない事情があった。バニーが出す予定だった探偵免許取得に必要な三千ユーロ。八日以内に工面しなければ、お役所仕事で申請自体が却下されてしまう！

読みながら「そっか」と気づいたことに、本書は二重のタイムリミットサスペンスだった。一つは二〇〇〇年に遡《さかのぼ》る挿入シーンで、バニーが新自由主義者たちから少年ハーリングチームの〝居場所〟を奪還しようと奔走するポリティカル・タイムリミット。ポリティカルとは市議会の議決が関係するからだ。

二つ目は、二〇一六年現在の事務的なタイムリミット。先述したように、失踪中のバニーを探し出さなければ、免許取得に必要な資格を持つ者がおらず、取得料も払えず、探偵事務所の看板は上げられない。三人が幸福の光に包まれて夢見た未来は、始まる前に淡雪《あわゆき》のように消えてしまう。

もしかすると混乱する方がいらっしゃるかもしれないので時系列をお伝えすれば、赤いドレスの女が現れるのは七月四日の月曜日。第一の殺人が発覚するのは七月七日の木曜日。うまく尾行ができないよう、バニーも見つからないよう泣きついてきたポールに、ブリジットは〝すっこんでろ、この浮気男。わたしが一人でバニーを探し出す〟と啖呵《たんか》を切って単独調査に乗りだすが、殺人事件と失踪人探しという二つの動きの時制が一致するのは、七日の朝を迎えた一〇二頁辺りからだ。

二〇一六年は現在進行形なので、事態はどんどん様相を変え、事務的なタイムリミットが、バニーの安否そのものを問題とするシリアスな生死のタイムリミットに変化していく。

十六年を隔てた二つのタイムリミットで、橋脚のような支柱の役割を果たすのは、アイルランド不動産バブルを引き起こした第一の殺人の犠牲者と第二の殺人の犠牲者、そしてカソリックのフランクス神父である。

第一の殺人現場の壁に鮮血で書かれた「今日は決して来るはずのない日だ」、原文では「THE DAY THAT NEVER COMES」(本書の原題でもある)。この言葉は先立つこと六週間前、フランクス神父が街角スピーチで市民たちの心を鷲《わし》づかみにしたものだった。神父の摘示《てきし》する内容があまりに我が国の現在と酷似しているので、〈格差社会〉〈ワーキングプア〉〈下流老人〉など、常に時代の最先端を走ってきた私としては、熱烈引用せずにはいられない。

――「国は自分が社会からはずれてしまったと思っている人々に、有罪判決ではなく支援と理解をさしだすべきだ」「腐敗した企業はどうなった?」「暴利をむさぼった者たちは? 投資家たちは?」「彼らが公正な負担を支払う日はいつだ?」「友よ。それは決して来るはずのない日なんだ」――

アイルランドが国策として掲げた〝おいでよ外資+低い法人税率〟で、名だたるIT企業がアイルランドに支社を設け、アイルランドはウッハウハと聞いたのは今世紀初頭くらいだっただろうか。その後リーマンショックで一転不況に転じ、その後再び上昇気流に乗ったものの、日本でも同じ現象が見られたように格差が広がった、という一連の流れのことは知らなかった。社会の諸相や人間の天使の部分も悪魔の部分も写し出すミステリは、やはり勉強になる。

赤いドレスの女の正体、バニーと神父の罪深き絆、市民の籠城と大規模デモ、警察内の腐ったりんご、四十二歳で異例の出世を遂げたルブタン警視、じゃなかったバーンズ警視の頭の回転の速さと正義感、殺人事件や闇に消えた巨額のカネ。大なり小なりこれらに関係するバニーに、一体なにが起こっているのか？

今回じわじわとしみてくるのはバニーの父性の豊かさだ。父権ではない。男も女も持つジェンダーレスの父性である。塀《へい》の向こう側に落ちないようハーリングチームで育てた子供たちを「うちの子」と呼び、その後を気にかけ、いつも誰かの困り事に奔走し、自分の目の届く範囲に女を殴る者がいたら絶対許さない。ポールとブリジットの痴話喧嘩《ちわげんか》にまで首を突っ込んでくるのは、バニーの前では反抗的なガキに戻る屈折したポールと、「彼女はキュートなあばずれ」「肉屋の犬みてえに頭が切れる」と独自のバニー語で褒めちぎる聡明なブリジットを、心底愛おしく思っているからに違いない。

訳者の青木悦子さんによる第一弾のあとがきで、作者のクイーム・マクドネルがコメディアン兼放送作家であるのを知り、「それでこんなに筋運びにスピード感があるんだ」と納得した。「コミカル／シニカル／オフビートな笑い」。青木さんのおっしゃる通り！ 赤面の過去を初告白すれば、私の卒論のテーマは「笑い」。ベケット（アイルランド出身です）の紹介者として知られた担当教授が「三十枚書いたら卒業させてあげる」と言うので、せっせと三十一枚書いて卒業した。青木さんのこの分析をベースに卒論を書いたら、もっとましな成績で卒業できたかも……。

「日本のお笑いはオワコン」と言って、松本人志《まつもとひとし》氏の神経を逆なでした茂木健一郎《もぎけんいちろう》さんに本書を薦めたい。気に入ってくださると思うな。そそそ、これも書いておかなければ。今回青木さんは「おまえの母ちゃんデベソ」的罵倒語《ばとう》の訳出にノリノリ。「エゴイスティックなチビのケツかじり屋」「くたばりやがれ、このフニャチン玉ブクロ」。青木さんの悪ノリ（実は悪戦苦闘？）にも笑った。

最後に。この第二弾から登場するジャーマンシェパードのマギーに、犬デレの私が触れない訳にはいかない。マギーは元警察犬。そのわりには行儀が悪く、ぼっちにされると机の上に嫌がらせの排泄物を盛るは、ビールを飲ませないと凶暴化するはで、超ワガママ。酒場の用心棒のような鋭い目つきで、犬のくせして不敵に嗤《わら》ったりする。しかしやるときはやる。小悪党には（メスなのに）片脚上げで侮蔑《ぶべつ》のオシッコをかけ、大悪党には鉄槌《てっつい》の牙を食い込ませて放さない。

〈ＭＣＭ探偵事務所〉は三作目で無事に開業できているのだろうか？　前情報はいらない。青木悦子訳とある現物がほしい。〈凸凹《でこぼこ》トリオ＋マギー〉に一刻も早く会いたい。でないと、ろくろっ首になっちゃうよ〜。

訳者紹介　東京都生まれ。英米文学翻訳家。主な訳書にロブ〈イヴ＆ローク〉シリーズ、アダム「ヴァイオリン職人の探求と推理」「ヴァイオリン職人と天才演奏家の秘密」「ヴァイオリン職人と消えた北欧楽器」、マクドネル「平凡すぎて殺される」など。

検印
廃止

有名すぎて尾行ができない

2024年2月29日　初版

著　者　クイーム・マクドネル

訳　者　青《あお》　木《き》　悦《えつ》　子《こ》

発行所　（株）東京創元社
代表者　渋谷健太郎

162-0814/東京都新宿区新小川町1-5
電　話　03・3268・8231-営業部
03・3268・8204-編集部
URL　http://www.tsogen.co.jp
DTP　工友会印刷
暁印刷・本間製本

乱丁・落丁本は、ご面倒ですが小社までご送付ください。送料小社負担にてお取替えいたします。

ISBN978-4-488-16505-5　C0197